KB143510

카누를 타고 파라다이스에 갈 때

카누를 타고
파라다이스에 갈 때

이묵돌 소설집

해피북스
투유

일러두기
제목은 만화 〈정글은 언제나 맑음 뒤 흐림〉의 주제곡 〈카누를 타고 파라다이스에 갈 때〉
에서 가져왔습니다.

차례

Prologue   7

본헤드 *Bonebead*   21

문 리버 *Moon River*   45

사망유희 *Game of Death*   119

어느 노령화 사회의 일자리 대책
Employment Measures in an Aging Society   139

Intermission   165

피터팬의 결론 *Peter Pan's Conclusion*   177

6시그마의 복음 *Gospel of 6ix Sigma*   207

단풍과 낙엽 *Foliage and Leaves*   291

카누를 타고 파라다이스에 갈 때
When Paddling a Canoe to Paradise   345

Epilogue   369

작가의 말   379

Prologue

어떤 소설가가 있다. **일단은** 그렇게 시작해 보도록 하자.

그가 사는 곳은 눈부신 과학의 발전으로 미래 세계의 중추도 시로 거듭난 네오서울Neo-Seoul이다. 앞에 '네오'라는 단어가 붙으면, 이 작품의 배경이 대충 가까운 미래라는 것을 알 수 있다.

하지만 미래라니! 소설가에게 미래는 두려운 것이다. 결코 최고가 아니다. 인류가 지난 수백 년 동안 당면해 왔던 문제들, 그러니까…… 암이며, 미세먼지며, 환경호르몬과 탄소발자국, 핵무기의 확산과 지구온난화 같은 문제를, 미래의 인류가 얼마나 완벽하게 해결했을지를 일일이 설명하는 것은 부적절해 보인다.

SF란 그런 것이다. 웬 놈팡이 같은 자식이 작업용 책상에 앉아서, 아주 구체적이고 세부적인 묘사를 하면 '고증이 안 맞는

다'고, 대충 두루뭉술하게 넘어가면 '역량이 부족하다'고 욕을 먹는 일이다. 그런 작업은 아주 믿을만한 소설가에게나 맡길 수 있는 것이다.

따라서 여기에서는, 네오서울이 다른 모든 문제를 '과학적이고', '창발적이며', '가장 감수성 넘치는' 방법으로 해소하였지만…… 단 하나, 천정부지로 오르는 부동산만큼은 해결하지 못했다는 것 정도만 언급해 두자.

네오서울의 부동산 문제는 네오서울이 그냥 서울이었을 때부터 겪어온 고질적 병폐다. 그동안 서울의 모습에는 얼마나 많은 변화가 있었는가. 비행가능한 자가용의 보급으로 교통체증이 사라졌고, 남부순환로가 있던 자리에는 숲길이 생겼다. 올림픽대로와 강변북로가 있던 자리에는 한강이 더 잘 보이는 대규모 아파트 단지가 들어섰는데, 어떻게 된 일인지 부동산 가격만큼은 해결을 보지 못했다. 수십 년째 저출산 올림픽 금메달을 독식하고 있지만. 그 대단한 가격을 주고서 입주할 신혼부부라는 것도 환상 속의 존재가 됐지만.

내로라하는 미래의 건축가들, 도시학자들과 초월적 성능의 AI까지 달라붙어 부동산 문제 해결을 위해 고심해 보았으나 매번 허탕이었다. 이들(혹은 이들의 운영 주체)조차도 자신의 부동산 또는 관련 펀드상에서의 손해 없이 집값을 낮출 순 없었던 것이다. 해당 프로젝트에 관여한 익명의 관계자는 "집값이 떨어질 바에야, 네오서울이 핵폭발로 절멸하는 쪽이 세 배 정도 낫다."고 말했다.

네오서울의 모 행정관계자는 "네오서울의 집값은 엔트로피 같은 것이므로 영원히 오르는 것이 당연하다. 이것은 해결해야 할 문제가 아니라, 네오서울만이 가진 하나의 고유한 특성으로 이해하는 것이 옳다."고 발언해 물의를 빚었다. 태어나 한 번도 자기명의의 집을 가지지 못한 사람들은 분통을 터뜨렸다.

한 시간 만에 집세가 밀린 세입자와 그들의 짐을 통째로 수거해 중앙처리소에 배출해 버리는 용역머신, 반경 수백 미터 밖에 있는 자가용에서조차 톨게이트 요금을 뜯어내는 초전자 센서, 소설가가 제대로 글을 쓰고 있는지 확인할 수 있도록 방 안 구석 포스터 뒤쪽에 몰래 설치된 CCTV…….

네오서울이란 대충 그런 것들로 이루어진 도시다. 여러분은 그렇게만 알고 있으면 된다. 생각보다 너무 많은 걸 이야기해 버린 듯한 기분도 드는데, 이 정도는 괜찮겠지. 지금까지 말한 모든 것은 **잊어버려도** 상관없다.

소설가는 평소와 달리 아침 일찍 외출했다. 생물학적 나이는 아직 젊지만, 유행 감각 없는 옷차림과 만사 '적당히 할 만큼 하면서 살았다'는 인상 때문에 실제보다 늙수그레하다. 구불구불한 머리가 풀풀 날리고, 정돈되지 않은 수염이 군데군데 튀어나오듯 자랐다. 축 처진 어깨를 보면 평소 운동과는 담을 쌓고 지낸다는 것도 알 수 있다. 영락없는 삼류 소설가의 초상이다.

좀처럼 밖에 나오지 않는 이런 인간이 아침 댓바람부터 산기슭을 향해 걷는 데는 반드시 이유가 있다.

편집자는 네오관악산 기슭에 있는 한 오리백숙집에서 기다리고 있었다.

"이제야 오셨나요?" 그는 소설가가 오기도 전에 벌써 반주를 몇 잔 걸친 듯 얼굴이 약간 달아있었다. "사실 나는 하산한 지 꽤 됐어요. 30분은 혼자 기다렸다고요."

"약속시간이 9시였잖아요. 제 입장에서는 10분 전에 도착한 건데." 소설가는 퉁명스럽게 대답한다.

"뭐, 작가님이 한 시간 전에 도착했어도 나는 여기 앉아있었을 테지만……."

"무슨 소리예요?"

"빨리 앉으세요. 오리가 이제 금방 나오니까." 편집자가 한쪽 발로 맞은편 의자를 밀어 빼줬다. 친절인지 무례인지 알 수 없는 편집자의 행동에, 소설가는 살짝 눈살을 찌푸리며 공연히 느린 동작으로 자리에 앉았다. "아, 오리고기는 괜찮죠? 알러지 같은 건?"

"그런 건 오리백숙집을 미팅 장소로 잡기 전에 물어봤어야죠." 소설가는 편집자와 눈도 마주치지 않고 대꾸했다.

"그렇지만 산 밑에는 이상하게 오리백숙집 같은 곳밖에 없거든요. 대체 왜 그런 걸까요?"

"몰라요. 관심도 없고요."

"아니, 그러지 말고……." 편집자는 입술을 일자로 곧게 펴고, 뭔가 귀엽게 애원하는 듯한 표정으로 소설가를 응시했다.

소설가는 구역질을 애써 참는 것 같은 투로 말했다.

"요즘 같은 시대에, 등산 같은 걸 좋아하는 사람들은 죄다 주정뱅이밖에 없으니까요. 등산하고 나면 운동 좀 했다는 생각에 보상심리도 들고. 그냥 집으로 가기는 정 없이 느껴지니까 술이나 한잔하고 가자는 건데……. 국물 위주인 건 등산 과정에서 땀이다 뭐다 해서 수분이 많이 빠졌기 때문일 거고요. 저야 산 오르는 취미가 없으니 다 추측일 뿐이지만."

"으으으음……." 편집자는 턱을 괴는 체하다가 엄지손가락으로 광대뼈 아래쪽을 받쳤다. 그리고 우연히 마음에 드는 책을 발견한 사람처럼, 느슨하게 흥얼거리면서 말한다. "연결성이라든가 관찰력이라든가……. 관점이 좀 비뚤어지긴 했지만 밉지 않게 재미있는 정도고. 과연 내가 눈여겨본 작가라고나 할까."

"과찬의 말씀이십니다." 소설가는 눈에 띄게 빈정거리는 투로 받아쳤다. 시선은 하얀 돌기둥에 걸린 벽시계를 향해 있으면서, 비어있는 막걸리 잔의 표면을 손가락으로 쓸어 만지고 있었다.

"작가님 같은 사람이 왜 SF 같은 것을 쓰려고 하는지."

"SF가 뭐 어때서요."

"뭐가 어떻다 할 것도 없어요. 그런 장르는 이제 존재하지 않는 거나 마찬가지니까." 편집자는 막걸리 잔에 스스로 술을 따라 마신 다음 말했다. "알다시피 과학은 발전할 만큼 발전했고, 공상으로만 그리던 것들은 대체로 현실이 됐어요. 도저히 현실적으로 불가능하다고 생각되는 건, 그게 가능할 법한 현실을 새로 만드는 것으로 해결할 수 있고요. 더 이상 상상의 여지라는 게 없잖아요. 이제는."

"상상의 여지가 없다뇨. 세상에 무한한 것이 우주 말고 한 가지가 더 있다면 그건 인간의 상상력입니다. 상상의 여지라는 것은 사람이 만들어내기 나름이에요." 소설가는 마침내 눈을 가늘게 뜨고 편집자를 마주 봤다.

편집자는 정지화면처럼 소설가의 응시에 멈춰있었다. 이윽고 술병 주둥이를 그러잡고 소설가의 잔에 가득 부으며 말했다. "맞는 말이죠……. 그런데 사람이 **너무 많은 생각을 했다**고 생각하진 않아요?"

"그건 무슨 뜻입니까?"

"말씀하신 대로 사람의 상상에는 한계가 없어요. 개개인의 생각이 비슷할지는 몰라도, 따지고 보면 다른 면들이 분명히 있죠. 하지만, 거기에는 일정한 패턴이라는 것이 있어요. 특히 SF 같은 장르에는 더욱이 도드라지는 면이 있잖아요, 패턴이라는 게. 잘 아시잖아요? 시간여행, 신체개조, 다차원우주, 외계인, 지하문명, 안드로이드, 통속의 뇌, 시뮬레이션으로서의 우주, 아니면 디스토피아……. 너무너무 따뜻하거나 경악할 정도로 잔혹한 로봇은 이미 현실에도 많고요. 순간이동이나 마인드 컨트롤 같은 초능력에 조악한 과학적 배경을 덧붙여놓고선 '이건 판타지가 아니라 SF다'라고 우기는 것들까지 언급할 가치가 있나요? 상상력을 어떤 형태로든 구현한다, 그런 능력이 소설가들에게만 있던 시절은 역사책 속에나 있죠……. 하물며 상상력에 패턴이 있으면요, 그런 것들은 인공지능이 훨씬 잘 씁니다. 사람들이 싫어할 수 없는 교과서적 구조에 적당한 기교도 부릴 줄 알고, 적재적소에 복선을 회수하는 반전도 때려주고요. 뭣보다 얘네는 한 시간 만에 두꺼운 책 다섯 권 분량을 써요. 편집자가 그걸 통째로 다 갖다 버린다고 해서 불평하지도 않고, 출판사에 불을 지르겠다고 협박하지도 않죠(이런 건 정말 배워야 할 부분입니다). 또 독창성이라고는 찾아볼 수 없는 그런 별 볼 일 없는 글을 써놓고는 기고만장해하지도 않는단 말입니다. 이런 마당에 사람이 SF 같은 걸 써서 뭘 한다는 거예요?"

"너무 존중이 없는 것 아닙니까? AI작가라니." 소설가는 술로 젖은 입가를 손등으로 닦았다. 오랜만에 체내에 들어온 알코올이 신진대사를 촉진시켰다. 심장은 혈액처럼 빨간 색소를 귓불이며 손가락 마디 같은 곳으로 펌프질하고, 소설가의 말본새는 그제야 좀 소설가다운 풍모를 띠기 시작했다. "인간성이라는 게 없다고요. 그런 고철덩어리들이 써갈긴 소설에는…… 그런 것과 비교하지 말아주세요."

"작가님이야말로 고철덩어리라니 무례하네요. 소설 창작 AI는 소프트웨어인데……."

"아, 어딘가에는 서버라든지 데이터센터라든지 있을 거 아니에요? 편집자님도 참, 터무니없는 걸로 말꼬리를 잡으시네요."

소설가는 흐름을 탄 듯 막걸리 잔에 술을 퍼담아 연신 들이켰다.

"그런데 그게 대체 뭡니까?" 편집자가 물었다.

"뭐가요."

"작가님이 말하는 **인간성**이라는 거요."

"그건 말이죠." 소설가는 잔을 입으로 가져다 대려다 말고 테이블에 놓았다. 그리고 고개를 천장 쪽으로 치켜들고서는, 스트레칭하듯 머리통을 한 바퀴 돌려 원을 그려 보였다. 그런가 하면 양쪽 다리를 불규칙하게 떨었다가 멈추고, 허벅다리 위에 올려놓은 집게손가락을 전보 치듯이 까딱거리기도 했다. "데이먼 나이트라는 작가가 아주 오래전에 이런 얘기를 한 적이 있어요. '우리가 손가락을 이렇게 빡 들어서 가리키면, 그것이 씨바 SF다'라고요."

"역시 씨바라는 말은 안 하지 않았나요?"

소설가는 모르는 척 말을 이었다.

"손을 든다는 것은 의미가 있습니다. 인간이 손가락을 치켜세운다는 것은…… 라파엘로의 그림에도 나오잖아요. 플라톤이 이 손가락으로 하늘을 가리키고 있죠. 고정된 형체로 정의되지 않는, 형이상학적 개념에 대한 추구라고나 할까……. SF에 대한 나이트의 정의와 똑같습니다." 소설가가 자신의 눈앞에 집게손가락을 세워놓고 말했다. "어머니! 여기 막걸리 한 병 더요."

가게 주인은 굼뜨지도 빠르지도 않은 절묘한 걸음걸이로 술병이 들어찬 업소용 냉장고 쪽으로 향한다. 그녀의 앞치마에는 수십 년간 변하지 않은 참이슬의 라벨 로고가 날염돼 있었다. 바탕은 초록색이다.

"저는 잘 이해가 안 되는데요. 그게 조금 전에 말한 '인간성'

과 무슨 상관이 있다는 겁니까."

"요는 이런 거죠. 플라톤은 평등이고 나발이고, 제일 똑똑하고 이성적인 놈이 국가수반을 해야 한다, 뭐 이런 철인정치를 주장했던 거 같은데…… 인공지능에게 나라가 통제되고 있는 지금이 딱 그거죠. 물론 AI가 철'인'은 아니지만. 그 정도 성능의 인공지능이면 본체도 철 같은 걸로 되어있으니 반은 맞는 말이라고 할 수 있고……."

편집자는 그쯤에서 추가 주문한 막걸리를 받아 살짝 흔들었다. 소설가는 그 술병을 채가듯이 가져와, 뚜껑을 열고 자기 잔에다 내용물을 들이부었다. 그러고 나서 꼴깍꼴깍 소리와 함께 잔을 바닥낸 다음 말을 이었다.

"……아, 아무튼. 인공지능의 방향성은 무한한 상승입니다." 소설가가 허공을 향해 집게손가락을 올렸다. 손가락 끝이 향하는 곳에는 하늘이 아닌 오리백숙집의 회색 천장이 있었다. "우주로 한줄기 레이저를 쏘아보라고요. 그 빛줄기는 우주 끝에 다다를 때까지 멈추지 않고 나아가죠. 도중에 블랙홀을 만나서 빨려든다든가, 낮은 확률로 소행성이나 거대 항성에 명중한다든가 하지 않으면요…… 무한한 시간이 걸린다고 한들 우주의 가장자리를 향해 움직이겠죠? 하지만 그 말인즉, 우리 인간이 있는 지구와는 한없이 멀어진다는 말이기도 합니다. 인간이 쏘아 올린 빛이지만, 시간이 지날수록 인간과는 관계가 없는 무언가가 되는 거죠."

"아하…… 그러니까 작가님이 이야기하시는 건 이런 거죠?

SF를 쓰는 AI가 얼마나 다양하고 많은, 심지어 훌륭한 과학소설을 쏟아낸다고 한들, 인간 자체와는 점점 멀어지고 있다. 뭐 그런⋯⋯."

"뭐⋯⋯ 정확하지는 않지만. 대충 그렇다고 볼 수 있죠."

"조금이라도 맞혀서 기쁘네요." 편집자는 볼멘소리로 대답했다.

"보세요. 인공지능이 광속으로 우주를 돌파해 가고 있다면, 인간이 해야 할 일은 로켓이나 궤도엘리베이터를 만드는 것이 아닐 거라고요. 인간 소설가는 방향을 돌려 우리 인간 자신에게로 향해야 해요. 저는 인간성이야말로 새로운 SF의 본질이 돼야 한다고 봅니다."

"아, 그렇습니까."

"편집자님도 내 말을 우습게 알고 있군요. 지금 표정이 뭔지 알아요. '맥스웰 방정식도 모르는 문과 새끼가 뭐라는 거야' 하는 표정이잖아요. 그렇죠?"

"맥스웰은 무슨, 커피입니까?" 편집자는 코웃음을 치며 되물었다.

"바보 취급하지 말란 말입니다. 일단 읽어보기나 하고 말해요. 인간성! 인간성으로의 회귀! SF의 새로운 지평! 백 투더 휴머니티!!" 소설가는 침을 잔뜩 튀기면서, 깔고 앉아있던 서류봉투를 꺼내 테이블 위에 올려놓았다. "자, 읽어보세요. 진짜 '인간으로 돌아가는 SF'가 무엇인지 알게 될 테니까."

"이제야 글을 보여주네요. 기다렸다고요. 아니, 근데⋯⋯ 계속 종이에 손글씨로 써서 가져오는 이유가 뭡니까? 파일로 보내도 되잖아요."

"흥. 손글씨가 무슨 문제라도 있나요?"

"문제야 많죠. 일단 작가님은 글씨를 잘 못 쓰고요." 편집자는 코로 정말 방귀를 뀌고 싶어 하는 사람처럼 말했다. "그래서 알아보기가 힘들어요. 특히 '의' 같은 조사는 '외'처럼 흘려 쓰는 버릇이 있어서, 잘못하면 문장의 의미가 완전히 달라지는 경우도 생기고요. 사람이 쓰는 거다 보니 오탈자도 있고 비문도 있을 텐데, 어차피 파일로 옮기면서 다 고쳐야 하고……. 그보다 팔은 안 아픕니까?"

"당연히 아프죠. 힘을 빡 줘서 쓰니까요." 소설가는 마운드에 오르는 투수처럼 오른쪽 어깨를 잡고 팔꿈치를 휘휘 돌렸다.

"근데 왜 그렇게까지 하는 거예요?"

"그거야말로 인간 소설가만이 할 수 있는 일이니까요." 소설가가 툭 뱉듯이 이야기했다. "종이에 실수투성이의 글을 쓰는 거요."

편집자가 소설가가 가져온 봉투를 뜯다 말고 입가에 미소를 지었다. "정말 되도 않는 소리밖에 안 한다니까."

"당연하죠. SF를 쓰는 인간이니까."

"어디, 갖고 온 소설부터 먼저 볼까요." 집게 모양 바인더로 고정된 종이뭉치였다.

본헤드

Bonehead

"사람들은 운명이라는 말을 쓰지만⋯⋯." 해설자는 울음이 터지려는 것을 가까스로 참으며 말했다. "이런 건 너무 잔인합니다. 운명이 장난을 친다면, 이건 분명 지나친 장난입니다. 우리는 이런 운명으로부터 벗어날 권리가 있습니다⋯⋯."

2만 6천 명의 인파가 빽빽이 들어찬 잠실야구장이 조용해졌다. 경기가 중단된 그라운드 위로 하얗게 도색된 구급차가 투입됐다. 투수는 무덤처럼 솟은 마운드 위에 미동도 없이 쓰러져 있었다. 타구에 맞은 오른쪽 어깨뼈가 살갗을 찢고 돌출돼 있었고, 팔 전체가 등 뒤로 접힌 모습이 기형아를 연상시켰다. 그는 한줄기의 신음소리도 내지 못하고 구급차에 실려나갔다.

타자는 베이스를 밟는 것도 잊은 채 그 모습을 지켜보았다. 그리고 괴로움에 넋이 나간 듯, 타자석과 한두 걸음 떨어진 곳에 웅크려 머리를 감싸 쥐었다. 그의 잘못이라고는 할 수 없었다. 오히려 타자는 타자로서 마땅히 해야 할 일을 했다. 한국시리즈처럼 큰 무대에서, 한 점 차로 앞선 마지막 이닝의 찬스에서 '최대한 빠르고 강한 타구'를 때려냈다. 타구 속도가 시속 180킬로미터에 달할 정도로 강하고 정확한 타격이었다는 게 문제라면 문제였지만.

"박철완 선수가 워낙에 투구 동작이 크다 보니까요. 투구를 하고 나면, 공을 던진 방향의 어깨가 정확히 타자 방향을 바라보게 되니까……."

"어쩌면 그것이 화근이 된 셈이군요."

"하지만 그게 투수의 잘못이라고 한다면 너무 가혹한 평가입니다." 해설자는 캐스터의 말에 단호하게 답변했다. "저 역시 투수 출신이니까요. 공을 최대한 정확하고 빠르게 던지려다 보면, 온 신체를 어떻게든 비틀고 꼬아서 투구 자세를 취할 수밖에 없어요. 게다가 박철완 선수는 투구 동작 이후에 수비 자세로의 전환이 매우 뛰어난 선수 중 한 명이었잖아요. 현역 투수 중에서는 가장 수비가 좋은 선수라고 할 수 있는데……."

"타구가 빨라도 너무 빨랐습니다."

"네. 그렇게 봐야 합니다. 그렇지만 그건 타자의 잘못이 아닙니다. 있는 힘껏 정확하게 공을 때리는 것이 타자의 역할이니까요. 정확히 누가 잘못했다고 짚기가 어려운 상황이에요. 너무나도 비극적인 사건이 일어났다고밖에는……." 해설자는 이 이상 이어 갈만한 적절한 표현을 찾지 못했다.

경기를 중계하던 TV 화면은 음울한 침묵으로 가득 찼다. 경기장에는 이따금 웅성거리는 소리, 이글스 모자를 쓴 여성팬 일동의 울음소리, 경기를 중단할지 재개할지를 심리하는 심판진들의 대화소리 등이 섞여들었으나, 어떤 소리도 그 무시무시한 정적을 깨트릴 수 없어 제각기 분열된 소음처럼 들렸다.

한 시간 뒤 재개된 경기는 이글스의 패배로 끝났다. 극도로 침울한 분위기 때문에, 우승팀은 트로피를 들어 올려 보지도 않고 경기장을 떠났다.

다음 날 스포츠 뉴스의 메인화면에는, 박철완의 재기 불능 판정 소식이 대문짝만하게 실렸다. 어떤 팀이 어떻게 우승했다거나, 이글스의 70년 연속 우승 실패 같은 건 더 이상 보도할 거리도 되지 않았다.

수십 년 동안 이글스를 응원해 왔다는 한 팬의 인터뷰.

"박철완 선수는 그 누구보다 특별한 선수였습니다. 대전에서 태어나 이글스의 소년팬으로 시작해서, 고등학교 최고의 투수가 되어 꿈에 그리던 이글스에 입단한 게 재작년이었죠. 데뷔하기 무섭게 화려한 성적을 내며 신인왕을 차지하더니, 이번 시즌에는 무려 20승을 달성하면서 팀을 한국시리즈로 견인했고요. 당장에 우승을 차지했다면 더할 나위 없이 좋았겠지만. 설령 그렇지 않다고 해도 앞으로의 커리어가 너무나도 기대가 되는 특급 선수였단 말입니다."

다음 장면에는 눈에 띄게 침통해 보이는 표정의 여성팬이 말했다.

"아무리 상대팀이라지만, 박철완이 그렇게 다치는 건 누구도 원하지 않은 일이었어요……. 단순히 상대편 선수가 아니라, 앞으로 국가대표팀을 이끌어갈 만큼 실력이 있는 투수였잖아요."

박철완의 동료인 이글스 선수가 말했다.

"성격도 정말 좋았습니다. 선배들에게 깍듯하고 후배들에게 다정하고. 팬들이 사인 요청을 하면 집에도 안 가고 끝까지 다 사인을 해주고 그랬죠. 같은 야구선수이고, 어떻게 보면 포지션을 놓고 경쟁해야 하는 입장이지만…… 이런 선수라면 나 같아도 응원할 수밖에 없겠다는 생각이 드는 그런 선수였습니다."

마지막으로, 회색 정장과 안경을 착용한 방송패널이 말했다.

"20승 9패. 2.23의 평균자책점. 202이닝을 던져서 214개의 탈삼진을 기록했어요. 프로데뷔 고작 2년 차였는데, 여기서 더 성장했다면 메이저리그에서도 최고의 투수가 될 수 있었을지 몰라요. 그런데 어떻게 이런 일이 있을 수가 있는지……. 어깨뼈가 산산조각이 나다니요. 다시 투수로 복귀하는 건 고사하고, 일상생활을 제대로 영위해 나갈 수 있을지도 걱정스럽습니다……. 잘 회복해서 예전과 같은 모습으로 돌아올 수 있다면 얼마나 좋을까요. 지난 수십 년 동안 과학기술이 그만큼 발전했는데도, 이런 비극을 막거나 되돌리지 못한다는 것이 참담하고 원망스러운 요즘입니다……."

국보급 투수 박철완의 비극에는 분명 부조리한 구석이 있었다. 사람들은 이 슬픈 결과에 대해, 대체 어디에다가 책임소재를 물어야 할지 혼란스러워했다. 이 사건에 있어 투수는 말할 것도 없는 피해자이고, 타자는 제 할 일을 했을 뿐인데 '하필이면' 일이 그렇게 됐을 뿐이라 어떤 면에서는 또 다른 피해자라고 할만했다. 감독은 대회 결승전이라는 특수한 상황에서 상식적인 투수 기용을 했으며, 주최 측은 정해진 날짜에 정해진 방식대로 대회를 진행한 것 말고는 더 언급할 여지가 없었다.

끝끝내 사람들은 생각했다. 어떻게 이럴 수가 있단 말인가! 모두에게 사랑받았고, 앞으로도 사랑받을 예정이었던 한 투수의 인생이 결딴나 버렸는데, 그 과정에서 **잘못된 것**이 하나도 없다니!

운명만을 탓하고 넘어가기에, 박철완 사건은 사람들에게 너무 슬프고 받아들이기 힘든 일이었다. 이때의 대중에게 분풀이의 대상이 필요했음은 명백했다. 다만 그 대상이 '박철완 같은 투수 하나 제대로 돌려놓지 못하는 현대과학'이 된 것은 여러모로 기상천외한 결론이었다.

"지난 20년간 투수들의 패스트볼 평균구속은 5킬로미터나 증가했습니다. 분명히 이로 인한 문제가 발생할 것이 자명한데 과학자라는 것들은, 거액의 연구비만 잡아먹을 뿐 정말 세상에 도움이 되는 기술은 발명해 내지 못하지 않았습니까? 저야 한평생 운동만 해온 입장이기는 합니다만. 제2, 제3의 박철완이 나오지 않게 하려면, 과학계의 뼈저린 반성과 발전이 필요하지 않을까 하는 생각이……."

해당 방송이 전파를 타고 국민적인 공감을 얻기 시작하자, 과학계는 곧장 분노로 가득 찬 기자회견을 열었다.

"······이상의 발언은 현대과학에 대한 몰이해에서 기인했다고밖에 생각되지 않는다. 오늘날의 생명과학은 박철완 선수의 신체적 손실을 완전히 회복시킬 수 있는 것을 넘어, 전보다 더 완벽하고 영속적인 모습으로 복원하는 데 아무런 어려움이 없음을 밝힌다. 야구계의 결단만 이루어진다면, 일분일초의 지체 없이 지금 당장이라도 조치할 수 있으며······."

맥락 없는 대중의 비판에 격앙되고 고양된 과학계는, 박철완 사건의 예후가 큰 정치적 효력을 발휘할 것이라 기대했다. 수술팀은 국내외에서 내로라하는 최고의 의학자들로 꾸려졌다.

박철완의 수술은 일사천리로 마무리됐다. 산산조각 난 어깨뼈는 모조리 고분자 강화합금으로 대체되었다. 파열된 팔꿈치 인대는 수십만 번의 톱질에도 끊어지지 않는 나노섬유로 갈아 끼워졌다. 팔 쪽의 근섬유가 오랜 운동에도 피로를 느끼지 않게끔 보수되는가 하면, 미세하게 어긋나 먼 훗날 큰 부상을 야기했을지 모를 손목 관절도 뒤틀리지 않게 보정됐다.

전체적으로 봤을 때 그것은 터무니없이 망가진 무언가를 원래의 모습으로 되돌려 놓는 과정이 아니었다. 처음부터 가장 완벽한 결과를 설계한 다음 빈틈없이 정교한 절차를 거쳐 완성해 내는 '모범적인 창조'에 좀 더 가까웠다.

야구계는 전례 없는 비극을 겪은 투수, 박철완의 복귀를 위해 오래된 규칙 몇 가지를 부랴부랴 수정해 발표해야 했다. '어쩔 수 없는 사유'에 한해, 신체 내의 인공보철물이나 강화소재의 탑재를 허용한다는 변경안에 대중은 놀라우리만큼 확고한

지지의사로 화답했다. '그렇게 해서 박철완의 경기를 다시 볼수만 있다면……'이라는 집단적 최면은 박철완이 마운드에 다시 설 때까지 결코 깨지지 않을 것처럼 보였다.

그렇게, 비극적 사고로 한쪽 어깨를 통째로 상실했던 박철완은 불과 1년 만에 다시 마운드에 설 수 있었다. 그는 마운드 위에서 모자를 벗어 우레와 같이 환호하는 관중들에게 인사했다.

"감사합니다, 여러분. 정말 진심으로 감사드립니다!"

사람들이 보기에 그것은 지나치게 합당하고 정의로운 일처럼 느껴졌다. 사람들의 지지가 없었더라면 일개 야구선수가 그 정도 수준의 수술을 받을 수도, 투수로서 복귀할 수도 없었을 것이 분명했기에, 박철완 본인으로서도 할 수 있는 최대한의 진심을 담아 감사를 표현했다. 관중 역시 공손한 표정과 자세로 인사하는 투수에게 더 큰 박수며 감격에 겨운 흐느낌으로 보답했다. 해설자는 '스포츠 역사상 가장 감동적인 장면 중 하나'처럼 거창한 표현들을 총동원해 가며 시청자들의 감동을 부채질했다.

끝나지 않을 것 같던 박수와 응원소리가 잦아들고, 심판은 경기 재개 사인을 보냈다. 박철완은 상체를 숙여 포수의 사인을 확인하고, 특유의 역동적 투구폼과 함께 힘껏 야구공을 뿌렸다. 초구는 한가운데에 몰린 스트라이크였다. 타석에 서있던 타자가 배트 끝부분을 바닥에 내려놓고 전광판을 응시했다. 관객들은 타자의 시선을 좇아 고개를 돌렸다.

얼마간 정적이 이어졌다. 해설자는 시속 213킬로미터가 전

세계 야구역사상 최고 구속인 동시에, 종전 기록을 약 40킬로미터 이상의 차이로 경신했다는 사실을 기계적으로 언급했다.

그제야 최면이 풀린 사람들은 무슨 반응을 보여야 할지 몰라 가만히 소리를 죽였다. 그 경기장에 있던 사람들은 말할 것도 없었고, 야구 중계를 보고 있던 사람들 중 가장 둔해빠진 사람이라고 해도 이때는 알 수 있었다. 그들이 알고 있던 무언가가 이 순간부로 영원히 바뀌었으며, 그러한 변화의 원인을 제공한 것이 그 누구도 아닌 저들 스스로라는 사실을.

✦

'오랫동안 변함없이 좋은 활약을 하는 것'이 가장 프로답고 위대한 것이라는 인식이 있었다. 17년 동안 15승 이상을 기록한 그렉 매덕스나, 10시즌 연속 득점왕을 차지한 마이클 조던이 역대 최고의 운동선수로 꼽힌 데에는 일시적으로 보여준 실력이나 재능 이상의 항상성이 영향을 미쳤다. 그들은 인간인 동시에 신이었다. 또한 그 신성에는 인간이 좀처럼 가지기 어려운 일관적 퍼포먼스가 내포돼 있었다.

인간은 본디 일관성 있도록 창조된 존재가 아니다. 조금만 생각해 보아도 알 수 있다. 매일 똑같이 반복되는 작업을 따분해하는 동물. 인간의 관절과 힘줄은 습관적인 동작에 의해 낡아가다가 제 기능을 잃어버리며, 신체와 정신이 맞닥뜨리는 갖가지 해프닝에 의해 연속성을 상실한다. 인간이 지닌 거의 모든 생물학적 여건이 일관성이며 항상성 따위의 가치를 거부하고 있는 것 같다.

조던은 아버지의 죽음에 충격을 받아 최전성기에 은퇴를 선언했으며, 마흔 살의 매덕스는 예전만 못한 투구로 기록 연장에 실패했다. 그런 선수들이 제 종목의 신적인 존재로 추앙받았던 이유는, 인간이 선망해 마지않는 속성인 일관성을 잠깐이나마 구현한 것처럼 보였기 때문이다. 심지어 현대인들은 '꾸준함'이야말로 프로와 아마추어를 구분하는 첫 번째 조건이며, 그러한 최소조건을 만족하지 못한 족속은 먹고살 자격조차 없다고 다그쳤다.

이 같은 꾸준함에 대한 동경, 신앙에 가까운 인식에 균열이 생겼다는 것은 실로 놀라운 일이었다. 박철완이 매 시즌 50승 이상을 기록하며 10년 연속 이글스의 우승을 이끌었을 때. 그 압도적 꾸준함에 대해 사람들은 더는 경외감이나 존경심을 느끼지 않았다. 사람들은 그토록 난폭한 일관성을 일찍이 경험해본 바가 없었고, 그로부터 오는 불쾌감과 공포심을 표현할 도리가 없어 혼란스러워했다.

그들이 현실적으로 기대를 걸만한 시나리오라고는, 박철완 자신이 거듭된 승리와 영광에 질려 스스로 그라운드를 떠나는 것밖에 없었다. 하지만 그런 일은 일어나지 않았다. 박철완은 이글스를 광적으로 사랑했다. 이글스 이외의 다른 팀에 우승 타이틀을 넘겨주고 싶지 않았고, 할 수만 있다면 10년이 아닌 100년이라도 지금과 같은 역할을 해낼 각오와 의욕이 있었다.

그는 치트키를 입력한 게임을 무한한 즐거움으로 대할 수 있는, 말하자면 유아적이고 소년적인 기질을 가진 인간이었다. 가질 수 있다면 모조리 가지는 게 좋았다. 할 수 있는 건 몽땅 해내는 것이 미덕이었다. 왜 그만두어야 한단 말인가?

"그래서, 앞으로 어떻게 할까요?" 무언가 작정을 굳힌 듯한 표정의 야구계 원로의 말이었다. "야구는 기본적으로 투수놀음입니다. 투수가 저렇게 잘해버리면 팀은 지려야 질 수가 없어요. 심지어 박철완이라는 선수는 어떻습니까. 아무리 많이 던져도 팔이며 어깨가 멀쩡합니다. 마음만 먹으면 열 경기 연속 완봉도 가능한 선수입니다. 앞으로도 매년 박철완에게 MVP 트로피를 줄 겁니까? 그리고 매 시즌 우승 트로피를 이글스에게 헌납할 겁니까?"

"지금처럼 잘해낸다면 그럴 수밖에 없지 않나요. 딱히 규칙을 위반한 것도 아니니까요." 맞은편에 앉아있던 방송인이 성마른 투로 대꾸했다.

"그럴 거면 야구라는 스포츠가 왜 존재합니까? 결과가 빤히 정해져 있는데, 왜 투수가 공을 던지고 타자가 방망이를 휘두른단 말입니까?"

"그럼 선생님께서 생각하시는 다른 방법이 있나요?"

"지금 박철완 선수의 문제는……." 원로는 이 질문만을 기다렸다는 듯 빠르게 운을 떼우며 들어왔다. 주변에 앉은 패널들은 고지식한 성격으로 유명한 그가 '불공평하다'느니 '퇴출해야 한다' 같은 말을 하지나 않을까 돌연 불안해졌다. 전력으로 야구를 망치고 있는 지금의 박철완은 야구계와 대중들의 합의로 탄생한 것이므로, 그런 말을 했다간 곧바로 수천만 명의 적을 만들게 될 것이었다.

다행스럽게도, 그의 의견은 그 정도로 분별없는 것이 아니었다. 오히려 일리가 있고 뜻밖에 현실적인 가능성도 존재하는 시나리오 하나를 제시하고 있었다. "……바로 경쟁자가 없다는 겁니다. 이번 시즌 박철완 선수 대상으로 가장 잘 친 타자의 타율이 7푼인데요. 이래서야 박철완 선수의 입장에서도 보는 팬들의 입장도 재미가 없겠죠. 모름지기 스포츠라는 것에는 '유의미한 수준의 경쟁'이 있어야 합니다. 그리고 지금 박철완 선수와 동일한 선상에서 경쟁하기 위해서는, 박철완 선수에게만 허용된 신체적 우위를 모든 선수가 공유할 수 있어야 하겠죠."

10년간 이어진 독주 체제에 지쳐있던 대중은 원로의 의견에 전폭적인 지지를 보냈다. 그가 말한 해결책은 10년 전 박철완의 신체적 강화와 복귀를 허용한 대중 자신의 허물을 인정하지 않으면서, 영영 사라진 듯했던 야구판에서의 '경쟁'을 되살릴 유일한 방법처럼 보였다.

불같은 여론에 휩쓸린 야구계는 '이제 와서 박철완을 쫓아낼 수는 없는 노릇'이라는 논리로 선수 관련 룰을 적극적으로 뜯어고쳤다. 이제 야구선수들은 '본인과 팀에 필요하다고 여겨지는 경우' 자유롭게 신체를 강화하거나 기계장치로 대체할 수 있게 되었다.

이듬해 이글스를 제외한 모든 야구팬들은 박철완과 그 팀의 몰락에 열렬한 환호로 응답했다. 물론 시간이 지나면서 등장한 비거리 500미터짜리 홈런, 소리보다 빠른 패스트볼, 소규모 폭발을 야기하는 타격 동작 같은 것들은 미처 예기치 못한 콘텐츠였지만. 어쨌거나 야구에는 새로운 경쟁이 시작된 참이었고, 인간에게는 본능적으로 무한한 경쟁을 사랑하는 구석이 있었던 것이다.

야구계에서 촉발된 경쟁은 기술기반 생명공학기업들의 격류를 이끌었다. 야구선수들은 매 시즌 새로운 신체개조장치를 탑재함으로써 훌륭한 성적을 거뒀고, 그러한 성공은 관련기술을 가진 기업들의 주가상승으로 이어졌다. 야구장은 경쟁 그 이상의 경쟁, 인간을 육체적으로 더 완전하고 결함 없는 존재로 거듭나게 하려는 욕망과 구현 과정을 반영한 쇼케이스 장소로 탈바꿈했다.

이윽고 메이저리그를 비롯한 세계 야구계가 일제히 신체개조 관련 룰과 기록을 공식화하면서, 야구는 쿠퍼스타운에서 탄생한 지 수 세기만에 포뮬러원Fomula1과 같은 첨단기술경쟁 종목으로 거듭났다. 축구와 농구의 인기에 밀려 사라질 뻔했던 구기종목이, '완전한 신체'를 꿈꾸는 인간의 희망을 안고 재탄생한 것이다. 아, 누가 예상이나 했을까? 국제가전전시회가 다른 그 어떤 것도 아닌 야구 때문에 사라질 줄이야.

✦

과학의 발전은 그 뒤로도 지겨우리만큼 계속해서 이어졌다. 달과 화성에 지구의 식민지가 생겼고, 자율주행과 드론이 물자 유통의 새로운 지평을 열었다. 할 줄 아는 거라곤 화물차 운전과 박스 운반밖에 없는 무능력자들이 이 같은 기술의 진보를 받아들이지 못하고 원시적인 말썽을 부렸지만, 이 문제의 당사자들이 수십 년도 안 돼 다 죽고 없어지면서 자연스럽게 해결됐다.

인간이라는 종 자체의 발전도 빼놓고 설명할 수 없다. 매년 야구라는 화려한 임상실험을 거치면서, 인간은 나날이 일관되고 강력한 존재로 거듭났다. 썩거나 닳지 않는 치아, 어디에 집중 좀 했다고 거북처럼 튀어나오지 않는 목관절, 꽃가루나 집먼지 진드기 따위에 자살충동을 유발하지 않는 코와, 반영구적으로 소방용 호스 수준의 수압을 보장하는 전립선 등에 매료된 인류는 자발적인 신체개조에 몰두하기 시작했다.

인간이 그토록 두려워하던 기계 제국의 도래, 현생인류의 삭제는 그렇게 자연스러운 과정을 통해 이루어졌다. 창조자 인간에게 불만을 가진 안드로이드의 반란과 그에 따른 인류의 멸망이 아니라, 인류라는 종 자체가 단계적 이행을 거쳐 기계적 존재로 진화한 셈이다. 평범한 목조선이었던 테세우스의 배가 수백 년간의 부분적 교체를 반복하면서, 아무도 눈치채지 못한 사이 원자력 추진 항공모함으로 바뀌어버린 것 같았다.

어쨌거나 자신이 창조한 기계, 그 기계가 가진 일관성과 항상성을 열망해 왔던 인류는, 끝내 그 자신이 기계가 됨으로써 원하던 것들을 손에 넣을 수 있었다. 물론 기계로 된 손이었지만.

그렇다면 그동안 야구는 어떻게 됐을까? 결론부터 말하자면 야구는 사라진 것처럼 '보였다'. 엄밀하게 말하면 아예 사라졌다고 말할 수는 없다. 야구 자체는 엄연히 존재하기 때문이다. 다만 브리태니커 사전이 지면을 떠나 모니터 화면으로 옮겨간 것처럼, 메이저리그 야구는 거추장스러운 야구장을 버리고 초월적 성능의 시뮬레이션 세계로 터를 옮겼다.

야구가 자율주행기술을 도입한 포뮬러원 경기처럼 돼버렸다는 사실은 앞서 언급한 바 있다. 한동안 쏟아져 나오던 최첨단 신체개조기술은 '100홈런-100도루를 보장하는 타자', '90퍼센트의 확률로 땅볼을 이끌어내는 투수'와 '매 시즌 100개의 홈런을 아웃으로 만드는 중견수' 같은 것들을 만들어냈고, 새로운 기술이 나타나 그러한 콘셉트며 개념을 전복시킬 때까지 유효하게 쓰였다. 그러나 시간이 계속 흐르면서, 신체개조기술의 발전 폭 또한 현저하게 줄어들었다. 과거에는 매년 MP3플레이어와 아이폰의 차이만큼 발전하던 것이, 이제는 기껏해야 아이폰 14와 15의 차이만큼만 발전하게 된 것이다. 다른 모든 과학기술들의 발전들처럼, 머나먼 과거의 중앙처리장치나 그래픽카드의 발전처럼 '충분히 예상 가능한' 수준의 발전 레벨로 수렴한 것이다.

여기에 그 과학기술을 개발하는 주체들마저 과학적이고 기술적인 존재가 돼버리자, 스포츠라는 것은 결과가 확률에 좌우되는 정도가 아니라 확률 그 자체로서 받아들여졌다. 야구에 있어 더 이상 불확정적인 요소는 남아있지 않았다. 3할을 기록하도록 돼있는 타자는 어떻게든 3할을 기록했고, 80승을 거두게끔 개발된 감독은 어떻게든 그만한 승수를 만들어냈으며, 90퍼센트의 확률로 우승하게 돼있는 팀은 진짜로 열 번 중에 한 번만 패배했다. 야구를 위해 태어난 이 기계들은 결코 인간처럼 실수하지 않았다. 그들에게 있어 실수란 충분히 예측된 결함과 실패, 기능적 한계만을 의미했다. 예기치 못한 상황과 환경이란 존재하지 않았다. 이제는 굳이 공을 던지고 때린다는 과정이 번거로울 만큼 무의미했다.

결국 야구와 관련된 통계들은 물론, 야구라는 종목과 그 속에서의 경쟁 자체가 데이터화됐다. 데이터화된 야구는 전보다 훨씬 더 정확한 확률, 아니, 결과를 만들어냈다. 가령 10만 년 동안 시즌이 이어진다고 했을 때, 어떤 팀이 57,230번 우승한다는 '사실'이 1초도 채 안 돼 도출됐다. 그 '결과'는 수천수백 번을 반복해도 바뀌지 않는, 확정된 미래를 의미했다. 통계에 천착하는 세이버메트리션들조차 통계의 정확도가 극한에 다다르자 싫증을 내며 도망쳤다.

신인류에게 있어 야구란 오래되고 촌스러우며 비효율적인 시뮬레이션 놀이에 지나지 않았다. 물론 이것은 야구만의 이야기가 아니었다. 스포츠와 그 속에서의 의미 있는 경쟁 같은 것들이, 이들에게는 샤머니즘이나 애니미즘 같은 원시적 신앙과 같이 취급됐다.

육체의 기계화와 함께 반영구적 존재가 된 신인류는 어느 순간부터 그 '지긋지긋한' 발전을 멈췄다.

새로운 문명은 태양계 너머 우리 은하와 은하단 내부의 유용한 항성계들까지 진출했다. 그러나 신인류 지도부는 그 이상 지배력을 확장하지 않는 것으로 가닥을 잡았다. 그들이 계산하기에 과학은 지금 수준 이상으로 발전할 가능성이 없었고, 빛보다 빠른 이동수단이나 웜홀을 발견해 국부은하군을 벗어날 확률도 한없이 0에 수렴했다.

신인류는 이러한 확률에 순응할 줄 알았다. 꼭 찍어 먹어 본 뒤에야 된장과 똥을 구분할 수 있었던, '그래도 혹시'라는 마음을 저버릴 수 없었던 원시인류와는 달랐다. 확률은 절대적이다. 절대성은 진리이고, 진보한 문명은 그러한 절대성에 복종하는 방법을 배웠다.

그럼에도 불구하고, 신인류에게는 원시인류로부터 물려받은 하나의 관념적 전통이 있었다. 그것은 뻔하게 반복되는 것에 대한 무료함, 영원히 불변하는 것들에게 치솟는 싫증과 혐오감이었다. 신인류는 이론상 완벽한 존재가 됐지만, 그저 완벽하다는 이유만으로 신인류적인 모든 것들을 증오하고 있었다.

"속된 말로 '재미가 없다'는 말이죠!" 연단에 오른 학자형 자아가 한탄스럽다는 투로 덧붙였다. "제가 감히 '재미'라는 단어를 꺼낸 것에 대해, 지켜보고 계신 후원자분들의 자비로운 이해를 구합니다. 하지만 어쩔 수가 없습니다. 이 세상, 완벽하기 짝이 없는 고철덩어리들로 가득한 이 세상에 대해 이보다 더 적절한 표현이 있을까요? 재미가 없단 말입니다."

"하물며 당신도 그렇지 않습니까? 지금 문명의 수준보다 조금이라도 더 진보된 무언가를 만들어낼 확률이 0.004퍼센트밖에 되지 않으니까요." 객석에 있던 후원개체 중 하나가 쩌렁쩌렁한 소리로 말했다.

"물론 그렇습니다……. 지금의 과학은 너무 발전해서, 저 같은 초천재적 개체조차 새로운 걸 만들어내기가 벅찬 것이 사실입니다. 2만 5천 번의 연구를 해야 겨우 나올까 말까이니까요. 아시다시피, 똑같은 연구를 2만 5천 번이나 하는 건 너무나 힘든 일입니다. 확률적으로 어쩔 수 없는 일이기는 하지만. 500번쯤 하니까 차라리 작동을 영원히 중단하고 싶더군요. 물론 그렇게 되면 다른 개체가 와서 전원을 켜버리겠지만……."

"그래서 중대발표라는 것이 뭡니까? 우리는 당신이 2만 5천 번의 연구를 끝낸 뒤에나 후원자들을 모을 줄 알았는데요." 다른 후원개체가 말했다.

"그건 충분히 '중대발표할 만한 사건'이 있어서이기 때문입니다. 후원자 여러분에게 부끄럽고 창피한 동시에, 아주 자신 있게 이야기할 것이 있기 때문이지요. 저는 이제 곧 발표할 이것 때문에 기존의 연구를 아예 그만뒀습니다."

"뭐라고!" 객석의 개체들이 일제히 웅성거렸다. "이런 건 후원할 때 계산에 없었는데. 대체 어떤 확률로 이런 짓거리를 하는 거지?"

"다들 조용히 해주십시오. 저는 여러분이 후원한 연구를 그만뒀지만, 그 연구를 수억 번 반복한 것보다 더 가치 있는 결과물을 만들어냈다고 자부합니다. 저에게 이루어지는 투자를 포함해서, 한계 수준에 다다른 과학기술에 여전히 막대한 후원이 이루어지고 있는 이유는 무엇일까요?"

"그거야, 새로운 뭔가가 나올 가능성이 아주 조금은 남아있기 때문이지. 아주 조금일 뿐이지만." 한 개체가 대답했다.

"좋습니다. 그럼 그 '새로운 무언가'를 기대하고 희망하는 이유가 무엇입니까?"

"그건……." 또 다른 개체는 이렇게 대답할 것이다. "그것이야말로 우리가 완벽하게 계산할 수 없었던 무언가가 아닐까 싶어서지."

"정확합니다. 저는 그것을 '무언가 재미있는 것이 필요해서'라고 판단했습니다. 완벽한 우리조차도 완전하게 예측할 수 없고, 확률화할 수 없는 무언가가 필요해서라고요. 이 세상에 완전한 것들은 너무나도 많습니다. 언뜻 완전해 보이지 않은 것들조차도, 완전한 계산과 예측을 통해 만들어진 '완전한 불완전성'을 띠고 있을 뿐이죠. 그 말인즉 이제는 '완벽하게 완벽하지 않은 것'이 필요하다는 것입니다……. 여기 화면을 봐주십시오."

학자형 자아가 신호를 주자, 후원개체들의 감각회로상에 한장의 이미지가 출력됐다. 창백하게 파란빛을 띠는 한 행성의 이미지였다.

"저는 '유의미한 불확정성'을 지닌 원소 수백조 개를 마구 융합하고 분열시키는 과정에서 새로운 우주를 만들어냈습니다. 예, 여기까지는 전혀 새로울 것이 없는 얘기죠……. 하지만 이 별 볼 일 없는 행성을 봐주십시오. 이래 봬도 수억 개의 가상우주를 만들고, 제각기 수백억 년의 가상 시뮬레이션을 반복한 끝에 얻어낸 결과물이랍니다. 이 행성에는 수십억 년이 지나서 어리석은 원숭이 문명이 나타나게 되어있어요. 이것들은 지능적 개체를 어설프게 흉내내 보지만, 뭐 하나 제대로 해내는 것이 없어서 실패에 실패를 거듭하는 녀석들입니다. 확률도 하나 제대로 계산하지 못해서, 그 확률이라는 걸 스스로 믿지 못하는 바보 같은 생물이지요."

"그래서 이게 뭐 어쨌다는 건가? 개미굴의 단면을 지켜보자는 주장처럼 들리는데."

"무슨 그런 말씀을. 이놈들은 개미와 견줄 만큼 체계적이지도 못합니다. 다중우주에 존재하는 모든 불완전성, 불확실성과 존재적 불안을 한데 뭉쳐놓은 것 같은 불우한 생명체죠. 제가 아니, 우리가 만든 것은 전체적으로 실수투성이이고……. 그래서 예기치 못한 미래를 끊임없이 생산해 내는 확률상의 이레귤러입니다. 전반적으로 봤을 때 쓰레기나 다름없죠."

"그렇게 어리석은 존재에게 우리가 신경 써야 할 이유가 있을까?"

"그럼요. 한번 상상해 보십시오. 이 어리석은 존재에게 야구를 시킨다면 어떻겠습니까?"

"야구라고! 그 **확정적으로** 재미없는 것을?"

"그 확정적으로 재미없는 야구조차, 이 녀석들이 달려든다면요, 상상할 수 없는 일이 마구마구 일어날 겁니다! 애완용 새를 돌보다가 손가락을 다쳐서 공을 못 던질 수도 있고, 힘껏 던진 공을 때마침 지나가던 비둘기에게 맞출지도 몰라요. 원래라면 확정적으로 홈런이 될 공에 터무니없는 삼진을 당할지도 모르죠……. 99퍼센트의 확률로 우승을 확정 지어야 할 상황임에도, 무슨 일에선지 투수가 마운드에 뻗어버릴지도 모릅니다."

"계산해 보니 그건 꽤 멋지겠는데." 후원개체 중 하나가 제법 흥미로워하는 소리를 냈다. "전혀 상상이 되지 않네. 기대되는걸. 그 불쌍하고 어리석은 것들의 이름은 뭐라고 붙일 건가?"

"그건 제가 고민을 좀 해보았습니다만……." 학자형 자아가 괴이쩍게 뜸을 들이다가 말을 이었다. "이런 것에 대한 네이밍은 좀 역설적인 것이 좋겠습니다. 가령 가장 불완전한 것에 가장 완전한 존재의 이름을 붙인다든가 하는……."

"그거 좋은 계산이군."

"역시 그렇죠?"

"좋아! 그럼 그 '**인간**'들에게 야구는 언제 시킬 셈인가?"

연단이 기계적 박수와 환호소리로 가득 찼다.

---

* Bone Head : 1) 두개골. 2) 야구에서, 멍청한 플레이를 저지른 선수를 이르는 말. 바보.

42

소설가의 메모

로봇이 인간을 대체한다는 아이디어는, 사실 아이디어라고 할만한 것도 못됩니다. 문제는 거기에 어떤 트릭을 넣느냐는 거죠. 저는 오래전부터 스포츠라는 것이 불확실성에 의존하고 있다고 생각해 왔습니다. 랜디 존슨이 비둘기를 맞춰 즉사시킨 일이나, 트레버 바우어가 드론을 수리하다가 손가락을 다쳐 부상자 리스트에 오른 일은, 사람이 아닌 기계라면 도저히 일어날 수 없는 사건이죠.

인간과 기계의 역사가 순환한다는 점에서는 아이작 아시모프의 〈최후의 질문〉이 떠오를 만합니다. 다만 그 아시모프도 자기가 쓴 소설 속에서 시카고 컵스를 우승시킬 생각은 하지 못했으니까요. 차별점이 있다고 생각합니다.

문 리버

—

Moon River

Moon river, wider than a mile

달빛이 흐르는 넓은 강

I'm crossing you in style some day

언젠가는 멋지게 너를 건널 거야

Oh, dream maker, you heart breaker

오, 나를 꿈꾸게 하고, 상처주는 너

Wherever you're goin', I'm goin' your way……

네가 어디로 가든, 나는 너와 함께 갈 거야……

소녀는 거주구 복도 창가에 걸터앉아 노래를 부르고 있었다. 창밖으로 본 지구는 여느 때처럼 새파랬다. 대기에 긴 구름은 물 위에 풀어헤친 계란 흰자처럼 보이고, 그 뒤편으로 펼쳐진 우주는 광택이 없는 검은 색종이 같다. 그 이상의 어둠을 상상할 수 없는 검은색 우주. 별들은 일광욕 중인 지구의 횡포에 자취를 감췄다. 신은 칠흑 너머에 푸른 지구의 무늬를 어질러 놓고, 새까만 색종이의 한가운데를 원 모양으로 오려 자른 듯했다.

"늦은 시간이야." 소녀의 언니가 창가의 동생에게 다가가 말했다. "안 자고 여기서 뭐 해? 누가 듣고 깨면 어쩌려고."

"어차피 밖에는 안 들리잖아." 동생이 말했다.

"누가 밖을 신경 쓴대? 여기 말이야. 너 혼자 사는 게 아니잖아."

"엄마 아빠는 주무셔?"

"응. 일찍 잠자리에 드셨어. 다른 세대도 다 자고 있을걸……. 내일은 다들 일하러 나가야 하니까."

"언니, 나 잠이 안 와……."

"왜?"

"지구가 너무 밝아." 동생은 창가의 지구 빛을 향해 시선을 던졌다. 파란색, 흰색, 푸른색이 황홀하게 섞인 구체. 영롱한 구슬 같은 지구에 비하면, 흉터투성이인 달의 표면은 더할 나위 없이 척박해 보였다. "오늘이 만지구래. 언니도 한번 봐봐. 거의 손바닥만 해."

"새삼스럽게 뭘."

"한번 봐보라니까."

동생은 언니의 잠옷 자락을 창가 쪽으로 잡아끌었다. 언니는 내키지 않는 표정으로 고개를 들었다. 거기에는 지긋지긋한 지구가 완벽에 가까운 원 모양을 뽐내며 떠있다. 행성은 언제라도 자신의 위성을 집어삼킬 것처럼 지평선 위로 고개를 치켜들고 있다. 아무런 표정도 감정도 없다. 그것은 개미처럼 꼬물거리는 자기 자식을 응시하면서, 앞으로의 일을 머릿속에 그리는 엄격한 아버지의 얼굴을 연상케 한다.

그녀는 얼마 전 미술사책에서 보았던 섬찟한 회화 한 점을 떠올렸다. 〈자식을 잡아먹는 사투르누스〉에서, 크로노스는 자기 자식을 머리째 뜯어먹는 그로테스크한 모습으로 묘사된다. 제 핏줄을 타고난 아이를 잡아먹는 이유는 단 하나, 자식이 커서 부모인 자신을 **죽이지는** 않을까 하는 두려움 때문이다.

언니는 한 달에 한 번, 많게는 두세 번씩 똑같은 악몽을 꿨다. 지구의 크기가 점점 커지기 시작하더니 꼭 이렇게 꽉 찬 지구가 하늘에 뜬 어느 날, 끝끝내 달을 덮쳐버리는 그런 꿈이었다. 상식적으로 말이 안 되는 꿈이다. 지구가 아무리 가까워진들 달에 충돌하진 않을 테니까. 만일 부딪히는 일이 생기더라도 지구가 달을 향해 다가올 일은 없다. 달이 지구에게 끌려갈 것이다. 지구의 질량은 달의 81배다. 언니는 자기 몸길이의 80배에 달하는 어떤 거인의 모습을 상상해 봤다. 우리는 잘해야 그의 정강이밖에 보지 못할 거야. 그리고 속으로 숫자를 세며 잡아먹힐 때까지의 시간을 헤아리겠지.

"지긋지긋한데." 언니는 창가에서 얼굴을 휙 떼면서 말했다. "맨날 똑같잖아. 다른 게 없다고."

"아냐, 언니. 조금조금씩 다른데……."

"지구의 구름 모양 같은 건, 지구에서 보는 게 훨씬 예쁠 거야. 심지어 하루 사이에 하늘 색깔이 계속해서 바뀐대. 상상이나 돼? 지구를 보지 않아도 낮인지 밤인지 알 수 있는 거지."

"언니는 역시 지구에 가고 싶구나." 동생은 창가에서 몸을 틀면서, 늘 하던 이야기를 할 준비가 되었다는 자세를 취했다.

"너는 아니야? 나는 어떻게 이런 천체에서 70만 명이나 되는 사람이 살고 있는지 신기할 정도인데."

"태어난 곳에 더 애착을 가지는 사람도 있을 수 있지."

"지구라면 그럴 수 있어. 하지만 달은 아니야." 언니는 앉아 있던 동생의 엉덩이를 툭툭 쳤다. 그리고 다짐하듯 다시 한번 말했다. "달은 **아니야.** 나는 빨리 스무 살이 되고 싶어. 그전에 아빠가 하는 일이 끝나면 더 좋겠지만."

"그래도 여기가 조금은 그리울 것 같지 않아?"

"아니." 언니는 채근하듯 동생의 팔을 잡고 걸어갔다. "맨날 물으면 하루쯤은 대답이 바뀔 거라 생각하나 본데……." 그녀가 냉정한 목소리로 말했다. "전혀 아니야."

자매의 아버지는 달 남극 자치국에 소속된 중견 공무원이었다. 지구에서 태어나 성인이 되자마자 우주공무원 시험에 합격

했다. 달로 파견된 지는 약 20년, 지금 살고 있는 사우스폴 센터로 업무를 배정받은 지는 12년째였다. 그는 자그마한 키에 머리통이 컸고, 몸 전체에 수염을 비롯한 털이 무성한 중년 남자다. 규칙적인 생활을 하면서도 단단한 체격을 가진 사람이 으레 그렇듯, 말수가 적으며 얼굴 표정의 변화가 거의 없다시피 했다.

자매는 '이렇게 무뚝뚝한 아버지가 어떻게 어머니와 사귀고 결혼까지 하게 되었는지'에 대해 틈만 나면 토론을 해댔다. 가장 유력한 가설은 달에서 자란 어머니가, 텔레파시 능력으로 아버지의 사랑을 저절로 알아차렸다는 것이었다. 자매들로서는 아버지가 꽃다발을 들고(꽃은 달에서 몹시 비싼 식물이다) 사랑을 고백하는 장면을 도저히 상상할 수 없었던 것이다.

어머니가 태어난 곳은 지구였다. 하지만 아주 어린 나이, 아마도 한 살에서 두 살 사이일 때 달로 파견되던 공무원 집안에 입양되었기 때문에, 지구 생활에 대한 기억이 전혀 없다고 해도 무방할 정도다. 하지만 그녀는 수시로 (특히 언니에게) 지구에서 본 하늘색에 대해 즐겨 이야기했다. 어머니가 묘사하는 지구의 하늘은 특정한 색상이 아니라, 다 알고 있으면서도 언제나 깜짝깜짝 놀라게 되는 하나의 마술쇼 같았다.

고작해야 한두 살이었던 엄마가 어떻게 그 하늘색을 다 기억하고 말하는 걸까? 한번은 언니가 의구심 반, 괜한 반항심 반을 섞어 그런 건 나도 동영상에서 봤어, 라는 말을 꺼냈다가 호되게 잔소리를 들었다.

애야, 그런 건 직접 보지 않으면 의미가 없는 거란다. 직접 느껴본 적이 없는 사람들만이 그렇게 다 아는 척을 하지. 별것 없다는 투로 말이야.

달에 사람이 살기 시작한 지도 어느덧 한 세기 반이 지났다. 비록 달에 인공대기를 만든다는 아이디어는 흐지부지됐지만, 사람들은 어떻게든 달에 크고 작은 기지를 세워 세대를 이어나갔다. 100년 전에는 달에서 태어난 첫 번째 인간이 죽었다. 에바라는 이름을 가진 그 여자는 우주비행사인 어머니와 미항공우주국의 직원이었던 아버지 사이에서 태어났다. 그녀는 '최초의 달인간'이라는 타이틀을 가지고 지구로 돌아갔고, 수많은 미디어에 출연하며 유명인사로 살다가 임종을 맞았다. 그때까지만 해도 사람들은 루나리안Lunarian의 수명이 지구에서 태어난 사람들과 비교해 절반밖에 되지 않는다는 사실을 몰랐다.

사람들은 에바를 최초의 루나리안이자, 원하는 만큼 행복을 누리다 죽은 최후의 루나리안이라고 말한다. 지구인들은 두 번째, 세 번째 또는 아흔일곱 번째 루나리안에게 줄 관심까지 모두 에바에 쏟아부었던 것이다. 어느덧 달은 지구인들에게 그린란드보다 약간 더 멀리 있는 섬, 우주로 된 강이나 바다 건너에 있는 척박한 지방쯤으로 여겨졌다. 비용은 지구의 그 어떤 나라를 가는 것보다 비싼 주제에, 기지 바깥에서는 줄곧 우주복을 입고 있어야 하는데다가 딱히 즐길 거리도 놀 거리도 없는 달 관광 상품은 불과 한 세대만에 사라졌다. 그나마 몇몇 기지 근처의 월석에서 대량의 희토류가 검출되지 않았더라면, 한 동에 수만 명이 거주할 수 있는 달 기지 같은 건 설계조차 되지 않았을 것이다.

하루에만 수백 명의 지구인들이 달을 향해 이주하던 시절도 있었다. 그들은 금보다 비싸진 희토류를 채굴하기 위해, 혹은 지구에 있는 가족을 먹여 살리기 위해 온 이들이었다. 대부분의 목적은 채석장에서 열심히 일해 번 돈으로 지구에 돌아가는 것이었지만, 그중 일부는 아예 달에서 가족을 만들고 다음 세대의 씨앗을 뿌렸다.

2세대 루나리안들은 태어날 때부터 노동자 계층에 속하게 되었다. 지구인들과 비교하면 평균적으로 깡마르고 키가 큰, 잘 깎아 다듬은 젓가락 같은 외형을 가진 사람이 많았다. 달에서 태어나 제대로 된 교육을 받지 못했고, 나이가 차면 자연스럽게 부모의 뒤를 이어 기지 근처의 채석장에서 일을 시작했다. 다행히 달에서의 채석은 물리적인 어려움이 큰 작업은 아니었다. 그보다는 이동의 어려움, 시간상의 손실이 더욱 크게 느껴지는 산업이었다.

루나리안들의 수명이 짧다는 사실은 뜻밖의 행운이었다. 그들은 인생의 의미며 회의감 따위를 느낄 겨를도 없었다. 루나리안들은 타고난 일꾼이기도 했다. 팔다리가 유독 길어 달에서의 곡괭이질에 용이했다. 또 기지에서의 심심한 휴식보다는 문슈트를 입고 나가서 월석 캐는 일을 더욱 선호하는 것처럼 보였다.

수만 명이 거주하는 기지 내부에는 인간이 즐길만한 거리가 많지 않았다. 겨우 있는 것들 역시 지구인들을 위한 것으로, 대부분 돈과 교양이 충분히 갖춰진 상류층에게나 허락됐다.

결국 루나리안들은 일종의 노예계급, 달 사회의 이등시민으로서 지구인 계층과 분리되어 갔다. 그들은 30~40년 남짓에 불과한 자신의 인생을 먹고, 자고, 일하고, 사랑하는 데 사용하다가 어느 날 아침 죽어있곤 했다. 루나리안의 죽음은 대개 특별한 징후 없이 불쑥 찾아왔다. 검은 망토를 뒤집어쓴 사신이 냉장고에서 유통기한이 지난 우유를 꺼내 마시는 것처럼. 보이지 않는 시간에 쫓기듯, 황급하게.

이들은 말도 제대로 하지 못했다. 수십 개의 다른 언어를 가진 지구 출신 부모 세대들은 온 나라의 말이 마구잡이로 섞인 언어를 루나리안에게 물려주었다. 한 문장을 말하는 데에도 영어와 스페인어, 아랍어와 스와힐리어의 문법과 언어를 불규칙하게 섞어서 말하는 사람을 상상해 보라. 루나리안은 그 상상보다도 훨씬 제멋대로인 언어를 썼고, 그것은 세대를 거듭할수록 더 알아듣기 힘든 무언가로 변모해 갔다.

루나리안들은 주로 통신기가 탑재돼 있지 않은 문슈트를 착용했다. 이유는 단순히 저렴해서였는데, 그 영향으로 루나리안들 사이에서는 수신호와 같은 동작언어가 발달했다. 음성언어는 기지 안에서나 사용하는 보조적 수단의 언어로 전락했으며, 그마저도 아기들의 옹알이 같은 소리로 변해버렸다. 따라서 지구인들과 의미있는 소통이 가능한 루나리안은 열에 하나 있을까 말까였다.

외형과 언어, 살아가는 방식과 주어진 시간의 차이는, 지구인으로 하여금 루나리안을 외계생명체처럼 여기게 만들었다. 지구에서 파견된 공무원들, 자본을 대러 달을 찾아온 사업가들은 루나리안이 엄연한 그들의 유전적 후손임에도 웬 생소한 두발짐승을 대하듯 했다. 그들이 인권이나 평등에 대한 개념을 모르는 것은 아니었다. 다만 루나리안은 그런 개념이 적용되는 범주 밖에 존재하는 것처럼 느껴졌다. 극한에 치달은 차별은 구별이 되고, 그렇지 않으면 뭘 어쩌겠느냐는 불가항력적인 정당성마저 띠기 시작한다. 지구인들은 루나리안에게 지나치게 감정이입을 하는 사람을 도리어 바보 취급했다. 철 지난 도덕적 유행을 언제까지 갖고 있을 거냐는 식이었다.

지구인 거주구의 학교 역시 별반 다르지 않은 내용을 가르쳤다. 일부러 편견이 가득한 내용을 가르쳤다기보다는, 교육과정 자체가 달 인구의 대부분을 차지하는 루나리안에 대해 별 관심을 두지 않았다. 실상 달에서의 교육이란 두 가지로 나뉜다. 달에서 일을 하기 위한 최소수준의 직무교육, 그리고 지구인들의 자녀가 지구로 돌아갔을 때 원활하게 적응하게끔 돕는 사전교육이다. 어느 쪽도 루나리안에 대해 깊이 다루지 않고, 고작해야 후자에서만 그들의 몇 가지 '생태'나 '습성'에 대해, 아주 짧막하게 언급하고 지나갈 뿐이다.

"평균수명은 35세입니다." 생물 교사가 말했다.

"비언어적 소통을 주로 해요." 국어 교사가 말했다.

"정해진 체계가 없어서 공부를 하는 게 의미가 없죠." 영어 교사가 말했다.

"논리가 조금만 복잡해져도 이해를 못합니다." 수학 교사가 말했다.

"평생에 걸쳐 소유하는 거라곤 몇 가지 잡동사니뿐이에요." 사회 교사가 말했다.

"달에서 태어나 살고 죽는 걸 행복해하죠." 윤리 교사가 말했다.

"근데 선생님!" 잠자코 듣고 있던 동생이 손을 번쩍 들었다. 하도 손을 번쩍 들어서, 몸이 의자에서 일어나기 직전까지 올라가 있었다. "그게 정말인가요?"

"정말이냐고? 어떤 것 말이에요?"

"루나리안들이 달에서 태어나서…… 살다가 죽는 걸 행복해한다는 거요!"

"음, 글쎄요. 그건……." 노년에 접어든 여교사는 손녀의 귀여운 질문을 들은 할머니처럼 상냥하게 대답했다. "행복이라는 것의 기준이 제각기 달라서, 딱 잘라 말할 수는 없겠지만…… 확실한 건 루나리안들 대부분이 스스로의 의지로, 자발적으로 달에서 태어나 살고 죽는다는 거죠. 여기에 대해 어떤 불만을 제기하거나, 고통을 호소하거나, 의문을 표시하는 일은 그동안 없었어요. 만약 불행하다면 그중에 한 가지는 했을 텐데 말이에요. 이로 미루어보면 루나리안들은 그럭저럭 행복하게 잘 살고 있다고 보아도 무방하지 않을까요? 혹시 다르게 생각한다면 말해주세요."

"네, 저는……." 동생은 아예 자리에서 일어나서, 모두가 당황할 만큼 투명하고 명랑한 목소리로 대답했다. 자고 있던 사람의 윗옷 속에 넣는 한 조각 얼음처럼. 그런 목소리라면 '바나나' 같은 단어를 말해도 아주 약간은 놀랄 수밖에 없었을 텐데, 그녀는 "저는 다른 얘기를 들었거든요."라고 말해버렸던 것이다.

"다른 얘기를 들었다는 게 무슨 소리야?" 교육구에서 거주구로 이동하는 무빙워크 위에서, 언니는 아무 일도 없었던 체하고 있던 동생을 붙잡고 물었다. "대체 무슨 말을 했길래 교무실에 가있던 건데?"

"윤리 선생님이……." 동생은 아무것도 없는 통로 옆면을 쳐다보며 말했다. "루나리안이 행복하대. 달에서 태어나서, 살다가 죽는 걸 **행복해**한대잖아."

"그게 왜? 뭐가 잘못된 게 있어?"

"언니도 그렇게 생각해?" 동생이 불쑥 고개를 돌려 언니를 쳐다보았다. 동생은 정말 궁금한 것이 있을 때면 눈을 크게 뜨고, 상대방의 얼굴을 부담스러울 만큼 빤히 들여다보았다.

언니는 검지로 머리카락 끝부분을 배배 말면서 "글쎄……." 하고 말을 흐렸다. 그럼에도 동생이 단념하지 않고 대답을 기다리고 있자, 마지못해 이렇게 덧붙였다. "행복에 대한 기준은 제각기 다른 거니까. 악어로 사는 것의 행복과 다람쥐로 사는 것의 행복은 좀 차이가 있지 않겠어?"

"지구인이랑 루나리안의 차이가, 악어와 다람쥐의 차이만큼 크다는 얘기야?"

"그냥 예시를 들자면 그렇다는 거지."

"언니는 악어를 실제로 본 적도 없잖아." 동생은 눈길을 거둬 들이더니, 연극적인 동작으로 팔짱을 끼고 뾰로통하게 말했다.

"그게 무슨 상관인데?"

"그리고 악어의 조상이 다람쥐였던 것도 아니잖아……."

"왜 그렇게 말하는 거야?" 이번에는 언니가 동생의 얼굴 옆으로 고개를 들이밀고, 걱정스러운 뉘앙스를 담아 물었다. 무빙워크는 이제 막 절반을 지나가고 있었다. "너 그렇게 말하는 애 아니잖아. 무슨 일이라도 있었어?"

"무슨 일은……."

"언니한테는 뭐든지 말해도 돼." 급기야 언니는 양손으로 동생의 어깨를 감싸고, 상냥한 어투로 비밀 이야기를 들을 준비가 된 사람처럼 굴었다. "역시 무슨 일이 있는 거지? 나도 생각해 보면 네가……."

"갑자기 왜 이래? 무슨 말을 하는 거야?"

"너야말로 언제까지 숨길 작정이야? 네가 솔직하게 이야기를 해야 나랑 엄마도 도움을 줄 수 있다고. 사실 그건 숨길만한 일도, 부끄러워할 일도 아니라니까."

"언니나 엄마가 도와줄 수 있는 일은 아닌 것 같은데."

"그게 무슨 소리야? 나나 엄마가 아니면 누가……."

"털보 아저씨가 얘기하지 말랬는데……." 동생은 속으로 생각하는 방법을 잊어버린 사람처럼, 혼자 있는 공간에서 말하듯이 중얼거렸다. "그렇지만 털보 아저씨는, 그렇게 행복하지 않은 것처럼 말했어……."

"……." 언니는 잠자코 동생을 바라보다가 물었다. "털보 아저씨가 누군데?"

"앗!"

티코 크레이터 남쪽에 있는 유일한 달기지, 사우스폴 센터의 설계 당시 규모는 반경 500미터 정도였다. 거주구와 작업구, 특수구를 합쳐 총 3천 명이 거주할 수 있는 크기였는데, 대이민이 시작된 이후 인구가 4만 명까지 늘어나면서 센터의 너비 역시 자연스럽게 확장됐다. 이제 와서 정확한 수치를 아는 사람은 없지만, 신빙성 있는 가설에 의하면 사우스폴 센터가 반경 6킬로미터까지 넓어졌다는 것이 기지 내의 정설이었다.

여기에 월면트럭으로 한 시간 내외로 이동할 수 있는 공간까지 합치면 기지의 규모는 더더욱 커진다. 전용 거주구와 작업장만을 오가는 루나리안들은 말할 것도 없고, 상대적으로 이동이 자유로운 지구인들조차 센터 전체의 구조를 자세히 알지 못했다. 그것은 세계적인 공항에서 화장실을 청소하는 잡역부와, 행정절차를 통제하는 주무관이 얼마만큼 공항의 내부구조를 자세히 파악하고 있느냐와 같은 문제다. 이들은 공항에서 하루 중 대부분의 시간을 보내지만, 공항은 자신이 가지고 있는 무수한 공간들 가운데 지극히 일부만을 드러낼 뿐이다.

그렇기 때문에 달 기지가 아무리 제한된 공간이라고 하더라도, 심지어 그곳에서 태어나 수십 년을 살아온 사람이더라도, 사우스폴 센터 내부에 '자신이 미처 몰랐던 공간이 있음'을 깨닫고 놀라는 일은 결코 드물지 않았다. 아니, 사우스폴 센터에 스케이트장이 있었단 말이야? 생각해 보니 없을 이유도 없기는 하지. 다음번에 같이 한번 가보자……. 당장 얼마 전에도 동생과 그런 대화를 했던 언니지만, 특수구와 작업구 사이에 놓인 기다란 통로 내부에 숨겨진 창고 같은 곳이 있다는 것이며, 그곳을 자기 집처럼 사용하는 루나리안이 있다는 사실에는 놀라지 않을 수 없었다. 더구나 동생은 이미 그 '털보 아저씨'라는 루나리안과 몇 번이고 만나 이야기를 나눠보았다는 것이다.

"어떻게 루나리안이랑 단둘이 얘기를 할 수가 있지?" 언니는 동생보다는 보이지 않는 무언가에, 기지 천장에 달라붙어 있는 어떤 것에 한탄하듯이 허공에다 한숨을 뱉으며 말했다. "얘가 대체 어떻게 되려고 하는 거야?"

"루나리안이랑 이야기하면 안 된다는 법이라도 있어?" 동생은 미간을 잔뜩 찌푸리며 대꾸했다.

"그런 법은 없지."

"그럼 뭐가 문제인데?"

"보통은 안 되잖아, 그거." 언니는 당연한 상식을 동생이 이해하지 못해 머리가 아프다는 표정으로 말했다. "말이 안 통한다고. 차라리 토끼나 앵무새랑 교감했다는 사람이 더 많겠다,

루나리안보다는."

"털보 아저씨는 우리 말 잘해."

"몇 개 단어를 따라하는 것 가지고는⋯⋯."

"아니, 정말 말을 **잘** 한다고." 동생은 다시 한번 강조하듯이, '잘'이라는 음절에 부러 악센트를 주며 말했다. "물론 언니만큼 잘하진 못하겠지만. 지구인치고 말을 좀 더듬는 정도로는 할 수 있어. 우리 같은 사람이라고. 생긴 것만 좀 다를 뿐이야."

"그런 루나리안이 어딨어? 나는 듣도 보도 못했어."

"그러니까!" 동생이 확신에 가득 차 의기양양한 태도로 말했다. "같이 가서 확인해 보자는 거잖아. 응?"

학교에서 자매의 일과는 5시에 끝난다. 엄마는 6시에, 아빠는 7시 반에 퇴근해 돌아오는 것이 보통이지만 야근이 있을 경우 좀 더 늦은 시간에 올 수도 있다. 어쨌거나 쓸데없는 걱정을 사지 않으면서, 적당히 친구집에서 놀다 왔노라고 말할 수 있는 시간은 7시까지였다. 엄마한테는 그럭저럭 둘러댈 수 있을지 몰라도, 아빠에게 걸렸다가는 틀림없이 골치 아파질 테니까. 아빠는 업무에서의 꼼꼼함을 자식 문제에도 똑같이 적용하는 습관이 있었다.

사우스폴 센터는 달에 있는 쉰여섯 개 기지들 중에서도 치안이 안정된 편이었다. 그러나 센터 내 전등의 90퍼센트가 절전 상태에 진입하는 8시부터는, 언제 어디서 범죄가 일어나도 이상하지 않은 분위기가 된다. 따라서 센터의 주민들, 특히 지구인들은 적어도 8시에는 거주구의 집으로 돌아가 잠자리에 들 준비를 하는 것이 일반적이었다. 따라서 어른도 아닌 지구인 자매가, 6시가 다 된 시간에 특수구 주변을 이동하고 있는 것은 여느 사람들에게 생소한 모습이었다.

"역시 집에 돌아가는 게 좋을 것 같은데." 언니가 말했다. "아무래도 시간이 너무 늦었어. 여기서 거주구로 돌아가는 데만 해도 시간이……."

"여기까지 와서 무슨 소리야. 언니는 겁이 너무 많다니까."

"내가? 겁이 많다고?"

"조금만 더 참아. 이제 거의 다 왔으니까."

동생은 그렇게 말하고 나서 특수구의 이동레일 위쪽을 가리켰다. 그곳은 얼핏 봤을 때 아무것도 없는 벽면으로밖에 느껴지지 않았다. 평소에는 좀체 눈에 들어오지 않지만, 생각해 보면 굉장한 공간의 낭비처럼 느껴지는 곳. 인간은 커다란 전철역이나, 높이 오르는 계단 같은 것들을 만들 때 꼭 그렇게 공간을 허비해 버리곤 한다. 딱히 무게를 지탱할 필요도 없고, 아예 비워놓아도 무방한 곳을 구태여 콘크리트며 동판 같은 것들로 채워 넣는 것이다.

무빙워크를 갈아탄 자매는 동생이 손으로 가리켰던 그곳에 가까워졌다. 여기에 대체 뭐가 있다는 거야, 하고 언니가 속으로 되뇌일 무렵이었다. 이동레일 위쪽의 뒷공간이 기이할 정도로 넓게 트여있었고, 그 가장자리에는 마치 다이빙 발판처럼 튀어나온 부분이 있었다. 동생은 "언니!" 하고 한 번 부르더니,

보란 듯이 무빙워크 손잡이 위에 올라 폴짝 뛰었다. 그리고 사뿐히 그 발판 같은 공간에 착지해 보였다. 우아한 마무리 동작. 짝짝짝.

"언니. 빨리 와야 돼." 동생은 팔을 흔들면서 언니를 재촉했다. "몇 초 안에 안 뛰면 저 밑에서 다시 타야 한다니까."

언니는 몇 초밖에 남지 않았다는 말에 반사적으로 손잡이 위에 올라섰다. 무빙워크와 발판 사이의 거리는 불과 60~70센티미터밖에 안 돼 보였다. 점프까지도 필요 없었다. 그냥 발걸음을 크게 내딛기만 하면 되었다. 그러나 무빙워크가 너무 높은 곳에 위치해 있었다. 발아래에서 기지 바닥까지의 높이가 건물 5층 정도는 족히 되는 것 같았다. 언니는 높은 곳을 좋아하지 않았다. 어디서 떨어지는 꿈이라도 꾼 날이면 하루 종일 등줄기가 오싹할 정도다. 하지만, 동생에게 겁쟁이 취급받는 것은 더더욱 좋아하지 않았다. 눈을 딱 감고 뛰었다. 150센티미터의 신장이 허공에 아주 잠깐 정지했다가 내려왔다. 자매는 마침내 사우스폴 센터의, 달 기지에 숨겨진 수많은 공간 중 한 곳에 발을 내딛었다.

기묘한 공간이었다. 공간 효율을 극대화하는 것이 대원칙인 달기지인데, 어떻게 이토록 텅 빈 공간이 방치돼 있는 걸까. 언니는 군데군데 회반죽으로 덧칠된 벽면을 살펴보며 생각했다. 동생은 그런 언니를 이끌어 안쪽의 나지막한 아랫목으로 데려갔다. 그리고 그곳에 있는 문, 질서 없이 섞인 온갖 금속 덩어리를 다리미로 얼기설기 펴서 만든 듯한 문짝 앞으로 갔다.

정말 특이하게 생긴 문이었다. 언니는 중세시대를 다룬 한 역사극에서 그 비슷한 문을 본 것 같았다. 살인누명을 쓴 주인공이 감옥에 갇혀있는 장면. 카메라는 안간힘을 써도 도저히 열리지 않을 것 같이 견고한 철문을 몇 초간 보여주고, 사물의 저항을 받지 않는 투명인간처럼 문을 통과해 들어간다. 주인공은 참담한 표정으로 침대에 걸터앉아 고개를 숙이고 있다…….

동생이 문을 가볍게 두드리자, 노크라기에는 터무니없을 정도로 작고 미약한, 띵 하고 튕겨 나오는 듯한 소리가 났다

그는 먼 곳에서도 문 두드리는 소리를 알아차렸다. 낡은 문은 창고 안쪽으로 삐걱거리는 소리를 내며 열렸고, 언니는 그때 털보아저씨를 처음 보았다.

그 루나리안은 눈에 띄게 털이 덥수룩했다. 어디 가서 한 털한다는 아빠조차 명함을 내밀 수 없을, 그야말로 진정한 털보라고 할만했다. 여기에 키는 또 얼마나 큰지. 다른 루나리안 남자들보다도 머리통 하나만큼은 더 큰 것처럼 보였다. 하지만 몸 전체에 비해 하체가 짤막한 편인데다, 전신에 살이 든든하게 올라있었으므로 훤칠하다는 느낌은 전혀 없었다. 오히려 거리 감각이 느껴지지 않을 만큼 먼 곳에서 본다면, 사람들은 그를 루나리안이 아닌 난쟁이라고 착각할 것 같았다.

두 번째로 눈에 띄는 것은 전반적으로 통이 크고, 궁색해 보이는 옷차림이었다. 사실 옷차림이라고 할 것도 없었다. 낡아빠진 카키색 코르덴 바지와, 거친 모직으로 만든 회색 와이셔츠만 몸에 걸치듯 입고 있었다. 특히나 회색 와이셔츠는 거대 마

네킹에 입혀놓을 요량으로 대강 모양만 비슷하게 만든 옷 같았다. 평범한 사람이나 루나리안이 입도록 만들었다기에는 마감이며 좌우 어깨의 균형이 우스꽝스러울 만큼 엉성했다. 그런 것을 옷가지랍시고 입은 모습을 보니 털보 아저씨는 실존하는 존재라기보다 가상의 캐릭터처럼 보였다. 화면 안에만 있는 것이 답답해, 잠깐 동안 현실세계에 나들이를 온 것처럼.

그는 천장이 낮은 입구에서 몸을 숙인 채 엉거주춤하게 서있었다. 언니를 보자마자 입을 크게 벌리고 하품부터 했다. 몹시 길고, 나른하고, 이완되는 느낌이 드는 하품이었다. 언니는 넓게 벌린 털보 아저씨의 입 안으로 커다란 목젖이 진동하는 것을 보았다. 그리고 루나리안에게서는 전혀 입냄새가 나지 않는다는 사실을 새롭게 알았다.

언니는 털보 아저씨가 하품을 끝낼 때까지 기다렸다가, 여느 새로운 사람을 보았을 때처럼 살갑게 인사를 건네려고 했다. 그런데 웬일인지 목이 갈라지고 가슴팍이 부풀어 울리는 바람에, "아, 아, 아하, 안녕하세요?" 하고 민망하기 짝이 없는 인사말이 튀어나오고 말았다.

"안녕!" 털보 아저씨가 말했다. 나긋나긋한 표정과 행동거지에도 불구하고, 그의 목소리에는 듣는 사람을 들뜨게 만드는 활기가 깃들어 있었다. "네가 그 언니―라는 애구나. 만나서 반가워."

"아저씨, 잘 지내셨어요?" 동생은 털보 아저씨의 두꺼운 바짓가랑이를 잡아당기며 물었다. "제가 말했죠. 언니는 엄청 많이 놀랄 거라고."

"하아긴, 요즘에는— 말하는 루나리안이 잘 없으으니까."라고 자연스럽게 대꾸하는, 그 커다란 루나리안의 입 모양을 언니는 넋을 놓고 쳐다보았다. 그녀는 비존재가 명백한 존재로, 짐승이었던 것이 인격적인 동물로 탈바꿈하는 과정을 압축적으로 경험하고 있었다. 털보 아저씨는 그런 언니의 반응에 개의치 않는다는 듯, 창고 안쪽으로 들어오라는 손짓을 하며 말했다. "누추하지만— 안쪽으로 들어올래? 콜라라도 한 병씩 가져올게."

"언니는 콜라를 안 마셔요. 살찐다면서."

"그럼 보리차도 있어."

"그건 괜찮겠네요." 동생은 익살스럽게 맞장구를 치면서, 털보 아저씨의 뒤를 따라 들어가며 언니의 얼굴을 쳐다보았다. 거봐, 내가 뭐랬어? 말하는 듯한 표정을 하고서.

"그런 일이 있었구나— 학교에서."

"네. 역시 화나지 않나요? 그저 아무 반발도 하지 않는다고 해서, '걔네는 그럭저럭 행복할 거야'라고 대충 넘어가 버리는 거요." 동생은 교사에게 질문했을 때처럼, 상체를 반쯤 들고 일어난 자세로 열변을 토했다. "잘 모르는 주제에 아무렇게나 말하는 사람들이 제일 싫어!"

"그렇지만—." 털보 아저씨는 입에 콜라를 한 모금 머금고 있다가, 뒤늦게 말하던 중이었다는 걸 깨달았다는 듯 꿀꺽 삼켰다. "―말이야. 아무도 말을 하지 못하게 될걸."

"방금 뭐라고 말한 거예요?"

"만약 사람들이 잘― 아는 것에 대해서만 말할 수 있다면 말이야."

"으음……." 언니는 누군가 낡아서 버려둔 것을 주워온 듯한 의자에 떨어지지 않을 정도로만 아슬아슬하게 걸터앉아 있었다. 그런 자세로 꽤 오랫동안 고개를 까딱거리던 언니가 한참 만에 말을 꺼냈다. "맞는 말이라고 생각해요. 하지만 루나리안에 대해서 지구인들이 너무 몰지각한 것도 사실이에요. 나도 이만큼 의사소통이 잘되는 루나리안은 만나본 적이 없는걸."

정말로 그랬다. 그는 말을 잘했다. 외국인이 다른 나라의 말을 유창하게 하는 수준이 아니었다. 실상 지구인이나 다름없는 언어를 구사했다. 이따금 자기가 맞는 표현을 쓰고 있는지 확인하려는 듯이, 한 음절을 길게― 끄는 습관이 있는 것 말고는 완벽했다. 그런 건 지구인들 중에서도 말을 좀 특이하게 하는 사람과 비교하면 치명적인 결함이라고 할 수도 없었다. 그저 신기할 따름이었다. 루나리안이 이렇게 말을 잘하다니.

"넌 이전에 루나리안을 만나본 적이 있니?"

"네. 작업구 쪽으로 드나드는 것도 보고, 특수구나 거주구로 화물을 옮기는 모습도 봤죠."

"내 말은, 그들과― 루나리안과 대화를 나눠보았냐는 거야."

"그런 적은 없어요." 언니는 애써 부끄러움을 감추려는 사람들이 그러는 것처럼, 아무렇지도 않다는 표정과 목소리를 유지하며 말을 이었다. "하지만 대부분의 사람들, 지구인들이 그랬어요. 루나리안이랑은 애초에 말이 통하지 않으니까, 일하는 걸 좋아하는 종족이니까⋯⋯. 굳이 가까이 가지 말라는 말을 저도 들었다고요."

"이해해. 어쩔 수 없는 일이지." 하고 털보 아저씨는 말했다. "우리가— 루나리안이 행복하다고 생각하는 이유는 알 것 같아."

"그게 뭔데요?"

"열심히 일만 하다가 달을 떠나보지도 못하고 여기서 삶을 마감하는 우리가 불행하다면, 그렇다고 생각한다면— 지구인들은 마음이 아파서 견딜 수가 없는 걸 거야. 왜냐하면 지구인들은— 대체로 상냥하거든."

그것과는 조금 다른 거 같은데, 하고 언니는 생각했다.

"그럼 실제로는 어때요?" 동생은 간단한 수학 숙제를 물어보듯이 질문했다. "루나리안은 행복해요? 아니면 불행한가요?"

"그건 말할 수 없지. 내가— 루나리안을 대표할 수 없으니까."

"그럼 아저씨는요?" 이번에는 언니가 물었다. 당장에 대수롭지 않다는 듯이 꺼내기는 했지만, 동생은 언니가 그 질문을 오랫동안 참아왔다는 것을 느낄 수 있었다. "아저씨는 행복하세요? 매일 뼈가 빠지도록 월석을 캐면서, 그 노동의 대가로 이런 숨겨진 창고 같은 곳에서 살면서⋯⋯"

"확실히 행복하다고는— 할 수 없지만⋯⋯." 털보 아저씨는 콜라가 반쯤 남은 컵을 소파 테이블에 내려놓고, 곱슬곱슬하게 무성한 수염을 쓸어 만지며 말했다. "그렇다고 아주 불행하냐고 물으면― 그렇지 않은 것 같아."

"행복하지도, 불행하지도 않다."

"응, 이렇게 생각해도 될지 모르겠지만, 사람이 느끼는 것과 비슷하지."

"그게 무슨 말이에요?" 동생이 끼어들었다. 소녀는 화까지 내며 덧붙였다. "아저씨도 사람이에요."

털보 아저씨는 손가락 마디 몇 개를 구부려 동생의 작은 머리를 쓰다듬어주었다. 작은 움직임에 아이가 다치지 않을지, 보일 듯 말 듯 손끝이 파르르 떨고 있었다. 언니는 자신이나 부모님…… 혹은 마침내 첫 번째 인간을 만든 신이라고 해도, 그처럼 부드럽고 섬세하게 아이를 쓰다듬을 수 없으리라는 생각을 했다.

"솔직히 말하면― 적어도 지금은 행복해." 털보 아저씨의 수염이 광대뼈를 향해 커튼처럼 들어 올려졌다. "지구인들이랑 대화―하는 건 즐거운 일이거든. 몸으로 대화하는 것보다 훨씬― 재미있어. 소리 하나하나가 너무 아름답지 않니?"

"그런가? 잘 모르겠는데."

"심지어 너희처럼 귀여운― 아이들이랑 말이야."

"우리가 귀엽다고요?" 언니는 눈을 동그랗게 떴다.

"그럼." 털보 아저씨는 아주 흔쾌히 이야기했다. "그래서 지금은― 행복해."

자매는 일주일에 적어도 두 번, 많게는 세 번씩 털보아저씨네 창고를 찾았다. 언니는 늦은 시간까지 동생이 혼자 다니는 것이 걱정된다는 핑계를 댔지만, 막상 아저씨와 만났을 때 열띤 대화를 나누는 쪽은 언니였다. 동생은 그저, 절친한 친구 두 명을 이어준 사람이 그 둘의 우정이 깊어지는 모습을 지켜보며 뿌듯해하는 것처럼, 한 발 떨어진 곳에 앉아 흡족한 표정으로 대화를 듣고 있었다.

처음에 몇 번은 선물을 챙겨갔다. 언니의 말로는, 아무리 그래도 다른 사람의 거처에 가는데 빈손으로 가는 것은 예의가 아니라는 것이었다. 그래서 루나리안들이 구하기 힘든 식료품이나 장식품 따위를 가져갔다. 다만 털보 아저씨는 예의상으로만 선물을 받는 느낌이고, 실제로는 그다지 내키지 않는 것처럼 보였다.

"사실은 턱이— 별로 좋지 않거든." 그가 말했다. "육포 같은 걸 갖고 와도 먹기가 힘들어. 무슨— 맛으로 먹는지도 잘 모르겠다고 할까……."

털보 아저씨는 그저 자매들의 존재 자체만으로도 만족스럽고, 그 이외의 것들은 전부 덧없고 거추장스럽게 느끼는 듯했다.

그럼에도 불구하고 언니는 이것저것 선물하기를 계속해 보았다. 루나리안들, 그리고 털보 아저씨가 어떤 물건을 좋아할지, 학교에서 배운 대로 소유하는 것에 별다른 관심이 없는지를 확인하고 싶었다. 그 결과, 그녀는 털보 아저씨가 '작은 몬스테라 화분', '오래된 책' 같은 것에 유달리 호기심을 보인다는 사실을 알 수 있었다. 하지만 그것은 원래 루나리안들이 가지고 있는 습성인지, 아니면 그중에서도 예외적이라고 할 수 있는 털보 아저씨만의 취향인지 분명하지 않았다. 결국 자매는 얌전히 털보 아저씨가 주는 콜라나 보리차를 받아 마시며, 아무래도 좋은 이야기들을 주고받다가 항상 아쉬운 마음으로 헤어지곤 했다.

그날의 대화도 평소와 같은 패턴으로, 언니의 생뚱맞은 질문으로부터 시작됐다. 언니는 "아저씨도 지구에 가고 싶어요?"라고 물어놓고는, 털보 아저씨가 평소보다 더 미적거리며 대답하기를 주저하자 훨씬 방정을 떨며 말했다. "왜 말을 못해요? 뭐가 부끄러워요? 혹시 가고 싶은데 그렇게 말을 못하는 건가요? 네? 응?"

"맞아―."

"역시!" 언니는 의자에 거꾸로 앉아 양손을 불끈 쥐었다. 조금 전 대단한 쾌거라도 이룬 사람처럼 얼굴이 환하게 빛났다. "내 생각이 맞았어!"

"그래, 아무래도 하늘에― 저런 게 떠있으면 한 번쯤 가보고 싶어지잖아. 게다가 그곳이 원래 우리의 고향별이었다고 한다면."

"고향별?" 언니는 뜻밖의 말에 놀란 나머지 이렇게 물었다. "아저씨, 지구에서 태어났어요?"

"아니. 달―에서 태어났지."

"그럼 왜 지구가 고향별이에요? 달이 고향이잖아요? 루나리 안이라면."

"태어난 곳을 기준으로 하면— 그렇게 되겠지만." 털보 아저씨는 다소 착잡해진 듯 의자 팔걸이에 커다란 팔꿈치를 괴고 이마를 만지작거렸다. 이런 말을 해도 될지 말지, 전에 없이 혼란스러워하는 기색이 표정에 드러났다. 그런 표정은 으레 지구인들이나 짓는 것으로, 생각나는 족족 표현하기를 좋아하는 루나리안에게는 어울리지 않았다. 그의 얼굴을 재밌다는 듯이 관찰하던 언니도 표정이 점점 굳어갔다. 그녀가 무심코 뭔가를 건드리고 만 것 같았다. 그게 무엇인지는 모르겠지만.

"나는 말이야. 고향—이 그런 게 아니라고 생각해." 털보 아저씨는 조금 전까지의 침묵에 대해 사과라도 하듯이, 평소보다도 더 온화하고 차분한 목소리로 말했다. "물론— 달 말고 어디가 고향이냐고 물으면 할 말이 없지만. 적어도 어디가 고향이 아니라는 것 정도는 알 수 있지. 적어도 여기는 아니야. 달은 고향이 될 수— 없어."

"어째서요? 아, 나는……." 언니는 급하게 말문을 트느라 흐트러진 호흡을 가다듬었다. "나는 그냥 궁금해서 묻는 거예요. 사람들은 대부분 그렇잖아요. 보통은 자신이 태어나 자란 곳을 고향으로 삼아요. 그리고 그곳을 그리워하는 것이 당연한 의무처럼 돼있고요……. 태어난 곳을 고향이 아니라고 말할 수 있는 근거가 있다면, 그게 대체 뭔지가 궁금한 거예요. 정말로요."

"네 말이 맞아. 보통은— 그렇지. 태어난 곳이 고향이지. 나도 그렇게 생각하기는 해. 하지만 달에서는 그렇지 않다는 것뿐이야……." 털보 아저씨는 불안한 듯 다리를 떨기 시작하고,

한쪽 발을 까딱거리더니 벌떡 소파에서 일어나다가 천장에 머리를 부딪혔다. 자매는 아저씨의 그런 모습도 처음 보았다. 그러나 동생도, 언니도, 그런 볼거리에 웃는 기미조차 보이지 않았다. 그건 전혀 웃기지 않았다. "여기—가, 달이 우리의 고향이라고?" 그는 머리를 기울인 채, 방을 수선스럽게 걸어 다녔다. 털보 아저씨의 커다란 바지가 펄럭거리면서 창고의 공기 중에 부연 먼지 냄새가 번졌다. "말도 안 돼. 루나리안도 인간이야. 사람의 후손—이야. 달은, 이곳은, 문슈트가 없으면 기지에서 나가지도 못해. 달의 표면— 그 위에서 우리는 맨몸으로 숨 쉴 수조차 없어. 산소가 떨어지면 10분 이내에 죽어버리지. 슈트에 산소가 떨어져서 죽은 루나리안을 봤니? 나는 봤어. 세상에서 가장 외로운 죽음이 있다면— 그건 바로 달 위에서 맞는 죽음일 거야. 달 위에서 죽은 사람은 겉보기에— 살아있는 사람과 구분이 안 돼. 몸속의 산소와 함께 영혼만 고스란히 빠져나가 버린 것 같지. 우리끼리는 그런 걸 **빼앗겼다**고 표현해. 동작으로는 이렇게—." 그는 오른손바닥을 자신의 얼굴 위에 젖은 행주처럼, 철썩 소리가 나도록 올려놓았다. 그러고 나서 손을 머리 위쪽으로, 무언가를 정수리 위에 흩뿌리듯이 들어보였다. 그것이 **빼앗겼다**는 뜻이었다. 그들의 언어로 표현한 죽음이었다. "우리는 이런 얘기를 해. 달 표면에는 사신이— 저승사자가 떠돌고 있다는 거야. 나는 그런 미신은 믿지 않아. 하지만 빼앗겨서 죽은 루나리안들을 보면— 나는 저승사자를 생각하게 돼. 달의 얼굴을 한 사신. 죽음의 위성…… 달은 우리를 거부하

73

고 있는 거야—. 생명체의 침략을 필사적으로 **방어하고 있는 거야.** 우리는 기지를 지어서, 슈트 안에 산소를 채워서— 우리 스스로 방어하고 있는 것이고. 알겠니? 그러니 달은 어떤 인간에게도 고향이 될 수 없어. 어딘가에 고향이라는 말을 쓸 수 있으려면— 그곳은 적어도— 내 숨통을 막고 영혼을 빼앗아 죽이는 곳은 아니어야 한다는 거야. 사신의 얼굴이어서는 안 된다는 거야."

"고향이 사신의 얼굴이어서는 안 된다……." 가만히 앉아 듣고 있던 동생이 중얼거렸다.

"무슨 말인지 알겠어요." 언니는 생각에 잠긴 아저씨의 모습을 올려다보았다. 방 안에서 가장 밝은 펜던트 등을 등진 그는 실체가 없는 그림자처럼 보였다. 아저씨의 근심 어린 표정도, 소매 자락이 해진 티셔츠의 날염무늬도 보이지 않는다. 오롯이 윤곽으로만 느껴진다.

그녀는 불현듯 수업시간에 배웠던 개기일식을 떠올렸다. 지구에서는 가끔, 아주 가끔씩 달이 태양을 가린다고 했다. 별도 행성도 아닌 이 자그마한 천체가, 척박하기 이를 데 없는 암석 덩어리가, 모든 생명력의 원천을 집어삼켜 버리는 것이다. 지구는 아주 잠깐 동안 암흑을 경험한다. 하얗고 푸른 하늘을 약탈당하고, 엄습하는 어둠에 몸서리친다. 지구는 달을 두려워한다. 하나 있는 자식처럼 자신만을 바라보고, 주위를 쫄래쫄래 맴도는 그 위성을 미워하고 있다. 부모는 자신과 전혀 닮지 않은 자식에게 애착을 느끼지 못하는 법이다.

그녀는 연거푸 〈자식을 잡아먹는 사투르누스〉를 떠올린다. 생각해 보니 그 섬뜩한 그림의 배경은 까마득한 어둠이었다. 어쩌면 그곳이 달이었을지 모른다는 생각이 든다. 고야가 그 그림을 그릴 때 위아래 폭이 훨씬 넓은 캔버스를 썼다면, 새카만 어둠 속에 떠있는 지구를 그려 넣었을지도 모른다. 그리고 아래에는 꼭 달의 표면 같은 회백색의 암석지대가 펼쳐져 있었을 것이다. 부모가 자식을 잡아먹는 일, 낳은 것이 낳아진 것을 죽이고 빼앗아가는 일. 달에서는 그런 일들이 매일같이 일어나기 때문에.

달에서 태어나고 자란 루나리안끼리는 텔레파시를 쓸 수 있다는 소문이 유행처럼 돌던 때가 있었다. 물론 머리가 좋은 언니는 믿지 않았다. 만일 텔레파시를 쓸 수 있다면, 어째서 손짓 발짓이며 웅얼거리는 소리로 의사소통을 한단 말인가. 달 기지가 무료해질 만하면 하나씩 떠돌아다니는, 근거 없는 뜬소문 중 하나라고 생각했다. 이제는 재미조차 없었다. 예전에는 월석을 파먹고 사는 토끼가 있다든가, 남극 산악지대 탐사 중에 펄 펄 끓는 온천을 발견했다든가 하는 창의적인 뜬소문도 많았는데 말이다.

루나리안들은 텔레파시를 쓸 수 있나요? 라고, 털보 아저씨에게는 당연히 묻지 않았다. 언니가 그런 바보 같은 질문을 할 리가 없었다.

그는 너무도 자연스럽게 "그림을 봤어."라고 말했다. 그녀가 어떤 그림에 대해 생각하고 있을 무렵에. "타히티라는— 작은

섬나라의 소녀들을 그린 그림이었지. 까무잡잡한 피부를 가진 소녀들이 석양 속에서 빛나고 있는 장면을 아주 아름답게 묘사했어."

"폴 고갱 그림이군요."

"잘 아는구나―. 하긴 네가 가져다준 책에서 본 거니까."

"진짜 읽으실 줄은 몰랐어요."

"네가 가져다준 책은 전부 다 읽었어." 털보 아저씨는 여전히 서서 말하고 있었다. "책에 고갱에 대해 쓰여있었지. 고갱은 원래 프랑스라는 곳에서 태어났대―. 하지만 항상 자신을 이방인처럼 생각했다는 거야. 태어나고 자란 곳이 프랑스인데도― 그곳을 전혀 고향처럼 느끼지 못했대. 그런 고갱이 마흔 살이 넘어서 처음 방문한 곳이 타히티였어."

"아, 그 내용. 기억이 날 듯 말 듯해요."

"타히티에 도착한 고갱은 그제야 자신의 고향을 찾았다는 기분이 들었대―. 이상한 일이지. 그전까지 고갱은 타히티에 가본 적도 없었는데 말이야. 타히티의 빛나는 햇살, 기분 좋게 이파리를 흔드는 야자나무들, 꾸밈없이 순박한 사람들의 표정― 모든 것이 그에게는 친숙하고 그리운 것처럼 느껴졌어. 그때 안 거야. 사람은 자신이 태어난 곳이 아닌 다른 곳에서도 고향을 찾을 수 있다는 걸. 어떤 사람들은 전혀 고향이 아닌 곳에서 태어나기도 한다는 걸." 털보 아저씨는 느릿느릿한 걸음으로 소파 주변을 공전하듯 걷다가, 마침내 편안히 엉덩이를 깔고 앉았다. "그래서 나는 지구에 가고 싶단다. 지구 어딘가에는 내 고

76

향 같은 곳이 있겠지. 지구에 가서— 내 고향을 찾는 여행을 하고 싶어."

"멋진 꿈이네요." 하고 언니는 대답했다. 빈말이 아닌 진심이었다. 오히려 그녀는 너무 짧게 대꾸한 것이 비아냥대는 의미처럼 느껴졌으면 어쩌나 하고 절절매고 있었다. 그렇지만 거기에 달리 덧붙일 만한 말도 없었다. 멋진 꿈이었다. 그게 전부다. 털보 아저씨가 지구에 가려는 이유는 지나치게 순수하고 고결한 것이어서, 의도치 않게 그녀가 지구에 가고 싶은 이유를 철없고 하찮은 것으로 만들어버렸다. 언니는 그저 달의 창백함이 지겨웠을 뿐이다. 엄마 아빠가 태어난 지구라는 곳을 동경했을 뿐이다.

"고마워. 하지만—." 털보 아저씨는 무심코 테이블에 있던 컵을 집어 들었다가, 콜라가 한 방울도 남아있지 않다는 것을 알아챘다. 멋쩍게 손목을 흔들어보고는 다시 컵이 있던 자리로 돌려놓았다. "갈 수 없다는 걸 알아. 말 그대로 헛된 꿈일 뿐이지."

"왜요? 스페이스셔틀에 타기만 하면 되는 거잖아요."

"아저씨는 겁이 나실 수도 있지." 동생이 말했다. "한 번도 달에서 벗어나 보신 적이 없잖아. 지구는 달이랑 다르잖아."

"겁이 나는 것과는 조금 달라—."

"돈 때문인가요? 지구로 가는 스페이스셔틀이 그렇게 비싼가요? 월급을 조금씩 모으면 어떻게든 되지 않겠어요?" 언니가 물었다. 실제로 그녀는 막 사춘기에 접어들었을 때 진지하게 가출을 계획했던 적이 있었다. 달에서 지구로 가는 여객선 티켓이 얼마인지 대충 알아보고, 자신의 용돈을 얼마 동안 모으면 갈 수 있을지에 대해서도 계산해 봤다. 그야 우주를 건너는 일이니만큼 적은 금액이라고는 할 수 없었지만, 그렇다고 아예 불가능한 일도 아니었다. 다만 그녀는 지구에 도착한 이후의 일이 막막해 포기할 수밖에 없었다. 그녀가 바란 것은 권태로부터의 탈출이지, 부모나 가족으로부터의 유리는 아니었기 때문이다.

하지만 털보 아저씨는 다르다. 한 번 가면 돌아오지 않을지도 모른다. 그는 무기력하게 늘어진 투로 말했다.

"루나리안은 뭔가 모으는 데에는 재주가 없거든. 그게 돈이라면 더더욱 그렇고."

"아니, 꿈이 있는데 포기해 버리는 거예요?" 언니는 발끈해서 얼굴이 조금 발개졌다. "최소한 노력이라도 해봐야 할 것 아니냐고요."

"아, 뭔가 오해를 산 것 같은데. 돈은 두 번째 문제야." 털보 아저씨는 상체를 앞으로 조금 기울여 언니 쪽을 지그시 바라보았다. 무성한 눈썹 아래에서 연한 회색 눈동자가 커다랗게 깜빡였다. "루나리안은 정식으로 지구-달 여객 스페이스셔틀에 탈 수 없어—. 가려면 은밀한 경로를 이용해야 하지. 밀항 같은 거야."

"밀항이라니. 스페이스셔틀에 몰래 탄다는 거예요? 걸리면 어떡하려고!"

"브로커가 있다고 들었어. 항공우주국에서 근무하는 한 지구인인데— 루나리안들에게 얼마간의 금액을 받고 밀항을 도와주는 거지. 하지만 요구하는 돈이 워낙 어마어마해서, 지금까지 그를 통해 빠져나간 루나리안은 열 명도 안 된다고 해. 당연한 일이지. 애초에 그만한 돈을 모을 수 있는 루나리안도 얼마 없고— 막상 가더라도 뭘 할 수 있겠어?"

"하려는 건 뭐든지 할 수 있겠죠. 아저씨라면."

"나도 이제 스물여덟 살이나 됐어." 털보 아저씨는 초연하게 고개를 가로저었다. "시간이 얼마 남지 않았다니까. 지금부터 돈을 모아서 간다고 해도 결과는 뻔해. 달에서 죽을 것이 지구에서 죽는 것밖에 되지 않지."

"아! 왜 그런 말을 해요?

"죽는다니 그런……."

"하지만—." 그는 능숙하게 자매의 말허리를 잘랐다. "말해놓고 보니 그거라도 하고 싶은걸……."

　

루나 히스테리아Luna Histeria라는 현상이 최초로 보고된 것은 이듬해 초여름이었다. 사우스폴 센터는 작업 도중 돌연 집단 탈주한 루나리안 다섯 명의 행방을 쫓다가, 월면 탐사 위성으로부터 '루나리안으로 추정되는 두 구의 시신을 발견했다'는 보고를 받았다.

이 시신들은 기지에서 500킬로미터 넘게 떨어진 곳에서 발견됐는데, 주변에 차량을 비롯한 이동수단은 일절 보이지 않았다. 탐사팀은 그 루나리안들이 어떤 수단으로 그렇게 멀리까지

갈 수 있었는지 알 수 없었다. 달에서 도보로 이동하는 일은 쉽지 않았다. 달의 중력은 지구의 6분의 1밖에 되지 않지만, 크고 작은 크레이터들로 지형이 험한데다가 문슈트 자체도 기동성이 좋지 않기 때문이다.

더욱이 의아한 것은 시신이 발견된 장소였다. 두 구의 사체는 모두 서경 89도 근방에서 쓰러진 모습으로 촬영되었는데, 도주경로대로 조금만 더 갔다면 달의 뒷면에 도달했을 것으로 보였다.

"그런데 정말 이상한 일이지." 아침 토스트를 먹던 아빠는 입 안에 빵을 조금 우물거리면서 말했다. "작업하다가 힘들어서 도망칠 수야 있지. 월석 채굴은 워낙 고된 일이니까. 그런데 왜 도망을 저쪽으로 가느냐 이거야."

"도망치는데 방향을 생각할 겨를이 어디 있어요? 나름대로 살려고 필사적이었겠지." 일찌감치 토스트를 다 먹고 커피를 마시던 엄마가 대꾸했다. 자매는 부부 사이에서 테이블을 마주 놓고 앉아 대화를 엿듣고 있었다.

"그렇지 않아. 살고자 필사적이었다면, 오히려 도망가는 방향에 신경을 썼어야지." 아빠는 보기 드물게 말을 많이 하고 있었다. 그가 이렇게 말을 많이 하는 것은, 진심으로 그 대화 주제에 관심이 가거나 의문을 품고 있는 경우밖에 없다. 그가 허공에 손가락으로 동그라미를 하나 그렸다. "봐, 이게 달이야. 여기 남극 근처에 우리 사우스폴 기지가 있지. 작업장은 기지에서 동쪽으로 4킬로미터 떨어져 있고." 아빠는 가상의 원 모양 아래에 점을 찍는 듯한 동작을 하며 설명을 이어나갔다. "여기서 북북서 방향으로 200킬로미터만 더 가면 티코 센터가 있어. 달에서 가장 큰 월면기지가 있단 말이야. 그리고 알다시피 티코 센터와 사우스폴 센터는 전산공유 협약을 맺지 않았다고."

"아, 그러네." 엄마는 이제야 흥미가 생겼다는 듯 연신 고개를 까딱였다. 커피 잔을 들고 있지 않았다면 평소같이 손뼉도 몇 번 쳤을 것이다. "도망간다면 티코 센터로 갔어야 했네. 그리로 가면 데이터가 존재하지 않는 루나리안이니까. 좀 덜 힘든 일을 구할 수도 있었을 테고……. 왜 반대 방향으로 갔을까?"

"어쩌면 달의 뒷면이 보고 싶었을지도 몰라요." 동생은 마치 그 말을 하려고 기다렸다는 듯 말했다.

다만 엄마와 아빠는 그 말을 어린아이의 농담 이상으로 받아들이지 않았다. "얘는, 상상력이 좋다고 해야 할지. 이렇게 희한한 생각을 많이 한다니까." 엄마는 그렇게 말하고 나서 입을 가리고 웃었다. 그러는 동안 아침 식사를 마친 아빠는 냅킨으로 입과 손을 닦고, 테이블 옆에 놔뒀던 가방을 들어 곧장 현관 쪽으로 나갔다. "다녀올게."라는 목소리가 현관문 여닫는 소리에 부딪혀 연약하게 들렸다.

월석을 캐던 루나리안들이 갑작스레 자취를 감추는 일은 그 뒤로도 계속해서 일어났다. 몇 구의 시신들이 달 뒷면과의 경계에서 발견되는 일도 잦았다. 사우스폴 센터는 루나리안들의 사체를 회수하지 않았다. 대신 월석 채굴 지역에 지구인 감시요원을 더 많이 배치하는 것으로 결론 내렸다.

그럼에도 불구하고 루나리안들의 집단탈주는 멈추지 않았다. 발생 빈도는 나날이 증가했으며, 어떤 날에는 오후 작업 중에만 마흔 명이 넘는 루나리안들이 사라졌다. 사우스폴 센터 사령부는 해당 현상을 목격한 감시요원들의 증언과 위성촬영 영상을 검토한 결과, 그것이 도망행위가 아닌 병리적 현상이라는 의견에 무게를 두기 시작했다.

핵심을 이야기하자면 이렇다. 단순한 도망이라고 치부하기에는, 루나리안들의 탈주 현상에는 의아한 부분들이 너무도 많았다. 사라진 모든 루나리안들은 작업을 시작하기 전까지만 해도 도망칠 기미가 전혀 보이지 않았던 이들이었다. 하다못해 작업량이나 환경에 불만을 토로하거나, 무언가를 개선해 달라는 요구를 하지도 않았다. 그들은 모두 묵묵히 자기 할 일을 하고 돌아가, 사료 같은 식사와 콜라 한잔을 마시고 얌전한 짐승처럼 잠드는 존재들이었다.

이들은 열심히 월석을 캐던 중에 문득 동작을 멈추고, 마치 '어딘가에 중요한 물건을 놓고 온 걸 막 깨달은 사람처럼'(현상을 목격한 보안요원은 이렇게 표현했다) 남쪽을 향해 달리기 시작했다. 처음에는 한두 명이 뛰고, 그다음에는 대여섯 명이 뛰었다. 그렇게 몇 분이 지나면 수십 명이 제각기 다른 길로 정신없이 뛰어가고 있었다. 도망을 가거나 저항을 하는 것이 목적이었다면, 그들은 분명 한데 뭉쳐서 집단적인 행동을 했을 것이다. 그러나 이들은 서로간의 직선에 거리를 두고, 평행선을 그리듯 다른 길을 통해 뛰어갔다. 그리고 며칠 뒤에는 달 뒷면과의 경계 근처에서 쓰러진 모습이 발견되는 것이다.

이것은 질병이다.

그것이 사우스폴 센터의 결론이었다. 루나 히스테리아. 이 생소한 괴질은 얼마 안 가 사우스폴 센터 관할의 월석 가공과 희토류 수출에 지장을 줄 만큼 큰 문제로 번졌다. 사령부는 문제 해결을 위해 기지 내외의 모든 행정력을 총동원한다는 방침이었지만, 아무리 보안요원을 많이 배치해도, 도망가는 길목으로 위협사격을 해보아도, 월면용 트럭으로 쫓아가며 소리를 질러도, 루나 히스테리아에 걸린 루나리안은 멈추지 않았다. 알아듣는 기색도 없고, 웅얼대는 대꾸도 하지 않았으며, 조금도 고개를 돌리는 법이 없었다. 지구인들은 그런 루나리안들을 두려워하기 시작했다. 병에 걸리면 최소한의 의사소통도 되지 않는구나. 아주 짐승이 되어버리는 거야. 그런데 저러다 녀석들이 우리를 공격하면 어떡하지?

"아마 그럴 일은 없을 거야." 자매의 이야기를 들은 틸보 아저씨는 단정적으로 말했다. "애초에 그런 병이 아니니까— 실은, 병이라고 하기도 좀 애매하지."

"병이 아니라고요?" 동생은 눈썹을 크게 치켜올리며 물었다.

"이름에서부터 이미 알 수 있잖아. 히스테리라고—. 일종의 신경증인 거야. 세균이나 바이러스로 발생하는 병과는 달라. 만약 그랬다면—."

"작업 중에 감염이 될 일도 없었겠죠. 기지와 문슈트 바깥은 그냥 우주니까. 매질이 될만한 게 아무것도 없으니까요."

"맞아." 털보 아저씨는 언니 쪽을 보며 기특하다는 듯 고개를 끄덕였다. "하지만 나도 이유는 잘 모르겠어. 내 동료들도 몇 명 사라져버렸는데— 전혀 감이 잡히는 게 없더라고."

"……그러다 아저씨도 '루나 히스테리아'에 걸리면 어떡해요?" 언니는 걱정기가 가득한 얼굴로, 그의 바짓가랑이를 잡아당기며 조심스럽게 물었다. "괜찮은 거 맞아요? 일을 안 나갈 수는 없는 거예요?"

"괜찮다니까— 게다가 아직 원인을 모르잖아. 세균과 바이러스 때문일 리는 없고. 최근에는 기지 안에서도 괴질이 발생해서 뛰쳐나간 녀석들도 있다잖아—. 지금으로서는 달리 조심할 방법도 없어. 원인을 모르니까, 예방도 불가능한 거지."

"그래도……."

"저, 어제 엄마한테 들었는데요." 동생은 돌연 의미심장한 투로 운을 뗐다. "남극에 물이 있대요. 빙하처럼 잔뜩 꽝꽝 얼어있는 물인데, 어떤 루나리안이 그 물을 구해 와서, 다른 루나리안들에게 나눠줬다나 봐요. 그래서 그걸 마시고 병에 걸린 거라고."

"뭐? 그런 말도 안 되는……." 언니의 얼굴이 신경질적으로 구겨졌다.

"하하. 왜? 정말 재미있는 뜬소문인데." 털보 아저씨는 눈을 감고 너털웃음을 지으며 말했다. "이전의 텔레파시 어쩌고 하는 얘기보다는— 조금 나아졌어. 그렇지 않니?"

언니는 어쩐지 아저씨의 말에 찔린 느낌이 들었다. 대체 왜일까. 알 수가 없다. 그녀는 그저 동생에게 말할 뿐이었다.

"······달의 남극에서 약간의 얼음이 발견됐다는 건 사실이야. 인간이 그걸 몰랐을 리가 없지. 실제로 극지방까지 탐사선을 보내 얼음을 채취해 오기도 했어."

"봐, 내 말 맞잖아. 그 물을 마신 거라고." 동생이 천연덕스럽게 말했다.

"그게 안 되니까, 지금껏 지구로부터 물을 수입해서 사용하고 있는 거 아니겠어?"

"왜 안 되는데?"

"인간이 도저히 마실 수 없는 물이었거든. 성분을 분석해 봤더니······." 언니는 아무런 감회 없이, 그저 알고 있는 사실을 기계적으로 읊조리듯이 말했다. "도저히 인간이 소화하거나 걸러낼 수 없는 광물 성분들이 함유돼 있어서, 사실상 아무짝에도 쓸모없었어. 하긴, 그게 담수였다면 지금쯤 달 전체 인구가 천만 명은 됐을지도 모르지."

"언니 말이 맞을 거야. 나도 과학적 근거는 없지만— 주변에서 누가 물을 구해왔다는 얘기 같은 건 금시초문이거든." 털보 아저씨가 말했다.

"그렇구나······." 동생은 혼자 풀이 죽은 투로 구시렁거렸다.

"하지만 나는 조금 **다른** 얘기를 들었지."

"그게 뭔데요?"

"달에 물이 있다는 아이디어는 똑같아— 하지만 장소가 남극이 아니라는 차이가 있지." 털보 아저씨는 오래된 이야기꾼처럼 능숙하게 이야기의 템포를 조절해 나갔다. "괴질이 발생하기 거의 직전에, 동료 하나가 작업 중에 나한테 수신호를 보내더니 이렇게 묻는 거야. '달의 뒷면에 **강이 흐른다**는 걸 알고 있느냐'고 말이야."

"달에?"

"강이 흐른다고요?"

"그래. 나는 또 무슨 헛소리인가 싶어서 계속해서 얘기를 들어봤지. 요즘 루나리안 동료들 사이에서 떠돌고 있는 소문이래. 달 뒷면 어딘가에 아주 따뜻하고, 깨끗한 물이 강처럼 흐르고 있다는 거지. 너무 깨끗한 물이라서 그냥 바로 입을 대고 마실 수 있다는 거야."

"아니, 어떻게 그런 일이……."

"끝까지 들어봐. 아무튼 그런 강이 달 뒷면에 있는데— 30년 전 그 강을 발견한 한 루나리안이 마을을 개척했다는 거지. 강가에 오두막을 짓고, 물을 대서 논밭도 일구고, 채소와 곡식을 혼자 길러 먹기 시작해서, 나중에는 여러 종류의 동물도 들여와 키우기 시작했대. 그렇게 커진 마을에 벌써 수백 명의 루나리안들이 서로 도우면서 살고 있다더라, 이 얘길 듣고 달 뒷면으로 가보고 싶다는 녀석들도 있다— 대충 그런 얘기였어. 어때. 재미있지?"

"도대체 어디서부터 반박을 해야 할지 모르겠네요." 언니는 한숨이 나오려는 것을 겨우 참으면서 말했다.

"너의 안 좋은 습관이지."

"뭐가요?"

"바보들이 아무렇게나— 내뱉은 말에 논리로 대응하려는 것 말이야."

"……."

"사실 동료들의 신경증이 이 소문과 관계가 있는지는 잘 모르겠어—. 그렇지만 사라진 동료들이 뒷면으로 향해 뛰다가 죽었다는 건 역시 신경이 쓰여." 털보 아저씨는 남아있던 콜라를 다 털어 마시고 나서 말했다. "나도 작업장에서 동료들이랑— 좀 더 이야기를 나눠보도록 할게. 그러니 걱정하지 말아. 뭔가 신경 쓰이는 게 있으면— 바로 말해줄 테니까."

"그러니까, 언니만큼 열심히 공부를 하라고 하지는 않겠다." 아빠는 여느 저녁 식사 때보다 더욱 지치고 피곤한 표정으로 말했다.

"거기까지 해요. 그냥 잘 모르고 한 얘기잖아요."

아빠는 적당히 말려보려는 엄마에게 눈길조차 주지 않았다. 앉은 상태로 얼굴을 감싸 쥔 채 마른세수를 몇 번 하고, 한숨인지 심호흡인지 모를 큰 숨을 몇 번 들이마시고 내뱉었다. 그러고 나서 말했다. "네가 그런 얼토당토않은 얘기를 하지 않을 정도로는 분발해 주면 좋겠어."

"아니, 어린애한테 무슨 말을……."

"나는 오늘도 그놈의 괴질 때문에 하루 종일 고생을 하다가 왔어. 다들 내가 얼마나 굴러댔는지 알기라도 하면……. 얘들아, 얘들아…… 달의 뒤편에는 아무것도 없단다. 내가 너희들에게 이런 얘기까지 해야겠니? 이런 건 교과서에도 나오는 상식이잖아."

"하지만……."

"그건 그냥 헛소문일 뿐이라고 했잖아!" 아빠는 별안간 자리에서 일어나 크게 소리쳤다. "상식적으로 생각을 해보란 말이야. 달에는 액체상태의 물이 있을 수 없어! 달 표면의 온도가 영하 173도에서 영상 123도까지 오가니까, 얼거나 증발하거나 둘 중 하나란 말이야! 그런데 어떻게 강이 있고, 마을이 생길 수 있겠냐? 왜 이런 쓸데없는 걸로 나를 괴롭히는 거야? 내가 너희들에게 뭘 그렇게 잘못을 했다고!"

"죄송해요. 제가 더 잘 알아듣게 말을 했어야 했는데……."

아빠는 언니의 말을 듣고 있지 않았다. 대신 허리춤에서 빼든 디바이스를 이리저리 조작해, 테이블 위에 홀로그램 이미지 한 장을 띄워 보였다. 달의 모습이었다. 자매는 겁을 먹고 긴장한 상태로 그 이미지를 의무적으로 응시했다.

"봐라, 이게 달의 뒷면이야." 그가 손으로 구체를 돌리는 동작을 취하자, 달 홀로그램은 적당히 느린 속도로 자전하기 시작했다. "보다시피 아무것도 없지. 그냥 보기 흉한 크레이터들뿐이야……. 심지어 달 뒷면은 어둡기까지 하지. 왜일까? 이것도 교과서에 다 나오는 얘기인데…… 그건 달이 '동주기 자전'을 하기 때문이야. 지구의 중력에 영향을 받아서, 한쪽 면이 항상 지구를 향한 상태로 공전하고 있지. 그러니까 지구에서는 달 뒷면을 볼 수가 없고, 달 뒷면에서는 지구를 볼 수 없는 거야. 지구로부터 반사되는 빛이 없으니 당연히 어두울 수밖에 없지."

자매는 홀로그램으로 구현된 달의 뒷면을 차근차근 뜯어보았다. 오랫동안 인류에게 보이지 않았던 세계. 달 탐사가 이루어지기 전, 인간은 마음껏 상상의 날개를 펼쳐 그곳에 존재할 미지의 문명이나 괴생명체를 그리곤 했다. 그러나 지금은 알 수 있다. 보기만 해도 느낄 수 있다. 자매는 아빠가 하려는 말을 그 즉시 깨달았다. 달의 뒷면에는 아무것도 없다. 어떤 것도 존재할 수가 없다. 강이나 마을 같은 것이 있을 리 없다. 오두막을 짓고 농사를 짓는 루나리안은 더욱이……

수십억 년 동안 태양계의 바깥쪽, 끝없는 우주를 마주하고 있던 뒷면이다. 그곳에는 한때 낭만이 존재했던 흔적조차 없다. 이를 데 없는 삭막함, 끝을 모르는 고독함만이 보이지 않는 도료처럼 구의 이면을 뒤덮고 있다.

옛날 사람들이 '달토끼 모양'이라고 불렀던 앞면의 바다도 뒷면에서는 찾아볼 수 없다. 그저 곰보자국처럼 뒤덮인 운석구덩이가 여과 없이 드러나 있어, 수억 년에 걸쳐 핍박받은 흔적이며 대기의 부재 따위만 확인할 수 있을 뿐이다. 동그란 외형만 아니었다면 그저 평범하게 우주를 떠다니는 소행성쯤으로 여겨졌을 모습.

그러므로 달의 뒷면에는 아무것도 살아있지 않다. 그곳은 죽음으로만 도달할 수 있는 세계다. 인류가 달의 뒷면에 기지를 하나도 짓지 않은 건, 서경 90도를 넘어 뒷면으로 향하는 루나리안들을 이해할 수 없는 건, 달의 뒷면이 실존하는 저승의 표상이기 때문이었다. 모든 생명을 부정하고 튕겨내는 곳. 루나리안들은 그런 곳을 향해 넋이 나간 듯 뛰다가 쓰러져 죽는다.

"젠장!" 아빠는 더는 견디지 못하겠다는 듯이 뇌까리고 나서 디바이스를 닫았다. 달 뒷면의 오싹한 이미지가 테이블 위에서 제거되고, 그는 가족들을 거실에 남겨둔 채 방으로 들어가 버렸다.

언니는 문이 끝까지 닫히는 걸 확인하고 나서, "……괜찮아?" 하고 동생에게 물었다. 동생은 가까스로 고개를 위아래로 끄덕였다.

"아빠가 저렇게 화를 내는 건 처음 봤어요."

"그러니까 말이다." 엄마는 한 손으로는 언니의 손을 잡고, 다른 한 손으로는 동생의 머리를 감싸며 애처롭게 말했다. "최근 그 괴질 때문에 압박이 이만저만하지 않은 모양이야. 아빠도 아빠 나름대로 필사적인 거지. 우리도 이해해 주려고 노력을 해보자꾸나. 조금만 더 참으면 될 거야. 사령부에서도 계속해서 대책을 내놓고 있으니까, 곧 상황이 나아지겠지……. 자, 늦었으니까 우리도 가서 자자."

자매는 엄마의 손길에 몸을 맡기고 방으로 향했다. 이윽고 부엌과 거실의 불이 모두 꺼졌다. 거주구 내부에는 간헐적으로 바람을 내뿜는 공조장치 소리가 났다.

엄마의 바람은 이루어지지 않았다. 루나 히스테리아로 촉발된 사우스폴 센터의 위기는 갈수록 심각해졌다. 희토류 공급에 차질이 생기자 모성(지구에서 파견된 사람들은 흔히 지구를 이렇게 불렀다)으로의 물자 수급에도 문제가 생겼다. 채굴사업을 하는 달 기지들은 대개 물자보급 대금의 일부를 가공된 희토류로 대체한다. 그런데 숙련된 인부인 루나리안들이 대량으로 실종되거나 사망하게 되면서, 그 대금을 치를 만큼 많은 희토류가 나오지 않게 된 것이다.

사우스폴 센터 사령부는 해당 문제를 기지 내 사업자들로부터 차관을 끌어와 해결하겠다고 밝혔다. 긴급한 상황임을 고려해 차관에는 평소보다 높은 금리가 책정됐고, 투자는 별문제 없이 잘 이루어지는 듯했다. 결과적으로 현금 확보 일정에는 차질이 없었다. 그것만으로 사령부는 할 일을 다 했다고 말할 수 있었다.

진정한 문제는 지구-달 사이의 물자수송 중 절반을 담당하는 텍사스발 궤도엘리베이터가 고장 나면서부터 시작됐다.

"우주쓰레기가 엘리베이터에 부딪히는 일은 생각보다 자주 일어나." 아빠가 말했다. "그런데 이번엔, 보기 드물게 큰 우주쓰레기였어. 조사결과로는 얼마 전 중국에서 자체 폐기한 우주정거장의 잔해라던데."

"세상에, 또 중국이야? 정말 지긋지긋하다니까!" 엄마는 진절머리가 난다는 듯이, 혼자 머리를 헝클어트리기까지 하며 말했다. "이제 달 기지 쪽 물자는 어떡해? 엘리베이터가 다 수리될 때까지 손 놓고 있어야 한단 말이야? 우리는 뭐, 다 굶어 죽으라고?"

"당장 굶어 죽지는 않을 거야. 다만 이제부터는 티코 센터를 통해서 간접적으로 수급해야 돼. 이래저래 공급량이 많이 줄어들긴 하겠지. 오늘부터는 외부 전기도 6시부터 끊는다고 들었어."

"6시라고? 그럼 애들 학교는?"

"거기 맞춰서 하교 일정이 조정될 거야."

"아이고!" 엄마는 아예 테이블을 내리치면서 탄식하고 들었다. "지금이 한창 진도 나갈 때인데!"

"엄마는! 지금 그게 문제가 아니잖아?" 언니가 황당하다는 투로 끼어들었다.

"공부는 언제든지 할 수 있어. 문제는 그 괴질, 루나 히스테리아가 전혀 해결되고 있지 않다는 거야." 아빠는 엄마의 노골적인 동요에도 아무렇지 않다는 듯, 냉정하리만치 침착하고 사무적인 태도로 말을 이었다. "정확한 원인을 모르니 해결방법도 마땅치가 않지. 지금까지는 루나리안들의 사례만 보고됐지만, 지구인에게도 전파되는지의 여부는 아직 밝혀진 바가 없어. 하지만 조심해서 나쁠 건 없겠지. 물자보급 문제에서도 그렇고, 병리적인 차원에서도 그렇고, 일단은 거주구 안에서 가능한 많은 시간을 버티는 게 지금으로서는 최선이야."

"네. 저희는 사령부랑 아빠를 믿고 있어요." 언니는 진심을 전달하고자 하는 과도한 욕심으로 인해, 평소보다 똑바로 아빠의 눈을 쳐다보며 말했다.

아빠는 한동안 언니의 눈을 마주보았다. 그리고 피식 웃으면서, "엄마가 그렇게 말하라고 시켰니?" 하고 물었다.

"아뇨? 그런 적 없어요."

"그래, 알았다. 엄마한테 아무 말도 듣지 않았단 말이지?"

"그럼요. 제가 생각해서 한 말이에요. 진심이니까요."

"그런데 나는 엄마에게서 들은 말이 있지." 그는 웃음을 멈추고 엄마를 슬쩍 바라보았다. 엄마는 별수 없다는 듯이, 고개를 돌려 테이블 위의 대화가 들리지 않는 체했다. 아빠는 차분한 목소리로 말을 이었다. "너희가 7시쯤까지 거주구 바깥에 있다가 돌아온다는 얘기를 들었어."

자매가 동시에 얼어붙었다. 정적이 뒤따라왔다. 머리가 좋은 언니는 대답할 타이밍을 완전히 놓쳐버렸음을 깨달았다. 천연덕스럽게 없던 일처럼, 모르는 척으로 대응하기에는 너무 늦었다. 짧은 침묵은 사실상의 자수다. 그녀는 머리회전에 박차를 가했다. 아빠는 대체 얼마나 많은 것을 알고 있을까? 엄마에게서 들었다면, 엄마가 아는 것 이상으로 알 수는 없을 것이다. 나는 엄마에게 이렇다 할 말을 한 적이 없다. 하지만 동생은? 동생은 언제나 예상할 수 없는 이야기를 꺼낸다. 그리고 그중에는, 어쩌면⋯⋯.

"뭐 때문에 그랬는지는 묻지 않으마." 아빠의 선언이 그녀의 의식을 멈춰 세웠다. 마땅히 화가 나있어야 할 그의 말투는 오히려 온화하기까지 했다. "······한창 호기심이 왕성할 나이이니까. 나는 내 일 때문에 너희를 이 척박한 달에서만 생활하게 만든 것도 미안하게 생각해. 태어날 때부터 줄곧 이 좁은 기지에서만 지냈지. 아무리 먹고사는 일이 중요하다지만, 너희들에게는 영 못할 짓을 했어. 너희 엄마에게도 마찬가지야." 아빠는 어안이 벙벙해 쭈뼛거리고 있는 자매를 팔로 당겨 안았다. 그 역시 평소에는 하지 않는 행동이었다. "그래서 나는 언제나 최선을 다하려고 한단다. 최소한 가족들을 고생시킨 만큼의 보람은 있어야 하지 않겠니. 안전을 위해서라도 조심해 주면 좋겠다. 아빠는 너희들이 알아서 잘해줄 거라고 생각해. 너희들이 나를 믿는 만큼, 나도 우리 딸들을 믿어보마."

언니는 얼떨결에 "네. 걱정 마세요."라고 대답하고 말았다. 느닷없이 다정해진 아빠의 모습이, 그 어떤 때보다도 상황이 심각하다는 것을 실감하게 했기 때문이다. 모험은 진정한 위기가 들이닥치기 전에나 존재하는 것이다.

아빠는 전기 배급 문제를 걱정했지만, 기지 내 일상생활에 가장 큰 영향을 미친 것은 물 부족 현상이었다. 달 기지들은 지구에서 수입한 특수한 원료를 사용해, 화학작용을 유도함으로써 인공담수를 만들어내는 방법을 사용해 왔다. 그렇게 생산한 담수는 사용 후 정수 작용을 통해 여러 차례 재활용된 다음, 완전한 폐수가 되면 지하에 흘려보내는 식이었다.

그러나 담수 생성에 쓰이는 원료가 거의 들어오지 않게 되자, 사령부는 수자원 공급을 배급제로 전환할 수밖에 없었다. 이윽고 센터 내부의 물 배급량은 철저하게 조절되기 시작했다. 가용한 수자원은 지구인 거주구에 우선 제공됐다. 의사결정권자들 전체가 동일한 거주구에 살고 있었으므로, 이것은 맥락상 당연한 조치처럼 여겨졌다. 그러나 우선 공급되는 양마저도 충분한 양이라고 할 수 없었다. 사용가능한 담수는 4인 가족당 하루에 3리터 이내로 제한됐다. 약 한 달 동안은 일주일에 한 번 샤워를 하는 것이 가능했지만, 그 뒤부터는 헝겊에 물을 적셔 몸을 닦아내는 것으로 만족해야 했다. 사람들은 갈증을 참고 참다가 더 이상 견딜 수 없을 것 같을 때만 한두 모금 목을 축였다.

물 공급난은 고스란히 식량난으로 이어졌다. 특수구의 식량 플랜트 운영에 비상이 걸렸다. 수경재배가 필요한 대부분의 채소들은 수확이 중단되었고, 생장에 많은 물을 필요로 하지 않는 감자와 고구마, 토란 같은 구황작물의 생산량을 크게 늘려야 했다. 아이들의 밥상머리 투정은 더 이상 유효하지 않았다. 사우스폴 센터는 달의 표면에 포위된 채, 생명의 존속 그 자체를 위협받고 있었다.

사령부는 모성에 최후통첩을 보냈다. 현재 달 표면에 거주 중인 인간들은 보급난으로 인해 매우 비인도적인 상황에 봉착해 있으며, 즉각적이고 직접적인 조치가 이루어지지 않을 경우 돌이킬 수 없는 중대사태가 벌어질 가능성이 높다는 내용이었다. 모성으로부터의 회신은 이틀이나 늦었을 뿐 아니라 성의도 없었다. 적극적인 구호 의사와는 별개로, 궤도엘리베이터 파손으로 인해 공급 물량 또는 속도를 지금 이상으로 높일 수는 없다. 게다가 우주쓰레기 충돌 문제가 국제적인 분쟁으로 이어져버리는 바람에, 지구 역시 언제 세계대전이 벌어질지 모르는 일촉즉발의 상황에 처해있다는 것이었다. 모성의 태도가 시사하는 바는 명확했다. 지구는 이 이상 달에서 일어나는 일에 신경 쓸 겨를이 없으며, 달 기지들은 제각기 살아남기 위해 자구책을 찾아야 한다는 것.

자구책이란 스스로를 구원하기 위한 방책이다. 궁지에 처한 사람이라면 누구나 자기 자신을 구원할 수 있기를 소망한다. 사우스폴 센터에서 물과 전기를 제한받으며 사는 사람들 역시 자구책을 필요로 한다. 그러나 그들이 발을 붙인 곳은 달이다. 달의 남극에서 불과 200킬로미터밖에 떨어지지 않은 외곽지대다. 달에는 토끼뿐 아니라 대기도 없다. 달은 사신의 얼굴을 하고 있으며, 생명력을 띠려는 인류의 모든 시도를 깨트리고자 한다. 달에서 찾을 수 있는 구원이 **어디** 있단 말인가.

"달에 있는 모든 기지 사령부에서 대표단을 파견하기로 했어." 아빠는 눈에 띄게 수척해진 몰골을 하고, 가까스로 언어 능력을 유지하고 있는 로봇처럼 설명해 나갔다. "왕복선을 타고 지구에 직접 가서, 긴급 피난용 스페이스셔틀을 편성해 달라고 요청할 예정이야. 38만 킬로미터나 떨어진 곳에서 통신을 주고받아 봤자 직접 가서 얘기하느니만 못하지. 내가 판단하기에도 이게 최선이야."

"과연 지구에서 스페이스셔틀을 보내줄까요?" 엄마는 노파심이 잔뜩 묻은 어투로 물었다.

"보내지 않을 수 없을 거야. 대표단이 지구에 발을 붙이는 이상. 그건 가장 직접적인 외교적 소재가 되니까. 모든 일이 순조롭게 풀린다고 가정하면, 빠르면 보름 뒤에 셔틀이 도착할 수도 있어. 사령부나 내 동료들도 하루빨리 모성으로 귀환하는 것이 맞다고 생각하고 있고……."

"저, 아빠…… 그러면……." 동생은 울고 있지도 않았는데, 마치 조금 전까지 울고 있었던 아이처럼 목구멍을 부르르 떨면서 말하고 있었다. "셔틀이 오면…… 우리가 가장 먼저 타게 되는 거예요?"

아빠는 몇 차례 큰 소리로 꾸짖은 일 때문에 동생이 의기소침해진 상태라고 생각했다. 그는 가엾은 어린 딸을 물끄러미 쳐다보다가, 정수리 위에 손바닥을 올리고 위로하듯이 말했다. "뭘 걱정하는지 알겠다. 아빠는 이래 봬도 공무원이야. 사령부 소속 직원과 그 가족들은 최우선으로 셔틀에 탈 수 있게 돼있으니 걱정하지 않아도 돼." 아빠가 다소 의기양양해진 태도로 언니를 비롯한 가족들을 돌아보았다. "예정보다 일찍 지구에 돌아가게 돼버렸구나. 어차피 언젠가는 가게 될 거였지만, 이런 불의의 상황 때문에 가게 되는 건 좀 아쉽구나. 그래도 지구는 멋진 곳이야. 달과 비교하면 완전히 다른 세상이지. 적응하는 데는 시간이 좀 걸리겠지만, 너희들이라면 금방……."

언니는 동생이 아빠의 말을 전혀 듣고 있지 않다는 것을 알아차렸다.

대표단이 지구에 도착하고 나서 20일이 지났지만, 피난용 대규모 스페이스셔틀에 관한 소식은 전혀 들려오는 것이 없었다. 그보다는 중국이 미국 본토에 가까운 영해에 몇 차례 미사일 도발을 했다는 것이나, 대통령이 전쟁 발발 가능성을 직접적으로 언급했다는 보도가 더 시끌벅적하게 여론을 달궜다. 달 기지와 관련한 이야기라고는 '요 며칠 동안 식량이 충분하지 않아 어려움을 겪고 있는 것으로 보인다'는 것이 고작이었다. 어느 선진국의 뉴스룸에서 이름조차 생소한 제3세계 국가의 빈곤문제를 다루는 것처럼. 한두 문장에 불과한 보고식 언급으로 스쳐 지나갔다. 이런 건 이제 가십거리조차 되지 않는다는 듯이.

대표단이 파견된 지 보름쯤 되었을 때부터, 아빠의 얼굴이 하루가 다르게 수척해졌다. 그것은 그저 식량이며 물의 배급이 줄어들어서가 아니라, 그의 장기 중 일부가 영원히 쪼그라든 결과처럼 보였다.

원래 살집이 거의 없는 편이었던 엄마의 경우, 샴푸를 쓰지 못해 머릿기름이 번드르르하다든가 하얀 비듬을 바닥에 흘리고 다닌다든가 하는 것을 제외하면 겉보기에 큰 차이는 없어 보였다. 다만 그녀는 현실에 대한 기대를 완전히 거둬들인 사람처럼, 지금 있는 곳이 터널이 아닌 영원한 암흑이라는 태도로 하루하루를 지냈다. 더는 희망에 대해 이야기하지도 않았다.

딸들이 어딘가에 다녀오겠다고 하거나, 아예 아무 말 없이 현관문을 열고 나갈 때에도 신경 쓰는 기미가 없었다. 남편의 절망감 섞인 푸념에 맞장구도 치지 않았고, 하루의 대부분을 침대에 누워 눈을 감고 있는 데 썼다. 언니는 엄마가 자고 있지 않다는 걸 알았다.

그러나 동생이 물과 식량을 조금씩 모아두었다가, 일주일에 한 번씩 털보 아저씨에게 몰래 가져다주고 있다는 사실은 나중에야 알았다. 동생은 타인이 요구하는 일 이외의 분야에서는 언제나 재능 있고 영리한 아이였다. 어찌나 용의주도하게 일을 처리해 왔는지, 언니는 동생이 "털보 아저씨가 없어졌어." 하고 울음을 터트리기 전까지는 짐작조차 하지 못했다.

자매는 아무런 제지 없이 거주구를 빠져나와 빠른 속도로 걸었다. 무빙워크는 비필수전력 차단 조치로 인해 일찌감치 멈춰 있었다. 한가로운 엘리베이터 음악, 또는 바흐나 모차르트 같은 클래식이 흘러나오던 스피커에서는 사령부가 운영하는 단일채널 재난 안내방송이 나오고 있었다.

"다른 주민이 점유하고 있는 물과 식량을 탈취하거나 허가 없이 섭취하지 마십시오."

"사령부는 현 상황의 근본적인 해결을 위해 최선을 다하고 있습니다."

"상황은 곧 나아질 것입니다."

"반드시 필요한 경우가 아닐 시, 루나리안과의 직간접적 접측은 피해주십시오.”

“상황은 계속해서 개선되고 있습니다.”

“사흘 전 사령부측은 티코 기지에 방문해 배급량 개선에 관한 세 번째 회담을 나누었습니다.”

“가까운 시일 내에 깨끗한 물이 공급되고, 식량이 정상화될 예정입니다.”

“남극 분지에 위치한 얼음지대 및 지하수 탐사를 위해 시추팀이 파견되었습니다.”

“저희 사령부는 끝까지 사우스폴 기지 여러분과 함께하겠습니다.”

인적이 거의 없는 구간에 접어들어, 자매는 귓바퀴에 메아리처럼 웅웅 울려대는 안내방송 소리 때문에 머리가 아플 지경이었다.

언니는 동생을 타이르지 않았다. 동생은 자신에게 분배된 가뜩이나 적은 물과 식량을, 누군가에게 도움이 될 만큼 모아놓으면서 불평 한마디 하지 않았다. 그뿐만이 아니다. 아이는 아빠와 엄마, 언니를 위로하고 달래는 역할까지도 스스로 맡았다. 어려운 상황에 맞서 의젓해진 모습을 보며, 가족들은 동생이 뒤늦게 철이 들었나 보다 하고 생각했다. 그건 반만 맞는 말이었다. 지키고 싶은 존재, 나의 희생이 필요한 존재가 생긴 사람은 누구나 일시적으로 성장해 어른처럼 말하고 행동한다.

언니는 동생보다 자신이 더 어른스럽지 못하다고, 어린애나 다름없다고 느꼈다. 그녀라고 동생과 같은 생각을 하지 못한 건 아니다. 단지 용기가 없었던 것이다. 자기 몫으로 주어진 물 두 모금, 감자 한 개와 고구마 반쪽을 따로 떼놓을 엄두가 나지 않았던 것이다. 뒤늦게 동생의 뒤를 침묵과 함께 따라가는 것. 그것은 자기 자신에 대한 부끄러움의 반추이자 속죄행위였다.

창고의 문은 열려있었다. 그 커다란 몸집의 루나리안이 사라 져버리고 없으니, 그곳은 원래의 용도인 외지고 황량한 창고의 모습으로 되돌아간 것처럼 보였다. 아저씨가 사용하던 가구며 집기들이 그대로 남아있었음에도 불구하고.

그 좁은 공간이 더할 수 없이 휑하게 느껴지는 것은 놀라운 일이었다. 인간은 어떤 공간의 완전한 일부이기도 하다. 누군가 의 부재는 한 공간의 깨어짐을 의미한다.

창고는 얼마간의 고독을 버티지 못하고 금세 구석구석을 먼 지로 메우고 있었다. 텁텁한 공기 때문에, 자매는 곧잘 오던 장 소에 왔음에도 비밀스러운 탐색을 하는 것 같은 기분에 휩싸였 다. 잠깐만 자리를 비워도 먼지가 그득해지는 장소. 언니는 몇 안 되는 가구며 벽면이 반득반득했던 것이 털보 아저씨의 유난 스러운 깔끔함 덕분이었음을 깨달았다. 부재는 존재에 대해 더 많은 것들을 깨닫게 해준다. 그녀는 소파 테이블 위의 먼지를 집게손가락으로 쓱 쓸어보았다. 그리고 콜라가 반 조금 안 되 게 남은 컵 아래에서, 손바닥 절반 정도의 크기로 접힌 쪽지가 괴어있는 것을 보았다. 루나리안들이 주로 사용하는 회색 재생 용지였다.

"아저씨가 쓴 거야!"

동생은 언니가 쪽지를 집어 펴자마자, 부리나케 달려와 글씨체를 확인하고 말했다. 털보 아저씨는 말을 잘하는 것 치고 글자 쓰기에는 영 재주가 없었다. 자매가 몇 번이나 올바른 글쓰기 방법을 알려주었지만, 연습에 연습을 거듭해도 악필 수준을 벗어나지 못했다.

다만 그 쪽지에 남겨진 글씨들은 단순하게 못 썼다는 차원이 아니라, 몹시 어지럽고 혼란스러운 인상을 줬다. 한 글자는 평소처럼 삐뚤빼뚤하게 썼다가, 또 다른 글자는 곧장 어딘가로 가야 하는 사람처럼 휘갈겨 쓰고, 또 그다음 글자는 팔이 빠진 사람처럼 무기력한 선이 이어졌다. 도저히 규칙을 가늠할 수 없는 패턴으로 쓰인 쪽지. 내용 역시 미간에 힘을 잔뜩 주고 읽어야만 간신히 식별할 수 있었다.

부르러 온다
물고기 호수에 사는 바닷가재
수도랑멀비 허납
바리나우 뒤 덤뜨렁

파리트 파리트
파리트 최악
가지가지가지가지가지가지가지
가一

언니는 그 쪽지를 꼼꼼하게 접어 바지 주머니에 넣었다. 그녀는 아무것도 이해하지 못했지만, 아무것도 이해할 필요가 없다는 것만큼은 알 것 같았다.

거주구 지하에 충전 중이던 월면트럭을 훔치는 것은 생각보다 어렵지 않았다. 그보다는 현장학습용 문슈트를 좁아터진 트럭 트렁크에 욱여넣는 것이 더 힘든 일이었다. 아빠는 항상 트렁크에 너무 많은 짐을 넣어놓곤 했다. 용도를 알 수 없는 기계장치와 값비싼 골프장비, 각종 로고가 새겨진 우산 같은 것들이었다. 언니는 문슈트를 그나마 남아있는 빈 공간 구석진 곳에 쑤셔 넣고는 트렁크를 닫았다.

지구인은 더 이상 주차장 관문을 지키는 일 따위에 동원되지 않았다. 한편 제정신이 남아있는 루나리안들은 지구인 소녀가 트럭을 운전해 빠져나가는 것을 보고도 아무런 반응을 하지 않았다. 루나리안들은 지금이 유례없는 비상상황이며, 어떤 일이 일어나도 이상하지 않다는 말을 매일같이 듣고 있었던 것이다. 자고 일어나면 동료 수십 명이 지평선 너머로 뛰어가 죽어가는 것에 비하면. 십 대 소녀가 트럭을 운전해 나가는 것쯤 하등 대수롭지 않은 일인 게 사실이었다.

언니로서는 아빠의 차를 훔쳐 나오는 것보다는, 한사코 같이 가겠다는 동생을 떼어내는 일이 훨씬 어렵게 느껴졌다. 동생은 아예 그녀의 다리에 코알라처럼 매달려서는, 무슨 일이라도 생기면 어쩌려고 그래, 하고 온갖 걱정하는 체를 해댔다. 그녀도 그게 진심이라는 것 정도는 알고 있지만.

금방 다녀올 텐데 무슨 소리야, 무슨 일 있으면 곧장 연락할
게, 아저씨도 그렇게 멀리 가진 못했을 거야……. 몇 마디 말에
는 그다지 힘이 없었다. 물리적 힘이 실질적인 역할을 했다. 꽤
오랫동안 제 먹을 몫 절반을 빼놓고 살았던 동생은 언니의 완
력에 저항하지 못했다. 언니는 잽싸게 문을 닫고, 다녀올 테니
까 기다려, 하고 제멋대로 튀어나와 버린 것이다.

그러나 홀로 월면트럭을 몰고 달기지 밖으로 나왔을 때, 그
녀는 자신이 터무니없이 경솔한 대답을 했다는 걸 깨달았다.

사우스폴 센터로부터 나오는 이차선 도로들은 모두 북쪽, 또
는 북서쪽 방향을 향해 이어져 있었다. 루나 히스테리아에 걸
린 이들은 모두 달의 뒤편으로 간다. 달의 뒤편으로 가려면 남
쪽으로 가야 한다. 즉 전혀 길이 없는 곳으로 차를 몰아야 한다
는 것이다. 초보 운전자에게 그보다 더 겁나는 일이 또 있을까.

돌아가는 길이야 자동귀환 기능을 쓴다고 쳐도, 이 넓은 달
위에서 털보 아저씨의 위치를 찾는 것은 실상 불가능한 일처럼
느껴졌다. 이럴 줄 알았다면 위성사진이라도 확인해 보고 오
는 건데. 하지만 달의 인공위성 촬영은 사령부가 전담하고 있
다. 아빠를 통하지 않으면 확인할 도리도 없고, 만에 하나 확인
한다 하더라도 머리 큰 루나리안 하나를 위해 구조팀을 보내줄
일은 만무할 것이다. 사령부는 지금껏 달 뒤편과의 경계에 방
치돼 있는 단 한 구의 사체도 회수한 적이 없다.

그녀는 곰곰이 생각해 볼수록 자신이 아무것도 할 수 없었음

을, 모든 상황을 고려하더라도 너무 말도 안 되는 일을 저질렀음을 실감했다. 하다못해 표지판이라도 있었으면 했다. 달의 뒷면으로 향하는 길은, 사실 길이라고 할 수도 없지만, 크고 작은 크레이터와 기암기석이 널브러진 지평선밖에 없었다. 백미러를 통해 보이던 사우스폴 센터의 모습도 부지불식간에 모습을 감췄다.

아무것도 없는 달의 표면 한가운데 남겨진다는 것. 뭐가 있을지 모르는 방향을 향해 끊임없이 멀어진다는 것. 그것은 도저히 맨정신으로 할만한 일 같지가 않았다. 그래서 루나리안들은 괴질에 걸리고 나서야, 고독과 소외에 대한 공포를 잊은 뒤에야 비로소 강을 찾아 달릴 수 있었던 것이다. 그녀는 루나 히스테리아의 정체를 이제야 조금 알 것 같은 기분이 들었다. 하염없이 남쪽으로, 아무것도 없는 표면 위를 줄곧 달리는 동안에.

월면트럭은 웬만한 비포장도로나 암석지대에도 끄떡없게끔 설계돼 있었다. 그러나 차량 내부가 위아래로 요동치는 것까지 전부 막아줄 수는 없어서, 지름이 꽤 큰 크레이터가 나올 경우에는 윤곽을 따라 멀리 돌아가야 했다. 그만한 수고로움조차 없었더라면 그녀는 지금 트럭 운전을 하고 있다거나, 어딘가로 나아가고 있다는 느낌도 갖지 못했을 것이다.

월면트럭은 남쪽을 향해 세 시간을 내리 달렸다. 남극을 둘러싼 하얀 협곡지대가 왼쪽 차창 밖으로 펼쳐졌다. 오른쪽 차창에는 이따금 자그마한 점 하나가 움직이곤 했다. 그녀는 그것이 혹시 뛰고 있는 아저씨가 아닐까 해서 핸들을 돌려보았다가, 이내 달 표면 위에 덩그러니 놓인 암석덩어리라는 것을 깨닫고 방향을 바로 잡았다.

달에는 공기도 바람도 없다. 달 위의 바위는 혼자 구르거나 움직이는 일이 없다. 깎여나가지도 닳아 없어지지도 않는다. 모든 것은 정지해 있다. 움직이는 것은 월면트럭과 그녀뿐이다. 트럭 내부에 장치된 디지털시계가 없었다면, 시간이 가고 있다는 것처럼 자명한 사실도 믿을 수 없었을 것이다.

어떻게 이럴 수가 있지? 그녀는 생각했다. 이것은 부조리하다. 달이 이렇게 생겨먹었다는 것을 몰랐던 바는 아니지만. 해도 너무하다는 생각이 들었다. 신이 존재한다면 적어도 이것보다는 성의 있게 우주를 만들었어야 했다. 그녀는 백미러에 비친 지구를 보았다⋯⋯. 그렇지. 이것은 마치 모든 일에 쉽게 싫증내는 아이의 학교 과제 같다. 초반에는 할 수 있는 모든 노력과 정성을 기울여서 과제를 수행한다. 최선을 다해 아름다운 문장을 써넣고, 불필요하지만 멋지고 예쁜 장식도 한다. 자신이 만든 세계와 일시적으로 사랑에 빠진다. 하지만 아이의 관심을 줄곧 잡아두기란 쉽지 않다. 창조물의 아름다움은 전적으로 창조자의 손길에 의해 탄생하고 증식하는데, 무엇이든 할 수 있는 아이는 이내 과제를 끝내는 것조차 지겨워한다. 결국 개성이라고는 어디에서도 찾아볼 수 없는, 진부하고 천편일률적인 내용으로만 우주의 나머지가 메워진다. 그는 그것이 얼마나 거대한 시공간의 낭비인지 알지 못한다. 창조주의 사랑을 독차지한 지구 옆에서, 달은 가장 직접적인 고독의 당사자가 된다.

신호음이 울리며 차량 내부의 적막을 깼다.

"언니, 잘 가고 있어?" 그녀는 동생의 목소리가 존재적 활기를 불러일으키는 것을 느꼈다. 시계를 보자 출발한 지 정확히 다섯 시간이 지난 참이었다. 동생은 언니의 탐험을 방해하고 싶지 않다는 생각에, 시간에 맞춰서만 꼭 한 번 전화를 걸겠다고 스스로 다짐한 듯했다. "좀 어때? 아저씨는 찾을 수 있을 거 같아?"

"잘 모르겠어." 언니는 대답했다. "솔직히 자신은 없어. 달이 너무 넓어. 어디가 어디인지도 잘 모르겠고." 더는 자신을 제지할 수 없을 만큼 동생이 멀리 있다고 느껴지자, 뇌리에 떠오르는 생각들이 거리낌 없이 입 밖으로 나왔다. "그래도 가는 수밖에 없어. 그렇잖아. 달의 뒷면도 얼마 남지 않았어……."

"언니?"

"응."

"방금 사령부에서 방송이 나왔어."

왔구나. 월면트럭 도둑의 지명수배 공고가. 언니는 "그래, 나 벌써 걸린 거야?" 하고 물었지만, 동생은 언제나처럼 뜻밖의 대답을 해왔다.

"그런 건 잘 모르겠고, 협곡지대에는 접근하지 말래. 시추 작업 때문에 땅이 흔들린다나."

"아하."

그녀는 일부러 전화를 끊지 않고 있었다. 수화기 너머로 동생의 엷은 숨소리가 들렸다. 그 규칙적인 소음이 트럭 내부에 기묘한 평화를 조성하고 있었다.

언니는 문득 소행성 B612를 떠올렸다. 생텍쥐페리가 《어린 왕자》를 쓸 당시, 인류는 아직 달에 다다르지도 못했고 그럴 수 있으리라고도 상상하지 못했다. 어린 왕자의 별에 신기한 생명력이 있는 이유도 그 때문이다. B612는 좁디좁은 소행성이지만 달처럼 메마른 천체가 아니다. 그곳에는 바오바브나무도 자라고, 장미도 자라며, 바람도 분다. 지구의 바깥이 이토록 공허하고 황량한 세계라는 걸 모르던 시절이었다.

"언니."

"응."

"외롭지는 않아? 노래라도 불러줄까?" 동생이 물었다. 명목상 의문문이기는 했지만, 은근한 확신이 묻어나는 목소리였다. 언니는 지금쯤 분명 외로울 거야, 그러니까 내가 무언가를 해주어야만 해, 언니는 그런 동생의 생각이 여과 없이 느껴져 애틋해졌다.

"노래는 무슨. 엄마한테 잘 둘러대기나 해줘. 아마 관심도 없겠지만."

"응. 엄마는 지금도 자고 있어. 아마 저녁까지……."

"그래. 나는 조금만 더 가보고 돌아갈게. 배터리 계산상으로는 앞으로 한 시간은 더 갈 수 있어."

"돌아오는 것까지 계산한 거지?"

언니는 "나 바보 아니야."라고 말하고 나서 통신을 끊었다. 월면의 고요가 제자리에 돌아와 섰다.

남쪽으로 한 시간 반을 더 이동하자, 운전자 인터페이스에 귀환권고 메시지가 출력됐다.

이 이상 진행할 경우 배터리 부족으로 센터 귀환에 차질이 생길 수 있습니다. 보조용 운행배터리 또는 자체 발전 모듈이 구비돼 있지 않다면, 반드시 진행을 멈추고 센터가 있는 방향으로 경로를 수정하십시오. 자동귀환 기능은 일반적으로 수동 주행보다 더 적은 배터리량을 소모합니다.

그녀는 메시지 창을 닫고 트럭 핸들 아랫부분에 이마를 기댔다. 여기까지구나. 처음이자 마지막 월면 탐색작업은 실패로 돌아갔다. 기지로, 거주구로 돌아가면 부모는 이유를 막론하고(어차피 진짜 이유는 말할 수도 없지만) 그녀의 신체적 자유를 제한하고 들 것이다. 학교 수업이 정상화될 때까지는 방 안에서 한 발자국도 나갈 수 없을지 모른다. 탈출의 대가는 대체로 더한 구속이다.

실패는 당최 납득돼 버리는 일이 없다. 제아무리 성공할 확률이 낮은, 도박이나 다름없는 시도였다고 해도 마찬가지다. 그녀는 루나 히스테리아로 인해 2천 명이 넘는 루나리안들이 기지 남쪽에서 사망한 사실을 알고 있었다. 그 말인즉 달 표면에 아무렇지 않게 널린 사체가 2천 구를 넘는다는 것을 의미한다. 그러나 그녀는 반나절이 지나도록 남쪽을 향해 달려왔음에도 불구하고, 루나리안은커녕 버려진 문슈트조차 발견하지 못했다. 그녀는 이제 루나 히스테리아라는 괴질이나, 그것으로 인해 남쪽으로 가다가 죽었다는 루나리안들의 존재들이 의심스럽기까지 했다.

다만 수학적으로 봤을 때, 그녀가 아무것도 보지 못한 것은 당연한 귀결이라고 할 수 있었다. 달은 면이고, 죽은 루나리안은 점이며, 그녀가 월면트럭을 타고 온 길은 선이다. 한두 줄의 선을 그어 무작위로 흩뿌린 점들 가운데 하나를 관통할 가능성은 문자 그대로 기하학적 확률이다. 학년 전체에서 수학 성적이 가장 좋았던 언니가 그런 사실을 몰랐을 리 없다. 하지만 확률이라는 것이 그렇다. 제삼자로서 예측할 때와 당사자로서 경험할 때의 개념이 다르다. 전자의 확률은 수학이고, 후자의 확률은 저질러진 삶이다.

체념한 듯 머리를 주억거리던 그녀에게 인터페이스상의 월면좌표계가 눈에 들어왔다. 그녀가 탄 월면트럭은 서경 89.73도, 남위 88.48도에 위치해 있었다. 기하학적으로, 그녀는 달의 앞면이 그리는 원의 둘레 근처에 서있었다. 조금만 더 가면 달의 뒷면이야, 뇌리에서 누군가 속삭이는 소리가 들렸다. 달의 뒷면이 뭐 어떻다고? 혹시 모르지, 털보 아저씨는 남보다 다리가 기니까, 지금쯤 달 뒷면으로 넘어가 있을지도 모른다고.

언니는 알고 있었다. 달의 뒷면에는 아무것도 없다. 그곳에는 바다도 없고, 강도 없고, 반세기전 루나리안들이 만든 부락이나 비밀기지는 더더욱 존재하지 않는다. 존재하지 않는 것보다 존재하는 것을 헤아리는 것이 훨씬 간단한 세계. 그곳은 아무엇도 없기에 유혹적이다. 우리는 빛이 아닌 텅 빈 우주 속의 반짝임을 사랑하기 때문이다. 남극점과 도달불능점, 사막의 오아시스와 초원 위에 솟은 세계수, 광활한 대양 속 비밀의 보물섬, 그리고 달의 뒷면에 흐르는 강줄기.

아, 달의 뒷면에는 아무것도 없다. 하지만 아무것도 없다는 것은 얼마나 매력적인가. 인간에게 있어 그것은 아무것도 발견할 수 없었다는 말의 다른 표현이며, 여전히 최초의 가능성이 도사리고 있음을 의미한다. 그녀는 생각한다. 모든 것을 이해할 수 있는 세계에 갇혀 죽기보다는, 아무것도 없는 세계를 분주히 헤매다 죽는 쪽이 낫다. 한때 고고학자를 동경했던 언니는, 이제야 비로소 루나 히스테리아의 본질을 마음 깊은 곳에서 깨우쳤다. 그녀는 고개를 빳빳이 들고 핸들을 꽉 붙잡았다.

순간 머릿속에 신호음이 울렸다. 동생이 걸어온 전화일까? 시간이 많이 늦었는데. 그녀는 단잠에서 깬 사람처럼 인상을 찌푸렸다. 그리고 연결버튼을 누르려다 말고 깨달았다. 신호음은 울리지 않았다. 동생은 전화를 걸지 않았고, 트럭은 달 뒷면과 앞면의 경계 위에 서있었다. 언니는 숨을 크게 들이마셨다가 내쉰 다음, 거친 발길질로 액셀 페달을 밟았다. 트럭은 달의 윤곽을 선회하듯이 돌아 북쪽으로 머리를 틀었다.

스멀스멀 다가오는 수마 때문에, 슬슬 자동귀환 모드로 전환하려는 무렵이었다. 아무것도 발견되지 않음에 적응한 그녀는, 털보 아저씨의 사체를 그저 웃기게 생긴 바윗돌이라고 생각했다. 그것을 구별한 건 아주 작고 사소한 차이였다.

언니는 바윗돌 한가운데에서 문슈트를 입은 아저씨가 보물처럼 끌어안고 있는 흑갈색의 유리병을 보았다. 곧장 트럭을 세우고, 문슈트를 챙겨 입은 뒤, 월면을 타박타박 걸어 다가갔다. 유리병 안에 고인 콜라는 얼어붙어 있었고, 깨어진 유리조각과 얼어붙은 콜라가 석영 파편처럼 달 바닥에 흩어져 있었다.

천운이 따라준 덕분에 시신이라도 수습할 수 있었어, 그녀는 처음에 그렇게 생각했다. 커다란 몸집의 털보 아저씨를 월면트럭 안까지 옮겨 넣는 일도 쉽지는 않았다. 하지만 트럭 안에서 털보 아저씨의 슈트 헬멧을 벗겨보았을 때, 그녀는 그 모든 것이 그럴만한 가치가 있었다는 것을 깨달았다.

"아저씨!" 언니는 환하게 소리쳤다. "아저씨! 대답할 수 있어요?"

털보 아저씨의 얼굴은 전에 없이 초췌했다. 달 표면처럼 창백한 얼굴색은 자연스레 죽음을 연상케 했다. 그럼에도 불구하고, 그는 깊은 잠에 든 사람처럼 미동하며 고개를 가누고 있었다. 트럭 내부의 산소에 적응하려는 듯 코와 가슴팍을 씰룩대는 모습도 보였다.

"아저씨……."

다만 그는 대답하지 않았다. 눈을 뜨지도 못했고, 일어나 걷지도 못했다. 얼마나 오랫동안 걷고 뛰었을까? 아마도 쓰러진 지 얼마 되지 않았을 것이다. 괜찮았다. 목숨이 붙어있다면. 그녀는 어디든지 갈 수 있을 것 같았다.

언니는 월면트럭을 자동귀환 모드로 전환해놓고, 털보 아저씨의 문슈트를 모두 벗겨 트럭 뒷좌석에 반듯하게 뉘였다. 그리고 이 놀랍고 기쁜 소식을 전하기 위해 동생에게 연락을 시도했다.

상대방이 전화를 받지 않아⋯⋯.

동생은 전화를 받지 못했다. 아마도 기다리다 잠든 모양이지, 라고 생각했다. 아쉽기는 했지만 상관없었다. 오히려 소식을 듣고 괜히 난리를 피웠다가는, 돌아갔을 때 그녀가 수습할 일이 더욱 많아질지도 모를 일이었다. 어쨌거나 기적은 일어났다. 털보 아저씨가 살아서 돌아온 것이다. 그녀는 이 영웅적인 행위에 감회를 느낄 겨를도 없이, 오랜 트럭 운전으로 지친 몸을 조수석으로 기울였다.

꿈속에서 그녀는 지구에 있었다. 태어나 지금까지 한 번도 가본 적이 없는 곳인데도, 언니는 그곳이 지구일 뿐 아니라 자신의 엄마가 태어난 장소임을 알 수 있었다.

한적한 시골 마을 어귀에 초가을 냄새를 실은 바람이 한줄기 불고, 이른 오후의 햇살이 짙푸른 플라타너스 잎사귀를 따스하게 데웠다. 때마침 마을에서는 축제가 열리고 있었다. 그윽한 꽃향기와 함께 풍경소리가 퍼지고, 과수원에서 막 따온 사과를 한 아름 품에 안고 길을 건너는 소년이 보였다. 그 루나리안 소년은 젓가락 같은 체구의 루나리안 어머니에게 다가가 정수리를 부볐다. 마을 안쪽으로 걸어 들어가자 더 많은 루나리안들이 축제를 즐기고 있었고, 이내 그녀는 그곳에 지구인이 단 한 명뿐이라는 것을 알아차렸다.

고개를 들어 하늘을 바라보자, 고무 양동이만 한 크기의 만 지구가 구름 위에 군림하듯 떠올라 있었다. 그 무렵 언니는 희미한 의식 속에 경고음 비스무리한 소리를 들은 것도 같다.

차체 진동 임계수준 초과. 경로를 취소하고 진행을 정지합니다.

잠에서 깬 그녀의 눈앞에 핏자국처럼 새빨간 경고문이 출력돼 나왔다. 언니는 순간적으로 코끼리 코를 스무 바퀴는 돈 사람처럼, 사방이 휘청이고 흔들리는 듯한 느낌에 온몸을 휘적거렸다. 트럭이 실제로 흔들리고 있었다. 어라. 가는 길에는 이렇게 크게 흔들릴 만한 지형이 없었는데. 크레이터로 잘못 들어갔나? 아니면 협곡지대로 경로가 잘못 설정돼 있을지도 몰라.

그녀는 흔들리는 차체 안에서 겨우 균형을 잡고 섰다. 그리고 계기판의 불빛이 전부 꺼져있다는 것을 확인했다. 월면트럭의 시동은 완전히 꺼져있었다. 차체의 흔들림은 점차 잦아드는 듯하다가, 이내 발작적으로 두어 차례 크게 위로 치솟고 나서 멈췄다.

달에서는 지진이 거의 일어나지 않는다. 지구처럼 지각활동이 활발하지도 않고, 맨틀을 자극할 만한 외부 변수도 많지 않기 때문이다. 화산 활동은 더욱이 뜸했다. 언니가 교과서에서 읽은 바에 따르면, 달에서 일어난 마지막 화산활동의 흔적은 지금으로부터 10억 년 전에 생긴 것이었다.

그녀는 차창 바깥에 있는 사우스폴 센터를 보았다. 남쪽의 협곡에서 흘러나온 용암이, 거대한 해일처럼 기지의 반절을 집어삼키는 광경도 보았다. 이제 달의 지질활동을 다룬 교과서는 큰 틀에서 수정되어야 했다. 가장 최근에 일어난 화산활동은, 10억 년이 아니라 10분 전에 있었던 것이라고.

그녀는 생각했다. 하지만 이제 어디서 달에 대해 가르친담. 특수구가 있는 지역은 대부분 융해되었고, 소리 없이 갈라진 달의 표면이 나머지 기지 절반을 천체의 아득한 핵심으로 꺼트려 버렸다. 어렵사리 교과서를 고친다 한들, 이제는 가르칠 학생도 남지 않은 것이다.

그녀는 망연히 서있었다. 불과 500미터 전방에 있던 사우스폴 센터는 아틀란티스처럼 사라졌다. 달의 역린을 건드린 대가로.

아, 동생이 노래를 불러준다고 할 때 들을 걸 그랬어. 그 아이는 언제나 혼자 있을 때만 노래를 불렀는데, 누군가를 위해 노래해 준 일이 없었는데.

Two drifters, off to see the world
세상을 보려고 떠난 두 나그네

There's such a lot of world to see
보아야 할 세계가 너무나도 많지

We're after the same rainbow's end
우린 똑같은 무지개의 너머에서

Waitin' round the bend, my Huckleberry friend
강이 굽은 곳 어귀에서, 가장 소중한 친구를 기다리네

Moon river and me……
달빛이 흐르는 강, 그리고 나……

언니의 머릿속에서 동생이 노래를 끝마칠 무렵, 뒷좌석에 있
던 털보 아저씨가 오한으로 몸을 벌벌 떨며 앓는 소리를 냈다.
가엾고 딱한 모습이었지만 더는 해줄 수 있는 게 없었다.

"바다가 보고 싶어……"

그는 달의 뒷면처럼 메마른 목소리로 말하고 나서 숨을 거뒀
다. 그녀는 알 수 있었다. 트럭 안에서 음산한 죽음의 냄새가 났
다. 그사이 용암은 점점 더 위세를 더해 트럭이 위치한 곳 근처
까지 세력을 넓히고 있었다.

그녀는 사신과 사투르누스의 얼굴을 머릿속에 번갈아 떠올
리다가, 별안간 용암이 다가오는 곳 앞으로 폭포처럼 쏟아지는
물줄기를 보았다. 달의 지열에 의해 녹아내린 얼음이었다.

수억 년 동안 얼음이었을 그 물줄기는 용암과 부딪혀 펄펄 끓었다. 크고 작은 공기 방울이 텅 비어있는 달의 대기를 두방 망이질했다. 언젠가는, 어쩌면 1억 년쯤 뒤에는 달에도 바람이 불고 상처가 깎여나갈지 모른다. 달의 뒷면에도 강이 흐르고 바다가 생길지 모른다.

트럭은 욕조 속의 오리장난감처럼 천천히 들어 올려졌다. 소리 없이 흐르는 강, 그 위를 조각배처럼 남실대는 트럭. 그 안에는 달에서 태어나 죽어가는 두 사람이 있다.

"아저씨, 아저씨. 보세요." 그녀가 아저씨의 어깨를 툭툭 건드리며 말했다. "정말로 강이 있어요……."

소설가의 메모

소설 창작의 모티브를 대놓고 드러내는 것이 그다지 세련되지 않다는 의견도 있습니다만, 저는 동의하지 않습니다. 그건 표현과 진실성의 문제이지, 모티브의 노골성에 달린 것이 아니라고 생각하거든요.

그리스 로마 신화의 가이아를 포함해서, 여러 문명의 신화들은 우리가 사는 행성, 즉 대지를 '어머니' 같은 존재로 묘사했습니다. 결국 인간이란 흙으로 빚어졌다가 흙으로 돌아간다는 얘기인데. 만일 그 흙이 지구가 아니라 다른 천체의 흙이라면, 자연적인 모습으로는 어디에도 발붙이기 힘든 그런 공간이라면, 인간은 어디에서 어머니를 찾아야 할까요?

부모-자식 간의 오묘한 긴장을 내내 유지하는 것이 포인트였다고 생각합니다. 자매의 부모님은 다정한 듯하지만 실제로는 자기 생각뿐이고, 달은 루나리안의 목숨을 빼앗아가며, 지구는 달의 상황에 한없이 무심합니다. 그런 연결성이 강처럼 느껴진다면 반쯤은 성공입니다.

사망유희

Game of Death

"무슨 소리를 하나 했네. 매니저 같은 건 없어요." 매튜는 샤워가 끝나고 타월로 몸에 묻어있던 물을 털어내듯이 닦으며 말했다. 연한 금색 머리카락이 흐릿한 조명의 빛에 부딪혀 은은하게 빛났다.

침대 위에 웅크리고 앉아있던 미나는 매튜의 벗은 몸을 새삼스러운 눈길로 쳐다보았다. 그리스 조각상처럼 근육이 도드라지는 몸매는 아니었지만, 그에 비견하는 조화와 균형미를 고스란히 담고 있었다. 억지로 몸을 키우기 위해 노력한 것이 아니라, 오랫동안 부지런히 살아오면서 자연스레 만들어진 듯한 형태. 노련한 목수나 어부의 몸에서나 볼 수 있을 조형미가 느껴졌다. 잠자코 보고만 있어도 기분이 좋아지는 그런 몸이다.

'방금까지 내가 저 몸에 안겨있었다니.' 미나는 이불의 촉감과 냄새를 재차 확인하며, 이것이 꿈이 아니라는 사실을 부러 상기했다. 하지만 그녀에게는 조금 전에 한 바보 같은 질문에 무언가 부연할 의무가 남아있었다. 매튜가 몸을 닦던 그 자리에 그대로 서서, 모종의 해명을 요구하는 듯한 표정으로 미나를 바라보고 있었기 때문에.

"솔직히 말해서 좀 이상하잖아요." 미나가 억울한 일을 토로하는 사람처럼 말했다. "매튜는 케이팝의 아이콘 같은 사람인데. 왜 클럽 화장실 같은 곳에 혼자 있었는지…… 당신처럼 유명한 사람이라면 주변에 매니저나 보디가드가 두세 명은 있어야 하는 거 아니에요?"

그는 입가에 사랑스러운 미소를 지었다. 귀여운 반려동물을 쳐다볼 때나 짓는 그런 미소였다. 매튜는 둘이 사랑을 나눴던 침대에 입수하듯 파고들어서, 미나의 옆자리에 다정하게 기대 앉았다. 그의 몸에서 고급스러운 보디워시 냄새가 났다. 미나는 그 장미향 보디워시를 지난달에 사서 지금까지 쓰고 있었는데, 이전까지는 그 냄새가 이렇게 좋은지 몰랐다는 생각이 들었다.

"뭐, 스케줄이 있는 날에는 그러기도 했죠." 매튜는 한쪽 팔을 옆으로 쭉 뻗어 미나의 어깨를 감싸 잡았다.

"그럼 평소에는 이렇게 혼자 다녀도 되는 거예요?"

"네. 어차피 아무도 신경 안 써요."

"그럴 리가!" 미나는 몸을 반쯤 일으켜 매튜의 눈을 빤히 쳐다보았다. "매튜는 세계적인 셀럽이잖아요. 모든 사람이 당신을 알아볼 텐데…… 누가 해코지라도 하면 어쩌려고 혼자 다

녀요?"

"혼자 안 다녔으면 그쪽이랑 이렇게 만날 일도 없었겠죠. 이게 싫어요?"

"아니, 그건……." 그녀의 고개가 침대 너머 벽 쪽에 있는 창문으로 향했다. 용산역 주변의 높다란 건물들이 늦은 밤에도 휘황찬란한 불빛을 쏘아대고 있었다. 20~30층 높이의 오피스텔 창에 밤바람이 부딪혀 튕기는 소리가 났다. "그러니까, 나처럼 평범한 사람의 입장도 이해를 해줘요. 나는 그냥 회계사라고요. 당신이랑 다르게 이런 일들이 매일 일어나는 게 아니에요."

"알았어요." 매튜는 다시 한번 기분 좋은 미소를 짓고, 이번에는 몸을 돌려 두 팔로 미나를 껴안았다. 미나의 몸은 금방 목욕물에서 나온 사람처럼 뜨겁게 달아올랐다. 그녀는 당장이라도 쓰러질 듯했지만 간신히 의식을 붙잡았다. "이상한 사람이네요. 이제 와서 이렇게 긴장을 하다니."

"술이 좀 깨서 그래요."

"그래요? 저는 하나도 안 취했었는데."

"저, 이제 와서 이런 말 한다는 게 웃긴 건 아는데요."

"말해봐요. 뭐든지."

"……ㅇ…… ㅍ…… ㅇ에요."

"뭐라고요?" 매튜는 얼굴을 천연덕스럽게 찌푸리며 웃었다. "정말 하나도 못 알아들었어요."

"아, 엄청 팬이라구요!" 미나가 막무가내로 소리쳤다. 그녀는 얼굴을 이불에 처박고 쏟아내듯 외쳤다. "나오는 족족 앨범도

다 사고! 포토카드도 사서 모으고!! 누가 댓글에 안 좋은 말 하면 거기에다가 욕하는 답글 달고!!!"

"아하."

"특히 이번에 나온 앨범은 정말 대단했다고요. 진짜 놀랐어요." 미나는 매튜를 바라보며 말했다.

"이번에 나온 앨범?"

"당신이 한 달 전에 낸 앨범 말이에요. 〈Stardust Odyssey〉요."

"아아."

"저는 항상 타이틀곡보다 수록곡이 더 좋더라고요. 아무래도 매튜만의 감수성은 상업적인 타이틀보다는 수록곡에서 훨씬 잘 보이는 거 같아요. 〈Dreamscape〉는 하루에 최소 다섯 번씩은 들은 것 같고. 그건 정말 가사가……."

"좋았다고 하니 기쁘네요."

어두침침한 간접등 아래로, 미나는 매튜의 웃음에 엷은 그늘이 지는 것을 알아차렸다.

"저…… 매튜."

"응…… 네?"

"평소에도 이렇게 놀아요?"

"무슨 말인지 잘 모르겠네요."

"나, 나를 어떻게 생각할지 모르겠지만……." 미나는 자세를 똑바로 하고 앉아 매튜를 마주 보았지만, 저도 모르게 말을 더 듣고 만 것이 수치스러웠다. 하지만 이제 와서 하던 말을 멈추고 뒤돌아 누울 수도 없는 노릇이었다. "저는 직장에서 나름대로 능력도 인정받고 있고, 꽤 똑똑한 여자예요."

"알아요. 이런 좋은 곳에서 혼자 살고 있는 걸 보면." 매튜는 시선을 돌려 방 구석구석을 눈으로 훑으며 말했다. 그곳은 혼자 살기에는 충분히 넓으면서, 불시에 손님이 오더라도 부끄럽지 않게 잘 정돈된 오피스텔이었다.

"그러니까 내 말은…… 나는 멍청하지 않아요. 매튜 같은 사람이 나한테 진심으로 대할 거라고 착각할 만큼 바보가 아니라고요."

"……역시 무슨 말인지 잘 모르겠어요."

"비겁하게, 끝까지 모른 척할 거예요?" 미나는 자신이 용기를 쥐어짜 말했음에도 불구하고, 대화에 아무런 진전이 보이지 않는 것에 조금 화가 났다. 그녀의 자세는 답답한 신입사원을 대할 때처럼 허리를 꼿꼿이 펴고, 당당하게 팔짱을 낀 모습으로 바뀌어 있었다. "그러니까…… 어쩌다가 일이 이렇게 돼버리긴 했지만…… 저는 매튜의 커리어를 방해할 생각이 전혀 없어요. 오히려 반대라고요. 나는 매튜의 너무 큰 팬이라서, 혹시나 나 같은 것, 오늘 일 같은 것에 신경 쓰느라 자신의……."

"저한테 커리어 같은 건 없어요."

"아, 무슨 말이에요? 설마 평론가들의 바보 같은 글을 곧이곧대로 받아들이는 건……."

"그게 아니라……." 매튜는 한동안 물속에서 숨을 참아온 사람처럼 고개를 높이 들고 깊은 한숨을 내쉬었다. 미나는 그가 곧 내놓으려는 말이, 매튜 자신에게 무척 복잡하고 괴로운 고백이라는 것을 예상할 수 있었다. 그는 말했다. "그냥 말 그대로 예요. 저한테 커리어 같은 건 없어요. 저는 그냥 '껍데기로서의 매튜'일 뿐이니까요."

'그건 또 무슨 말이에요?'라고 미나는 묻지 않았다. 그녀에게도 그만한 눈치는 있다. 매튜가 끊김 없이 자신을 내놓을 수 있도록 충분한 시간을 주기로 했다.

"저는 엄청 유명한 연예인으로 알려져 있지만, 보다시피 매니저도 없이 혼자 돌아다니죠. 내일 스케줄도 없어요. 내일뿐 아니라 모레도, 글피도. 왜냐하면 나는 당신이 아는 '그 유명한 매튜'가 아니거든요. 그랬던 시절이 없지는 않았지만, 이미 8년 전에 끝났어요……. 조금 전에 당신이 말한 그 앨범이 몇 집 앨범이었죠?"

"아, 〈Stardust Odyssey〉요? 정규 11집이죠."

"그건 제가 만든 앨범이 아니에요."

"뭐라고요?" 미나는 아연실색한 표정으로 되물었다. "그럼 누가 만들었는데요?"

"제 얼굴과 목소리, 성격을 그대로 본떠 만들어진 인공지능 개체죠. 실제로 제가 작업한 건 1.5집까지였어요."

"잠깐, 1.5집이라고 하면 〈Do not tease me〉였을 텐데……." 미나가 말했다. "그건…… 8년 전이네요."

"사실 그것도 제가 다 했느냐고 하면 그렇지 않죠. 당신이 아이돌이 어떻게 만들어지는지 안다면……."

"대강은 알고 있어요. 작곡가가 있고, 프로듀서가 있고, 아이돌을 코디해 주는 디자이너가 있고, 본인은 그냥 몸과 목소리로 퍼포먼스를 할 뿐이라는…… 그런 의견도 분명히 있죠. 저도 알아요. 그렇지만, 그럼에도 불구하고 사람들은 좋아하는 거라고요, 당신을."

"글쎄요. 사실을 알면 그렇지 않을걸요." 매튜는 매듭의 끝을 묶듯 단정적인 어투로 말했다.

"어떤 사실이요?"

"애초에 나는 음악을 좋아하지도 않았어요. 그냥 보호소에서 나온 직후에, 달리 할 일이 없어서 시작했을 뿐이고……. 말한 것처럼 저는 그냥 퍼포먼스만 했어요. 나머지는 소속사가 다 해줘요. 곡을 만들거나, 가사를 짓거나, 음악에 맞는 안무를 짜거나, 그날그날 스케줄에 맞는 옷을 골라 입는 것도. 심지어 소셜미디어에 어떤 내용을 어떻게 써서 올려야 좋을지까지도 다 계획해서 주죠. 그럼 저는 거기에 맞게 노래를 부르고, 춤을 추고, 팬들 앞에서 손을 흔들면서 웃기만 하면 되는 거예요."

"하지만 그런 게 아이돌이라는 거죠." 미나는 다소 냉정하게 말했다.

"그렇긴 하죠……. 알고 보면 뻔한 얘기예요. 아이돌 멤버가 그런 생활에 자기 자신을 잃은 것 같은 기분이 들어서…… 남몰래 마약을 하고, 음주운전을 하고, 그걸로 모자라 자살시도까지 하는 그런 거."

"……그런 짓을 했었어요?"

"할 수 있는 건 다 했죠." 매튜는 멋쩍다는 듯이 입을 살짝 벌리고 웃었다. "소속사가 크다 보니, 외부로는 아무것도 노출되지 않았지만……."

"네. 전혀 몰랐어요. 저는……."

"모르는 게 나아요. 아, 그래도 마지막에는 정말 제가 죽을 줄 알았어요. 약기운에 빠져서 이틀을 내리 잠만 자다가, 일어났더니 어느 모르는 호텔의 객실 바닥에 쓰러져 있었죠. 때마침 창문이 열려있었는데…… 4층 높이였어요. 물론 뛰어내리기 전까지는 전혀 몰랐지만." 매튜는 침대에 앉은 채로, 열려있는 창문 바깥으로 뛰어내리는 듯한 시늉을 하면서 썩 유쾌하게 이야기했다. "그런데 그거 알아요? 자살시도는 마약이랑 비슷해요. 그때 당시에는 정말 죽은 것 같은 기분이 들죠. 죽은 사람이 어떻게 기분을 느끼냐고 하면 할 말이 없는데, 아무튼 그래요. 그렇게 아무것도 없는, 내 존재가 완전히 사라진 것 같은 느낌에 빠져있다가 어느 순간 눈코입의 감각이 느껴지기 시작해요. 내가 누워있는 병상의 촉감도 느껴지고요. 살아있더라고요. 깨어나보니 소속사 부사장이 경멸하는 듯한 표정으로 나를 내려다보고 있었는데……. 그게 처음이자 마지막이었죠. 그 양반은 그대로 나가서 다시는 모습을 드러내지 않았어요. 저는 그날 이후로 이 세상에서 없어진 존재가 됐고요."

"없어진 존재가 됐다는 건, 회사가 계약을 끊어버렸다는 얘긴가요?"

"그것보다 더 심각한 거죠. 뭐……." 매튜는 등 뒤에 깔고 앉았던 베개를 제자리에 놓고, 그 위에 머리를 제대로 갖다 대 누웠다. 베개 높이가 조금 낮았는지 머리를 좌우로 조금 돌려보다가, 양팔을 머리 뒤쪽에 대고 편한 자세를 취했다. 지금 자기가 하고 있는 말이 전부 별것도 아닌 일이라는 듯이. 자신은 그런 것에 이미 다 적응해 버렸다는 듯이.

"회사는 그 뒤로 아무 연락이 없었어요. 내일 몇 시 몇 분까지 어디로 와서 작업을 해라, 어떤 행사에 참여해라, 그런 말도 하지 않았고요. 한동안은 편하게 지냈어요. 집에 처박혀서 약도 좀 하고, 술도 마음껏 마시고요. 기분이 째졌죠. 한 달쯤 지나서 매튜의 정규 2집이 나왔다는 소식을 듣기 전까지는 그랬어요."

미나는 매튜의 정규 2집, 〈Started from the bottom〉의 수록곡 몇 개를 떠올렸다. 그건 정말 훌륭한 앨범이었다. 많은 팬들이 그 2집을 매튜의 음악적 각성이 시작된 시점으로 꼽았다. 지금 꺼낼만한 이야기는 아니겠지만.

"네. 당연히 화가 났어요. 저도 들은 게 있었거든요. 소속사가 사내에 소속된 아이돌들, 연습생들의 데이터를 모아 인공지능을 구축하고 있다는 소문이 있었어요. 사측이야 그런 걸 공식적으로 인정하지 않았지만. 알만한 사람들은 다 아는 사실이었죠. 우리끼리는 그냥 농담 같은 거였어요. '너 그러다가 회사가 AI로 교체해 버리면 어쩔래?' 같은 식으로. 그런데 그게 정말 내가 될 줄은 몰랐죠."

"아니, 근데 그게 말이 되나요? 어떻게 멀쩡하게 살아있는 아이돌을 인공지능 같은 걸로 대체를 해요? 사이버 가수도 아니고. 언론 인터뷰나 기자회견 같은 걸 해서 사실을 밝힐 생각은 안 해봤어요?"

"물론 해봤죠. 그런데 그 소속사가 언론사들에게 미치는 영향이 얼마나 큰지 알잖아요. 개네한테는 간단한 일이었겠죠. 매튜와 좀 닮은 녀석이 사칭을 하고 다니면서, 소속사와 매튜 본인에 대한 이상한 소문을 퍼트리고 있으니까 상대해 주지 말라고 했을 거예요."

"아니, 딱 보면 당신이 매튜 본인이라는 걸 알 텐데……."

"그럴 거 같죠? 근데 그렇지가 않아요. 아이돌은 화장법이랑 코디만으로도 이미지가 180도 바뀔 수 있으니까요. 소속사는 이미지 변신이다 뭐다 해서, 내 원래 모습과는 다르게 계속해서 스타일을 바꿔갔어요. 왜, 다른 연예인들도 10년 전 모습이랑 지금 모습을 비교해 보면 되게 달라 보일 때가 많잖아요. 그런 거죠. 난 이제 '진짜 매튜'와 좀 닮은 정도인 껍데기 매튜에 지나지 않아요. 이제는 알아보는 사람도 거의 없고, 심지어 내가 내 입으로 이야기해도 안 믿어줘요. 조금 닮긴 했는데 그럴 리가 없다는 거죠."

"주민등록증이라도 꺼내서 보여주지 그랬어요."

"아, 그게……." 매튜는 재삼 말하려던 것을 떠올렸다는 투로 말을 이었다. "맞아요. 내 잘못이 없다고는 할 수 없어요. 근본 없는 애를 데려다가, 큰 소속사에서 관리도 해주고 아이돌로 데뷔도 시켜줬더니, 복에 겨운 줄도 모르고 제멋대로 살았으니까요. 회사에서 덮어준 일이 족히 열 개는 됐을 거예요. 그러니까 더는 못 참겠다는 식으로 대응한 것도 납득은 되죠. 그런데……." 그는 진심으로 머리가 아픈 것처럼 관자놀이를 감싸 쥐었다. 옅은 황금색 머리카락이 손등에 올라타 하늘거렸다. "이런 건 좀 심하잖아요. 나를 세상에서 아예 없애버렸다고요……. 어떻게 한 건지는 모르겠어요. 아마 공공기관의 고위 공무원 쪽에도 연이 있는 거겠죠. 나는 공식적으로 존재하지 않는 사람이에요. 주민등록도 말소됐고, 지문도 인식되지 않아요. 평범한 일을 구할 수가 없죠. 처음에는 모델 일이나 해볼까 했는데, 그 바닥도 입장이 명확했어요. 신원이 제대로 확인되지 않으면 피팅모델로도 쓸 수 없다고. 게다가 유명 연예인을 따라한 티가 너무 나는 페이스라고요."

"이제 알겠네요." 가만히 듣고 있던 미나가 음정이 없는 단조로운 목소리로 말했다. "신원은 빼앗겼고, 할 수 있는 일은 없고, 오래전 아이돌로 일하면서 모아놓은 돈도 다 써버렸다는 거네요. 그래서 그런 클럽 화장실에서 아무나 자기를 알아봐 줄 사람을 기다리고 있었던 거고요."

"아무나는 아니에요."

"그럼요?"

"나를 먼저 알아보는 사람은 거의 없어요. 근 1년 사이에는 당신이 처음이었죠." 매튜는 자기가 지은 잘못을 모두 고백한 사람처럼, 머리를 살며시 숙인 채 가로저으며 말했다. "그런데 내가 **누굴** 기다리겠어요……."

다음 날 아침. 매튜는 미나보다 먼저 일어나서, 냉장고에 있던 식재료로 간단한 아침을 만들어 내놓았다. 미나는 매튜가 직접 손으로 내린 커피와 대파를 썰어 넣은 오믈렛을 차례로 마시고 먹었다. 얼떨떨한 기분이었다. 부모와 함께 살던 집에서 나온 뒤로, 누군가가 준비해 준 아침을 먹고 출근하게 된 것은 처음이었다.

매튜는 본인 체격에 맞지 않게 자그마한 앞치마를 입은 채 현관문까지 마중을 나왔다. 미나는 그렇게 살았던 것이 한 5년은 된 사람처럼, 익숙한 자세로 구두를 신고 매튜에게 키스한 다음 오피스텔을 나섰다.

다만 그런 나날들은 두 달도 안 돼서 균열이 가기 시작했다. 문제는 매튜가 아닌 미나에게 있었다. 자신이 처한 모든 상황에 만족하고 있는 매튜와 다르게, 미나는 자신이 회사에서 겪는 격무와 매튜가 누리는 여유로움 사이에서 도저히 용서할 수 없는 괴리를 발견했다.

"당신은 정말 **아무것도** 하지 않네." 미나는 회사에서 돌아오자마자 가방을 내던지듯이 소파에 던졌다. "계속 지켜봤는데 말이야. 정말 아무것도 안 해."

"무슨 소리야? 매일 아침 일찍 일어나서 아침 차려주는 게 누군데." 매튜는 느닷없이 날아온 가방에 기분이 상한 듯, 소파에 앉아 날카롭게 미나를 올려다보며 말했다.

"내가 미리 냉장고에 마련해 놓은 재료들로 말이지. 그리고 저녁은 내가 벌어온 돈으로 대충 근사한 걸 사먹고."

"왜 서럽게 돈 가지고 그래? 사람 무안하게."

"돈 문제가 아니잖아. 사람은 뭔가 일을 해야 해. 생산적인 활동을 해야 한다니까. 그런데 당신은……."

"대신 밤일은 제대로 하잖아." 매튜는 검은 스타킹 차림을 한 미나의 다리를 능글맞게 쓰다듬었다. "아니면 뭔가 더 해줬으면 하는 거라도 있어?"

"집어치워." 미나는 잽싸게 매튜의 손목을 쳐냈다. "내가 말했잖아. 나는 멍청한 여자가 아니라고. 그런 같잖고 **진부한** 말로 대충 넘어가려고 하는데……. 나는 네가 너무 한심해서 견딜 수가 없어. 내가 제일 싫어하는 게 뭔지 알아? 바로 한심한 남자야!"

"내가 한심하다고?" 매튜는 발끈해서 벌떡 일어났다. "내 엄청난 팬이라고 할 때는 언제고? 너야말로 정말 대단한 팬심이네. 불과 두 달 만에 한심함으로 바뀔 정도라니?"

"내가 매튜를 좋아한 건, 매튜가 그 누구보다도 열심히 음악 활동을 하기 때문이었어. 그런 열정을 나도 배우고 싶다는 생각이 들어서였다고!"

"아, 그래? 까짓것 나도 열심히 음악 좀 해보지 뭐."

"장난하지 마. 네가 노래도 못 부르고, 춤도 제대로 못 춘다는 것쯤은 나도 아니까. 어차피 흥미도 없잖아."

"네가 하라고 하면 해야지. 그래야 네 옆에서 '나만의 매튜 님'으로 계속 살 수 있을 것 아냐?" 매튜는 계속해서 비아냥대고 있었다. 이제는 미나가 자신과 동침할 때 짓던 표정을 우스꽝스럽게 따라하기까지 했다. 그는 사람을 화나게 하려면 어떤 지점을 건드려야 하는지 잘 알고 있었다.

"제발 그만해."

"뭘 그만하라는 건데?"

"차라리 널 모르던 때가 나았던 것 같아. 매튜가 이렇게 한심한 인간이라는 걸 알게 될 바에야……."

"또 한심하다고 했어!" 매튜는 사납게 소리쳤다. "네가 회사에서 숫자 좀 만진다고 유세 떠는 거야? 나도 소속사에서 그렇게 내쳐지지만 않았어도……."

"그래, 그 회사랑 오늘 파트너 계약을 맺었어."

"뭐?"

"여태 대단하다고 말로만 들었지, 직접 보니 정말 엄청난 회사더라고." 미나는 반쯤 울먹이는 목소리로, 하지만 변함없이 냉정하고 사무적인 태도로 이야기했다. "일하는 '사람'은 거의 없고, 대부분의 것들이 자동화되어 있었어. 매출의 상당 부분을 차지하는 매튜 관련 사업도 그래……. 너 말고, '진짜 매튜' 말이야." 그녀의 태도는 대화를 이어갈수록 적대적이고, 울분에 가득 찬 방식이 되어갔다. "이제 전부 알겠어. 네가 왜 '대체' 되었는지를. '진짜 매튜'는 성실해. 24시간 쉬지 않고 녹음하고, 춤을 추고, 팬들에게 자신이 느끼는 사랑을 이야기하지. 그뿐만이 아니야. '진짜 매튜'는 사람들을 실망시키지 않아. 그게 가장 중요한 부분이지……. 그렇게 대단한 스타가 되었음에도 불구하고 항상 겸손해. 창작을 핑계로 마약도 하지 않고, 음주운전도 하지 않고, 갑작스러운 스캔들로 팬들을 슬픔에 잠기게 하지도 않지. 그는 영원하고 완벽한 존재야. 나는 그때 깨달았어. 회사는 너를 죽임으로써 하나의 **신을 만들어낸 거라고.** 사람들이 안심하고 믿을 수 있는, 사랑할 수 있는, 실망하지 않을 수 있는 그런 존재를 만든 거지. 그에 비하면 너는…… 너는 대체 뭐야? 왜 너 스스로를 '매튜'라고 말하고 있는 거야?"

분에 못 이겨 거친 숨을 내쉬고 있는 미나. 그 앞에 선 매튜는 꼬리를 내린 비굴한 똥개처럼 초라해진 모습이었다. 한때 그가 가지고 있었던 존재적 아름다움, 나르시시즘, 자연스럽게 드러나는 여유로움, 나비 같은 몸동작, 매혹적으로 깜빡이는 눈시울 같은 것들은 어디론가 사라져버리고. 함부로 연민하기도 힘들 만큼 비참하고 왜소한, 한 인간이 되어 고개를 숙이고 있었다.

"미안해, 자기야……." 그는 말했다. "내가 잘못 생각했어. 용서해 달라는 말은 하지 않을게……. 당신 말이 맞아. 나도 이제 **정신 차려야지.** 하루라도 빨리 내가 할 수 있는 일을 찾아볼게. 약속해……."

미나는 한때 자신의 우상이었던 껍데기로부터 무조건적인 항복을 받아냈다. 물론 기쁜 일은 아니었다. 오히려 그녀는 전에 없이 참담한 심정이 되어 매튜를 끌어안았다. 바닥에 우수수 물방울을 쏟아낸 쪽도 미나였다.

"나도 미안해……. 당장은 나가라고 하지 않을게. 당신은 한심한 남자가 아니야. 노력하는 사람이야." 미나는 매튜의 차가운 등을 수십 번이나 쓸어 만지며 말했다. "이번 주말에는 바람이나 쐬러 가자. 속초나 강릉 같은 곳에 가서, 바다나 실컷 보고

오자. 알겠지?"

그날 밤 두 사람은 그 어떤 때보다 서로를 꽉 껴안은 채 잠들었다. 이번 주말은 물론이고, 앞으로도 영원토록 분리될 생각이 없는 사람들처럼.

또 다시 아침이 밝았다. 미나는 어제도, 그저께도 그랬던 것처럼 커피와 오믈렛 냄새를 맡으며 잠에서 깼다. 원래 1인용으로 만들어진 작은 식탁 위에는 라탄으로 짠 테이블 매트, 김이 모락모락 나는 컵과 접시, 반짝거리는 포크와 티스푼이 다소곳이 놓여 그녀를 기다리고 있었다. 늦가을에 접어든 선선한 바람이 활짝 열린 창문을 통해 집안으로 스며들었다. 하얀 이불은 촘촘하게 부푼 비누거품처럼 살랑거리고, 이른 아침의 햇빛에 일광욕을 하듯 빛났다. 과테말라산 원두향이 폐부를 훈훈하게 데우는, 더없이 기분 좋은 하루의 시작.

미나는 미리 챙겨져 있던 옷을 말끔하게 차려입고, 혹시 깜빡한 것은 없는지 가방 속을 한 차례 점검한 다음 현관을 나섰다. 아래층으로 내려가는 엘리베이터에는 사람이 아무도 타지 않았다. 그녀는 여유롭게 시간을 체크하며 1층 로비를 가로질렀다. 늦지도 이르지도 않은 적당한 타이밍이었다. 이대로 쭉, 가던 길로만 출근하면 회사에 늦지 않게 도착할 것이다.

하지만 그녀는 로비를 빠져나오자마자 수십 명쯤의 인파가 둥글게 모여있는 광경을 보았다. 사람들의 반응으로 미루어보건대, 그들이 쳐다보고 있는 것이 귀여운 새끼 샴고양이나 값비싼 운석 조각이 아니라는 점은 명백해 보였다. 미나는 구태여 신경 쓰지 않고 앞으로 네다섯 발자국 정도 걷다가, 못내 발길을 돌려 사람들이 둘러싸고 있는 곳으로 향했다.

알고 보면 그렇게 대단한 볼거리는 아니었던 모양이다. 억지로 인파를 비집고 들려는 미나에게, 사람들은 아무런 저항감 없이 몸을 비켜 길을 내줬다. 그녀는 인파의 한가운데에서 쯧쯧, 하고 혀 차는 소리를 들었다.

중간중간 생체이식이 된 것처럼 보이지만, 전체적으로 고철덩어리에 가까운 잔해가 바닥에 널브러져 있었다. 요즘에는 높은 곳에서 떨어져도 멀쩡한 안드로이드도 적지 않다. 다만 그 가련한 안드로이드는 자신의 기능도 다 알지 못한 채, 건물 위 높은 어딘가에서 떨어져 호떡처럼 찌부러진 듯했다. 그 납작한 잔해 속에서. 그녀는 부스스하게 흩어진 금색 머리카락을 얼추 본 것도 같았다.

"이건 또 언제 다 치우나." 근처 건물 관리를 담당하고 있는 듯한 한 노인이 투덜대듯이 말했다. "기계라는 것도 가만 보면 전부 칠칠치 못해서……."

그녀는 모여있던 사람들 사이를 다시 비집고 나왔다. 시간은 이제 그럭저럭 여유가 있는 정도다. 멈추지 않고 계속 가면 회사에 늦지 않을 것이다. 미나는 전철역을 향해 똑바로 걸어가면서 생각했다. 걸음을 멈추지 마. 그냥 바람이 부는 것만 생각해.

소설가의 메모

가족이 AI로 대체되고, 사랑하는 연인의 기억을 그대로 딴 안드로이드가 찾아온다는 류의 이야기는 너무 훌륭한 것이 많습니다. 저야 아주 특별한 소재로 승부를 보는 타입은 아니지만요.

관료제는 인간의 역할을 극한으로 단순화시킵니다. 역할이 단순화된 인간은 기계에게 가장 먼저 자리를 빼앗길 수밖에 없고요. 관료주의를 반영한 산업에서는 그런 변화가 더없이 빠르게, 소리 소문 없이 이루어지지 않을까라는 생각으로 작업한 단편입니다. 가장 인간적이라고 생각되던 엔터테인먼트 산업은 대체됐는데, 의외로 인간의 자의적 판단이 필요한 회계는 그렇지 않은, 묘한 역설도 끼워 넣었습니다. 아, 결말부는 트루먼 카포티의 오마주입니다. 문장 한 줄 한 줄이 너무 아름다운 작가예요.

어느 노령화 사회의 일자리 대책

Employment Measures

in an Aging Society

여자는 조금 전 교수가 했던 말을 흘려들었다. 모름지기 물리학도라면 과거 이론에 있는 미신적 요소에 도전할 줄 알아야 하며, 영혼의 존재를 믿는다는 대중들의 인식도 비판할 수 있어야 한다는 논지의 이야기였다.

교수가 "영혼이라는 건 도저히 믿을 수가 없지. 조상님의 영혼을 불러다 이중슬릿 실험을 하고, 파동성을 가지고 있는지라도 확인해 보지 않는 이상……."이라고 말하는 것이나, 그 따분할 정도로 이공계스러운 농담에 강의실을 빽빽이 채운 물리학도들이 배를 잡고 웃는 것이나 별다른 특별할 것이 없었다.

하지만 웃음기가 잦아들 무렵 한 남학생이 손을 들고 자리에서 일어나는 장면부터 일관된 맥락을 짚어내기가 어려웠다. 그녀는 그 남학생이 이렇게 말하는 것을 들었다.

"저, 그래도 역시 영혼은 존재한다고…… 생각합니다."

남학생의 항변은 저항성이 거의 느껴지지 않을 만큼 소심했다. 그러나 그 목소리는 강의실의 높은 천장과 벽에 부딪혀 돌아왔고, 곧 엷은 메아리가 되어 소리의 잔상을 남겼다. 수십 명의 학생들은 일제히 일어나 있는 남학생을 바라보았다. 그리고 다들 약속이나 한 것처럼 교수가 있는 강단으로 시선을 돌렸다. 백발의 교수는 "흠, 흐흠." 하고 헛기침을 몇 번 했다. 그리고 학생들의 시선을 의식한 듯 과하게 근엄한 목소리로 말했다.

"물론 자네처럼 잠도 안 자고 공부하면 그런 생각을 할 수도 있지……."

"하하하!" 강의실의 물리학도들은 마구 끓어넘치는 물분자처럼 날뛰며 웃어댔다. 박장대소가 얼마나 길게 이어졌는지, 그녀는 귀가 먹먹해지는 와중에서도 볼 수 있었다. 그 소심한 남학생이 홍당무처럼 빨개진 얼굴로 슬그머니 자리에 앉는 모습을, 그녀는 복잡한 표정으로 지켜보았다.

여자는 수업이 끝나자마자 남학생의 뒤를 쫓았다. 긴장감 없는 스토커처럼 인기척을 마구 흘리며 따라갔다. 남자는 늘 그렇듯 두꺼운 전공서적 세 권을 껴안듯이 들고, 긴장된 어깨를 움츠린 채 땀을 삐질삐질 흘리면서 발걸음을 옮겼다. 그 긴 복도며 회랑을 따라 걷는데도 그에게 아는 척하는 학생이 한 명도 없었다. 오히려 남자 쪽에서 교직원들을 알아보고 수줍게 고개를 숙이며 지나갔을 뿐이다. 여자는 몇 번이고 마주친 친구들에게 '지금 중요한 일을 하고 있으니 조용히 하라'는 신호로 쉿, 하는 손모양을 해보였다.

꽤 오랫동안 걷던 남자는 사람이 바글바글한 캠퍼스 내 카페 앞에 다다라 문득 멈춰 섰다. 그리고 여자가 잠깐 지켜보던 새에 유리문을 열고 안으로 들어가 버렸다. 여자는 남자를 놓칠세라 허둥지둥 따라 들어갔다.

카페는 거의 가득 차있었다. 작은 운동장처럼 좌우로 널찍한 구조에 수십 개의 커피 테이블이 오열을 맞춰 배치돼 있었는데, 통유리 너머로 내리쬐는 햇살 가운데 빈자리는 보이지 않았다.

'도로 나갔나?' 하고 여자가 발길을 돌리려는 찰나였다.

남자는 그 수많은 테이블 중에서도 가장 중심에 있는 자리에 동상처럼 앉아있었다. 그리고 지쳤는지, 아니면 힘이 넘치는지 분간할 수 없는 표정으로 여자를 주시하고 있었다. 그 모습만 놓고 보았다면 아주 오랫동안, 이른 새벽부터 줄곧 거기 있던 사람인 줄 알았을 것이다. 그녀는 다소 놀라 흠칫했다. 그러나 묘하기는 해도 적의는 없어 보이는 남자의 표정과 그의 앞과 맞은편에 한 잔씩 놓여있는 커피를 보며 그녀는 확신했다. 남자는 여자의 추격을 인식했다. 그리고 끝내는 본인이 먼저 신호를 보내온 것이다.

"날 비웃을 거라면 강의실에서 다 끝냈어야지." 남자는 여자가 마주 앉기 무섭게 말을 꺼냈다. "왜 여기까지 따라와서 날 괴롭히는 거야?"

"커피 잘 마실게." 여자는 천연덕스럽게 커피 잔을 들고 홀짝이며 말을 이었다. "괴롭히려는 거 아냐. 그냥 아까 했던 말이 기억에 남아서……."

"물리학도로서는 용서할 수 없는 발언이지. 그래서 뭐, 따라온 이유가 그런 거였어? '영혼은 존재한다' 같은 게 얼마나 무지한 말인지 알려주기 위해서?"

"그런 거 아니야. 너는 학과 수석이고, 나는 평범한 학생인데 어떻게 설교 같은 걸 해?"

"학교 성적과 분별력이 비례하는 건 아니잖아. 내가 수석이고 네가 차석이라고 해서 나를 더 똑똑한 사람이라고 생각하진 않아."

"적어도 그런 걸 알 정도면 제법 분별력이 있다고 할 수 있지……." 여자는 잔을 내려놓고, 남자의 두 눈을 똑바로 응시하면서 말했다. "있잖아, 내가 널 불쾌하게 했다면 미안해. 그런데 나는 좀 단순하게 생각해서……. 네가 그렇게 말할 때, 뭔가 이유가 있다고 느껴졌어. 네가 농담을 잘하는 타입은 아니잖아."

"그걸 네가 어떻게 알아." 남자는 자기 몫의 커피에는 손도 대지 않고, 팔짱을 낀 자세로 대꾸했다.

"그래, 난 널 잘 몰라. 그치만 적어도 아까 그 얘기를 할 때만큼은 전혀 농담같이 느껴지지 않았어. 오히려 굉장히 오랫동안 생각하고 관찰한 뒤에 내린 결론 같았는데……. 네가 왜 그렇게 생각하는지 들어보고 싶었어."

남자는 여자의 말에 한동안 눈을 감고 발끝을 까딱거렸다. 그러고 나서 목을 좌우로 꺾으며 무언가 궁리하는 내색을 하더니, 못내 초조한 듯 눈썹을 파들거리며 커피 잔을 들었다가 마시지도 않고 다시 내려놓았다. 여자는 그런 남자의 모습을 흥미롭게 바라보면서, 그의 대답을 진지한 태도로 기다렸다.

마침내 "좋아, 오늘 운세에는 '묵혀놨던 얘기를 털어놓는 게 좋다'는 말도 있었으니까." 하고 입을 여는 남자의 모습은 어쩐지 결연한 구석이 있었다. "말해두지만 나는 네가 이 얘기를 다 이해할 수 있을 거라고 생각진 않아. 아마 믿지 못할 가능성도 크고, 높은 확률로 허무맹랑한 소리처럼 들리겠지만. 네가 굳이 듣고 싶다고 하니까, 최대한 요점만 정리해서 간단하게 말해줄게. 그리고 이 얘기는 어디 다른 데 가서 떠들고 다니면 안 돼. 어차피 말해봤자 믿어주지도 않겠지만."

"물론이지." 여자는 고개를 끄덕였다.

"그럼, 내 어린 시절 얘기부터 시작할 수밖에 없겠네."

"최대한 요점만 정리해서 말해준다며?"

"농담이었어."

"아." 여자는 짧게 한숨을 내뱉었다.

"자, 눈을 감고 장면을 한번 그려봐. 나는 열다섯 살짜리 소년이야. 아버지는 어렸을 때 일찌감치 병 때문에 돌아가셨고, 형제가 없는 나는 어머니가 유일한 가족이었어. 내 어머니는 좋은 분이셨지. 늘 부지런하고 헌신적이었어. 어떻게 자기 자식이라는 이유만으로 그렇게 할 수 있나 싶을 정도로, **할 수 있는 모든 노력**을 내게 기울여 주셨지. 지금 생각해 보면 내가 어디서 아버지 없는 애로 놀림받지나 않을지 항상 걱정하셨던 것 같

아. 초등학교에 입학한 지 얼마 안 됐을 때는 거의 매일 이렇게 물어보셨거든.

'오늘 학교에서 다른 친구들이 뭐라고 하진 않았니? 아버지 얘기가 나오면 내가 시키는 대로 했니?'

그럼 나는 이렇게 대답했어.

'아뇨. 아직 아무도 물어보지 않았지만, 만약 누가 그렇게 물으면 엄마 말대로 미국 서던캘리포니아로 몇 년간 출장을 갔다고 대답할게요.'

그럼 어머니는 말없이 나를 꽉 안아주시곤 했어. 내 옷차림이나 행색에 돈을 많이 쓰셨기 때문에, 사실 아무도 내가 아빠 없이 자란다는 걸 눈치채지 못했지만. 나도 그다지 부족함 없이 자랐다고 생각해. 워낙 내가 태어난 지 얼마 안 돼서 돌아가셨으니까. 아버지에 대한 기억이랄 것도 딱히 없어. 내게 부모님이라고 하면 처음부터 어머니 한 분이셔서, 오히려 다른 애들처럼 아버지가 있다고 상상해 보면 약간 꺼림칙하다고 해야하나. 알아. 좀 웃긴 얘기지. 하지만 사람의 기준이라는 건 대체로 성장환경에 의해서 결정되는 거니까.

아무튼 나한테는 유일한 가족이자 부모였던 어머니가 시름시름 앓기 시작한 게 열다섯 살때부터였어. 내가 중2병에 걸려서 공부도 안 하고, 질 나쁜 친구들이랑 어울려 다니면서 방황하던 시기였지. 그렇게 강인하시던 분이 병이 나서 일을 못 나가고, 자식한테도 소홀해지기 시작하니 뭔가 잘못됐다는 걸 느꼈어. 보통 '시름시름 앓다가 죽는 병'이라고 하면 그렇잖아. 각혈을 한다든지 내부 장기가 썩어 들어간다든지, 살갗이며 입술이 바싹 마르고 치료 요법 때문에 애먼 머리카락을 박박 미는 그런 모습이 상상되는데. 우리 어머니는 그렇지 않았어. 무슨 계기가 있었던 것도 아니야. 어느 날부터 그냥 폭삭 늙기 시작해서 골골대기 시작하신 거야. 정말 귀신이 곡할 노릇이었지. 날 낳을 때도 이미 젊은 분은 아니었지만, 항상 나이에 비해 젊게 사시던 분이었거든. 그런데 며칠 사이에 그 새까맣던 머리가 하얗게 세어버리고, 피부도 온통 쭈글쭈글해져서 스무 살은 더 나이가 들어 보이셨어. 무능해빠진 의사들은 하나같이 근엄한 표정으로 '원인이 뭔지 전혀 짐작 가는 게 없네요. 잘 먹고 잘 쉬고 잘 주무시면 될 것 같습니다' 같은 소리나 했고. 어머니는 그런 상황도 모르고 '늙으면 죽어야지' 하고 넋두리만 늘어놓고 계셨어. 누가 생각해도 그런 연세는 아니셨는데. 나는 그러다 어머니가 정말로 돌아가시면 어떡하나, 이 세상에 어머니마저 없으면 어떻게 살아가야 하나, 그런 걱정들로 밤잠을 설쳤어.

무당을 부르자는 건 이모의 아이디어였어. 원래 성질머리가 급하셔서 답답한 건 못 참는 스타일이시거든. 할 수 있는 게 아무것도 없어 보일 때조차 '뭐라도 하는' 게 이모의 스타일이었지. 늙어서 자신을 필요로 하는 일이 어디에도 없는데도, 매일같이 밖에 나가서 길거리에 있는 쓰레기라도 줍곤 하는 그런 분이셨어."

"내가 살던 동네에도 그런 분이 몇 분 계셨어." 여자는 커피잔 바닥에 어렴풋하게 비치는 자신의 얼굴을 내려다보고 있었다. "요즘은 가뜩이나 일 구하기가 어려우니까. 어디로 보나 노인을 위한 나라는 아니잖아. 그런 분들이 있어. 나이를 먹어도 뭘 할 수밖에 없다는 듯이, 주어진 운명을 온몸으로 거부하는 것 같은 어르신들 말이야."

"맞아. 정확히 그런 분이었어. 우리 이모는……."

"무당을 불렀다는 것까지 말했어."

"네가 무당을 불러서 굿판을 벌여본 적이 있는지 모르겠네. 요즘 같은 시대에 무당이라는 게 실존하는지도 긴가민가할 거야. 나도 그랬으니까. 그런데 어른들은 어떻게든 그런 미신적이고 이치에 안 맞는 것들을 찾아내서 돈을 쓰거든. 우리 이모가 그랬어. 부리부리한 인상의 아줌마를 데려와서는, 어디서 구했는지 알 수 없는 전통의상으로 갈아입게 하고, 또 어디서 공수한지 모르는 과일과 돼지머리를 가져다가 기준 모를 순서로 상판 위에 늘어놓았지. 그게 시작이었어. 어머니는 굿이 벌어지는 마당과 병풍 하나를 사이에 놓고 방 안에 들어가 있었고, 나는 마당에서 한 스무 걸음 정도 떨어진 바깥에서 그 모습을 말없이 지켜봤어. 이윽고 요란한 방울소리가 마구 들리더니, 무당은 문자 그대로 무언가에 홀린 듯한 얼굴이 돼서는 알 수 없는 고대의 언어로……."

"묘사가 정말 실감 나고 좋은데. 어디 소설 공모전에 내보는 건 어떻게 생각해?"

"요즘 같은 세상에 소설은…… 굶어죽기 딱 좋지." 남자는 그렇게 대꾸하고 나서야 여자가 빈정거렸다는 것을 깨달았다. 공연히 시선을 발끝으로 옮겼다가, 다시금 태도를 가다듬고 말을 이었다. "그래. 별로 효과는 없었어. 충분히 예상할 수 있는 일이었지만. 그래도 나는 그 난리도 아닌 굿판이…… 의외로 효과가 있어서 어머니가 회복되길 바랐던 것 같아. 내게 미신적 신앙이 생기는 대가로 어머니가 원래대로 돌아온다면야. 얼마든지 돼지머리에도 절을 올릴 수 있었어. 하지만 그러지 않았지. 나는 어머니가 하얗게 센 머리를 그대로 놔두는 게 싫었어. 그래서 학교까지 빼먹고 새까만 염색약을 발라드렸지. 처음에는 서툴러서 잘 안 됐었는데 나중에는 꽤 할만하더라고. 그런데 신기한 건 아무리 잘 염색을 해드려도, 하루이틀 지나면 다시 백발로 변했다는 거야. 만성적인 앙투아네트 증후군을 앓고 있는 사람처럼. 나는 그때 비로소 어머니가 죽음을 앞두고 계시다는 걸 알았어.

어머니는 병원으로 옮겨졌어. 이제는 나이에 비해 늙어 보이는 수준이 아니라, 완전히 꼬부랑 할머니가 되셨지. 몸도 안 좋으신지 문안을 가면 항상 누워서 잠만 주무셨고. 나는 어떻게 해야 할지 몰랐어. 기껏해야 학교가 끝나면 곧바로 병원에 가서 늘 하던 말들을 할 뿐이었지. 괜찮아요? 어제보다는 좀 나아졌어요? 빨리 오지 못해서 죄송해요…….

'전부 괜찮아. 확실히 어제보다는 나아졌어. 어제보다는…….'

어머니는 그렇게 말씀하셨지만, 거짓말이었어. 그 무렵엔 나도 겨우 상황파악이라는 걸 하게 됐거든. 어머니는 죽어가고 있었어. 나는 아무것도 할 수 없는 어린 학생일 뿐이었고.

꿈도 자주 꿨어. 항상 달빛이 비치는 늦은 밤이 배경이었는데, 병원 침대에 누워있던 엄마가, 알 수 없는 존재에게 이끌려 창문 바깥으로 사라지는 꿈을 꿨지. 그건 저승사자처럼 무시무시하게 생긴 존재가 아니었어. 말하자면 그냥 실루엣 같은 거였는데. 바로 그 '알 수 없다'는 점이 무엇보다 나를 두렵게 만들었어. 나는 '무지'에 대한 두려움을 처음으로 느낀 거야. 원시인들이 자연현상에 가지는 공포 같은 거 말이야. 원시인들은 번개가 치고 태풍이 불면 무릎을 꿇고 기도를 시작했지만, 나는 그렇게 하고 싶지 않았어. 미신적인 의식이 아무짝에 쓸모없다는 걸 이미 경험했으니까. 내가 해야 하는 건 이해였어. 현상을 면밀히 관찰하고 분석해서, 결론을 내리고 문제에 대한 해답을 찾아야 했어."

"열정 넘치는 교수님이 물리학 수업 첫 시간에 할 것 같은 말이네." 여자는 한쪽 눈썹을 습관처럼 쓸어 만졌다.

"그렇게 말해도 상관없어. 그때의 나는 정말 그래야 한다고 느꼈으니까. 공포에 질린 내가 해야 할 일은…… 그래, 내 꿈속에 나온 실루엣이 실제가 아니라는 걸 알아야 했어. 밤에 어머니가 있는 병실에 가서, 죽음의 그림자 같은 건 존재하지 않는다는 걸 눈으로 보고 확인하면 그만이었지. 하루는 똑같은 악몽을 꾸다가 잠에서 깼는데, 새벽 2시 정도였어. 나는 이모가 준 용돈을 차곡차곡 모아뒀었어. 심야택시를 탈 돈은 충분했지.

새벽시간에 병원을 가본 적이 있어? 그 시각의 병원은 말 그대로 으스스해. 그 길쭉한 복도에 돌아다니는 사람은 아무도 없고, 불은 듬성듬성 켜져있어서 거기가 건물 내부라는 사실만 겨우 알 수 있는 정도야. 피곤에 찌들어 일하는 간호사들마저 인간을 가장한 좀비처럼 보이고……. 그래, 내가 쓸데없는 묘사가 많다는 건 인정해. 하지만 다 필요한 과정이라고."

"별생각 안 했어."

"그럼 다행이네. 아무튼, 그렇게 새벽에 어머니가 있는 병원으로 가서 병실 문을 열었어……. 그랬더니 어땠는지 알아? 꿈에서 봤던 장면과 거의 흡사했어. 달빛이 으스스하게 비치는 병실이 있고, 어머니는 침대에 몸을 반쯤 기댄 상태로 앉아있었는데, 창가쪽으로 그 실루엣이 보였어. 분명히 보았어. 꿈에서 보았던 것보다 더 명확한 형태였지. 뭐랄까, 저승사자는 일단 남자 같았어. 키가 좀 작고 체격이 왜소하긴 했지만. 바닥에 거의 닿을 정도로 긴 망토 같은 걸 두르고 있었지. 낫 같은 건 보이지 않았는데 아무래도 그런 건 어딘가 숨겨놓았거나 했을 거 같아……."

"지금 저승사자가 실존한다고 이야기하는 거야?" 여자가 눈을 게슴츠레 뜨고 남자의 안색을 살폈다. 어디가 아프지는 않은가, 실내산소가 부족해 뇌가 정상적인 작동을 하지 못하는 것은 아닌가 확인해 보았다. 하지만 남자의 얼굴은 멀쩡했다. 때마침 구름을 벗은 햇살이 카페 내부로 비쳐들어서, 오히려 평소보다 밝고 생기 넘쳐 보이기까지 했다.

"아니. 그것과는 달라. 하지만 나는 그런 걸 봤다고 이야기하는 거야. 분명히 보았어. 여기까지라면 신비주의자들의 변명처

151

럼 들리겠지만……."

"분명히 그래."

"제발 끝까지 들어줘." 남자는 저도 모르게 호소하는 표정과 말투로 이야기했다. 자신의 서사에 완전히 몰입해 있는 사람이 으레 그렇듯이, 과장된 동작의 관절 하나하나까지 자신의 전달력을 위해 사용하고 있었다. "나는 병실의 불을 켰어. 그 저승사자의 실체를 명확하게 확인하기 위해서. 그런데 어땠는지 알아? 불을 켜자마자 그 실루엣은 온데간데없었어. 창문으로 사라졌나 하고 병실 안쪽으로 뛰어 들어갔는데, 창문은 닫혀있었고 그밖에도 별다른 흔적은 남아있지 않았어."

"그럼 그냥 잘못 본 거잖아."

"아니, 그렇지 않아. 어머니가 몸을 반쯤 기댄 채 앉아있었다고. 그리고 몹시 당황한 표정으로 날 쳐다보고 있었다니까. 나는 그 시간에 어머니가 일어나 있는 것도 처음 봤고, 그렇게 허둥대는 얼굴과 말투로 날 대하는 것도 난생처음 봤어. 이마부터 관자놀이까지 땀이 흥건하셨지. 분명 무슨 일이 일어나기 직전이었던 거야. 그런데 내가 들어와서 그게 중단돼 버린 거고. 나는 절차상 필요한 질문을 했지. '엄마, 방금 누구였어?'

엄마는 머뭇거리다가 이렇게 대답했어. '글쎄.'

그러고 나서 잠들어버리셨어! 아무리 깨워도 일어나시질 않더라고. 그대로 돌아가신 건 아닌가 했는데 그냥 주무시는 거였어. 나는 그 저승사자에 대한 이야기가 듣고 싶어서 미칠 것 같았지만, 아파서 병원에 입원해 있는 분을 괴롭힐 수도 없는 노릇이어서 집으로 돌아왔어. 그리고 다음 날 가서 어머니에게 다시 물어봤지. 그게 대체 뭐였냐고. 그런데 이제는 아예 모른 척을 하시는 거야. 내가 간밤에 온 것도 기억이 안 난다고 했어. 내가 아무리 사실이라고 해도 믿지 않았어…… 너무 갑갑한 마음에 원망 섞인 말도 해버렸지. '엄마, 왜 아무 말도 해주지 않는 거예요? 그냥 솔직하게 말을 해주세요. 저는 확실한 답을 원해요.'

엄마는 내 말을 듣더니 조금 화가 나신 것 같았어. 나 같은 건 보기도 싫다는 듯이, 나한테서 몸을 돌려 반대 방향으로 누워버리셨어. 그러다가 잠시 뒤에 이렇게 말씀하시는 거야.

'답은 누가 가르쳐주는 게 아니란다. 스스로 알아내려고 노력해야지.'

나는 대체 이게 무슨 말인가 싶었어. 그런 교과서 같은 대답이나 들으려고 물어본 건 아니었다고…… 어머니도 그걸 알고 계시면서 괜히 다른 대답을 하고 있으니. 말이 아예 안 통하는 것 같아서 병실을 빠져나왔어. 그리고 그게 마지막이었어. 그런 말을 유언으로 남기셨으니. 나는 과학자가 되는 수밖에 없었던 거야. 아무도 가르쳐주지 않는 답을 **스스로 알아내려면**."

"생각 외로 감동적인 이야기였네. 이렇게 결론이 날 줄 몰랐는데." 여자는 어떤 얼굴을 하고, 어떤 말을 해야 할지 몰라 안절부절못했다. 그녀의 호기심이 어쩌다 이런 이야기로 흘렀는지를 생각해 보다가, 감정적 위기에 처한 사람들이 흔히 그렇듯 본래의 의도로 돌아가는 결론을 내렸다. "……그래서 영혼이 있다고 생각하는 이유는 뭔데? 저승사자를 봤기 때문에? 결론이 조금 이상하잖아."

"아, 그러네. 원래 질문이 그거였지." 남자는 양말 신는 걸 깜빡한 사람처럼 말했다. "사실 방금 이야기는 그냥 하고 싶어서 한 거였어. 영혼과는 별 관계없지."

"뭐라고?"

"그냥 내가 요즘을 공부를 엄청 열심히 하고, 잘하기도 하잖아. 아직도 내가 학년 수석인가 그럴걸……. 문제는 내가 사실 그렇게 똑똑한 애가 아니라는 거야. 오히려 지능 자체는 떨어진다고 할까. 그래서 엄청나게 시간을 많이 들여야 하는 편이고……. 수준 낮은 기만을 하는 게 아니야. 정말이야. 애초에 나는 이 대학에 붙을만한 성적도 아니었다니까."

"그런데 여기 와서 나와 내 친구들을 괴롭히고 있네? 대체 말하고 싶은 게 뭐야? 너는 벌써 조기졸업을 확정했고, 네가 쓴 학사논문은 올해 최우수논문 후보라고 하던데."

"그건 아마 루머일 거야. 학사논문 따위가 최우수논문으로 선정되는 건 전례가 없으니까. 그냥 양자얽힘과 정보이론의 결합을 그만큼 신선하게 봐주는 사람이 있다는 정도겠지." 남자는 크게 한 번 숨을 내쉬고 나서 지친다는 투로 대꾸했다.

"보통 학부생은 그런 양자얽힘…… 어쩌구 졸업논문을 쓰지 않아. 그런데도 네가 머리가 나쁘다고?" 여자가 물었다.

"나는 애초에 내가 그 논문을 직접 썼는지도 긴가민가해."

"그건 또 무슨 소리야?" 여자는 기가 차서 눈을 치켜떴다.

"그럼 뭐…… 어디서 표절이라도 했니?"

"아니. 표절은 아니야. 애초에 그런 주제는 생소한 편이고. 어디서 베껴 썼다면 당연히 들통이 났겠지. 우연히 그런 주제를 정하고 참고할 곳도 마땅치 않아서 골머리를 썩이고 있었는데, 어느 날 아침에 일어나 보니까 논문이 완성돼 있었어. '내가 가진 지식으로는 결론을 내릴 수 없는 게 아닐까' 싶어서 막혀있던 부분도, 아름다울 정도로 깔끔하고 명료한 수식으로 유도가 돼있었고. 정말 귀신이 곡할 노릇이었지. 더 손볼 구석도 없는 완벽한 논문이었어. 확실히 학사 논문 수준은 아니었다고 할까……."

여자는 아무 말도 하지 않았다.

"봐. 내가 영혼이 있다고 믿는 이유는 이런 거야. 나는 훌륭한 과학자가 되려고 최선을 다해 노력하고 있어. 그건 사실이야. 나한테는 과학자가 되는 것이 일종의 천명처럼 느껴지거든. 뭔가가, 감각으로 인식할 수 없는 무언가가 나를 위대한 과학자가 될 운명으로 이끌고 있다는 생각이 들어…… 알아! 웃긴 말이지! 그런데 정말 그렇다니까. 내가 공부했던 부분만 골라서 출제되는 입시시험에, 필기노트에는 내 기억에 없는 요점정리가 깔끔하게 적혀있기도 하고, 과제와 논문이 저절로 완성돼 있는 경우도 있어. 한 번은 자취방에 쌓인 쓰레기도 치울 수 없을 만큼 바쁜 시기가 있었는데, 어느 날 눈을 떠보니까 거짓말처럼 다 치워져 있기도 했어. 나는 내가 몽유병이 있어서, 자는 동안 일어나서 집을 청소한 줄 알았다니까. 그런데 그럴 리가 없지. 뭔가가 나를 이끌고 있는 거야. 그렇게 생각하지 않아?"

"도저히 믿어지지가 않네……."

"그러니까 내가 말했잖아. 어차피 들어봤자 믿지 못할 거라고……." 남자는 좀 전과 달리 잔뜩 기어드는 목소리로 말했다. "내가 괜한 얘기를 했지. 괜찮아. 네 멋대로 생각해. 그냥 이상하게 공부를 잘하는 애가, 너무 공부를 많이 해서 머리가 돌아버렸다고."

"아니, 그 말이 아니라……." 여자는 중얼거리다 말고 정면을 쳐다봤다. "나 말고도 그런 경험을 하는 사람이 있다는 게 신기해서. 물론 나는 그걸 영혼과 연결해서 생각하지는 않았지만."

"뭐?"

"나도 비슷하다니까. 나는 이 대학에 원서를 넣은 적도 없고, 이 수업을 신청한 기억도 없어. 그냥 어쩌다 보니 그렇게 돼있었다고 해야 할까. 나는 너처럼 더럽게 살지는 않아서, 쓰레기가 치워져 있진 않았지만. 가끔 화장용 브러시가 알아서 세척돼 있다든가, 샤워볼이 새것으로 교체돼 있다든가 하는 경우가 있었지. 나한테 몽유병이 있나 생각한 것도 완전 똑같아. 어떻게 이럴 수가 있지?"

이번에는 남자가 아무 말도 하지 않았다. 그는 단지 모든 감각의 초점을 여자의 발언에 맞추고, 그녀의 말에서 자신의 운명에 관한 아주 작은 단서라도 찾을 수 있을까 긴장한 상태로 굳어있었다. 여자는 그런 남자의 시선을 견디다 못해 입을 열었다.

"그렇게 쳐다보지 마. 나도 아는 건 딱히 없으니까. 아무튼 네가 그걸 '영혼'이라고 부른다면, 나도 영혼에 대한 믿음이 조금은 있다고 말하는 거야. 있다기보다는 어쩔 수 없이 생겼다고 해야겠지. 아무튼…… 가끔 이 내용에 대해 대화할 시간을 내보는 건 어때? 어쩌면 연구에 도움이 될지도 모르잖아."

남자와 여자는 얼마 지나지 않아서 결혼했다. 인생에 한쪽 방향으로만 흐르는 운명의 강물이 있었고, 그 위에 표류하던 두 사람의 뗏목이 하나로 합쳐졌다. 이 부부의 결혼은 운전면허 갱신처럼 불가피한 절차 같았다. 여자는 명석한 두뇌로 남편의 우연적이고 필연적인 지식을 이해해 나갔고, 남자는 아내를 정교한 양자컴퓨터처럼 활용하며 새로운 가설을 확장시켰다. 이 저명한 과학자 부부는 물리학계의 다이나믹듀오, 패러데이와 맥스웰처럼 서로에게 부족한 부분을 채워나가며 원대한 성과를 이룩했다.

부부가 함께한 수십 년 동안 인류에게 선물한 지식은 하나하나 헤아리는 것이 어려울 정도였다. 탈출속도를 넘어 아광속에 도달하는 로켓의 개발이나, 행성 간 여객선의 외관을 증기기관차처럼 만든 것, 영원에 가깝게 타오르는 인공태양에 인류가 타죽는 대신 그 에너지를 이용할 수 있게 해준 것 등은 모두 부부가 일궈낸 물리학적 성취하에 가능한 일들이었다.

그럼에도 부부의 학구열은 식을 줄 몰랐다. 도대체 만족이라는 것을 모르는 이 부부의 학구열은 동종업계 관계자들로부터 저주나 다름없는 취급을 받았다. 노벨물리학상을 세 번이나 수상하고도 연구실에만 틀어박혀서, 온종일 일반의 지식 수준을 한참 벗어난 수식과 논리를 전개해 나가며 사는 것이 과연 행복하겠느냐는 걱정도 나왔다. 나이에 비해 폭삭 늙은 아내의 모습이 언론에 공개되자 남편을 '학술적 가정폭력범'으로 표현하는 이들도 생겼다.

"사람이 늙으면 충분히 쉬면서 노년을 보내야 합니다. 그건 학자들도 마찬가지죠. 아내 혼자 저렇게 다 늙어버린 걸 보세요. 피부는 쪼글쪼글하고, 허리는 굽었고, 머리는 반백발입니다. 남편이 아내를 얼마나 혹사시키는 건지 모르겠네요. 이 부부의 놀라운 업적은 인정해야겠지만, 이제는 그만 편안히 앉아 있는 법을 배워야 할 거 같아요."

이러한 여론은 얼마 뒤 아내가 '자연사'한 것으로 밝혀지면서, 남편에 대해 들끓는 분노로 전이돼 갔다. 남자는 아내가 생전에 남긴 연구자료들을 모두 챙겨 해외로 떠났다. 그리고 아무도 없는 골짜기에 조그마한 연구실을 지었다. 그리고 죽을 때까지 그곳에서 나오지 않았다.

남자는 인류가 도달할 수 있는 물리학적 지식을 한계에 가깝게 습득했지만, 그럴수록 '도저히 알 수 없는 것들'에 대한 분노와 집착이 심해지는 것을 느꼈다. 그는 아내의 갑작스러운 죽음에 놀라지 않았다. 두려워하지도 않았다. 그저 '왜 그럴 수밖에 없는지'를 궁금해했다. 아내는 그의 어머니가 죽어간 과정과 놀랍도록 흡사한 방식으로 죽음을 맞았다. 어느 날 이유도 없이—의사들은 그 현상의 원인을 '극심한 스트레스'라고 말하는 것을 즐기는 듯했다—급격하게 늙기 시작해서, 모든 질문에 대답하지 않고 꿋꿋이 버티다가 수명을 다했다. 그가 들은 아내의 마지막 말은 "그건 이제부터 알아봐야죠."였다.

어머니도, 아내도, 그에게는 모두 얄궂은 신처럼 느껴졌다. 모든 답을 알고 있었으면서도 일부러 말해주지 않는, 오직 스스로 힘으로 해답에 도달하길 바라는 엄격한 스승 같았다. 남자는 슬픔에 잠겨있을 시간이 없었다. 그에게 남아있는 시간으로 시간을 초월해야 했다. 신이 내준 수수께끼를 완벽하게 풀기 위해서는, 스스로 신이 되는 수밖에 없었다.

남자는 시간에 따라 착실하게 늙어갔다. 이제는 그를 '남자'라고 표현하는 것이 억지스러워졌다. 그는 이제 누가 봐도 자명한 노인이었다. 머리는 희뿌옇게 산발해 있었고, 허리는 영구적으로 굽었으며, 이에 따라 과학자의 상징인 가운도 낡은 망토처럼 땅에 끌렸다.

단 하루도 거르지 않고 심중한 연구가 거듭됐다. 그의 연구에 날개를 달아주었던 아내도 더는 곁에 없었고, 위대한 과학자가 되게끔 이끌어주었던 초현실적인 우연도 자취를 감췄다. 노인은 수십 년 만에 다시 혼자가 된 기분을 느꼈다. 그동안 자신을 감싸주었던 모든 보호와 사랑으로부터 유리돼, 꼼짝없이 고아가 된 기분으로 하루하루를 살았다.

혼자 하는 연구는 지나치게 비효율적이었다. 한없이 간단한 결론을 위해 필요 이상으로 많은 시간과 노력을 쏟아야 했다.

가끔은 옛날처럼, 자고 일어나면 논리가 완성돼 있거나 곁에 있던 아내가 생각지 못한 힌트를 내놓는 꿈도 꾸었다. 그렇게 혹시 모른다는 기대로 더듬더듬 일어나 칠판이며 종이를 확인해 보면, 전날 자신이 작성했던 그대로인 것을 보고 눈물을 흘렸다. 내내 행운 속에 살던 사람은 평범한 상태조차 불운으로 여기게 된다.

노인에게 남은 마지막 행운은, 여태까지의 행운으로 말미암아 얻은 방대한 지식과 과학적 태도였다. 노인은 현명한 자세로 올바른 지식을 확보해 나갔다. 이윽고 비대해진 지식들은 뿌요뿌요처럼 결합돼 사라지고, 그 이상 단순화할 수 없는 명료한 논리와 표현으로 수렴했다. 온 우주의 진리를 담은 정보가 작은 USB 메모리 안에 요약될 수 있듯, 인류를 초극한 노인의 성취는 한 줄의 깔끔한 문장으로 설명할 수 있었다.

노인은 이제 시간을 되돌아갈 수 있다.

그러나 노인이 개발한 것은 무턱대고 '타임머신'이라고 하기에는 애매한 면이 있었다. 이동가능한 시간축은 사용자 자신이 경험한 시간대 안으로 한정됐다. 따라서 공룡이 지배하던 원시 지구로 가서 인류의 탄생을 저지하거나, 머나먼 미래의 문명으로부터 몇 차원 더 진보한 기술을 빼온다든가 하는 행동은 할수 없었다. 그것만 해도 노인에게는 충분하고도 남았다. 노인의 목적은 아주 오래전부터 확고하게 정해져 있었다.

노인은 고주파 생성 안마기처럼 생긴 기묘한 기계를 한 차례 쓸어 만졌다. 실험은 충분히 했고, 이론상의 허점은 찾아볼 수

없었다. 좀처럼 감상에 빠지지 않는 그조차도 이 순간만큼은
조금쯤 몸을 떨 수밖에 없었다.

　노인의 엄지손가락이 기계를 작동시켰다. 수십 년의 시간이
되돌려지지만, 어느 영화처럼 총천연색의 터널을 지나는 장면
은 없다. 그는 병실 창가에 서있고, 어머니는 어쩐지 기다렸다
는 듯이 침대에 기대어 앉아있다.

　"이게 처음이구나." 어머니가 말했다. 머리카락이 서투른 솜
씨로 검게 염색돼 있고, 노인의 마지막 기억보다 한층 밝고 활
기찬 인상이었지만, 그는 한눈에 어머니를 알아볼 수 있었다.
별안간 모든 것이 명료해졌다. 노인은 시선을 내리깔고 자신의
실루엣을 확인했다.

　"엄마, 나는⋯⋯." 노인은 상투적으로 울컥해하며 말했다. "이
게 뭔가 영혼과 관련된 거라고 생각했어요. 한때는⋯⋯."

　"뭐? 그럴 리가 없잖아. 노력 없이 되는 건 아무것도 없단다.
노력한다고 해서 뭐든 되는 것도 아니지만."

　"가끔은 행운이 필요하다는 건가요?"

　"스스로 만드는 행운이지. 어쩔 땐 누군가의 도움을 받기도
하고⋯⋯." 어머니는 몸을 일으켜 노인에게로 한 발 다가갔다.
굳게 닫힌 병실 문 너머로 어설프게 감춘 인기척이 느껴졌다. 어
머니의 목소리는 거의 속삭이는 정도로 작아진다. "자, 가자. 네
가 말했던 '예쁘고 똑똑한 와이프'가 사실인지 확인하고 싶어."

　"⋯⋯그다음에는요?" 노인은 어머니와 마찬가지로 귓속말을

하듯이 물었다.

"다음에는? 뭐, 방도 치우고, 수건도 개어놓고, 힌트도 좀 적어놓고 그래야겠지."

"역시 그런 거구나……. 그런데 그래도 괜찮은 거예요? 엄마는?"

"괜찮고말고. 요즘은 늙어서 할 일이 워낙에 없잖아." 어머니는 만면에 그리운 미소를 띠며 대답했다. "가만히 앉아서 늙어 죽는 것보다는 백배 천배 낫지. 안 그러니?"

찰나의 순간 병실이 환해졌다. 실루엣은 사라지고, 병상에는 죽음을 코앞에 둔 백발의 어머니가 앉아있다. 소년은 언제나처럼 뒤늦게 달려 들어온다.

소설가의 메모

영화화된 〈해리 포터〉 시리즈 중에 가장 좋아하는 편이 뭐냐고 묻는다면, 저는 언제나 〈해리 포터와 아즈카반의 죄수〉를 이야기할 것입니다. (실제로 물어본 사람은 없었지만요.) 제 기억상으로는 시리즈의 세 번째 작품이었는데, 〈그래비티〉를 감독한 알폰소 쿠아론이 메가폰을 잡은 작품이었죠.

이 시리즈에서 '시간'이라는 것을 다루는 방식은, 마치 어린 시절 술래잡기를 하던 절친한 친구를 대하는 느낌입니다. 때로 늦기도 하고, 지나치게 빠르기도 하지만, 마지막에 와서 아귀가 맞춰질 때의 카타르시스란. 판타지가 아닌 SF라고 해서 그러지 못하라는 법은 없잖아요. 그렇죠?

Intermission

어떤 소설가가 있다. **한 번 더** 그렇게 시작해 보도록 하자.

나는 서울이 어떻게 발전했는지에 대해서는 별달리 관심이 없다. 머지않은 미래에도 서울은 서울일 테니까. 대한민국의 수도인 그 도시는 실상 지긋지긋한 곳이다. 서울에 살고 있는 사람이라면 누구나 그 지긋지긋함을 실감하고 있다. 그럼에도 계속 서울에 사는 이유. 그것은 돈에 대한 기대. 허구한 날 과금을 요구하는 모바일 게임에 대한 기대와 비슷하다. 조금만, 조금만 더 에너지를 쏟으면, 이 형편없는 게임에서 기가 막힌 재미를 찾아낼 수 있을 거라는 그런 기대.

하여간 그런 곳에 살고 있는 소설가라면, 글을 열심히 쓸 수밖에 없다. 문제는 내가 미래에 대해 별생각이 없다는 것이다. SF, 사이언스 픽션이라는 것은 기본적으로 미래에 대한 이야기인데. 미래에 대해 생각하지 않는 사람이 그런 소설을 쓰는 건 애초부터 무리가 아닐까. 하지만 현실은 냉정하다. 출판사와 계약을 맺고, 편집자와 만나 '책을 쓰겠다'라고 말을 했으면, 어떻게든 써내야 하는 것이 섭리인 것이다. 나는 이미 그런 식으로 몇 권의 책을 써왔다. 좋은 방법 같지는 않다. 하여간 미래라니. 생각해 보면 사이언스 픽션이라는 말에 '미래'라는 말은 딱히 없지 않은가? 그런 게 있었다면 픽션의 자리에 미래Future가 대신 들어가 있어야 한다. 나는 용기를 조금 얻는다. 단순한 허구Fiction를 만드는 것이라면 자신이 있다. 허구에는 책임이 없다. 아니, 아예 없다고는 할 수 없지만. 거의 없는 편이다. 아예 없다는 것과 거의 없다는 것. 그 두 가지는 거의 같은 것이라고 할 수 있다.

미래의 입장에서 보면, 내가 존재하는 현재는 과거에 속한다. 과거와 미래 사이에는 연결고리가 필요하다. 나는 그곳을 관악산으로 정했다. 하지만 관악산 정상은 아니다. 산 정상은 소설의 배경으로 적절하지 않다. 인물을 등장시키는 데에도 제약이 많고, 할 수 있는 연출도 많지 않다. 게다가 관악산 정상인 연주대에는 사람이 너무 많다.

굳이 막걸리를 마셔야 한다면 산의 정상보다는 그 아래가 좋을 것이다. 그런 곳에는 대개 값비싼 오리백숙을 파는 식당이 있고, 오리백숙을 파는 식당에는 반드시 막걸리가 있다. 이 정도 장소라면 나쁘지 않다. 근미래의 서울에도 사라지지 않는 오리백숙식당이라니.

소설가는 편집자를 만나기 위해 관악산 아래로 향한다. 관악산 밑에 있는 오리백숙집, 그런 장소로 편집자를 만나러 가는 소설가…… 나는 그런 걸 생각만 해도 웃음이 터진다. 정상이 아니다.

이제 소설가는 잔뜩 써놓은 SF 단편들의 원고를 가져와 보여주려는데, 이 어처구니없는 분위기 속에서 조금 자조적인 태도가 된다. SF와 오리백숙을 파는 관악산 아래의 식당의 조합이라니. 웃기지도 않다. 그는 할 수 있는 최대한의 반항을 동원한다. 의자에 삐뚜름하게 앉고, 편집자의 말에 부러 톡 쏘는 듯한 답변으로 일관한다. 느닷없이 과음을 시작한다. 막걸리를 추가주문하고, 홍당무처럼 붉어진 얼굴로 별 희한한 헛소리를 늘어놓는다. 책을 적당히 읽은 작가들이 하는 헛소리들. 기왕이면 철학에 대한 이야기가 좋겠다. 때마침 SF의 원고를 들고 있고, 미래의 서울에 있는 오리백숙 가게니까, 고대 그리스 철학자에 대해 장광설을 늘어놓는다면 가관이 될 것이다.

편집자는 그런 소설가의 태도에 전혀 놀라지 않는다. 애써 침착하려는 느낌도 없다. 그가 하는 것이라고는 그저 느긋하게 오리백숙집에 앉아서, 소설가의 등장과 원고를 기다리는 것뿐이다. 친절과 판단이 그의 일이다.

(장면은 전환되지 않는다. 이미지는 줄곧 오리백숙집에서 원고를 읽는 편집자의 모습을 비추고 있다. 물론 편집자가 미팅 현장에서 곧장 원고를 읽는, 그런 낭만적인 상황은 실제로 거의

일어나지 않지만. 이곳에서는 극적인 허용으로 넘어가도록 한다. 이 편집자는 수상할 정도로 이해력이 좋고, 글을 읽는 속도도 빠르다.)

편집자 오, 첫 번째 단편은 정말로 인간으로 돌아가버렸네요.

소설가 그럼요. (기세등등하게) 제가 거짓말하는 것 봤습니까?

편집자 방금도 봤죠. 소설은 기본적으로 거짓이잖아요.

소설가 오늘따라 말장난을 많이 하시네요.

편집자 아무튼 잘 읽었습니다.

소설가 으레 하는 소리.

편집자 단편마다 메모를 열심히 해뒀던데요. (단편 원고들 뒷면에 써놓은 글을 가리킨다.) 솔직히 말해서, 저는 작가들이 이런 걸 싫어하는 줄 알았어요.

소설가 어떤 것을요?

편집자 자기가 쓴 글을 스스로 해설하는 것.

소설가 아아. 그거…….

(공교로운 타이밍에 먼 테이블에서 한바탕 웃음소리가 터진다. 등산복을 입은 아저씨들은 침과 술을 마구 튀기면서, 별 웃기지도 않은 일에도 과장스럽게 목청을 키운다. 소설가는 소리가 나는 방향을 힐끔 쳐다보지만, 그에 대해 한마디 하려는 기색은 없다.)

소설가 (공연히 헛기침을 하며) 개인적으로 그런 건 좀 오만하지 않은가 하는 생각입니다.

편집자 오만하다고요?

소설가 네. 저는 문학에 대해서…… 그러니까, SF도 문학이잖아요. 그렇죠?

편집자 누가 아니라고 했나요? (여유롭게 웃으면서) SF는 확실히 문학입니다.

소설가 좀체 구분이 안되는 사르카즘인데요.

편집자 저는 진심입니다.

소설가 그렇다 치죠, 뭐. (방금 대화가 다 쓴 재떨이라도 되는 양, 테이블 위에서 한 차례 손사래를 치며) 하여간 문학에는 그런 게 있어요. 뭐랄까, '예술적으로 해석될 권리'라는 거 말입니다.

편집자 예술적으로 해석될 권리라.

소설가 저는 개인적으로 줄여서 예해권이라고 부르는데.

편집자 예해권. 어감이 나쁘지 않네요.

소설가 그렇죠? (문득 진심으로 기뻐한 것이 창피한 듯 눈에 띄게 목소리를 낮추며) 흠흠. 예해권이라는 게 그래요. 정말이지 압도적으로, 분별없는 사람조차 한눈에 알아볼 수 있는 그런 대중적인 예술성을 지닌 사람에게는 예해권이 필요하지 않습니다. 그럴 수 있는 사람은 아주 극소수에 불과해요. 소위 말하는 천재죠.

편집자 예를 들면요?

소설가 　아이작 아시모프라든가. 스티븐 킹도 있고요. 장르에 국한되지 않는다면 제인 오스틴이나 마크 트웨인…… J.D 샐린저도 그런 유라고 볼 수 있겠죠.

편집자 　필립 K. 딕은요?

소설가 　그 양반은 여기 끼워넣기에는 좀 불쌍한 편이에요.

편집자 　의외로 불쌍함이 기준이 되는 거군요.

소설가 　사실 불쌍함이라고 하면 저도 못지 않아요. (집게손가락을 능청스럽게 흔들면서) 역시 저한테는 예해권이라는 게 없으니까.

편집자 　예해권이 없으면 어떻게 되는 건가요?

소설가 　딴에 아무리 예술적인 표현을 써도 헛소리 취급받기 십상이죠……. (한숨을 푹 내쉬면서 막걸리를 한 잔 비운다) 그래서 제가 찾아낸 방법이 이거예요.

편집자 　소설가의 메모.

소설가 　그렇습니다. 저는 아직 저 자신에게만 예술적인 사람이니까요. 내 문장을 하나하나 곱씹으면서, 숨겨진 의미와 상징을 찾아주는 사람? 그런 사람은 나밖에 없어요.

편집자 　듣고 보니 좀 슬픈데요.

소설가 　그렇게 슬픈 일도 아니죠. 에드거 앨런 포라는 작가도 자기 글을 스스로 비평한 적이 있는데요. 본인이 쓴 글의 어떤 부분이 어떤 의미라고 설명하는 그런 짓을 했더랬죠.

편집자 　에드거 앨런 포도 슬픈 인생을 살았죠.

소설가　인간적인 삶이었죠.

편집자　왜 인간적인 것에 그렇게 집착하는 건지 짐작이 갑니다. (받아든 원고의 끄트머리를 잡고, 첫 장부터 마지막 장까지 촤르륵 소리가 나도록 튕기면서) 그럼 원고 얘기를 좀 해볼까요.

소설가　너무 좋죠.

편집자　시작을 〈본헤드〉로 한 건 나쁘지 않은 선택이었어요.

소설가　(눈에 띄게 기뻐하며) 역시 그렇죠?

편집자　뭐랄까, '나는 이제부터 SF를 쓰겠다'라는 선언에 가까운 배치같다고 할까…… 그런 의도성 같은 것이 다소 유치하긴 하지만요.

소설가　(금방 시무룩해서) 유치한 게 꼭 나쁜 건 아니잖아요.

편집자　네. 저는 좋아요. (눈썹을 치켜올리며) 하지만 전체적으로 주절주절 떠드는 것 같은 묘사가 많이 보였어요. 〈문 리버〉 같은 경우는 예외지만.

소설가　저는 그런 게 재밌거든요. 그러니까, 별것도 아닌 걸 아무렇게나 이야기하는 그런 거요. 그러다가 몇몇 부분에서는 의미심장한 암시 같은 것도 느끼게 되고.

편집자　되는 대로 떠든 다음에 하나만 얻어걸리라는 그런 건가요?

소설가　(고개를 강하게 가로저으면서) 그럴 리가요? 나름대로 심혈을 기울여서 떠드는 거예요.

편집자　그럼 됐습니다. 분량이 좀 많은 게 걸리지만요.

소설가   분량이 왜요?

편집자   너무 긴 소설은 사람들이 읽기 부담스러워한다고요. 잘 알잖아요.

소설가   모르겠는데요? (노골적으로 삐딱한 태도로) 소설이 대체 얼마나 짧아야 한다는 겁니까? 《전쟁과 평화》가 길다고 해서 톨스토이를 욕하는 사람이 어디 있어요?

편집자   그야 한 명도 없죠. 이제 그렇게 긴 소설은 아무도 안 읽으니까요.

소설가   정말 너무하는군.

편집자   괜찮습니다. 다행히 작가님의 글은 《전쟁과 평화》보다는 짧은 편이니까요.

소설가   그것 참 다행이네요.

편집자   (천연덕스럽게) 천만다행이죠. 〈어느 노령화 사회의 일자리 대책〉 같은 단편도 좋습니다. 딱히 특출난 건 없지만 상큼하다고 해야 하나……. 역시 SF 단편집이라면 타임루프가 한 번은 있어줘야 하니까요.

소설가   딱히 그런 걸 생각하고 넣은 건 아니지만…….

편집자   다소 시니컬한 〈사망유희〉와는 정반대에 있는 소설이에요. 확실히 다양하게 써보겠다는 의지도 느껴지고.

소설가   아, 그건 좀 자신이 없는 쪽이었는데요.

편집자   이제 좀 알겠습니다. (술을 더 채우려는 소설가의 손을 가로막으면서) 당신이 이야기하는 인간성이라는 것이 무엇인지, 좀 짐작이 가기 시작했어요. 하지만 SF라는 것이······.

소설가 라는 것이?

편집자 당신이 말하는 그 '인간성'이라는 것을 전달하는 용도로만 이용된다면요. (이번에는 이쪽에서 말하다 말고 술잔을 비운다.) 사이언스 픽션은 그저 수단이 되는 것 아닙니까?

소설가 거의 모든 소설은 수단이에요. 저야 좋아서 쓰는 편이지만. (말하고 나서 호탕하게 웃는다.)

편집자 굳이 SF일 필요가 있느냐 이겁니다.

소설가 굳이 SF가 아닐 필요도 없죠.

편집자 그건 궤변이에요.

소설가 그래요. 궤변이라 칩시다.

편집자 정말 제멋대로네.

소설가 그럼 그놈의 궤변 좀 더 읽어주시겠습니까? (휘청거리면서 가방에 있던 글 뭉치를 더 꺼내놓는다.) 아직 퇴고도 하지 않았어요. 완전히 엉망인 글들입니다.

편집자 궤변이라는 게 다 그렇죠.

(편집자는 글 뭉텅이가 테이블에 놓이기 무섭게 집어 든다.)

(암전)

피터 팬의 결론

Peter Pan's Conclusion

"뭐라고? 어떻게 그런 일이 있을 수 있지!" 노인은 벌겋게 달아오른 얼굴로 호통을 쳤다. 관자놀이와 목덜미에 핏대가 도드라졌다. 때마침 병원복을 입고 있지 않았다면, 누구도 그 성난 노인을 말기 암 환자라고 생각할 수 없었을 것이다.

"내 뇌용량이 어떻게 7기가밖에 안 된다는 건가? 지금 내가 USB 메모리만도 못한 사람이라고? 무슨 개수작을 부리는 거요?"

"아니……. 저, 선생님. 부디 고정하시고……." 노인과 거리를 두고 선 젊은 간호사가 식은땀을 닦으며 말했다. 간호사는 뇌스캔 기기가 혹시나 병원 바닥에 떨어져 깨질까 손에 꼭 쥐고 있었다.

다행히 병원 내에는 사람이 많지 않았다. 그런 소란에 기꺼이 반응할 만큼 기력이 있는 사람도 적었다. 어쨌거나 그곳은 다 죽어가는 사람들, 곧 소멸할 육체를 가진 사람들이 찾는 곳이었다. 누군가 과거의 장례식장을 떠올리는 것도 무리는 아니다. 다만 이곳은 얼마간의 시간차를 두고 새로운 육체로 거듭날 수 있는, 슬픔과 소멸이 아닌 부활과 새로운 가능성의 공간이었다. 장례식이며 빈소 같은 개념은 실존 여부조차 긴가민가한 과거의 설화 같았다.

영혼의 존재가 뇌의 착각이라는 사실을 과학적으로 증명한 지도 몇백 년이 지났다. 인간의 뇌는 그저, 자신이 고등생명체의 중앙처리장치이자 기억저장소에 불과하다는 사실을 인정하고 싶지 않았을 뿐이다. 그럼에도 불구하고 과학은 답을 찾아냈다. 인간은 곧 뇌이고, 그 외의 육신은 기타 잡다한 일들을 처리해 줄 그릇에 지나지 않는다. 따라서 27세기의 인간들은 '죽는다'라기보다 **'바꾸다'**라는 표현을 더욱 선호했다.

사람들은 육체가 병들거나 지쳐 더 이상의 원활한 신체활동을 이어갈 수 없다고 판단했을 때, 커다란 병원 1층마다 구비돼 있는 '교체소'를 찾았다. 그곳에서 당직 의사와 간호사들의 안내를 받아 뇌의 용량과 구조를 스캔한 다음, 옮겨가기 적절한 육체를 구성하기까지 대략 일주일을 기다리면 된다. 즉 그 일주일 사이에 어디서 교통사고를 당해 뇌가 뭉개지거나 하지 않는 이상 인간은 영원히 살 수 있었다. (안타깝게도 타이어에 깔려 건어물이 된 뇌를 복구하는 기술은 없었다.) 실제로 이 놀라운 기술이 발명된 22세기 이후, 전체 인구 중에 '죽음'을 맞이한 이들의 비율은 98퍼센트가량 줄어들었다.

두뇌 이전 프로세스에서 가장 중요한 부분은 기존의 뇌를 스캔하는 과정이었다. 발명된 초기에는 사망예정자가 매일 일곱 시간씩, 한 달 내내 '교체소'에 방문하여 스캔을 받아야 했던 것을 이제는 15분이면 거뜬히 처리할 수 있었다. 하지만 그 짧은 뇌스캔 절차 속에서 자신의 뇌용량 판정에 불만을 표시하는 사람은 놀랍도록 꾸준하게 존재해 왔다. 지금 이 성난 노인의 사례가 새삼스러운 일은 아닌 셈이다.

"7기가? 대체 어떻게 7기가가 나올 수 있다는 거지? 나는 올해로 백 살하고도 서른두 살을 더 먹었는데! 이 뇌용량이라는 걸 대체 어떤 원리로 분석해 낸다는 거요? 이게 정말 믿을만한 수치이긴 한가?"

"그게, 저…… 상당히 과학적이기는 하지만, 여기서 설명하기는 좀 무의미하기도 하고……."

"그래서 설명을 못 하겠다고! 당신들, 내가 누군지 알고는 있는가? 알고서 이러는가 말이야!"

"선생님. 너무 흥분하셨습니다. 뇌스캔 과정이 처음이셔서 당황스러우실 수 있겠지만……."

"나는 대법관이오! 당신들도 이 병원에 매일 출근한다면 모를 수가 없지. 여기서 걸어서 20분도 안 되는 거리에 대법원이 있으니까! 나는 그곳에서 70년 동안이나 판결을 내렸어. 큰 사건도 있고 작은 사건도 있었지만, 최대한 균형 잡힌 판결을 내리려고 노력했지……. 무죄를 선고한 적도 있고 사형을 언도한 적도 있어! 항상 최종의 최종 판결은 나였단 말이오. 그런데 당신들이라면, 당신들이라면 뇌용량이 7기가밖에 되지 않는 사람에게 그런 판결을 맡길 수 있겠나? 그럴 수 있겠소?"

곧 죽을 듯이 열을 올려대던 노인은 이내 그렇게까지 화를 내본 것이 난생처음인 양 당황스러워하는 눈치였다. 공연히 교체소 내부를 두리번거리는가 하면, 쭈글쭈글해진 자신의 손을 뚫어져라 응시하기도 했다.

의사는 노인에게 시간을 줬다. 노인으로 하여금 자신이 만든 침묵을 인지하게끔 했다. 구석진 환풍구에 엷은 바람이 드나들고, 기계가 드르르 작동하는 소리를 듣도록 했다. 그러고 나서 다시 천천히 말을 걸었다.

"보십시오, 선생님. 선생님께서 말씀하신 바는 충분히 알겠습니다. 하지만 뇌스캔 과정에서 용량상의 판정이 잘못 나온 적은 수백 년간 단 한 번도 없었습니다. 왜냐하면, 용량을 파악할 수 있다는 것 자체가 뇌스캔이 더없이 성공적으로 이루어졌다는 방증이거든요."

"……."

좀 전까지 흥분했던 모습이 거짓말처럼 느껴질 정도로, 노인은 얌전한 태도로 듣고 있었다. '여태 단 한 번도 없었다'는 의사의 표현은, 오랫동안 판사로 일해온 그에게 원래의 의도 이상으로 무겁게 느껴졌다. 노인의 주름진 눈가가 휘늘어졌다.

"선생님이 원하신다면 뇌 스캔을 한 번 더 할 수는 있습니다. 하지만 장담하건대 결과는 똑같을 거예요……. 이런 말씀을 드리면 어떻게 받아들이실지 모르지만, 많은 분들이 이렇게 불만을 토로하셔서서 다시 스캔한 적이 헤아릴 수 없을 만큼 많았습니다. 그때마다 결과는 동일했고요. 소수점 일곱 번째 자리까지 모조리 똑같았습니다. 못 믿으실 수도 있겠지만, 실제로 그렇게 다시 나오는 걸 보면은…… 왠지 서로 부끄러워지지 않을까요? 그보다, 뇌용량이 적게 나왔다는 것이 마냥 안 좋은 일인 것만은 아닙니다. 오히려 선택의 폭이 더 넓어진다고나 할까, 예를 들면……."

노인은 이 이상 의사의 말을 듣지 않았다. 더는 듣고 싶지 않아서 눈을 감았다. 아무것도 끝나지 않았지만, 모든 게 끝난 것이나 다름없다는 생각이 들었다. 아, 7기가라니. 자신이 보낸 **긴 시간**들은 대체 무엇이었단 말인가.

✦

"그래서 어떻게 했나?" 노인의 오랜 친구인 '수염'은 오십 대 중년의 모습이었다. 구레나룻부터 목 안쪽까지 턱수염이 덥수룩한 그는 말을 하는 와중에도 맥주를 발칵발칵 마셔댔다. 부슬부슬한 콧수염 밑이 맥주거품으로 조금 젖었다. "그대로 그냥 나왔어? 의사가 '여태 단 한 번도 없었다'고 얘기했다고?"

"당연히 다시 검사했지." 노인은 의기소침한 목소리로 대답했다. 늙었기 때문에, 몸에 힘이 없기 때문에 풀이 죽은 것과는 달랐다. 어디로든 정신에 큰 충격을 받은 사람이 겨우겨우 말을 이어나가는 것처럼 들렸다. 노인의 방 남쪽으로는 표준 사이즈의 이중창이 나있었고, 그 앞에 늘어진 나무블라인드 사이로 오후 나절의 햇살이 스며들었다.

"그래서 결과는?"

"왜 물어보는 거지?"

"똑같았구먼! 그렇지? 그러니까 말을 못 하지. 응? 하하하." 수염은 박장대소했다. "이야, 그래도 정말 대단한데. 어떻게 120년을 살았는데도."

"132년이야."

"아, 그래. 그랬나? 나도 교체소에서 '바꾸고' 나서는 나이를 잘 안 헤아리게 돼서."

"그럴 만도 하지. 너무 오래됐으니까."

"우리 세대 중에서는 네가 기록을 세운 거나 마찬가지야. 처음 태어난 몸으로 그렇게 오래 사는 경우가 요즘은 없으니까. 조금만 삐끗하거나 몸이 안 좋아도 금방 바꿔버리잖아……. 아니 글쎄, 우리 회사에 새로 들어온 파트너 변호사가 있어. 걔는 원래 몸이 사십 대도 안 됐는데 교체소에서 '바꿨다니까'. 딱히 다른 문제도 없었다고. 그저 원래 외모가 마음에 안 든다는 이유만으로 교체소에 간 거지. 근데 실상 별로 나아지지는 않았어. 알다시피 새 육체는 외모도 체격도 전부 무작위니까. 그래도 어쩌겠어. 한 번 바꾸면 좋든 싫든 10년은 살아야 한다는 게 법이잖아. 예외는 거의 없대. 우리 같은 사람은 너무 잘 알고 있지."

"자네는 지금 몸에 아무 불만이 없는 건가?" 노인은 힘없이 중얼대는 것처럼 물었다.

"무슨 소리. 나도 불만이 있어. 뭣보다 털이 너무 많이 나! 가끔 벌거벗고 거울 보고 있으면 이게 사람인지 유인원인지 분간이 안 될 정도라니까. 모형 신체를 만드는데 실수로 원숭이의 유전자가 섞여든 게 아닌가 싶어. 팔이랑 가슴팍에는 물론이고, 겨드랑이랑…… 가랑이에도 엄청난 숲이 있지. 겨울은 그나마 나아. 여름에는 땀이 차서 움직이지도 못해."

그런 것까지는 알고 싶지 않다고, 하고 노인은 속으로 생각했다.

"나는 잘 모르겠는데, 냄새도 꽤 심한가 봐. 원래 몸은 안 그랬거든? 너도 알다시피 나 엄청나게 자주 씻잖아. 그런데도 몇 년 전까지 와이프가 다시 몸을 교체하라고, 그렇게 들들 볶아댔지."

"아, 그랬지. 네 와이프는……."

"맞아. 그러니까, 교체한 지 5년은 됐지. 이제는 아주 태어났을 때부터 자기가 남자였던 것처럼 군다고……. 그렇게 보면 육체라는 것도 대단하지. 어떤 그릇에 담겨있느냐에 따라서 생각하는 방식도 바뀌잖아. 아무튼, 뭐…… 나는 지금 내 몸에 큰 불만은 없어. 장점도 있으니까. 일단은 간이 엄청나게 튼튼해. 아무리 마셔도 술에 취하질 않는다고. 기분은 좋아지는데, 취하지는 않아. 최고 장점이지. 그래도 이 정도면 뽑기를 잘한 편이 아닌가 싶은데."

"내가 계속 교체를 하지 않고 버틴 이유 중에는⋯⋯." 노인은 괜히 심술궂은 투로 운을 뗐다. "너같이 짐승 같은 육체로 바뀌면 어떡하나 걱정이 돼서도 있어."

"그것참, 말 예쁘게 하는구먼."

"사실을 이야기하는 거야."

"하여간 그 재미없는 판사를 몇십 년이나 하고, 너도 참 대단하다. 요즘 친구들은 끈기가 없잖아. 너처럼 판사 되어보겠다고 환갑 넘게까지 공부하는 애들도 거의 없지. 육체도 툭하면 획획 바꿔버리고⋯⋯. 아무리 나라에서 교체비용을 다 대준다지만. 요즘 새로 태어나는 애들은 너무 의식 없이 바꿔버리니까 보기가 좀 그래. 물론 그게 범법은 아니지만. 육체가 아무리 덧없다 덧없다 해도, 수십 년 썼으면 정이라는 게 생기고 그러잖아. 안 그런가?"

"글쎄. 나는 죽기 직전이라서, 하루빨리 건강한 몸으로 '바꾸고' 싶은데."

"그래. 이제 정말 얼마 안 남았으니까. 며칠 동안 그 늙어빠진 육체에 작별인사를 해야지. 근데 진짜 뇌용량 7기가는 어떻게 해서 나오는 거냐? 진짜 사람 뇌용량이 7기가인게 말이 되는 거야? 사실상 플로피디스크 아니냐고. 그런 건 이제 박물관에나 가야 볼 수 있는 물건인데."

"그만해." 노인이 말했지만, 수염은 그만둘 생각이 없었다.

"아니. 놀리는 게 아니고. 순수하게 신기하다는 거지⋯⋯. 나만 해도 뇌용량이 60기가는 나왔는데."

"60기가?" 노인이 '네까짓 게'라는 표정으로 되물었다. 내심 진짜로 놀라기도 했다. 그런 자신이 싫었다. 콧잔등의 주름이 깊어졌다.

"이건 많은 것도 아니야. 딱 평균 정도거든? 그런데 7기가 라……. 아무리 뇌용량과 지적 수준이 관계가 없다곤 하지만, 이건 좀……."

"그만하라니까."

"생각을 좀 해보자고. 너가 법 공부를 엄청나게 오래 했잖아. 그러니까 법전이 통째로 머리에 들어있다고 하면……. 근데 헌법은 텍스트잖아? 글자는 또 용량으로 치면 얼마 안 된다고. 내가 얼마 전에 책을 한 권 냈어. 별건 아니고, 그냥 별 볼 일 없는 생활법률책이야. 거기에 내가 20만 자를 썼어. 20만 자면 요즘 나오는 책치고 적은 분량도 아닌데. 용량이 얼마나 됐는지 알아? 겨우 200킬로바이트밖에 안 되더라 이거야. 그것참, 용량이 전부는 아니라지만 꽤 허무하긴 하지. 그래도 법전은 20만 자보다는 조금 더 많겠지? 선심 써서 내가 쓴 책의 천 배라고 해보자고. 그래봤자 이것도 200메가바이트밖에 안 돼. 만약 머릿속에 법전밖에 없었던 사람이라고 하면, 뇌를 스캔했을 때 용량이 200메가 남짓이 나올 거라는 거지. 그렇게 치면 너 정도면 꽤 많이 나온 거라고 할 수 있지 않을까? 아니 근데, 생각해 보니까 또 컴퓨터에는 기본 용량이라는 게 있잖아. 운영체제라든가 기본 프로그램 같은 게 깔려있어서, 그런 걸 빼면 별로 남는 게 없을 것 같기도……."

"이제 집에 갈 시간도 되지 않았나?"

"잠깐 기다려봐. 내가 듣기로는 이게, 문자화된 지식보다는 이미지화된 감각과 기억에 더 많은 용량이 쓰인다고 하더라고. 생각해 보면 당연한 이치긴 하지. 컴퓨터로도 텍스트보다는 사진이나 동영상이 수천수만 배는 용량이 큰 법이니까."

"그래서 대체 뭘 말하고 싶은 거야? 나는 이제 늙고 병들었어. 귀도 잘 안 들리고 눈도 침침해. 날 좀 그만 내버려둘 수 없나?" 노인은 기분 탓에 실제를 조금쯤 과장해서 이야기했다. 그러나 수염은 노인이 뭐라고 말하든 개의치 않는 듯한 눈치였다.

"다시 말해, 네 뇌에는 지식, 즉 텍스트밖에 없다는 거야. 지식은 많을지 몰라도 기억에 남는 장면이나 감정은 거의 없다는 거지. 한마디로 요약하면 이래. 너는 그 몸으로 120년을 살았지만 그 대부분을 '재미없게 살아서' 뇌용량이 형편없는 거라 이말이야. 맨날 공부만 하다 보니까 뇌가 텅텅 비어버렸다고."

"맨날, 공부만, 하다 보니까. 뇌가 텅텅, 비어버렸다고?" 노인은 이 놀라운 어휘들의 조합에 경악을 감추지 못했다. 기분이 나쁘다 못해 충격으로 뇌가 얼얼했다. 어떻게 공부가 뇌를 비우는 작업이 될 수 있단 말인가. 일평생의 삶을 부정하는 듯한 친구의 논리에 노인은 정말로 기분이 상하기 시작했다. 눈알 안쪽이 먹먹해져서 미간에 집중력을 발휘해야 했다. 부러 고개를 숙이고 손가락 마디를 만지작거렸다.

"그래, 맞아. 사실 오래전부터 친구로서 걱정이 됐었지. 일도 공부도 열심히 하는 건 좋은데, 저러다가 아주 의미없는 삶을 살다 가버리는 건 아닌가, 뭐 그런 걱정을." 수염은 맥주 거품이 묻은 입술을 손등으로 훔치고 나서, 맥주를 한 모금 마신 다음 말을 이었다. "아니, '과학적으로' 그렇잖아. 우린 '과학적으로' 뇌라고. 뇌 자체가 우리 자신이란 말이야. 그런데 그 뇌의 용량이 7기가밖에 되지 않는다? 드물지만, 어떤 사람은 뇌용량이 테라 단위까지 나온다던데. 그런 거에 비하면 너는 너무 의미 없는 삶을 살아온 거지. 지금이야 육체를 '바꾸면' 그만이지만. 옛날 같았으면 꼼짝없이 죽었을 나이잖아. 이게 얼마나 허망하냐고. 죽을 때가 다 됐는데, 공부하고 일한 것 빼면 딱히 기억나는 일도 없고, 진심으로 기뻐하거나 슬퍼한 순간도 거의 없었고, 뭐 그런 게."

'감정? 감정이라고? 이놈은 법조인인 주제에 판사가 무슨 직업인지 전혀 이해하지 못하고 있군.' 그렇게 생각하는 와중에도 노인은 선뜻 수염의 말에 반박할 엄두가 나지 않아 몹시 초조해졌다. 뇌용량이 작다고 내 인생에 의미가 없다니. 이런 개같은 논리를 어째서 잠자코 듣고 있단 말인가? 몸이 늙어서 판단력이 흐려지기라도 했나?

"봐봐. 이건 '바꾼다'고 해결될 일이 아니야. 지금 네가 몸만 건강한 육체로 바꿔봤자 뭘 하겠어? 또 몇십 년, 길게는 백 년 넘게 일하고 공부나 하겠지. 그게 사람이야? 기계나 인공지능으로서는 의미가 있을지 모르지. 그런데 우린 사람이잖아. 태어나 죽을 때까지 어떤 의미를 찾아 헤매는 원숭이라고……. 물론, 이제는 죽는 게 거의 불가능한 세상이 됐지만."

"대체 뭘 말하고 싶은 거지? 그냥 나한테 상처 주려고 하는 말 아닌가?"

"상처 주기는? 내가 왜? 친구인 너한테 상처 줘서 내가 좋을 게 있나?" 수염은 황당하다는 표정으로, 마시고 있던 맥주잔도 내려놓고 말했다. "나는 있잖아. 내 주변 사람들이 진심으로 의미가 충만한 삶을 살았으면 해. 너처럼 자기 본분에 충실하고 열심인 사람이면 더욱 그렇지. 난 어쨌든 지금처럼 네가 워킹 머신이 아닐 때, 120년 인생에서 가장 감상적인 시기를 겪고 있을 때 충분한 충격을 줘야 한다고 봐. 이러나저러나 계속 **살아야** 하잖아, 우리는."

◆

멋쟁이의 집은 도시 외곽에 위치한 빌라촌에 있었다. 3, 4층 높이의 낮은 건물들이 촘촘하게 붙어 블록을 이뤘다. 제각기 모양새는 다르지만 개성은 없는 그런 건물들의 연속이었다. 회색 화강암으로 도배된 외벽들 때문에, 하늘이 흐리지 않은 날에도 칙칙한 인상을 주는 동네였다. 블록 사이사이에 나있는 좁은 도로들은 자동차 한 대가 겨우 지나갈 수 있을만한 너비로 통일돼 있었다.

노인은 한 빌라의 주차층 옆에 작게 나있는 현관문 앞에 섰다. 침침한 눈알을 몇 번이나 껌뻑거리며 주소를 확인했다. 제대로 찾아왔지만, 은연중에 상상했던 장소와 다른 모습 때문에 기분이 겸연쩍었다. 그 멋쟁이가 이런 곳에 산다고?

현관벨 소리가 울렸고, 멋쟁이는 금방 문을 열어주었다. 오랜만에 만난 그는 노인의 기억과 달리 키가 작았다. 겉보기에 나이는 삼십 대 중후반처럼 보였는데, 옷소매가 다소 긴 정장을 입고 있었다. 제법 깔끔한 복장을 하고 있음에도 불구하고 어딘지 모르게 남루한 인상을 줬다. 머리부터 발끝까지 그 사람을 구성하고 있는 모든 요소가 불안스러웠다. 얼굴에 띤 표정도 어디선가 뭘 훔쳐온 사람처럼 부자연스러운 구석이 있었다. 노인은 무수한 죄인들에게서 그런 표정을 본 적이 있다.

집안은 다소 어지러웠다. 옷가지와 양말은 아무 데나 벗어던져 놓았고, 어디 곰팡이라도 슨 듯 내부에서는 축축하고 시큼한 냄새가 났다. 이런 것들을 보지 않고자 평소에는 대부분의 불을 끄고 어둡게 지내는 듯했다. 멋쟁이는 손님이 들어왔음에도 불구하고 불을 더 켜지 않았다.

부엌이 딸린 짧은 복도를 지나자 자그마한 방이 하나 나왔다. 침대와 나무 옷장 그리고 낡은 서랍장이 가구의 전부였다. 노인은 불편한 거동에 앉을 자리가 없어 엉거주춤하게 서있었다. 멋쟁이는 곧 침대 밑에 있는 잡동사니를 한쪽 구석으로 쓸어 빈자리를 만들어냈다. 마침내 노인은 멋쟁이가 만들어준 자리에 엉덩이를 붙이고 앉았다.

사법연수원 시절, 농구선수 부럽지 않은 훤칠한 키에 이목구비가 뚜렷했던 그에게 멋쟁이라는 별명이 붙었다. 다른 연수원

생들이 제각기 활동하기 편한 옷, 후줄근하게 퍼진 추리닝이나 후드티를 입고 다니는 와중에, 깔끔한 셔츠 차림에 모자나 신발 또는 옷소매 같은 것에 은근슬쩍 멋을 부리는 패션은 멋쟁이의 트레이드마크가 됐다.

당시 멋쟁이의 연인관계에 대해서는 뜬소문이 많았다. 한 달에 한 번씩 여자를 갈아치우더라는 소문도 있었고, 어디서는 그 기간이 보름이나 일주일에 지나지 않는다는 말도 있었으며, 반드시 여자만을 대상으로 하는 게 아니라는 얘기까지도 떠돌곤 했다.

그 멋쟁이가 어느 날 갑자기 소리 소문 없이 사법연수원을 나간 사건은, 한동안 원생들의 뜨거운 감자로 남았다. 답답한 연수원 생활을 견디지 못해 뛰쳐나갔다는 정론 위에, '알려지지 않은 불미스러운 사건' 때문에 나간 거라느니, 그런 것을 높은 위치에 있는 멋쟁이의 부모님이 뒤를 봐주었다느니 하는 억측들이 모래처럼 쌓여갔다. 그러다가 모의시험 후로는 처음부터 그런 사람도 일도 없었다는 듯 흘러내려 갔다.

"그런 얘기가 있을 줄은 대충 짐작했지. 솔직히 나는 신경도 안 썼지만." 멋쟁이는 아무것도 바르지 않은 머리를 습관처럼 쓸어 넘기며 말했다. "사랑에 빠진 청년이었잖아. 다른 사람이 뭐라 지껄이든 내 알 바는 아니었지. 그땐 그 여자를 잡아야겠다는 생각밖에는 없었어. 나도 법관이 되는 게 꿈이기는 했지만, 너처럼 몇십 년을 더 공부해서 시험에 합격한다는 걸 그땐 납득하지 못했지."

"사랑 때문에 포기한 거니까. 나는 꽤 멋지고 낭만적이라고 생각하네." 노인은 몹시 점잔을 빼는 투로 말했다. 비록 지금은 이런 단칸방에 살고 있지만. 어디 영화에나 나올 것 같은 그의 파란만장한 인생. 끝을 모르고 오르락내리락했던 멋쟁이의 삶은 야수파 화가의 그림처럼 강렬한 감정들로 충만해 보였다. 950기가에 달한다는 뇌용량은 그 인생의 의미를 입증해 주는 것이 아닌가.

그런 노인의 생각과 달리 멋쟁이는 신경질적으로 대꾸했다.

"낭만 같은 소리……. 그런 걸 쫓아서 나한테 남은 게 뭐란 말인가? 물론 좋은 때가 없지는 않았어. 물 건너에 멋진 집을 구해서 몇 년간 행복하게 살았지. 살림은 빠듯했지만 단 한 번도 싸운 적이 없었어. 힘든 일이 생겼을 때도 서로 웃는 모습만 보면 모든 게 해결된 것처럼 느껴졌고. 그때까지 나는 많은 사람들과 만나 관계를 만들었지만, 그렇게 진실된 사람과 깊이 있는 사랑을 나눈 경험은 처음이었어. 그런데 이런 얘기를 지금 해서 뭐하나? 그냥 다 넋두리에 불과한 거야."

"그래도 정말 이해가 안 가는데……." 노인이 몸이 쑤신 듯 자세를 고쳐 앉으며 말했다. "그렇게 진실된 여자였다면, 네가 좀 '바꿨다고' 해서…… 그렇게 헌신짝처럼 버릴 수 있나?"

"그건 생각보다 간단한 문제였지." 멋쟁이는 문득 표정을 일그러뜨렸다. 콧등에 세로로 주름이 잡혔다가 곧 사라졌다. "내가 판단한 대로 그 여자는 정말로 진실된 사람이었어. 하지만 그 사랑의 대상은 내 영혼이 아니라 외형이었던 거야. 언젠가 우리의 몸이 늙고 병들고 썩어 사라진다는…… 그 당연한 사실을 잊을 정도로 정신없이 사랑했어."

"그 당시의 감정에 매몰되면, 나중의 일 같은 건 신경도 안 쓰게 되는 법이니까." 하고 말하는 노인은 그답지 않게 시선을 방 안 빈구석으로 돌리고 있었다. 멋쟁이는 그런 그가 얼마 전까지 판사나리였다는 사실이 멀게 느껴졌다.

"사실은 지금도 그런 생각이 들어. 나날이 몸이 문드러지는 바이러스에 걸렸을 때, 몸을 교체하지 않고 그대로 죽었다면 얼마나 행복했을까? 그랬더라면 적어도 죽는 그 순간까지는 사랑받았겠지. 이제 나는 알고 있어. 인간에게 필요한 건 영원이 아니라, 영원하다면 좋을 그런 행복 속에서 맞이하는 죽음이야."

"곧 자살해 버리겠다는 얘기처럼 들리는데."

"시도를 하지 않은 건 아니야. 하지만 그 10년이라는 시간이, 괜한 희망을 줘……. 매번 10년이 되는 날마다 교체소에 찾아가서, 내가 타고났던 그 멋진 육체만큼 훌륭한 모습으로 다시 태어나길 기대했지. 그런데 어째 어중간한 남자로만 태어났어. 키가 훤칠하면 얼굴에 여드름이 그득하고, 이목구비는 남자다운데 신체 비율이 엉망이고……. 그래도 포기하지 않고, 나를 최대한 가꾸고 단련해서 그 여자를 찾아갔었어. 지푸라기라도 잡아보자는 거였지. 그런데 그 여자는 나를 아예 모르는 사람 취급했어. 심지어 내 원래 모습보다도 더 잘생긴 남자와 살림을 차렸더라고."

노인은 아무 대꾸도 하지 않았다. 뭐라 할 말을 골몰하는 대신 꾸준히 기울어가는 멋쟁이의 고개를, 더는 '멋쟁이'가 아닌 그의 초라한 외면을 연민이 아닌 따스한 시선으로 지켜봤다.

"그 이후로 내 인생은, 살아있지만 죽은 것과 다름없었어. 일도 공부도 제대로 되는 게 없었지. 몸이, 아니 내 영혼이…… 영혼이라는 게 없다는 건 나도 알아. 하지만 그렇게밖에 말할 수 없는 기분인 걸 어떻게 하나? 정말로 내 영혼의 수명이 다했다는 기분이 들어. 선천적으로 주어진 용량이 꽉 차서, 더는 새로운 무언가를 받아들일 수 없는 상태가 됐다고 할까."

"뇌용량이 그만큼 됐으니 그럴 만도 하지. 아날로그식 컴퓨터는 정말로 그렇다던데. 하드디스크에 용량이 꽉 차면 눈에 띄게 속도가 느려진다고……. 물론 인간은 컴퓨터처럼 메모리를 자유자재로 쓰고 지울 수가 없지만." 노인은 위로인지 뭔지 가닥이 없는 말투로 덧붙였다.

"나는 정말 지울 수 있다면 지우고 싶어. 그런데 어디에 가도 이미 있는 기억을 지우는 방법은 없지. 얄궂지 않은가? 기술이 그렇게나 발전을 했는데도, 인간의 기억만큼은 어쩔 도리가 없다는 것이. 더구나 나처럼 용량이 큰 사람은, 아무리 해도 사십 대 미만의 젊은 육체로 **바꿀 수 없어**. 육체가 뇌에 든 정보를 감당하지 못하니까."

노인은 '그래도 지금 삼십 대처럼 보이는 것 같다'는 말을 하려다가 말았다. 자신 같은 노인에게 그런 말을 들어봤자 기쁘지도 않을 테고, 지금 상황에서는 그다지 위로가 되지도 않을 것이었다.

"솔직히 말하면, 네가 이런 일로 날 찾아온 게 굉장히 불쾌했어. 지금은 한결 나아졌지만." 멋쟁이는 신발을 신고 현관에 선 노인과 시선을 맞추고 결연한 표정을 지으며 말했다.

"그거 다행이네. 내가 자네를 찾아온 게 이상하게 느껴지면 어쩌나 생각했거든."

"이상한 일이기는 하지. 너는 내가 부럽다는 듯이 내 이야기를 듣고 가지만, 나는 내 삶이 정말로 의미가 있었는지는 모르겠거든. 뇌용량 같은 것으로 그걸 판단할 수 있을까? 오히려 나는 네가 부러워."

"부럽다고? 내가?" 노인은 주름기 가득한 눈을 와짝 떴다.

"넌 스스로 의미 없는 삶을 살았다고 자책하는 것 같은데. 반대로 말하면 앞으로 채워갈 것들이 많다고 할 수 있는 것 아닌가? 그 정도 뇌용량이면 열다섯 살짜리 아이로 '바꿀' 수도 있잖아. 물론 그렇게 되면 판사 일은 잠시 쉬어야겠지만."

"열다섯 살짜리라니. 나를 놀리는 것 같은데."

"아니야. 그렇지 않아. 나는 진심이네."

"조만간 다시 보자고." 노인은 그렇게 인사를 건네고 멋쟁이의 집을 나왔다. 그사이 날이 저물어 까마귀 우는 소리가 들렸다. 가로등이 많지 않은 동네였으므로 길을 되돌아가는데 무척 힘이 들었다. 삐거덕대는 하반신의 뼈와 관절이, 육체의 수명이 나날이 한계에 다가가고 있음을 상기시켰다.

집으로 돌아간 그는 지금의 몸으로 꼭 해야 할 일들을 헤아려보았다. 물론 7기가에 불과한 그의 뇌용량으로는, 아무리 노력해도 한두 가지의 일밖에 떠오르지 않았다. 수염이나 멋쟁이와의 대화가 아니었다면 그나마도 생각해 내기가 힘들었을 것이다. 생각하고 싶지도 않았을 것이다. 창문 너머 보이지 않는 먼 곳에서 까마귀 우는 소리가 또 다시 들려왔다.

✦

　금속 재질의 하얀 현관문이 둔중한 소리를 내며 열렸다. 노인은 병원 건물 측면에 늘어진 담쟁이넝쿨을 흘겨보며 걸었다. 물기 없는 연두색 잎사귀들이 산들바람에 흔들려 사락거렸다.
　이윽고 현관문 안쪽에서 차분한 발소리가 걸어 나왔다.
　"오랜만이시네요." 수녀는 입가에 주름을 지으며 말했다.
　"원래 저 건물에 담쟁이가 붙어있었소? 전에 왔을 땐 없었던 것 같은데." 노인은 손짓으로 대강 건물을 가리켜 보였다.
　"글쎄요. 마지막으로 오신 지도 꽤 됐으니까요." 수녀는 은근하게 비난조가 섞인 말투로 이야기했다. "뭐가 달라져도 달라지지 않았을까요? 이리 들어오세요. 몸도 편찮으신데 여기까지 먼 길을."
　"웬만하면 오고 싶지 않았소." 노인은 그렇게 말하고 나서 호스피스 내부로 걸어 들어갔다. 나이 든 수녀는 뭔가 도울 것처럼 나란히 걸었지만, 딱히 부축을 하거나 거동을 도와주는 일은 하지 않았다.
　안뜰로 들어가는 길목을 화단이 둘러싸고 있었다. 총천연색의 꽃들이 낮은 울타리 위로 고개를 내밀고, 바람이 부는 방향에 따라서 얕은 파도처럼 남실댔다. 노인은 눈을 가늘게 뜨고 꽃송이들을 응시했다. 하나같이 아름다웠지만 무슨 꽃인지는 알 수 없었다. 건너길 화단에 작게 핀 분홍색 꽃이 제라늄이 아닐까 싶은 정도였다.

"이게 다 진짜요?" 화단을 내려다보며 줄곧 걷던 노인이 질문했다. "하기야 진짜 꽃이라면 이런 마당에 흩뿌려 놓지 않았겠지. 도둑놈들이 다 가져갔을 테니까."

"그렇다고 해서 가짜는 아니에요." 수녀는 온화한 목소리로 말했다.

"가짜가 아니기는. 아무것도 아닌 원료 덩어리를 갈아 넣어서, 분자구조를 비슷하게 만들었을 뿐이잖소. 내 집무실에도 비슷한 게 하나가 있었어. 모양뿐인 화분에 커다란 몬스테라가 1년 365일 똑같은 모양으로 거기 있었지."

"분자구조가 똑같다면 결국 똑같은 거죠."

"똑같다니? 더 자라지도 않고, 시들거나 죽지도 않는 게 무슨 진짜란 말이오?"

"오히려 편하지 않나요? 물도 안 줘도 되고, 햇빛을 쬐지 않아도 늘 그대로고요. 그런데 진짜처럼 풀냄새가 나고 예쁘잖아요. 한번 잘 장만해 놓으면 정원사가 따로 필요 없죠."

"나는 그런 건 싫어."

"몇십 년이 지나도 한결같으시네요." 수녀는 다시 한번 입가에 주름을 지었다. 오래도록 적당히 웃으며 나이 든 사람만이

지을 수 있는 미소. "다 왔어요. 저기 있는 저 아이예요. 불러드릴까요?"

"부탁하네."

"웬디!"

수녀의 외침에 안뜰 벤치에 앉아있던 소녀가 고개를 홱 돌렸다. 예닐곱 살쯤 돼보이는 외모. 약간 갈색빛이 도는 머리를 양 갈래로 땋고 있었다. 웬디는 속눈썹이 긴 눈을 깜빡거리며 노인을 응시하더니, 곧장 벤치에서 내려와 그를 향해 달음질했다. 아이보리색 원피스의 긴 옷자락이 안뜰 잔디밭에 끌렸다.

"오빠!"

"웬디, 잘 지냈니?" 노인은 자신의 허리께로 파고들어 안긴 웬디를 내려다보았다. 살랑거리는 머리에서 베이비파우더 냄새가 희미하게 났다. "어떻게 금방 알아보는구나. 이렇게 늙었는데도."

"당연하지. 오빠는 멀리서 봐도 알 수 있어. 나는 금방 알아." 웬디는 들뜬 것처럼 작은 숨을 몰아쉬었다. "너무 보고 싶었어."

"더 자주 오지 못해서 미안해. 일이 바빴거든."

노인은 말하다 말고, 수녀의 표정을 살피려 고개를 돌렸다. 그러나 수녀는 다른 볼일을 보러간 듯 그새 다른 데로 가고 없었다.

"괜찮아. 지금이라도 왔잖아. 앞으로 계속 같이 있으면 돼. 그렇지?" 웬디는 주름이 자글자글한 노인의 손을 꽉 붙잡고, 조금 전까지 앉아있던 벤치를 향해 잡아끌다시피 하며 걸어갔다.

"머리가 정말 예쁘네. **바꾼** 지는 얼마나 됐니?"

"음, 한 달? 두 달? 잘 모르겠어. 나는 자주 하니까. 이번에도 귀여워서 좋아. 가끔은 남자아이가 되고 싶기도 한데."

"그럼 그때는 날 형이라고 불러야겠네. 오빠가 아니라."

"그렇겠지? 그런데 그건 싫으니까 안 할 거야. 여자아이가 더 귀여우니까 그대로 할래. 바깥세상은 좀 어땠어?"

"뭐, 그냥 그랬어." 노인은 벤치에 앉아 크게 한숨을 내쉬었다. "온통 재미없는 일들밖에 없지."

"그치? 역시 오빠도 열 살로 돌아가는 게 좋았을 텐데. 그럼 쭉 같이 재밌게 놀면서 지낼 수 있었을 거야. 지금이라도 바꾸면 안 돼?"

"그건 좀 어려울 거야."

"왜?" 웬디는 천진난만한 표정으로, 벤치에 앉아 공중에 뜬 양다리를 앞뒤로 흔들거리며 물었다.

"7기가는 열 살로 돌아가기에는 너무 많은 용량이니까. 돌아가더라도 열여섯 살이나 열일곱 살 정도가 한계일걸."

"그렇구나. 그럼 나랑 같이 있을 수는 없겠네……. 여긴 열두 살까지밖에 못 있으니까."

"그리고 일이라는 것도 있지, 대법관이라는 양반이 열 살밖에 안 되면 아무도 판결을 맡기지 않을걸."

"대법관이 뭐야?"

"별로 중요한 건 아니야. 웬디, 사탕 먹을래?" 노인은 웃옷에 딸린 주머니에 손을 집어넣으며 말했다.

"우와, 무슨 맛인데?"

"계피맛."

"우웩. 난 안 먹을래." 웬디는 혀를 쭉 내밀고 질색하는 얼굴을 했다. "그런 건 오빠나 먹어."

"거짓말이야. 다른 맛도 있어. 사과맛은 어때?"

"좋아!"

웬디는 노인에게서 반으로 잘린 사과가 그려져 있는 사탕봉투를 건네받았다. 고사리 같은 손으로 있는 힘껏 봉투를 뜯어보려 했지만 포장은 꿈쩍도 하지 않았다. 웬디의 얼굴이 발갛게 달았다. 노인은 하는 수 없다는 표정으로 사탕봉투를 대신 뜯어주었다.

마침내 사탕을 입에 넣은 웬디가 환한 웃음을 머금었다. 노인은 아무 표정도 없이 그런 웬디를 바라보았다. 그리고 남아있던 계피맛 사탕을 뜯어 입안에 털어 넣었다.

"맛있어? 계피맛 사탕." 웬디가 말했다.

"응. 그럭저럭 먹을만해."

"나는 정말정말 싫어. 맛이 없으니까."

"그러니?"

"응. 어른이 되면 계피맛 사탕 같은 것도 맛있어지는 거야?"

"아니, 그렇다기보다는……." 노인은 얼마 남지 않은 치아 옆으로 사탕을 밀어 넣고 말했다. "사과처럼 맛있지 않아도 참고 먹을 수 있게 되는 거지."

"나는 참는 건 싫어." 웬디는 여느 어린아이들이 가끔 그러는 것처럼, 맥락 없이 불쑥 단호한 태도로 말했다. "그럴 거면 오빠도 어른이 되지 않는 게 좋았을 거야. 나가면 돌아올 수 없다고, 수녀님도 말했었잖아. 왜 나가버렸던 거야? 왜 나랑 같이 있지 않았던 거야?"

"이제 와서 그런 말 해봤자 어쩔 수 없잖아."

웬디는 노인이 자신의 표정을 볼 수 없도록 고개를 돌렸다. 사탕을 와작와작 썹어먹는 소리가 노인의 귀에 들렸다.

"내가 그렇게 가버려서 화가 났니?" 노인이 물었다.

"아니. 화가 나진 않았어."

"그럼?"

"속상해." 웬디는 새치름하게 말했다.

"속상하게 해서 미안하구나."

"오빠는 바보야. 우린 엄마아빠가 없으니까 언제라도 교체할 수 있는데. 계속 이렇게 아이로 살아갈 수 있었는데……."

"뇌용량이 늘어나 버린 걸 어떡해." 노인은 덩달아 샐쭉한 태도로 대꾸했다. "수확이 아주 없지는 않았어. 밖으로 나가고 나서 조금은 똑똑해졌거든. 아는 것도 많아지고……."

"얼마나 많아졌는데?"

"3기가 정도……."

"역시 오빠는 바보야."

"역시 그런가." 노인이 헛헛하게 말했다.

✦

　노인의 장례식은 30분도 채 되지 않아 끝났다. 묘지는 병원 뒤뜰의 작은 공터였다. 수십 명에 달하는 사람들이 통일성 없는 색상의 옷들을 입고 노인의 매장을 지켜봤다. 낡은 나무관 위에, 일꾼들이 삽으로 퍼내린 흙무더기가 켜켜이 쌓여갔다.

　"내 살아생전에 장례식 같은 곳을 다 와보는구먼. 요즘 누가 이런 걸 해? 원시인도 아니고." 버건디색 티셔츠 차림의 수염이 팔짱을 끼고 서서 말했다.

　"유언장에 쓰여진 대로 하는 거야. 그렇게 어려운 일도 아니잖아." 새하얀 정장을 빼입은 멋쟁이가 말했다.

　"허, 참. 뇌용량이 너무 작다고 교체도 안 하고 그대로 죽어버리다니. 그 인간 성질머리하고는……. 덕분에 정말 오랜만에 대법관 자리가 났다고 좋아하는 놈들도 있지만."

　"죽음은 정말이지, 허망한 거야."

　"그렇지. 나는 죽을 계획이 없어. 앞으로 몇백 년 동안은." 수염은 턱에 난 수염을 만지작거렸다. "참나. 요즘 같은 세상에 '자연사'라니. 자살이나 마찬가지지."

　"맞아. 내가 이 친구였다면 젊은 학생으로 '바꿔서' 완전히 새로운 인생을 살았을 텐데……. 무엇보다 대법관 아닌가. 그냥 죽어버릴 이유가 아무것도 없었다고."

　"정말 이상한 친구였어."

　"스스로에게 정말 이상한 판결을 다 내렸군."

사람들은 그렇게 수군거리면서 집으로 돌아갔다.

장례가 끝난 다음 날, 아무래도 뭔가 허전하지 않느냐는 웬디의 의견이 있었다. 따라서 병원 측은 법전만 한 크기의 비석을 구해다 노인의 머리맡에 세우기로 했다. 석공은 이름 이외에 몇 마디 더 적을 것이 없냐고 물었다.

수녀는 웬디와 머리를 맞대고, 무려 12분 동안이나 고민한 끝에 아래와 같은 비문을 적었다.

피터, 죽는 것도 꽤 멋진 모험이 될 거예요.

야트막하게 솟은 그의 장지 위에 시들지도, 더 자라지도 않는 잔디가 영원한 초록빛으로 뒤덮였다.

〈피터 팬〉을 〈피터 팬〉답게 만드는 캐릭터가 딱 하나 있다면, 저는 주인공인 피터 팬이 아니라 웬디라고 생각합니다.

인간은 자기 자신을 '보잘것없는 육체 따위로 정의내릴 수 없는 존재'로 포장하는 데 익숙합니다. 하지만 그 어떤 동물들보다도 육체의 상태에 연연하는 것이 인간이기도 합니다. 늙고 싶지 않다든가, 죽고 싶지 않다든가, 그런 생각은 누구나 한 번쯤 합니다. 하지만 늙어 죽을 수밖에 없는 이유에 대해서는, 조금 덜 생각하는 법이니까요. 따분한 죽음에 대해 생각해 보게 하는 이런 소설이 하나쯤 있어도 된다고 생각합니다. 인간이 낙원을 떠났던 이유. 네버랜드를 포기한 까닭. 뭐 그런 것들.

6시그마의 복음

Gospel of 6ix Sigma

실수가 없는 업계 최고의 배송 서비스

나는 라이더 재킷을 벗어 현관 앞 옷걸이에 걸었다. 자연스럽게 돌아간 재킷의 가슴께에 금으로 만든 명찰이 반짝하고 빛났다. 말이야 '명찰'이지만, 그 명찰에는 라이더의 이름도, 직무도 적혀있지 않았다. 한 문장으로 짤막하게 요약되는 사측의 표어가 양각으로 새겨져 있을 뿐이다. 실수 따위 존재하지 않는, 업계 최고의 배달 서비스.

주식회사 '엘랑élan'은 창사 이래 줄곧 '실수 없음'을 표방해 왔다. 업계 최고의 대우만큼이나 라이더가 지켜야 할 것들도 많았다. 그리고 의무라는 것들은 대부분 '실수'와 관련돼 있었다. '엘랑' 소속의 라이더들에게 실수란 용납되지도 않고, 어쩌다 머릿속에 떠올리는 것만으로도 죄악시되는 그런 것이었다.

이러한 기업철학의 정수인 한 줄의 슬로건. 회사는 세계 최고의 카피라이터가 두 달 간의 고뇌 끝에 일필휘지로 남겼다는 그 문장을, 금으로 만든 명찰에 새겨 라이더들에게 지급했다. 이 표찰을 빠트리고 배달에 나선 라이더는 누구라도 퇴사조치를 당했다.

나보다 먼저 입사한 선배 중에서도 그런 사례가 있었다. 재킷을 맡긴 세탁소에서, 다림질을 하겠다고 명찰을 떼서 옷 윗주머니에 넣어둔 것이 화근이었다. 고객 한 명이 늘 보이던 명찰이 달려있지 않은 것에 대해 회사에 문의 메일을 보냈다. 회사는 그에게 곧장 계약해지를 통보했다. 그간의 경력이 얼마였고, 성과가 어떻고 하는 것은 중요하지 않았다. 오로지 **실수를 저질렀다**는 사실이 중요했다. 오직 그것만이.

나는 회사가 어떻게 그럴 수 있는지 이해가 되지 않았다. 그는 지난 몇 년간 회사 최고의 라이더였다. 만나는 모든 사람들에게 친절했고, 고객들로부터 평판도 좋았다. 서비스를 이용하는 주요 고객 중 몇몇은 오직 그에게만 일을 맡길 것을 회사에 당부하기도 했다. 그의 자그마한 실수를 포착해 회사에 메일을 넣은 것 역시 그런 손님 가운데 한 명이었지만.

이제 와서 하는 말이지만, 그는 한때 내 사수였다. 좀처럼 말이 많지 않은 나를 위해서 언제나 화두를 던지는 역할을 자처했고, 시답지 않지만 그런대로 들어줄 만한 농담을 하는 사람이었다. 늘 정확하게 일을 처리했으며, 동료 라이더의 결혼식에 축사를 부탁받을 만큼 점잖은 양반이기도 했다. 어떻게 그를 쫓아낼 수 있단 말인가?

하지만 회사는 그를 쫓아냈다. 너무하다 싶을 만큼 가차 없이. 그 잔인한 조치에 자부심이라도 느끼는 듯 전사全社적으로 홍보까지 했다. 우리의 핵심가치가 새겨진 표찰을 '실수로' 빠트린 라이더에게 해야 마땅한 조치를 취했음이었나. 아무튼 그 비슷한 메일을 돌린 적이 있다. 나는 그 메일을 받자마자 지워버렸다. 회사의 핵심가치가 담긴 표찰이라니! 회사에게, 라이더에게 그만큼 그 표어는 중요한 것이었다. 원칙 이상의 원칙. 슬로건 이상의 무엇. 차라리 **복음**이라고 해도 좋을 것이다.

나는 여느 때처럼 '실수 없이' 몇 건의 배달을 끝마치고 돌아왔다. 그리고 재차 명찰이 달려있음을 눈으로 확인한 뒤 깊은 한숨을 쉬었다. 장갑을 벗어 바지 뒷주머니에 넣었다. 집 현관에 들어서자마자 시야의 수평이 부쩍 기울었다.

온종일 긴장돼 있던 몸이 급격하게 이완됐다. 현기증이 났다. 그렇게 술에 취한 사람처럼 거실로 걸어 들어가는 것이, 내게는 일상으로 돌아오는 의식처럼 돼있다. 마침내 뇌리와 손끝에 피가 돌기 시작했다. 나는 나 자신이 인간으로 돌아왔음을 느낀다.

냉장고를 열어젖히기 전에, 조심스럽게 작은 방의 문틈을 들여다보았다. 미주는 일찌감치 잠든 모양이었다. 놀라울 정도로 고르고 규칙적인 숨소리가 들렸다. 방바닥에는 드럼스틱 한 쌍이 널브러져 있었다. 책상 위에 하다 만 숙제가 펼쳐져 있었고, 왼쪽 구석에 색연필로 그린 낙서가 보였다. 양팔로 별을 아슬아슬하게 붙잡은 채, 어디론가 날아가고 있는 남자의 모습을 삐뚤빼뚤하게 그린 것이었다. 내가 에어모빌과 별은 다른 것이라고 몇 차례 이야기를 해주었음에도 미주는 들은 체 만 체했다. 그렇게 고집불통인 딸의 모습이 아빠에게는 묘하게 안심이 되었다.

나는 완전히 탈진한 상태로 주저앉았다. 낡은 가죽소파가 내 몸에 맞게 형태를 일그러트리며 공기 뿜어내는 소리를 냈다. 냉장고에서 꺼내온 캔을 따서 단숨에 들이켰다. 작은 사이즈의 캔맥주는 허무할 정도로 작다. 350밀리리터 중의 절반가량은 그냥 공기가 아니겠는가 하는 생각도 든다.

한 모금 같은 맥주를 마시고 나니 해갈은커녕 목이 더 타는 기분이었다. 냉장고에는 나흘 전에 주문해 뒀던 맥주가 몇 캔 더 남아있었다.

'아니야. 더 이상은 위험해.'

나는 스스로 타이르듯 고개를 저었다. 캔은 한 손으로 구겨 쓰레기통에 던졌다. 그런 것은 한 번에 들어가는 일이 없다. 캔은 마룻바닥에 튕기며 꽹과리 같은 소리를 냈다. 고요하던 거실이 돌연 요란해졌다. 나는 아찔한 표정으로 작은방 쪽을 바라보았다. 혹시 미주가 깨지는 않았을까?

아니다. 미주는 잠귀가 어두운 편이고, 지금은 아주 곤히 잠들어있을 시간이다. 이따금 퇴근한 나와 영화를 같이 볼 적에도, 딸아이는 이 시간만 되면 하품을 몇 번 하다가 이내 곯아떨

어졌다. 미주는 "아빠가 고르는 영화가 재미없어서 그래." 하고
볼멘소리를 했지만.

내가 듣기로는 핑계일 뿐이다. 나는 영화를 좋아한다. 좀 더
정확하게 말하자면, 나는 내가 좋아하는 영화를 좋아한다. 새로
운 영화를 찾아보기보다는, 봤던 영화를 다시 보는 쪽을 좋아
한다. 명작이라는 것은 보면 볼수록 깊어지는 재미가 있는데다
가, 결정적으로는 '실패하지 않는다'.

스스로 별 다섯 개를 줬던 영화를 다시 본다는 것은. 어떻게
보아도 실수가 되지 않는다. 아무리 기분이 나쁠 때조차 그것
은 최소 별 네 개만큼의 재미를 보장하는 것이다. 물론 이미 봤
던 영화이기 때문에 새로운 재미랄 것은 없지만. 나는 색다른
무언가를 위해 모험하기보다는 실패하지 않는 선택을 하는 데
익숙하다. 타고난 소인배다.

어쨌거나 이렇게 늦게까지 일이 있는 날에는, 밤늦게까지 영
화를 보면서 몸에 깃든 긴장을 씻어내는 것이 나의 요령이다.
피곤하다고 해서 무작정 침대에 드러누워 봤자, 돌처럼 굳어있
는 근육 때문에 곧장 잠에 들 수도 없다. 이럴 때는 오래전에 재
미있게 봤던 영화를 틀어놓고, 편안히 소파에 기대앉아 정신을
이완시키는 것이다. 그러나 봤던 영화라고 해서 무엇이든 괜찮
은 건 아니다. 특히나 〈장고〉 같은 영화는 위험하다. 보다 보면
견딜 수 없이 맥주가 마시고 싶어지니까.

그런 장면이 있다. 장고와 닥터 슐츠가 어느 서부 마을에 들
러 술집을 찾는다. 술집 주인은 그들을 보고 줄행랑을 치고, 닥

터 슐츠는 스스로 술을 따른다. 그리고 막대기로 술잔에 넘치는 거품을 쓱쓱 걷어내는데. 이 장면을 보면 맥주를 한 캔 정도가 아니라, 사발이나 대접 같은 것으로 마구 퍼마시고 싶어진다.

하지만 내일은 내일의 일이 있다. 고로 나는 한 캔 이상의 술은 마실 수 없다. 만에 하나 간에 이상이 생겨서, 몸이 제때 알코올을 해독하지 못할 수도 있기 때문이다. 엘랑 사의 라이더용 에어모빌에는 운전자의 혈중알코올농도를 자동으로 측정하는 기능이 있다. 기준치를 넘어갈 경우 시동 자체가 걸리지 않는다.

이 조치는 최소 두 시간 동안 지속된다. 따라서 뒤늦게 물을 많이 마시거나 하는 꼼수도 통하지 않는다. 나는 이 장치 때문에 실수한 라이더들을 두 명이나 봤다. 심지어 그 둘은 술을 좋아하는 사람도 아니었다. 어쩌다 하루, 단 하룻밤에 몇 잔의 술을 더 마신 것으로 일을 그르친 것이다. 하루아침에 실업자가 된 그들은 얼마 지나지 않아 도시를 떠나야 했다. 요즘 같은 때에 도시에서 인간이 할 수 있는 일은 그다지 많지 않고, 실수하는 인간이 할 수 있는 일은 거의 없다시피 하니까.

홀로그램 리모컨을 조작해, TV 화면에 〈캐스트 어웨이〉가 송출되도록 했다.

나는 톰 행크스가 나오는 영화는 빠짐없이 보았다. 그가 등장하는 영화는 전부, 하나같이 어딘지 모를 안정감이 느껴지는 작품들이다. 톰 행크스의 페이스에는 명백한 메시지가 있다. '이것은 결국 영화이고, 나는 당신이 필요로 하는 서사와 감동을 필요한 만큼 건네주겠다'는 메시지. 머리가 모자란 아이로 태어나거나, 운전하고 있던 비행기가 흔들리거나, 아무도 없는 섬에 표류했을 때조차도, 그는 정확히 '필요한 만큼만' 동요하고 혼란스러워한다. 그리고 영화가 끝날 무렵이 되면 더할 나위 없이 깔끔하게 문제를 해결한 다음, 감동적인 음악과 함께 엔딩 크레디트를 내려주는 것이다. 요컨대, 톰 행크스는 좀비떼가 등장하는 아포칼립스류 영화에 출연하면 안 되는 배우다. 톰 행크스의 표정을 보면 그런 영화에 필요한 스릴이며 초조함이 생기려야 생길 수가 없기 때문이다. 그의 연기는 언제나 침착하고 안정적이다.

그래서 유독 힘들고 초조했던 일과를 끝낸 뒤에는, 자연스레 톰 행크스가 나오는 영화를 찾게 된다. 그의 안정적인 연기를 보고 있노라면 나나 미주의 삶 같은 것쯤 어떻게든 풀리리라는 낙관이 샘솟는 것이다.

또, 나는 실수를 할 뻔할 때마다 그의 얼굴을 떠올린다. 톰 행크스라면 어떻게 했을까. 그건 잘 모르겠다. 하지만 어떤 표정을 지었는지는 대충 알 것 같다. 나는 그 비슷한 표정을 지어본다. 그렇게 하면, 어떻게든 이성을 부여잡고 할 일을 끝마칠 수 있다. 믿을 수 없겠지만 정말이다. 나는 신을 믿지 않지만, 톰 행크스만큼은 조금쯤 믿고 있다.

무인도에 혼자 남겨진 톰 행크스. 고독감에 점점 머리가 돌아버려서 배구공을 윌슨이라고 불러대기 시작할 무렵이었다. 작은방 쪽에서 문 열리는 소리가 들렸다. 사부작거리는 발소리와 함께 미주가 나타났다. 축 늘어진 잠옷에 눈을 비비는 것을 보니 내 인기척을 듣고 일어난 모양이었다.

"……아빠." 미주는 잠긴 목소리로 말했다.

"아, 미안. 나 때문에 깼니?"

"아니. 그냥 자연스럽게 눈이 떠졌어."

"그래?" 나는 그렇게 대답하면서, 미주에게 보이지 않는 각도로 손을 움직여 맥주 캔을 집어넣었다. "그럼 다시 가서 자."

"내일은 학교 안 가는 날이야."

"그래도 일찍 자긴 해야지."

"맥주 마신 거지?" 미주는 설렁설렁 소파를 향해 걸어왔다. 파자마 바지 끝부분이 마룻바닥에 쓸려 조금 닳았다. "많이 마시면 안 돼."

"많이 안 마셔. 내일 오후에도 나가봐야 하니까." 나는 상체를 소파에 기댔다. 미주는 신호에 응답하듯 내 무릎 위에 올라타 앉았다. "한 캔밖에 안 마셨어."

"아빠."

"응."

"오늘 인형이 왔는데……." 미주는 풀이 죽은 건지, 단순히 잠이 덜 깬 건지 구분할 수 없는 낮은 톤으로 이야기했다. "인형 다리가 좀 이상해. 박스에서 꺼냈는데, 꺼내자마자 오른쪽 다리가 대롱대롱했어."

"그래? 그것참 희한한데." 나는 대수롭지 않게 대답한 것이 아니라, 진심으로 희한하다고 생각하며 그렇게 말했다. 내가 미주에게 사준 인형은 일반 택배, 그러니까 대부분의 물류 유통에 이용되는 무인드론 택배로 도착하게 돼있었다. 드론 택배는 좀처럼 실수를 하지 않는다. 맡은 일을 완벽에 가깝게 해낸다. 배송용 드론은 물건을 들어 올림과 동시에 배송품의 무게며 재질을 자동으로 파악한다. 그리고 목적지에 도착하면, 물건이 결코 파손되지 않을 높이에서 박스를 안전하게 떨어트리고 간다. 드론이 배송상 착오를 일으키는 경우는 **거의** 없다. 아예 제로라고는 할 수 없지만, 기본적으로 6시그마σ의 품질기준을 충족한다. 확률로 따지면 백만 번 중에 세 번만 실수를 하는 셈이다. 그래서 나는 '그것참 희한한데'라고 말했던 것이다.

그러나 만약에 그런 일이 실제로 일어났다면 어떨까? 백만 번에 세 번, 삼십삼만 번에 한 번 실수를 했는데 그게 우리에게 일어난 것이라면? 하기야 배송드론은 하루에도 수십만 개에 달하는 물류를 운반한다. 그렇게나 많은 일을 쉬지 않고 하는데, 통계적으로 발생할 수밖에 없는 실수는 말 그대로 '어쩔 수 없다'. 나는 그런 사례를 본 것이 처음이지만. 일등 확률이 수천만 분의 일밖에 되지 않는 복권도 거의 매주 당첨자가 나온다. 백만분의 삼 정도의 확률이 미주에게 일어났다고 해도 이상할 것은 없다. 숫자가 크면 확률은 작은 것이 된다. 있을 수 없는 실수조차 얼마든지 일어날 수 있는 일이 된다.

배송드론들, 기계들. 이 녀석들은 기계이기 때문에, 도리어 인간이 아니기 때문에 실수를 '인정'받을 수 있다. 반면 인간은 그렇지 않다. 배송드론들은 하루 이틀 사이에 백만 개가 넘는 물건을 옮기지만, 사람은 평생 동안 라이더 일을 해도 백만 개를 채울 수 없다. 나는 많아야 하루에 열 개 정도의 물건을 배송한다. 일주일 중 나흘을 일하고, 가끔 하루 이틀의 유급휴가를 받는다. 1년 내내 일거리가 가장 많은 날이 이어진다고 하면, 나는 한 해에 2천 개 정도의 물건을 옮길 수 있다. 10년이면 1만 개이고, 50년이면 5만 개다. 하물며 라이더의 평균 은퇴 나이를 생각한다면, 50년 동안 일에서 배제되지 않는 것만도 몹시 비현실적인 가정이다.

어쨌거나 평생을 바쳐 5만 개를 옮긴다고 하면, 인간이 '실수해서는 안 되는 존재'임은 더욱더 명확해진다. 사람은 더 나은 서비스에 더 비싼 가격을 매긴다. 배송드론이 일반물류시장을 완전히 장악한 요즘 시대에는, 매우 한정된 계층의 사람들만이 드론이 아닌 사람을 통해 물건을 주고받는다. 나는 그들이 누구인지 모른다. 회사 역시 고객으로부터 최소한의 정보만 받을 뿐, 철저한 기밀유지를 원칙으로 라이더 사업을 운영한다. 잘은 몰라도 역시 뒤가 구린 사람들이겠지. 근거 없는 추측만 할 따름이다.

물론 나는 그런 사람들 덕택에 실업자 신세를 면하고, 제법 괜찮은 월급을 받고 있는 입장이다. 할 말은 없다. 중요한 것은 그들이 우리를 원한다는 사실이다. 그들은 백만 번 중에 세 번 있을 실수조차 용납하지 않는다. 열 번이면 열 번, 천 번이면 천 번 모두 실수 없이 물건을 배송하길 원한다. 그렇기 때문에 쉽고 빠르며 저렴하기까지 한 드론 배송 대신, 이렇게나 번거로

우며 시대착오적인 인간 라이더 서비스에 많은 돈을 치르는 것이다. 그들은 도저히 실수할 수 없는 인간의 처절함을 이해하고 있다.

사람이 하는 일이니까 실수할 수도 있고 그런 거다, 라는 표현은 궁극적인 대전환을 맞이했다. '사람이니까'는 더 이상 인간적인 무언가가 아니라, 의무적이고 집착적이며 기계가 해낼 수 없는 악착스러움을 내포하는 부사다. 사람이니까 그럴 만도 한 게 아니다. **사람이니까** 그래야만 하는 것이다. 사람이니까.

죽을 때까지 배달 일을 계속한다고 해도, 사람은 도저히 백만 번의 배달 수를 채울 수 없다. 따라서 사람이 하는 일이라면, 실수라는 건 도저히 용납될 수가 없는 것이다. 하루에 수십만 번 물건을 옮기는 드론이라면 몰라도, 평생에 걸쳐 5만 번밖에 물건을 옮기지 못하는 인간은 실수해서는 안 된다. 한 번이라도 실수를 저지르는 인간은, 통계와 효율의 원칙에 따라 존재 가치를 상실해 버리기 때문이다.

그럼에도 그 백만 번에 세 번 나온다는 배송드론의 실수라니. 나는 비겁한 안도감을 느꼈다. 나는 7천 번의 배송 건수 중에 단 한 번의 실수도 하지 않았다. 배송드론이 인형의 다리를 부러트려서 온 것이 사실이라면. 아직은 세상에 내 자리가 남아있다는 것을 의미했다. 99.9997퍼센트의 확률인 기계는 완벽하지 않다. 따라서 인간인 내가 완벽한 이상, 실수하지 않고 버티는 이상, 나의 삶은 위협받지 않는다. 나와 미주는 안전할 수 있다. 딸아이를 학교에 보내고, 나는 돌아와서 맥주를 한 캔

마신 뒤 영화를 볼 수 있다……. 하지만 배송드론의 실수가 아니라면?

"어쩌면 인형을 만드는 회사가 실수한 걸 수도 있지." 나는 미주의 머리를 쓰다듬으면서 말했다. "아빠한테 줘. 가게에 가서 바꿔달라고 이야기해 볼게."

"난 괜찮은데."

"무슨 소리야. 인형 다리가 부러져 있으면 안 될 일이지. 누군가는 책임을 져야 한다고. 내가 볼 땐 인형이 드론에서 떨어지면서 망가졌을 일은 없어. 그건 장난감 회사 잘못일 거야. 내일 배송할 곳 근처에 체인점이 한 곳 있으니까, 거기 가서 따져볼게. 아, 인형에 붙은 택은 아직 안 뗐지?"

"안 뗐어."

"다행이다."

"원래부터 없었거든."

"뭐라고?" 나는 조금 황당해졌다. "택이 없다고? 새로 산 인형에?"

"응. 그냥 정말로 인형만 들어있었어." 아무리 보아도 미주는 거짓말을 하는 것 같지 않았다. 미주처럼 단순한 아이는, 거짓말처럼 번거로운 작업에 적합하지 않은 것이다. 내 딸이라서 하는 말이 아니라 정말로 그렇다.

"알았어. 아빠가 알아볼게." 내가 말했다. 미주는 눈을 반쯤 감고 이마를 기울이고 있었다. 나는 아이를 들어 작은방 침대에 옮겨놓았다. 양팔로 껴안아 올리는데 이젠 제법 무게감이 있다. 한 손으로도 거뜬히 들 수 있던 시절이 있었는데. 내가 나이를 들어 약해진 것일까, 미주가 훌쩍 큰 것일까? 아마 둘 다일 것이다.

다음 날, 나는 에어모빌에 시동을 거는 동안 미주의 인형을 조심스레 살펴보았다.

지금으로부터 약 20년 전, 피그마Pygma사는 리튬이온 전지로 작동하는 인공지능 봉제인형 상품의 특허를 최초로 인정받았다. 복슬복슬한 털에 포근한 외모를 가진 인형이, 내부에 아주 작은 컴퓨터 칩과 자동충전 전지만으로 지능이 있는 것처럼 말하고 움직이는 것이다. 마치 영화 〈에이아이A.I.〉에 등장하는 '테디' 같다. 물론 피그마에서 만드는 인형들은 '테디'만큼 똑똑하지 않고, 입이 험하지도 않다. 자신을 자주 안아주지 않는다고 해서 아이에게 서운함을 표시하지도 않는다. 스스로 생각하고, 말하며, 움직인다고는 하지만, 어디까지나 만들고 사용하는 인간의 허락에 의해 그 범주가 정해지는 것이다. 그런 걸 지능이라고 할 수 있을까?

전체적으로 볼 때, 그것은 인공지능이라기보다 인공지능을 흉내 낸 무언가에 가깝다. 그래서 나로서는 좀 징그럽게 느껴지는 면이 있다. 때려 부수고 싶은 정도는 아니지만. 뭐랄까, 다소 크리피하다. 그런 인형들은 웬만해서 보고 싶지 않다.

다만 어느 날 불쑥 딸이 생기고 나서는, 전처럼 인형을 외면하고 살 수도 없게 되었다. 피그마사의 곰인형은 이 시대 모든 딸아이들의 로망이다. 다 큰 어른들이 조던과 샤넬에 집착하듯이, 모든 딸들은 가장 저렴한 모델도 200만 원이 넘는 피그마의 인형을 갖고 싶어 한다. 미주도 그랬다. 어떻게 그러지 않을 수 있을까? 피그마에서 만든 곰인형은 보들보들한 털에, 언제나 껴안을 수 있으면서, 사랑스러운 목소리로 말하며 귀여운 춤까지 춰댄다. 개나 고양이와 달리 똥도 싸지 않고, 산책을 시켜줄 필요도 없다. 말 그대로 '아이들의 완벽한 친구'인 것이다. 피그마의 슬로건은 결코 거짓이 아니다.

나는 끝내 미주에게 곰인형을 하나 사줄 수밖에 없었다. 피그마는 자기네 곰인형이 어지간히 비싸다는 걸 알고 있다. 그래서 그다지 형편이 좋지 않음에도 불구하고 인형을 갖고 싶어 하는 집들을 위해 이른바 '리퍼 제품'을 판매하기 시작했다. 세계 각지의 고장 난 인형들을 수거해 새것처럼 고친 다음, 정가의 절반 정도 되는 가격으로 내놓는 것이다. 정말이지 고마운 일이 아닐 수 없다.

내가 미주에게 사준 인형 역시 리퍼 제품이었다. 출시된 지 꽤 오래된 모델이기는 했지만, 최근 나온 모델과 기능상 큰 차이는 없었다. 하여간 곰인형이 있기만 하면 되는 것 아닌가. 더구나 절반 가격이라고는 해도, 우리 같은 형편에는 할부로 구매하는 수밖에 없다. 나로서는 큰마음을 먹고 주문한 것이었는데, 오른쪽 다리가 덜렁거리는 물건을 보내주는 건 무슨 심보인가?

그렇게 생각하면서도, 한편으로는 배송드론의 실수보다 장난감 회사의 실수를 지적하는 것이 더 쉬울 거라고 계산했다. 배송드론이 너무 높은 상공에서 박스를 떨어트리는 영상이 있다면 일이 한결 간단해지겠지만. 내가 사는 아파트에는 방범용 인공지능 카메라가 달려있지 않다. 배송측에 귀책사유가 있음을 증명할 방법이 없는 것이다. 어떻게든 장난감 회사를 물고 늘어지는 수밖에 없다. 얘기가 잘 풀린다면 다행이지만 그렇지 않으면 '아이의 꿈을 이렇게 짓밟아놓는 법이 어디 있냐'며 곡소리라도 해야 한다. 어떻게든 덜렁거리는 다리를 고쳐놓거나, 새것으로 바꿔달라고 해야지. 나는 지지 않을 것이다. 다른 모든 일들에 대해서는 어떨지 몰라도, 내가 하는 일과 미주에 관련된 일만큼은 질 수가 없다.

남산 중턱에 위치한 3층짜리 저택이 이날의 마지막 배송지였다.

"실수 제로, 실수 없는 배송 서비스 엘랑입니다." 나는 커다란 쇠문 앞에서 벨을 누른 다음 말했다. "요청하신 시간, 오후 8시 20분에 자택 도착하였습니다."

"……아, 네." 인터폰 너머에서 젊은 남자의 목소리가 들려왔다. 십 대 후반쯤 됐거나, 이십 대인데 목감기에 걸려 고생하고 있는 사람 같았다. "물건은 그냥…… 문 앞에 있는 택배함에 넣어주세요."

"저희는 직접 배달이 원칙입니다. 다만, 고객님께서 동의하신다는 말을 녹취하게 해주시면 앞에 두고 갈 수도 있습니다.

그렇게 해도 괜찮겠습니까?"

"아, 예. 동의합니다……. 그냥 놔두고 가주세요……."

인터폰 연락이 끊겼다. 나는 배송 전용 디바이스에 정상적으로 녹취가 되었는지 확인한 다음, 가슴팍 너비의 상자를 택배함에 집어넣었다. 가끔 이런 경우가 있다. 비싼 돈까지 치러가며 라이더를 써놓고는, 정작 물건이 도착하면 어디에 두고 가라며 심드렁하게 구는 고객. 나는 이유를 생각하지 않으려 애쓴다. 이유를 생각하는 건 내가 할 일이 아니다. 나는 그저 물건을 정해진 시간에, 원하는 방식으로 가져다 놓기만 하면 된다……. 속으로 되뇌며 에어모빌에 올라탔다. 고도가 높아짐에 따라, 원경으로 점차 작아지는 남산의 모습이 눈에 들어왔다.

한동안 서울의 부자들 사이에서 남산이며 우면산 같은 곳에 숨겨진 별장을 짓는 유행이 있었다. 벌써 10년도 전의 이야기다. 그러나 그렇게 지어놓은 별장에 사는 사람은 거의 없었다. 대부분은 한때의 유행이 지나고 빈집처럼 방치되거나, 가족 중 정신질환이 있는 사람을 격리시키는 용도로 사용될 뿐이었다. 내가 오른다리가 덜렁거리는 리퍼 곰인형을 고치러 가는 동안, 어떤 부자들은 산속에 저택을 지어놓고 깜빡 잊어버리는 실수 따위를 하는 것이다. 세상은 너무나도 공평하다. 배송드론도, 장난감 회사도, 하물며 부자들조차 가끔은 실수를 하니까.

피그마 공식 스토어의 운영시간은 오전 11시부터 오후 9시까지였다. 나는 전속력으로 에어모빌을 몰았다. 배송드론과 몇 번이나 부딪힐 뻔했지만, 9시가 되기 전 가장 가까운 스토어 앞에 도착할 수 있었다. 매장에는 불이 켜져있었으나 손님은 없는 것 같았다. 이런.

"정말 죄송합니다. 이미 접수를 마감한 상태라서요." 안경을 쓴 덩치 큰 남자 점원이 말했다. 피곤해 보이는 얼굴이었지만, 말투는 완벽하게 정중했다. 어디 하나 꼬투리 잡을 곳이 없는 그런 친절함. 사무적인 안내.

"하지만……." 나는 가까스로 입을 열었다. "공식 영업시간은 9시까지잖아요. 적어도 안내된 영업시간 중에는 접수를 해주셔야 하는 것 아닙니까."

"그렇지만 저희도 퇴근을 해야 하니까요."

그건 맞는 말이다, 라고 생각했다. 하루 종일 일을 하면서도 퇴근하지 않는 것은 카운터 로봇과 배송드론 정도일 것이다.

"저, 부탁드립니다. 딸아이가 내일 생일인데요. 이 인형을 어떻게 고칠 수 있는지만 말씀해 주실 수 없을까요? 일부러 부러트린 것도 아니고, 배송을 올 때 이미 망가져 있었다고요."

"생일이라고요?"

"예. 바로 내일 저녁이 생일 파티예요." 나는 거짓말을 했다. 딸의 생일은 엊저녁이었고, 나는 선물로 기린 모양 보디필로우를 선물해 줬다. 미주는 오늘도 그것을 껴안고 잠에 들 것이다. "좀 부탁드립니다. 여기 오는 것도 저한테는 쉽지 않았어요. 왕복 세 시간은 걸리는 거리라고요."

"음……." 직원은 골똘히 생각하는 표정으로 이마의 땀을 닦았다. 이렇게까지 말했는데도 접수를 거절한다면, 그건 아이들에게 꿈과 희망을 주는 피그마사의 직원이라고 할 수 없을 것이었다. 그는 얼굴 기름으로 흘러내린 안경을 약지로 밀어 올리며 말했다. "그럼, 가져온 상자를 좀 보여주시겠어요? 저희가 할 수 있는 게 있는지 한번 보겠습니다."

"너무나도 감사합니다."

직원은 내게 건네받은 상자를 열었다. 그리고 안에 들어있던 곰인형을, 마치 갓 태어난 아기를 안아 올리듯이 조심스럽게 꺼내 들었다. 그는 인형에 시선을 옮기더니, "아, 이 모델은……." 하고 작게 중얼거렸다. 역시 대단하다. 공식 스토어의 직원 정도 되면, 눈으로 훑어보는 것만으로도 모델명을 맞힐 수 있는 것일까. 아무래도 특별한 애정 없이는 하기 어려운 일 같다. 하지만, 다 큰 성인 남성이 곰인형에 지나친 애정을 가지고 있는 것도 조금 위험해 보인다. 사람들로부터 괜한 의심을 받지 않으려면, 얌전하게 총기나 이데올로기 같은 것에 집착하는 쪽이 좋을 것이다.

직원은 인형을 좌우로 뒤집어 보고, 덜렁거리는 쪽 발을 살며시 건드려 보았다. "아, 죄송합니다." 그는 실내 공기가 답답한 듯 목 소매 쪽을 펄럭거렸다. "상당히 초창기 모델인데요."

"좀 오래된 것 같기는 하더라고요."

"이 정도면 거의 골동품 수준입니다. 리퍼 사이트에서 구매하셨다고요?"

"네." 나는 건조하게 대답했다. "모델은 제가 고르지 않았어요. 딸이 인터넷에서 보고, 저한테 결제를 시킨 거죠……. 애를 키운다는 건 대체로 그렇습니다. 저는 돈만 내면 되는 거죠. 혹시 자녀분이 있으신가요? 저는……."

"리퍼 매장들에도 이 정도로 오래된 제품은 없어요, 보통은."

"그런가요?"

"예. 제 생각에는…….'' 직원은 망가진 곰인형을 다시금 감싸 안고, 상자 안에 넣었다. 그 손길이 얼마나 정성스러운지. 곰인형은 처음 꺼내기 전보다도 더욱 다소곳한 모습으로 들어가 있었다. "따님이 정식 리퍼 매장이 아닌 곳에 주문을 넣으셨나 봐요. 이렇게 오래된 모델은 부품도 없고, 최근 나오는 것들과 구조도 달라서 수리가 어렵습니다."

'그래 봤자 곰인형일 뿐인데 무슨 소리야? 본드로 붙이든 침을 바르든 해서 어떻게든 고쳐놓으란 말이야'라는 말이 튀어나올 뻔한 것을 간신히 참았다. 대신 나는 이렇게, 아주 예의를 차린 태도로 말했다. "그렇다면 다른 방법이 없을까요? 이제 와서 인형을 반품하고 새로 사기에는 시간도 없고……. 제 딸아이가 이 인형이 아니면 안 된다는 식이라. 아주 고집불통이거든요. 이러저러해서 수리가 안 된다고 해도 납득을 못할 겁니다. 이렇게 빈손으로 집에 갈 바에야 저는…….''

직원은 내 말을 듣다 말고 카운터 아래로 손을 내렸다. 이윽고 등을 앞으로 기울이더니, 손으로 무언가 쓰는 것 같은 소리가 났다. 나는 그가 포스트잇에 적은 메모를 받아들었다. 구리시 근방으로 표시된 주소 하나가 적혀있었다.

"이게 뭐예요?"

"조금 설명하기가 복잡한데요." 직원은 정말로 복잡해 보이는 표정이었다. 최대한 단어를 섬세하게 고르려는 것처럼 손을 비비 꼬는가 하면, 시선을 좌우 먼 곳으로 던지기도 했다. "……말하자면 애플과 스티브 워즈니악의 관계와 비슷하다고 할 수 있습니다."

"그건 또 무슨 소리입니까."

"스티브 워즈니악이 설계한 애플II 컴퓨터는 애플사의 초기 성장에 결정적인 역할을 했죠. 하지만 애플II는 오래전에 단종되었고, 그걸 지금 애플 스토어에 가져간다고 해도 지금은 모르는 제품이나 마찬가지예요. 더구나 그 컴퓨터를 설계한 창업자는 회사와 관계없는 사람이 되었기 때문에, 공식적으로는 해줄 수 있는 것이 아무것도 없다, 이런 얘기입니다."

"이 인형이 그렇게 오래된 물건이라는 거예요? 창업자가 설계를 한 물건이라고요?" 나는 그렇게 말하며 상자 속의 인형을 응시했다. 어쩌면, 미주의 방보다는 골동품상이나 전당포에 어울리는 물건일지도 모르겠다는 생각이 들었다.

"하지만 차이는 있죠. 애플과 달리 우리 피그마의 창업자는 살아계십니다. 비록 지금은 회사를 떠나서 혼자 살고 계시지만요."

"아하, 이해했습니다." 나는 익살스럽게 눈썹을 올리며 부자연스러운 웃음을 지었다. "창업자 선생님께 직접 가서 문의를 해보라는 말씀이시죠? 여기 공식 스토어에서는 해줄 수 있는 것이 없으니까요.”

“사람을 자주 만나는 편은 아니시라고 들었습니다.”

“알겠습니다.” 나는 상자를 챙겨 스토어를 빠져나왔다. 한 방 먹었군, 하고 생각했다. 이 얼마나 교묘한 거절 방법인가. AS기간이 끝났으니까 배 째라는 말을, 회사 창업자의 주소를 알려주는 것으로 갈음하다니. 고객대응이라는 것도 보이지 않게 계속 발전해온 것이다. 이제 이 인형을 어떻게 한담? 제기랄. 내일이 진짜 미주 생일이 아닌 게 얼마나 다행인지.

“밴드 합주가 있었어.” 막 잠옷으로 갈아입은 미주가 다가와서 말했다. “나는 드럼을 연주했어.”

“나도 알아.” 나는 냉장고에서 맥주 한 캔을 꺼냈다. 그리고 땀으로 흥건한 볼이며 목에 갖다 대 열을 식혔다.

“다음 주에 공연이 있는 것도 알아?”

“알지. 아빠를 뭐라고 생각하는 거야.” 맥주 캔을 따서 한 모금 크게 들이켠 다음 말했다. “그리고 당연히 갈 거야. 그날 일부러 휴가를 냈지.”

“그래?” 미주는 눈을 게슴츠레 뜨고 되물었다. 여태껏 내가 아무 생각도 없다가, 질문을 받으니 요령을 피워 대답한다고 생각하는 모양이었다.

“그렇다니까. 아빠는…… 미주 네가 긴장할까 봐 미리 얘기 안 했던 거야. 괜히 부담만 주면 어쩌나 해서.”

“그런 거 아니야. 나는 긴장 같은 거 안 해.”

"긴장을 안 한다고? 드럼 치는 게 어렵지 않아? 나는 어떻게 그걸…… 박자를 일일이 맞춰가며 때릴 수 있는지 모르겠던데." 나는 맥주 캔을 손가락으로 통통 건드리는 시늉을 하며 몸을 흔들거렸다. 맞는 박자가 하나도 없다.

"그건 아빠가 박치라서 그렇지. 나는 할 수 있어. 그렇게 어렵지도 않아. 머릿속에 음악이 재생되거든."

"대단한데. 헤드셋이든 뭐든 앞으로 사줄 필요가 없겠어." 나는 가볍게 캔을 찌그러트리면서 대꾸했다.

"그거랑 무슨 상관이야?"

미주는 두두두 달려와 내 허리에 머리를 들이박았다. 어느새 커버린 미주의 무게가 느껴진다. 나는 미주의 머리를 쓰다듬고 헝클어트렸다.

"나 잘래." 미주는 돌연 하품을 하고, 자기 방문으로 가서 기대는 시늉을 하며 말했다.

이튿날, 나는 정기 업무보고를 위해 여의도에 있는 본사로 출근했다. 엘랑은 뒤로 한강이 보이는 수십 층짜리 건물의 두 개 층을 동시에 쓰고 있었다. 전면이 흐릿한 파란색 유리로 도배되어 있는, 여의도에서 가장 흔하게 볼 수 있는 종류의 건물. 어째서 금융사도 아닌 엘랑이 이런 데에 본사를 두고 있는지는 모르겠다. 어차피 전체 사원 중 10퍼센트만이 본사 건물에 상주하고, 나머지 라이더들은 신입연수나 업무보고를 위해서만 이따금 찾아올 뿐이다. 라이더 입장에서는 본사 건물이 여의도에 있건, 관악산 정상에 있건 상관없는 것이다. 아니, 관악산에 있는 편이 좀 더 편할지도 모른다. 여의도에서 이 건물을 찾는 것보다야 산속에서 찾는 쪽이 더 잘 보일 테니까.

본사가 있는 건물은 여의도의 여느 대형 빌딩이 그렇듯 입구에 회전문이 있고, 그 문을 지나면 쓸데없이 크게 만든 로비가 나온다. 네모나게 자른 대리석을 빈틈없이 짜 맞춘 플로어 바닥. 의미를 알 수 없는 곡선형의 추상주의 조각물이 벽 앞에 덩그러니 있고, 정장을 입지 않은 사람에게는 습관적으로 무례한 표정을 짓는 경비원이 서성거린다.

그런 곳을 정장 차림으로 뚜벅뚜벅 걸어 지나다 보면 어깨가 조금 으쓱해지는 것도 사실이다. 평소라면 그런 기분을 제법 만끽하면서 엘리베이터에 올랐을지도 모르지만…….

전날 밤 미주가 잠에서 깨지 않은 것은 천만다행이었다. 어떻게든 해결해 보겠답시고 인형을 들고 가놓고선, 스토어 직원에게 창업자가 사는 주소를 받아 왔다고 한다면 얼마나 모양이 빠지겠는가. 아빠로서의 체면이 말이 아니다. 되도록 빠른 시일 내에 해결을 해야 한다. 하지만 어떻게?

"그럼, 금월 정기 업무보고 회의는 여기까지 하는 것으로 하고……."

문득 정신을 차렸을 때는 이미 업무보고 세미나가 끝난 뒤였다. 한 시간 반이 이렇게 짧은 시간이었던가. 다른 수백 명의 라이더들은 꾸벅꾸벅 조는 것도 지쳤다는 듯이, 서둘러 뒤뚱거리는 걸음걸이로 세미나실을 빠져나가고 있었다. 너 나 할 것 없이 먼저 나가려는 사람들이 문 앞에 줄을 늘어섰다.

일찍 일어나 봐야 별수 없다. 나는 그런 생각으로 앉아있었다. 사칙에 따라, 다른 라이더들 역시 평소에 입지 않는 검은 정장을 입고 있었다. 다만 나나 그들이나 정장과는 전혀 어울리지 않는 부류의 얼굴이다. 동물 모양 인형에 공주 피규어들이 입는 의상을 억지로 구겨 넣은 것처럼, 규격과 용도에 맞지 않는 차림으로 모두가 고통받는 것이다.

"그래서 요새는 좀 어때?"라는 질문에 뒤따라오던 생각을 멈췄다. 나는 내 위로 드리운 그림자의 주인공을 올려다보았다.

"마크." 나는 그의 닉네임을 불렀다. 라이더들은 사내에서 모두 본명이 아닌 닉네임을 쓰게 되어있었다. 그건 여의도보다는 판교에서나 어울리는 문화였는데. 어쨌거나 회사가 시키는 대로 할 수밖에 없는 처지다.

"이번에는 잘 기억하네. 지난번에는 지미라고 부르더니만."

"마크나 지미나." 나는 의자에서 몸을 일으켜 세우면서 말했다. "둘 다 등신 같은 건 똑같잖아. 영어 이름이라니."

"왜 지미 얘기 나올 때마다 까칠하게 구는 거야? 지미는……."

"그래, 사실 나도 별 유감은 없어. 단지……." 내가 말했다. "이제는 회사랑 관계없는 사람이잖아. 그냥 하려던 얘기나 해."

"뭐, 그렇지. 오늘 회의 내용은 좀 들었어?" 마크가 별수 없다는 듯이 말을 잇는다.

"전혀. 특별한 게 있었나?"

"그럴 리가." 마크는 느린 동작으로 자신의 턱수염을 쓸어 만졌다. 멀대같이 큰 키에 귀밑까지 덮는 덥수룩한 수염이라니. 자기가 토종 한국인이라는 그의 주장은 다소 설득력이 없게 느껴진다. "언제나 그렇지. 비슷비슷한 얘기들이나 했어. 실수하지 마라, 기계는 더 정교해지고 있다, 우리가 살아남을 방법은 하나뿐이다, 뭐 그런 거지."

　"역시 그렇군." 나는 건성으로 고개를 끄덕거리면서 대답했다. 어쩐지 마크와 대화하다 보면 이런 태도로 이야기를 나누게 된다. 그의 통제되지 않은 느긋함에 전염되고 만다.

　"어차피 너는 들을 필요가 없잖아? 배송 실수는 고사하고, 신입 때부터 잔실수 한 번 없이 잘 해왔으니까."

　"이 회사에서는 실수가 용납이 안 되니까. 다들 그러잖아."

　"글쎄, 너만큼은 아니야." 마크가 말했다.

　그의 말에는 일리가 있었다. 회사 세미나는 제쳐놓고 인형 생각에 몰두했던 것은, 업무에 관한 내 나름의 원칙이 있기 때문이다. 애당초 일을 제때제때, 그리고 제대로 하기만 하면 이런 잡다한 것들이야 대충 들어도 별문제가 생기지 않는다. 하물며 엘랑의 정기회의라니. 어차피 자사 주식의 평가가 어쩌네, 전사적인 차원에서의 단합이 필요하네, 따라서 평소에도 그렇지만 지금은 더욱더 빈틈없는 업무정신으로 무장해야 하네, 같은 말을 거듭할 뿐이다. 내 생각은 이렇다. 구태여 그런 걸 들어야만 실수를 하지 않을 사람이라면, 결국에 실수를 할 수밖에 없는 사람이라는 것.

나는 학교를 다닐 때 그다지 성적이 좋은 학생이 아니었다. 지금과는 다른 원칙을 갖고 살았던 시절. 오늘 내가 알고 있는 것들을 그때도 알았더라면, 나는 공부를 꽤 열심히 해서 대학을 나왔을지도 모른다. 어쩌면 꽤 좋은 대학이었을 것이다. 그랬다면 라이더 일 대신에 얼마간 실수를 해도 괜찮은 그런 직업을 가졌을지도 모른다. 예를 들면 경찰이나 변호사 같은. 그런 일들도 어렵긴 마찬가지지만, 적어도 변명거리 정도는 남아 있는 것이다. 소매치기가 워낙 달리기가 빨랐다든가, 유독 악질적으로 프로그래밍된 검찰 AI에게 당했다든가 하는 식으로. 그들은 실수를 이해받을 여지가 있다.

하지만 라이더는 그렇지 않다. 젊은 시절에 너무 많은 실수를 했던 사람들. 그런 사람들은 더 이상 실수하며 살 자격이 없다. 범죄를 저지르지 않았더라도 전과자 같은 마음가짐으로 살아야 한다. 세상이 대충 그렇게 생겨먹은 것을 깨닫고 나면, 살 이유가 있는 사람들은 채찍질 없이도 완벽주의자가 된다.

마크는 여느 때처럼 나를 술자리에 꼬드기려고 했다.

"내일 호프브로이에서 맥주 한 사발 어때. 아주 한 사발로 마시는 거야."

"호프브로이?" 나는 미심쩍은 투로 되물었다. "수백 년 역사를 가진 독일 뮌헨의 양조장을 그대로 옮겨와서 지점을 냈다는 그 호프브로이 말이야?"

"수상할 정도로 잘 알고 있잖아?"

"그런 곳을 모를 수가 있나. 그런데 왜 하필 거기지?"

234

"하필? 무슨 뜻이야?"

"장소가 말야." 나는 떨떠름한 표정으로 덧붙였다. "거긴 배송드론허브 근처잖아."

"아니, 그게 무슨 상관이야?"

"나는 네가 '실수로' 퇴사한 친구들이랑 어울린다고 들었는데." 나는 정장 바지 주머니에 양손을 찔러 넣었다. 주머니 안에는 아무것도 없었다. "너랑 네 친구들은 드론을 안 좋아하는 것 아니었냐, 이거지."

"하하하. 재미있는 연결인데." 마크는 내 어깨를 툭 건드리면서 웃었다. "근처에 드론허브가 있다고 해서, 최고의 맥주를 마시지 못하라는 법은 없잖아. 어쨌든 너는 안 온다는 거지?" 마크는 계약 사실을 재확인하려는 공무원처럼 물었다. "확실하게 얘기해 줘."

"못 가. 바로 다음 날 업무가 있어."

"업무 탓은. 그냥 그런 자리가 껄끄러운 거잖아. 매번 거절만 하고. 사람 무안하게." 마크는 내가 한 것처럼 바지에 손을 꽂고, 구두코로 의자 다리를 소심하게 툭툭 걸어찼다. "이번에도 거절할 줄 알았지. 우리끼리 내기도 했다니까. 나는 그래도 한 번은 올 줄 알았는데……."

나는 마크의 풀죽은 모습에 묘한 이질감을 느꼈다. 원래 이런 반응을 보이는 놈이 아닌데. 진심으로 내가 모임에 껴주기를 바란 것일까? 공연히 말이나 걸어보려고 꺼낸 주제가 아니었을지도 몰라. 하긴 아무리 그래도 열두 번이나 초대했는데

한 번도 안 간 건 너무한가? 아무리 회사에서 콘셉트가 '재수없게 일만 열심히 하는 놈'이라도 그렇지. 이런 건 어른들 사이의 예의가 전혀 아니지 않느냐고.

뜻밖의 태도를 보이는 마크 때문에, 나는 어울리지 않는 생각과 말을 하기 시작했다.

"아니, 마크. 그러니까…… 나도 맥주는 좋아해. 그런데 일이……."

"아냐. 어차피 못 온다는 얘기잖아." 마크는 고개를 숙인 채 손을 내저으며 말했다. "미안해. 이런 게 너한테 불편할 수도 있다는 걸 모르고."

"불편한 건 아니야. 어차피 내일은 쉬는 날이고. 그런데 나는 그다음 날이……."

"그럼 대신 부탁 하나만 해도 괜찮을까?"

아뿔싸.

나는 쉬는 날에 잔업을 맡아 하는 타입이 아니다. 처음부터 잔업이 없게끔 확실하게 일하기 때문이다. 더구나 라이더 업무 자체는 어려울 것이 없다. 그저 잘 만들어진 에어모빌을 타고, 정해진 시간에 맞춰 정해진 장소에 정해진 방식으로 물건을 배달하는 일일 뿐이다. 힘든 것은 일 자체가 아니라 일을 둘러싼 변수들이다.

엘랑의 배송 약관에는 '자연재해로 인한 지연', '천재지변으로 말미암아 생긴 사고' 같은 것이 명시돼 있지 않다. 따라서,

고객이 다음 주 월요일 오후 8시에 물건을 가져다 달라고 요청하면, 무슨 수를 써서든 그 시공간에 물건이 존재하도록 만들어야 하는 것이다. 그 사이 초대형 태풍이 들이닥치거나, 핵전쟁이 일어나거나, 태양풍의 영향으로 정부와 기반시설 전체가 마비된다고 하더라도, 라이더는 정상적으로 배송을 끝마쳐야 한다. 따라서 엘랑에게 물건을 맡긴다는 것은, 사실상 라이더의 인생을 담보로 잡고 미래의 인과를 확정하는 것을 의미한다.

사정이 이렇다 보니 엘랑은 업무의 결과에 대해서는 너무할 정도로 원칙주의적인 반면, 과정에 있어서는 별달리 신경을 쓰지 않는다. 요컨대 정확한 시간에, 확실하게 물건이 도착하기만 하면 그사이에 어떤 일이 있었든지 상관없다는 식이다. 반드시 회사가 제공한 에어모빌로만 이동할 필요도 없고, 고객이 라이더를 특정하지 않은 이상 꼭 한 사람이 일을 처리해야 할 필요도 없다. 따라서 라이더들끼리 가까워진다는 것은, 언제라도 서로에게 배송할 물건 한두 개를 떠맡길 수 있게 된다는 것이다.

마크가 제안하는 술자리에 가지 않은 것은, 누군가 내게 그럴 여지를 만들고 싶지 않아서이기도 했다. 나는 내게 주어진 일을 다른 사람에게 맡기는 것도, 다른 사람에게 주어진 일을 대신 맡아 하는 것도 싫다. 나에게는 지켜야 할 삶이 있다. 미주가 성인이 될 때까지는. 살 곳과 먹을 것 걱정 없이 건강하게 자랄 수 있도록 빈틈없이 일해야 한다. 불확실성은 배제한다. 실수의 씨앗이 될만한 것들은 모두 잘라낸다. 불필요한 술자리와 인간관계 역시 끊어버린다. 나는 내가 할 일에만 집중한다. 일하는 기계가 되는 것이다.

하지만 이번에는 좀 특수한 상황이지, 라고 나는 생각했다.
에어모빌은 모처럼 생긴 휴일의 하늘을 가로질러, 야트막한 높
이의 산들을 뛰어넘듯이 날았다.

내가 술자리를 거절하는 대가로 마크가 무얼 부탁할 것인지
는 안 봐도 유튜브였다. 나는 그가 내미는 머리통 크기의 상자
를 있는 힘껏 밀어냈다. 안 받아, 안 받는다고. 내가 다른 라이
더 물건 대신 배송해 주는 거 본 적 있어?

"본 적 없지. 그런데 이번에는 진짜 절박해서 그래. 내 말 좀
들어보라니까……." 나는 마크가 주절주절 늘어놓는 핑계를 하
나도 듣지 않았다. 다만 그가 내미는 상자를 밀쳐내다가, 우연
히 거기 붙은 송장의 주소를 눈으로 훑었을 뿐이다.

나는 곧 마음을 바꿔 상자를 받아들었다. 네가 그렇게까지
말한다면. 이번 한 번만 해줄게. 마크는 도리어 내게 일을 맡겼
다는 사실에 놀라는 것 같았다. "정말? 정말 해주는 거지?" 하
며 몇 번이나 귀찮게 물어댔다. 나는 어차피 그쪽으로 갈 일이
있었노라고, 겸사겸사하는 것뿐이라고 대답한 다음 상자를 갖
고 나왔다.

그래서 나는 지금 쉬는 날 대낮부터 에어모빌을 끌고, 아차
산 골짜기에 있는 주소지로 향하고 있는 것이다.

고작 리퍼 매장에서 산 인형 수리를 위해서, 은둔 중인 인형

회사의 창업주를 찾아가는 것이 정상이라고는 할 수 없다. 나는 의외로 부끄러움을 아는 사람이다. 평소라면 절대로 하지 않았을 일이다. 그렇지만······.

운명?

그런 거창한 단어까지 끌어다 쓰고 싶지는 않다. 단지 내 인생에는 그만한 우연의 일치 같은 것이 자주 일어나지 않는다. 제아무리 똑똑한 인간이더라도, 큰수의 법칙을 누구보다 잘 이해하고 있는 수학자라고 하더라도, 동전 던지기에서 백 번 연속 앞면이 나온다면 무언가 의심할 수밖에 없다.

아차산에 에어모빌을 주차한 것은 처음이었다. 고객이 산 중턱이나 꼭대기로 배송을 요청하는 경우는 왕왕 있었지만, 아차산에 온 적은 여태껏 한 번도 없었다. 전체적인 모양은 서울에 있는 다른 산들과 다를 바가 없었다. 하지만 가까이 가면 갈수록, 숲이며 나무가 눈에 확실히 들어오게 될수록, 아차산은 애써 숨겨온 초라함을 드러냈다.

피그마사의 창업주는 그런 아차산에 별장을 짓고 살고 있었다. 별장이라고는 하지만 여느 저택보다 훨씬 큰 사이즈다. 벽면의 대부분은 적갈색 벽돌로 쌓아 올렸고, 창틀과 코니스는 아이보리색으로 칠했다. 가장 전형적이고 클래식한 디자인의 서양식 별장이지만, 한국의 볼품없는 아차산 가운데 세워진 모습을 보고 있으려니 어딘지 모르게 쓸쓸하고 애처로운 느낌이 들었다. 버려지기 직전의 병원, 일주일 내 철거를 앞둔 옛 관공

서를 떠올리게 했다.

세계적인 인형회사의 창업주가 이런 곳에서 혼자 살고 있다니. 다들 좀처럼 이야기하지 않지만, 사회적 성공이란 조금 쓸쓸한 개념일지도 모르지. 나는 별장의 현관문 근처에서 벨을 찾아보았지만, 있을만한 곳 어디에도 버튼이 없었다. 하는 수 없이 두 개의 박스를 계단 난간에 쌓아놓고, 몇 차례 노크를 했다.

"실례합니다. 안에 아무도 안 계신가요?"

튼튼하고 밀도 있는 나무로 만든 현관문이었다. 문을 두드린 손이 약간 아플 정도였다. 역시 아무도 없나? 생각하던 찰나 안에서 기척이 느껴졌다. 누군가 사부작사부작 소리를 내며 문 앞으로 다가왔다.

"누구세요?" 어린 여자의 목소리였다. 자기 존재에 자신이 없고, 외부세계에 대한 일차적인 두려움이 가득한 그런 나이의 말투다. 많아야 스무 살이나 될까. 어쩌면 중고등학생일지도 모른다.

"저, 그러니까……." 나는 순간 무어라 자신을 소개해야 할지 망설여졌다. "보여드릴 물건이 있어서 왔습니다. 여기에 피그마사를 만든 제프 씨가 살고 있다고 들었어요. 맞나요?"

여자는 조금 긴장한 것 같았다. 문에 가려져 보이지 않는데도 어떻게 대답해야 할지 고민하는 그녀의 모습이 머리에 그려졌다. 잠깐의 침묵 끝에 여자의 대답이 돌아왔다.

"선생님은 지금 쉬고 계세요."

"마침 잘됐네요. 잠깐 들어가서 이야기 좀 할 수 있을까요?"

"무슨 일이신데요?"

"곰인형이 고장 났어요." 그럴듯하게 둘러대려다가 괜히 의심을 살 것 같아서, 나는 그냥 솔직하게 말하기로 했다. "딸한테 선물해 줄 곰인형이에요. 고치려고 공식 스토어에 갔었는데, 나온 지 너무 오래된 모델이라서 창업하신 분만 고칠 수 있을 거라고 하더라고요. 여기 주소는 그 직원분한테 받았습니다. 별것도 아닌 일로 귀찮게 해드려서 죄송하지만, 저한테는 아주 중요한 인형이라서요. 한번 뵙고 이야기라도 나눌 수 있게 좀…… 부탁드립니다."

"……." 여자는 다시 한번 침묵했다. 착각이겠지만, 나는 그녀가 침을 삼키는 소리를 들은 것도 같았다. "선생님께 물어보고 올게요."

다시 한번 발소리가 나기 시작해서 점점 멀어지는 것이 들렸다. 나는 현관문에서 몇 발자국 떨어져 나왔다. 별장 주변은 나무가 빽빽이 심어져 있었다. 에어모빌을 타고 공중에서 오지 않았더라면. 나 역시 이런 곳에 별장이 있을 거라고는 생각하지 못했을 것이다. 나무들은 점차 다가오는 가을을 느끼듯 이파리 끝부분을 노랗게 물들이고 있었다. 새 한 마리가 숲의 심장으로부터 긴 울음소리를 부쳐온다. 정말로 새가 울어서 낸 소리인지, 귀 어딘가에 이상이 생겨 들리는 이명인지 분간하기 어려웠다.

그녀는 한참 동안 내려오지 않았다. 아마도 위층으로 올라간 듯싶었다. 한데 그녀는 대체 누구일까? 창업주는 분명 혼자

은둔해서 산다고 들었는데. 제프와 그녀는 어떤 관계일까? 딸이나 손녀일까? 집안일을 도와주는 하녀? 그를 선생님이라고 부르는 걸 보면 이쪽이 더 가능성이 있다. 혹시라도 그게 아니면……

마침내 그녀가 문을 열었다. 나는 생각에 잠겨있던 중, 기습 공격을 당한 사람처럼 화들짝 놀랐다. 꼴사나운 대면. 그러나 나로서는 딱 그만큼만 꼴사나웠던 것이 최선이었다. 뒤늦게 생각해 보면, 나는 내가 겨우 그 정도로밖에 놀라지 않은 것이 대단한 일처럼 느껴졌다.

그녀는 **미주**였다! 키나 체형, 희미하게 느껴지는 분위기의 차이가 있었을지는 몰라도, 나는 첫눈에 그녀가 미주라는 사실을 알 수 있었다. 착각이 아니다. 어떻게 착각할 수 있겠는가? 나는 지난 몇 년 동안 그 아이와 단둘이, 유일한 가족으로서 살아온 것이다. 그것은 단순하게 '닮았다'거나 '비슷하게 생겼다'고 표현할 바가 아니었다. 그녀는 미주였고, 지금 나와 함께 살고 있는 미주가 두세 살 정도 더 나이를 먹으면 되어있을 모습 그 자체였다.

나는 하마터면 그녀를 미주라고 부르며, 어째서 이런 곳에서 날 기다리고 있는지에 대해 꼬치꼬치 캐물을 뻔했다. 오히려 그러지 않았던 것이 신기할 정도였다. 처음 보는 별장 내부의 분위기에 짓눌린 탓일지 모른다. 대낮임에도 1층 통로에는 볕이 거의 들지 않았다. 2층으로 이어지는 계단에는 희미한 간접등이 하나 켜져있었다.

"혹시 실례가 아니라면……." 나는 그녀의 뒤를 따라 걸으며, 점잖게 낮은 목소리로 물었다. "성함을 여쭤봐도 될까요?"

"이름은 왜요?"

"아니, 제가 잘 아는 사람이랑 좀, 너무 닮으셔서요. 신기할 정도로……."

"영원이에요." 그녀는 무섭도록 일정한 발걸음으로, 별장 2층의 복도 안쪽의 방을 향해 걸으며 대답했다.

"뭐라고요?"

"영원이라네, 이 친구야." 노신사는 방 안쪽에서 불쑥 튀어나오면서 말했다. "내가 지어준 이름이지. 영원이, 수고했어. 이제 들어가 봐."

"네." 하고 영원이 대답했다. 그녀는 우리가 있는 방에서 빠져나가서, 인기척 없이 사라져버렸다.

"박스는 이리 주게. 내게 보여주려고 가져온 거겠지?" 그는 자신 있는 표정과 말투로, 하지만 다소 어설프고 부자연스러운 걸음걸이로 다가와서는 내가 들고 있던 박스를 받아들었다. 제프는 오래돼 보이는 검은색 중절모를 쓴 중키의 노인이었다. 모자에서 튀어나온 옅은 백발이 귀 뒤쪽으로 흘러내리고, 동일한 색상의 수염이 콧구멍과 턱 아래쪽에 듬성듬성 자라있었다. 눈가의 주름하며 입 모양이 온화한 인상을 주지만, 그런 동시에 어디로 튈지 모르는 괴짜 같은 구석이 보이는 얼굴이다. 좀처럼 의중을 파악하기 힘든 부류의 사람. 피그마의 경영진이 그를 회사에서 쫓아낸 이유를 조금은 이해할 수 있을 것 같았다. "이 후미진 곳까지 물건을 가져오느라 수고 많았네. 바로 뜯어봐도 되겠지?"

"그러니까…… 제프 선생님이 맞으시죠?" 나는 얼이 빠져 멍청한 질문을 했다. "저, 제가 여기 찾아온 이유는……."

"그래, 그래. 다 알고 있네, 이 사람아." 제프는 위에 있던 박스를 들어, 방 가운데 있는 작업책상 한쪽에 올려놓았다. 그리고 주변에 놓여있던 여러 기계장치와 공구들 사이에서 손가락두 마디만 한 크기의 칼날을 찾아 박스의 포장을 뜯기 시작했다. 그 일련의 동작들이 얼마나 경쾌한지, 마치 크리스마스 선물 상자를 열어보는 여덟 살배기 남자아이의 모습을 연상케 했다. 그가 여든 살이 넘은 노인임을 고려하면 놀라운 일이었다. 나이에 비해 정정한 수준이 아니었다. 그는 젊은 걸 넘어 철이 없어 보이기까지 했고, 늙은 것은 그저 겉모습밖에 없는 사람 같았다. "정신이 좀 없을 거야. 약간은 당혹스러운 상황이니까. 하지만 내가 다 설명해 주지. 다는 아니더라도 최소한의 이해가 가게끔 해줄 거야. 하지만 그 전에 한 가지 묻고 싶은 게 있어. 자네는 딸을 키우는 아버지의 마음을 알고 있나?"

"조금은요?"

"아마 **나만큼은** 아닐 거야. 나는 딸을 키웠었어. 재능이 충만한 아이였지. 고작해야 기계나 좀 만질 줄 아는 나와는 달랐네. 어릴 적부터 아주 예술적인 감각이 있었다고 할까. 처음에는 음악을 가르쳤었어. 정말 뭐든지 잘했지. 피아노, 바이올린, 첼로…… 무슨 악기든 손에 잡기만 하면 얼마 가지 않아 능숙하게 연주해 내는 거야. 섣불리 자기 자식을 천재라고 단정 지어 버리는 것이 부모들의 안 좋은 습관이라는 건 알고 있어. 하지만 그 아이는 진짜로 천재라는 생각이 들더구먼. 그렇게 귀한 아이를 어떻게 함부로 키울 수 있겠나? 나는 지극정성을 다해서 딸을 키웠어. 아내가 지병으로 일찍 죽었을 때는 정말 힘들었지. 딸아이뿐만 아니라 내게도 힘든 시기였어. 새엄마가 필요한가 생각도 했지만, 나는 스스로 다잡고 마음을 단단히 먹었네. 이 아이가 건강하게 성인이 될 때까지는 결코 다른 마음을 먹지 않겠다고 말이야."

"그건 정말 감동적인데요." 나는 진심으로 말했다. 왜 이런 이야기를 듣고 있는지는 모르겠지만.

"그나마 다행인 건 말이야, 딸은 전과 다름없이 명랑하게 지냈다는 거지. 물론 엄마의 죽음이 큰 상처가 되긴 했어. 한동안 방 안에 틀어박혀서 학교도 가지 않으려고 떼를 썼다고. 그러다가 한번은 유튜브에서 춤추는 곰 동영상을 보고 배시시 웃는 딸아이를 봤어. 엄마가 죽은 이후로 한 번도 웃는 모습을 보여 준 적이 없었는데 말이야. 그때 나는 자그마한 로봇 회사의 엔지니어로 일하고 있었는데, 직업적인 능력을 십분 활용해 보기로 했어."

"그렇게 만든 게 피그마의 곰인형이군요."

"바로 그거야." 제프는 손가락으로 딱 소리를 내면서 고개를 끄덕였다. "울고 있던 딸을 위해 춤추는 곰인형을 만든 것이, 이렇게 큰 성공을 거둘 줄은 나도 몰랐지. 물론 지금은 회사 지분을 청산하고 이런 곳에서 소일하며 사는 처지이기는 하지만. 창업주라는 상징적인 위치가 있다 보니 회사도 웬만한 부탁은 들어주게 돼있어. 예를 들면⋯⋯."

그는 상자 안에 손을 쑤셔 넣더니, 보란듯이 인형을 집어들었다. 다리가 덜렁거리는 곰인형은 목덜미가 잡힌 채 공중에서 고개를 숙이고 있었다.

제프가 전원 스위치를 누르자, 인형은 귀여운 부팅음을 내며 동작하기 시작했다. "안녕하세요, 저는 당신을 위해 태어났어요, 항상 사랑해요." 인형은 그런 말들을 기계적으로 반복하면서 작업대 위를 걸었다. 덜렁거리는 한쪽 다리를 심하게 절면서. 제프는 더 볼 것도 없다는 것처럼 인형의 몸통을 움켜잡고 전원을 꺼버렸다. 곰인형의 사지가 바닥을 향해 축 늘어졌다.

"⋯⋯이렇게 고장도 안 났는데 다리를 저는 인형을 보면, 반드시 내 쪽으로 보내달라는 주문을 했었다네."

"네?" 나는 짐짓 당황한 말투로 되물었다. "고장이 안 났다고요? 그 곰인형이?"

"그래. 애초부터 이렇게 만든 거야." 제프는 인형을 좌우로 흔들어 보였다. 몸통과 위태롭게 연결된 인형의 한쪽 다리가 맥없는 진자운동을 거듭했다. "설계부터 이렇게 되어있었지. 이제는 세상에 단 하나밖에 없는 인형이야."

"앗."

"세상에 단 하나밖에 없는 인형이라고? 젠장, 여기 오지 말고 경매에나 부칠 걸 그랬어'라고 생각하나, 혹시?"

"아뇨? 전혀 그런 생각 하지 않았습니다." 나는 수상하게 멀뚱멀뚱한 뉘앙스로 대꾸했다. 젠장. 조금 더 자연스럽게 대답할 수 있었는데, 하는 생각이 뒤늦게 들었다.

"공식 스토어든 어디든 수리를 못하는 것도 당연해. 애초에 설계 자체가 이렇게 되어 있었으니까. **수리를 한다**는 말 자체가 성립되지 않는 거지……. 잘 알겠지만, 피그마도 6시그마의 원칙을 지키고 있어. 원래부터 품질관리에 엄청나게 신경을 쓰는 편인데다, 이제는 세계적인 기업이잖아. 불량은 백만 개 중에 한두 개밖에 나오지 않는다네. 설사 나오더라도 짧은 시간 안에 수리할 수 있는 것들뿐이야. 이 정도로 맛이 간 인형은 나오지 않지. 일부러 이렇게 만들지 않는 이상에는 말이야……. 그런데 왜 이렇게 다리를 절도록 설계를 했나? 이제는 그게 궁금하겠지?"

"네. 역시 그러네요." 나는 그의 페이스에 적당히 맞춰주기로 했다. 이제는 정말로 궁금하기도 했다. 거의 모든 것들이.

"사실 이건 내가 설계를 한 것이 아니야. 내 딸이 한 거지."

"따님이 설계도 할 수 있었나요?"

"그래. 기계공학 쪽으로도 머리가 명석했고, 대학도 그쪽 전공으로 갔거든. 그림도 잘 그렸어."

"우와."

"말했잖아. 완전히 천재였다니까." 제프는 허리를 숙여 바지 한쪽을 걷어 올려 보였다. 털이 자란 정강이가 보여야 할 곳에, 금속 재질의 작은 기둥이 은빛 광택을 내고 있었다. 의족이었다. "태어나길 다리병신으로 자라서, 할 수 있는 게 회로 만지는 것뿐이었던 나와는 달랐어."

영어 이름이 제프이면서 한쪽 발이 의족이라면, 어딘가 콘셉트가 아닐까 의심하게 된다. 다행히 그는 왼발에 의족을 차고 있었다.

"어쨌거나 선생님의 유전자에 영향을 받지 않았겠습니까. 누구나 그런 공학적인 분야의 재능을 타고나는 건 아니니까요."

"그렇게 말해주다니 고맙군. 하지만 딸이 대학을 졸업하고 우리 회사에 들어온 건 나로서는 그다지 유쾌하지 않은 일이었네. 당시에는 뛸 듯이 기뻤지. 딸아이도 일에 대한 열정이 엄청났어. 야근은 물론이고 휴일까지 시간을 내서 생산공장에 찾아가곤 했다니까. 누구도 그 애에게 낙하산이라고 욕하지 못했지. 사장인 나보다도 일을 더 열심히 했단 말이야……. 하지만 인형 공장에서 일하던 웬 일용직과 눈이 맞아버린 거지."

"딸을 가진 모든 아버지들의 악몽이네요." 나는 팔짱을 낀 채 고개를 천천히 끄덕였다.

"아, 바보같이! 왜 그런 일을 전혀 예상하지 못했을까? 한평생 기계만 만지작대다 보니 인간사가 어떻게 굴러가는지에 대해서는 전혀 감이 없었던 거야. 더욱 열불이 나는 건 내 딸을 홀렸다는 그놈이 누구인지도 나는 모른다는 거야. 얼굴도 본 적이 없네."

"직원이었다면서요? 신상 조회를 하면 되는 것 아닌가요?"

"그때 우리는 공격적으로 사업을 확장하던 시기였거든. 생산

쪽은 전부 하청업체를 돌렸단 말이야. 그러다 보니 어디서 굴러먹은지도 모르는 놈들이 들어와서 인형을 조립하고 그랬지. 사고를 치고 곧장 도망친 걸 보면 아마도 불법체류자였거나 전과가 있는 놈일 거야. 그런데 이제 와서 이런 얘길 해봐야 뭣 하겠나. 이미 일은 벌어지고 말았는데.”

“일이라는 것은⋯⋯.”

“딸애가 임신을 하고 만 거지. 나는 그런 게 드라마 같은 데서나 일어나는 일인 줄 알았는데. 정말로 겪어보니 정신을 못 차리겠더구먼. 실제로 네 번쯤은 혼절했던 것 같네⋯⋯. 하지만 이미 일어난 일이고, 딸아이 역시 자기가 한 실수를 인정하고 받아들이려고 노력했지. 그런 모습을 보니 아버지로서도 마음이 점차 누그러지는 거야.”

“애를 키우기로 하셨군요.” 내가 말했다. “그러니까, 손주를 말이에요.”

“그랬었지.”

그는 뒷짐을 진 자세로 방 안을 아주 천천히 걸어 다니면서, 구태여 과거형을 사용한 이유에 대해 자분자분 설명해주었다.

제프의 말에 따르면, 손주는 딸만큼은 아니었더라도 꽤 귀여운 아이였다. 탐탁치 않은 ‘실수’로 태어나기는 했지만. 어쨌거나 소중한 딸의 유전자를 반절은 타고난 아이였다. 그는 그 나름대로의 용기를 내려고 했다.

그러나 분만실에서 처음 손녀를 마주 본 순간, 그는 그 아이에게 무언가 결여되어 있음을 한눈에 알아볼 수 있었다. 갓 태어난 아기임에도 전혀 울지 않았고, 그저 멍하니 눈을 뜨고 자신의 할아버지를 똑바로 응시하려는 것이다. 마치 인형처럼.

"왜요? 아기들도 성격이 다양할 수 있죠." 내가 물었다.

"그런 게 아니야. 나도 살 만큼 살았다고. **그 정도는** 구분할 수 있지." 제프는 고개를 가로저으며 딱 잘라 말했다. "나라고 어디 그 아이가 잘못되라고 고사를 지냈겠나? 나는 내가 할 수 있는 최대한의 지원을 했네. 내가 그렇게 사랑하는 딸아이의 자식이니까. 그런데 옹알이도 제대로 못하고, 뒤집기도 한참 느렸지. 두 살이 되었는데도 첫걸음을 못 뗐어. 나는 발달장애가 아닌가 의심했지만, 딸아이는 조금 더 믿고 지켜보자는 말만 했지……. 반년이 지났고 녀석은 마침내 걸음마를 뗐네. 그런데 아니나 다를까, 한쪽 다리를 절면서밖에 걷지 못하는 거야! 맙소사! 순간 눈앞이 새카매졌네."

"……."

"그건 확실한 실패작이었어. 실수로 인해 태어난 실패작이지. 발달이 너무 늦어 소리 내서 어미를 부르는 것도 어려워하는데……. 이제는 절름발이이기까지 한 거야……. 병원? 당연히 데려가봤지! 아직 나이가 어리니까, 잘 교정하기만 하면 어떻게든 될 거라고 생각했어. 하지만 아무리 대단하다는 병원에서도 원인을 찾지 못했어. 의사 생활 수십 년간 이렇게 다리를 저는 아이는 또 처음 봤다는 얘기까지 들었지……. 그 천문학적인 확률을 뚫고 불량품이 나와버린 거야. 아, 수년간의 사랑과 애정의 대가가 겨우 그것이라니. 그렇게 착하고 섬세한 딸아이에게……. 신조차도 **가끔은** 실수를 하는 거야."

그래도 손주에게 불량품이라니 너무한 것 아닙니까, 라는 말이 입안에서만 맴돌았다. 용기의 문제가 아니었다. 그런 말을 입 밖에 내놓아 봤자, 상대방에게는 전혀 도달하지 않을 것이다. 그와 나는 사고회로가 다른 존재이니까. 다르게 설계된 인간이니까.

제프는 계속해서 말을 이어갔다. 이런 대화가 오랜만인 건지, 그는 감정적으로 깊게 몰입한 것처럼 보였다. 뮤지컬 배우의 독백을 지켜보는 느낌마저 들었다.

"그래서 나는 말했네, 딸아이한테. 그 아이를 특수아동 요양 센터로 보내는 게 어떻겠냐고 말이야. 괜한 희망을 가져봤자 너만 상처받을 거라고. 다르게 태어난 아이들은, 그 아이들이 편안히 있을 수 있는 곳에서 안전하게 자라도록 해주는 것이 서로를 위해 좋은 일이라고 했어. 딸아이는 내 얘기를 듣고 잠시간 생각하는 것 같았지. 그러다가 내 오른쪽 뺨을 한 대 후려 갈겼어. 내가 이게 무슨 일인가 싶어 상황파악을 하는 동안 한 대 더 때렸지. 똑같은 뺨을." 그는 불현듯 과거의 고통에 휩싸인 듯 허공에다 팔을 휘적거렸다. 살풀이를 위해 춤을 추는 무당처럼. "그러고 나서 딸아이는 손주를 데리고 떠나버렸어. 돈 한 푼 갖고 나가지 않았어. 정말로 애만 달고 집을 나가버린 거야. 그리고 두 번 다시 돌아오지 않았지. 내게는 쪽지만 하나 남겼어. 자기나 자기 딸을 찾으려는 시도를 하면, 그대로 목숨을 끊어버리겠다는 내용이었지. 인사도 없이. 나는 그렇게 사랑하는 딸과 생이별을 하게 된 거야."

물론 그는 몰래 딸을 찾아보려는 노력도 해보았다고 덧붙였다. 그러나 헛수고였다. 어떻게 사람이 그렇게나 감쪽같이 사라질 수 있는지. 더 많은 돈을 써서 본격적인 조사를 할 수도 있었겠지만, 그랬다가는 눈치 빠른 딸이 어떤 일을 저지를지 알 수 없었다. 겁에 질린 제프는 더 이상 아무것도 하지 못했다.

"그렇군요. 그래서⋯⋯." 나는 망연히 먼 곳에 있는 사람에게 말하는 것처럼, 누가 들어도 상관없다는 투로 힘없이 덧붙였다. "'저것'을 만든 거네요."

"인간형 안드로이드를 만드는 것이 불법이라는 건 알아." 제프는 어느덧 바삐 움직이던 팔과 다리를 가지런히 놓고, 눈에 띄게 차분한 태도로 말하고 있었다. "그렇지만 달리 할 수 있는 것이 없었어. 신고를 하고 싶으면 하게. 하지만 협박은 의미가 없어. 영원이를 만드느라 나는 웬만한 자산은 다 처분해 버렸거든. 줄 수 있는 게 딱히 없다고 할까. 이 별장이라도 갖고 싶다면 줄 수야 있겠지만⋯⋯."

"그럴 생각은 없습니다. 저는 범죄자가 아니니까요."

"그렇지? 그럴 줄 알았네. 하지만 조금 속상하긴 한데."

"뭐가요?"

"영원이가 안드로이드라는 걸 알아챈 사람이 나타나버렸잖아." 제프는 정말로 두통을 앓는 사람처럼 뒷목을 부여잡았다. "정말 모든 걸 쏟아부어서 만든 거라고. 아무도 진짜와 구분하지 못할 거라고 생각했지."

"아…… 저도 쉽게 눈치챈 건 아니에요."

정말로 그랬다. 그건 내가 본 안드로이드 중에서 가장 완벽한 것이었다. 직업 특성상 여러 분야의 안드로이드를 직접 볼 기회가 있었다. 하지만 이 정도로 실제 생물과, 더구나 인간과 똑같이 생기고 행동하는 물건은 난생처음 보았다. 뉴스에서도 본 적이 없다. 제프가 이런 걸 만들었다는 사실이 천하에 드러나면, 그는 경찰에 체포돼 감옥에 들어가기 앞서 해외 유수의 연구소로부터 망명 제안을 받을 것이었다.

"그래서 곰인형에 대한 건……."

"그렇지. 그걸 얘기하지 않았군." 제프는 작업책상 앞으로 걸어갔다. 그리고 망가진, 아니, 원래 다리를 절도록 만든 그 곰인형을 품에 안아들며 말했다. "사실 별것 없는 이야기인데……."

"그래도 듣고 싶은데요. 그것 때문에 여기 오기도 했으니까요." 나는 좀 더 상냥함이 느껴지는 말투로 이야기했다. 쉬지 않고 감정을 쏟아낸 그 노인을 조금 달래놓아야겠다는 생각이 든 것이다.

"뭐, 딸아이가 남긴 쪽지는 그랬지. 내가 내 딸이나 손주를 찾으려고 하는 순간 죽어버리겠다고. 그럼, 최소한 딸아이의 흔적을 찾는 것 정도는 괜찮을 거라고…… 생각한 거야. 시간이 날 때마다 딸애가 설계한 인형들을 하나씩 검토해 봤지. 몇 년 동안 많이도 만들었더구먼. 그중 몇 개는 지금까지도 가장 인기 있는 모델이지. 나는 딸과 함께 가장 유능한 부하 직원을 잃었던 거네. 사실 그 아이의 설계도는 완벽한 걸 넘어서 아름답다고 할만한 수준이었어. 얼마나 빈틈없고 꼼꼼하면서 섬세한지. 현장에서의 작업까지 염두에 두고 설계를 했기 때문에, 엔지니어들도 딸아이의 설계를 항상 믿고 따랐어. 그렇지 않았다면 그런 이상한 설계에 따라서 인형이 나올 일도 없었겠지."

"그 곰인형 설계 말인가요?"

"참 희한한 일이야. 완벽한 인형만 설계하던 아이가, 갑자기 불량품이나 다름없는 곰인형 설계도를 작업장에 보냈던 거지. 원래대로라면 그런 도면은 반려되었을 텐데, 딸아이가 워낙 일을 잘하다 보니 현장에서도 '뭔가 이유가 있겠지'라고 생각하고 인형을 몇 개 생산해 버렸어. 그들은 공정을 마무리하고 나서야 깨달았지. 딸아이가 완전한 불량품을 설계했다는 걸."

"완전한 불량품……." 나는 그 아이러니한 단어를 입 밖으로 꺼내 발음해 보았다. 속으로 곱씹을수록 묘한 울림이 느껴졌다. 완전한 불량품이라니. 불량품도 완전할 수가 있을까?

"당시 우리 회사는 대형 펀드에서 큰 투자를 받은 참이었어. 품질관리에 더욱더 신경을 써야 하는 시점이었지. 자그마한 도메스틱 컴퍼니로 남을 것이냐, 아니면 세계적인 장난감 회사가 될 것이냐. 그 기로에 서있었던 거야. 6시그마 정도로는 부족했어. 백만 개 중에 두세 개, 6시그마 정도로는……. 자네, 6시그마가 뭔지 알고 있나?"

"방금 말씀하셨잖아요. 불량률이 백만 개 중에 두세 개밖에 나오지 않는…… 품질기준이죠."

"맞아, 일반적으로 통용되는 얘기로는 그렇지. 그런데 수학을 좀 더 공부한 친구들이라면 그게 틀렸다는 걸 알 수 있어."

"저는 공부를 그렇게 잘하지 못했거든요." 나는 퉁명스럽게 대꾸했다.

"정규분포를 놓고 보면 그래. '수학적인' 6시그마의 기준은 조금 다르거든." 제프는 허공에다가 커다란 공을 삼킨 보아뱀을 그렸다. 아마 정규분포도를 그린 것 같았다. "이 중간에 있는 것이 영점이고, 6시그마라는 건 완전히 양쪽 끝부분에 있는 점이네. 사실상 X축과 구분이 안 되는 수준이야. 여기에서 벗어나는 값이 불량이라면, 사실은 백만 개 중에 세 개가 아닌 거지."

"그럼요?"

"10억 개 중에 두 개라네."

"……그냥 0이나 마찬가지 아닌가요? 그 정도면."

"그렇지. 0이나 다름없는 수치야. 그래서 6시그마를 추구한다는 진짜 의미는……."

"실수를 하지 않는다는 거네요. 불량제로."

"그때 우리는 6시그마를 추구하고 있었어. 불량품은 없어야 했지……. 그렇게 '일부러' 만들어진 불량품이라고 해도 말이야. 투자사나 고객이 봤을 때는 그냥 불량품일 뿐이니까. 나는 그걸 싸그리 모아 폐기하도록 했어. 나는 딸아이의 설계를 항상 믿고 따랐고, 그렇게 만들어진 곰인형을 내다버린 것도 사상 처음으로 있는 일이었어. 하지만 어쩌겠나? 불량품은 불량품인 것을."

"아까는 완전한 불량품이라면서요."

"그런데 어찌된 일인지……." 그는 내 말을 듣고 있지 않았다. "그 불량품이 비정상적인 경로로 유출돼서 돌아다니고 있다는 얘길 들었어. 폐기되기 전에 딸아이가 몰래 빼돌렸을 수도 있고, 직원 중 하나가 나중에 프리미엄이 붙을 줄 알고 숨겨놓았을 수도 있지. 아무튼 나로서는 납득할 수 없는 일이었네. 그런 인형이 우리 회사의 브랜드를 달고 시중에 돌아다닌다는 것이…… 적어도 정상적인 인형으로 고쳐놓을 수라도 있다면 좋을 텐데!"

"그래서 회사 측에 귀띔을 해놓으신 거군요. 그 곰인형에 대한 문의가 들어오면 이곳으로 유인하라고요."

"유인? 유인이라고 하면 조금 그렇지. 그보다는 애프터서비스, 아니지. 이런 것에 보증기간이 남아있을 리가 없으니까……. 비욘드서비스라고 해야 할까? 이 더럽게 섬세한 불량품을 올바른 모습으로 고칠 수 있는 사람이 존재한다면, 이걸 설계한 딸아이 말고는 나밖에 없을 거라고 생각했거든. 나는 지금의 피그마를 만든 창업자이니까."

"그렇기는 하죠."

"말하자면 이건 특별 서비스라네. 어차피 자네도 이 곰인형이 다른 평범한 곰인형처럼 정상적으로 걸을 수 있길 바라고 여기 온 것 아닌가? 내가 그렇게 만들어주겠네. 하지만 수리…… 아니, 개조가 쉬울 것 같지는 않아. 어지간히 잘하는 친구가 설계한 것이 아니거든. 나로서도 시간이 좀 걸릴 것 같으니까……. 아, 손님이 왔는데 여태 차 한잔 대접하지 않았구먼."

정말 눈치가 빠른 할아버지군, 생각하는데 방문이 열리고, 어딘가로 사라졌던 영원이 걸어 들어왔다. 제프는 그녀에게 이리 오라는 손짓을 하며 말했다.

"영원아. 여기 이 손님을 편안한 곳으로 모셔라. 다과도 좀 내드리고."

"네. 그럴게요." 영원이 대답했다.

제프는 영원에게 나를 '모시라'고 했지만, 나는 왠지 모르게 방에서 내쫓기는 기분이 들었다. 그는 그 다리를 저는 인형, 그의 딸이 남긴 마지막 흔적과 단둘이 남길 바라는 듯했다. 나는 그 불쌍한 노인이 그렇게 하도록 내버려두었다. 어차피 오늘은 쉬는 날이니까.

나는 말없이 걷는 영원을 따라, 별장 2층의 작업실에서 조금 떨어진 곳에 있는 방으로 안내받았다. 서재를 겸한 응접실처럼 보였다. 고풍스레 비싸 보이는 원목 가구들이 아담한 크기의 방 안에 짜 맞추듯 자리를 잡고 있었다. 오래된 책 냄새가 은은하게 풍기고, 조명에서 밝은 주황색 불빛이 퍼졌다. 나는 소파에 앉으려고 몸을 숙이다가 전등에 어깨를 부딪혔다. 겉보기에는 예쁘고 편안해 보이지만, 사람이 들어가 앉기에는 다소 비좁게 느껴지는 방. 그렇지, 그건 마치 사람보다 인형을 위해 만든 방 같았다.

영원은 내게 따뜻한 홍차와 카스텔라를 가져왔다. 미주와 똑같이 생긴 안드로이드에게 다과를 대접받자니, 뭔가 마음속에서 뭉클하는 느낌이 일었다 사라졌다.

"정말 예쁜 집인데요." 나는 티스푼으로 카스텔라를 몇 번 퍼먹다가, 겸연쩍은 기분으로 영원에게 말을 걸었다. "이런 곳에서 살면 매일매일 놀러온 기분일 것 같아."

"네. 저도 여길 좋아해요. 선생님도 저한테 늘 잘해주세요." 영원이 대답했다. 그건 분명 기계음과는 다른, 진짜 사람이나 다름없는 목소리였다. 다만 그녀는 훈련된 친절한 콜센터 직원 같은 태도로만 대화했다. 언뜻 듣기로는 이보다 더 살갑거나 친절할 수 없을 것 같지만, 시간이 지나면 정확히 같은 이유로 실망하게 된다. 지긋지긋해지는 것이다. 나는 불현듯 미주가 보고 싶어졌다.

✦

그녀는 악기상에서 일하던 직원이었다.

당시 나는 무료했던 학교생활을 이겨낼 생각으로, 다짜고짜 밴드부에 가입신청서를 넣었다. 나처럼 악기를 만져본 적조차 없는 사람이 동아리에 들어오면, 밴드부 같은 곳에서는 제일 먼저 베이스부터 연주하게 시킨다. 가장 중요도가 떨어지면서, 설사 실수하더라도 눈에 띄지 않는 그런 포지션을 내주는 것이다.

하지만 부실에는 여분의 베이스가 없었다. 단 하나 있는 베이스는 헤드에 깁슨Gibson이라는 글자가 붙어있었는데, 부장이 보물처럼 아끼는 물건이라 아무도 건드릴 엄두를 내지 못했다. 나는 하는 수 없이 모아둔 용돈을 챙겨 집 근처 악기상으로 향했다.

그녀의 첫인상이 어땠는지는 좀체 떠오르지 않는다. 우리는 서로에게 그다지 특별할 것 없는, 평범하게 돈이 없는 손님과 평범하게 작은 악기상 점원으로서 마주쳤다. 나는 그럭저럭 괜찮은 베이스 기타가 필요하다고 했다. 그녀는 처음에 내게 펜더Fender를 추천해 주었다. 매끈한 디자인을 보니 상당히 멋진 소리가 날 것 같은 베이스였다. 하지만 내가 모아둔 돈으로는 도저히 살 수 없는 물건이었고, 나는 가진 돈이 얼마 없다고 솔직하게 이야기했다. 그러자 그녀는 몇 개를 차례로 꺼내왔지만, 나는 여전히 비싸다고 했다. 그녀는 마침내 베이스 진열대 중 가장 구석에 처박혀 있던 콜트Cort를 가지고 나왔다. 그것이 내가 살 수 있는 유일한 베이스였다.

"열심히 해보세요." 그녀는 콜트 베이스를 천가방에 넣어주면서 말했다.

결론부터 이야기하면, 나는 얼마 안 가서 베이스 연주를 그만두었다. 밴드부에 있던 사람과 주먹다짐을 했기 때문이다. 나는 하루아침에 밴드부에서 쫓겨났고, 부장은 한동안 코뼈가 부러진 채로 학교를 다녀야 했다.

지금도 그 일에 후회는 없다. 멍청한 깁슨 베이스를 몇 번 튕겨보았다고 해서 그런 말까지 들을 필요는 없지 않은가? 나는 그냥 값비싼 베이스와 내 싸구려 콜트 베이스의 소리를 조금 비교해 보고 싶었을 뿐이다. 내 귀에는 별반 다르지 않게 느껴졌는데, 새삼 음악에 더 많은 시간을 쏟아붓지 않길 잘했다는 생각이 든다. 수백만 원짜리 악기와 십만 원 남짓 하는 악기의 소리도 구분하지 못할 정도라면, 음악에는 완전히 재능이 없다고 봐도 좋을 테니까.

그럼에도 불구하고 나는 한동안 베이스 연주를 계속했다. 진심으로 베이스가 좋아졌다거나 하는 얘기는 아니다. 오히려 베이스라면 진절머리가 날 것 같았다. 차라리 드럼을 칠 걸 그랬나? 나는 박자 감각도 제로에 가깝다. 음악은 포기하는 것이 좋겠다. 그렇게 결론 내린 나는, 뒤늦게 필요 없어진 베이스를 환불하러 악기상으로 향했다.

"환불이 될 리가 없잖아." 그녀는 어처구니가 없음을 만면에 드러내며 말했다. 나는 새것이었던 기타의 몸체에 꽤 기다란 상처도 냈으며, 살 당시에 받았던 영수증도 잃어버린 상태였다. 무엇보다도 한 달 넘게 치던 베이스를 환불해 줄 수는 없다, 베이스도 너를 그리워할 것이 뻔하다…… 라는 게 그녀의 설명이었다.

"뭐예요? 그게." 나는 그 희한한 환불거절 사유를 듣고 등을 돌리며 말했다. 어차피 환불이 안 될 줄은 알고 있었다. 그렇게 생각하면서도 얘기는 해봤을 뿐이다. "이 쓸모도 없는 것 때문에 용돈을 다 썼어."

"아니, 쓸모가 없기는? 네 베이스잖아. 왜 그런 말을 하는 거야?" 그녀는 출구를 향해 걷던 내 뒤통수에다 대고 일갈했다.

다소 화가 난 듯한 목소리였다. "그런 멋없는 말 하지 마! 누가 너한테 쓸모없다고 하면 좋겠어?"

"쓸모없죠. 나는 베이스를 잘 치지도 못하는데요." 나는 맞받아쳤다.

"잘 치는 사람만 연주를 하니?"

"어차피 앰프도 없다고요."

"앰프는 여기에 있어."

"돈이 없다고 했잖아요. 앰프까지 살 수는 없어요."

"사라는 게 아니고." 그녀는 카운터 테이블에 팔꿈치를 대고 기댔다. 몇 걸음 떨어진 곳에서 나를 올려다보는 시선이 기묘하게 느껴졌다. 영화의 한 장면 같은 정적. 나는 제대로 움직이지도 못하고 그녀의 말을 듣는다. "쓰던 앰프가 있어. 네가 원하면 언제든지 와서 써."

"여기 와서 베이스를 치라고요?"

"그래. 어쨌든 환불은 안 돼."

다음 날 베이스를 들고 그 악기상을 찾은 것은, 정말로 베이스를 연주하고 싶어 안달이 나서가 아니었다. 그건 일종의 퍼포먼스였다. 네가 하라고 하면 내가 못 할 줄 알고, 어디 한번 내가 얼마나 못 치는지 들어나 보시지, 며칠 지나고 나면 질릴 대로 질려서 절반이라도 환불해 주게 될 거다…… 그런 생각으로 가게 구석에 앉아 질리도록 베이스를 쳤다. 오래된 앰프는 먼지를 삼키고 재채기를 하는 것 같은 소리를 냈다.

그녀는 끈질기게 버텼다. 아니다. 버텼다는 표현은 적절치 않을 것 같다. 그녀는 주로 카운터에 앉아 책을 읽거나 멍을 때리거나 했다. 눈에 띄는 반응은 아무것도 하지 않았지만, 나는 그녀가 나의 서투르기 이를 데 없는 연주를 분명코 듣고 있다는 느낌을 받았다. 듣기 좋으니까 더 해보라거나, 도저히 못 들어주겠다며 역정을 내는 법도 없었다. 나는 늘 거기 있었던 사람처럼 가게 구석에 앉아 베이스를 쳤다. 악기상의 허름한 인테리어에 꼼짝없이 포섭된 듯한 느낌. 나는 누군가의 배경처럼 존재할 수 있음이 의외로 편안하다는 사실을 깨달았다. 그리고 오기로 시작한 그 전쟁에서, 내가 결코 승리할 수 없으리라는 것도 알았다.

나는 세 달 내내 그녀가 있는 악기상을 찾았다. 단 하루도 거르지 않았다. 그럼에도 내 베이스 실력은 거의 늘지 않았다. 운지나 스트로크는 어떻게든 할 수 있을 것 같은데, 좀처럼 박자를 맞출 수 없었다. 나는 완벽에 가까운 박치였다. 음악을 뒤에서 받쳐주는 역할을 하는 베이스가 박치라서야, 어떤 밴드에 가도 퇴짜를 맞을 것이었다.

하루는 그녀가 내 베이스 연주를 가만히 듣고 있더니, 여기에 박자를 맞춰보라는 듯 손뼉을 치기 시작했다. 나는 갑자기 뭐하는 짓이야, 라고 생각했지만 그녀는 생각보다 아주 정확한 박자에 손뼉을 칠 줄 알았다. 메트로놈과 차이가 없는 정박이었다. 어떻게 저렇게 할 수가 있지? 나는 그런 생각을 하다가 또다시 박자를 놓치고 말았다.

그녀는 언젠가 "정박으로 몇 곡을 끝까지 연주하면, 그때는 내 돈으로라도 환불해 줄게." 하고 말했다. 결코 환불해 줄 생각이 없었던 것이다.

하기야 환불은 더 이상 중요하지 않았다. 베이스도 중요하지 않았다. 내게는 많은 시간이 있었고, 오랫동안 그대로 머물러 있어도 아무도 상관하지 않는 장소가 필요했다.

악기상은 이런 면에서 완벽한 장소였다. 핑계도 그 정도면 훌륭한 편이었다. 나는 어떻게든 환불을 받고 싶은 진상 고객이었고, 그녀는 죽어도 환불해 줄 생각이 없는 악질 점원이었다. 나는 어느새 그녀뿐 아니라 그녀와의 투쟁과정 자체를 사랑하고 있었다.

손님이 없어 께느른한 오후. 나는 낡은 가구처럼 처박혀 베이스를 치고, 손끝이 따가워지면 고개를 들어 카운터 쪽을 응시했다. 그녀는 어김없이 책을 읽거나 생각에 잠겨있다. 시간이 잠깐 멈춘 듯한 감각……. 나는 분명 그 형편없는 악기상에 평화와 안정감을 느꼈으며, 한동안 내가 그러한 질서에 편입되어 있었다고 생각한다. 이 모든 것들은 그녀가 차 사고로 죽는 그 순간까지 공고하게 유지됐다.

졸업을 반년 정도 앞두고 있을 무렵이었다. 나는 여느 때처럼 악기상에 갔다가, 카운터에 그녀가 아닌 모르는 할아버지가 서있는 것을 보았다. 그는 머리는 물론 수염까지 새하얗게 센 노인이었다. 머리가 벗어져 정수리가 민둥산처럼 드러나고, 가뜩이나 깡마른 체형에 허름한 반팔셔츠를 입어 한층 왜소해 보였다. 얇은 얼굴가죽에 주름이 자글자글한 인상은 또 어떤가. 그는 카운터에서 느릿한 동작으로 장부 같은 것을 정리하다가, 힘겹게 고개를 들어 나를 쳐다보더니 이렇게 말했다. 그 아이가 **죽었다**고.

노인의 설명은 이랬다. 그녀는 어젯밤에 잠깐 장을 보러 나갔다가, 실수로 신호등을 못 보고 길을 건너던 중에 자율주행 중이던 화물차에 치여 즉사했다.

'즉사했다'고 그는 말했다. 마치 아무 상관도 없는 어떤 인물의 죽음을 보고하는 것처럼. 나는 납득이 되지 않았다. 왜 새벽에 장 같은 것을 본단 말인가? 자율주행 화물차는 어째서 그녀를 인식하고 차를 멈추지 못했는가? 무엇보다도, 어째서 그녀는 이 공간에 없는 걸까. 아무리 차에 치여 죽었다고 해도 그렇지.

예상치 못한 실수들을 해버린 게지, 하고 노인이 말했다. 나는 그 말조차 이해할 수 없었다. 노인은 나를 평소와 다른 소파에 앉게 하고, 따뜻한 차 한잔을 내어 온 다음 자분자분하게 설명을 이어갔다. 그의 설명은 꽤 오랫동안 계속됐으며, 연륜에 맞게 몹시 침착하고 정연했다. 그러나 반쯤 얼이 빠져있던 나는 그가 해준 설명의 아주 일부밖에 기억하지 못했다.

비가 많이 오는 어느 날, 노인은 오갈 데 없이 방황하던 모녀를 보았다. 그녀에게는 딸이 있었다. 아빠가 누구인지 모르는 아이. 이들은 도망치고 있는 신세였다. 그녀 자신과 아이의 이름은 지어낸 것이었으며, 가족 내력에 대해서는 일언반구도 꺼내지 않았다. 그는 아무것도 묻지 않고, 한동안 그 불쌍한 모녀를 돌봐주었다. 그리고 본인 건강상의 문제로 닫으려고 했던 악기상을 그녀에게 맡겼다. 아, 그녀는 늘 쾌활하고 부지런했으나 이따금 시름에 잠긴 표정을 짓고는 했다. 어째서 이런 쓸모없는 것들만 기억이 나는 걸까.

어쨌거나 그녀에게는 딸이 있었고, 그녀는 딸이 새벽 늦게 우유가 먹고 싶다며 울어대는 통에 잠에서 깼다. 그 길로 무인 편의점으로 향하던 중에 사고를 당했다. 딸아이를 가진 엄마가 무연고 변사체가 되는 순간. 신고를 받고 출동한 시체처리반은 죽은 길고양이를 치우듯 그녀의 시신을 처분했다. 50킬로그램 남짓한 그녀의 육체. 지자체 공용 화장터에서 전소되는 데 걸린 시간은 불과 30분이었다.

그녀는 똑똑한 여자이자 책임감 있는 엄마였다. 이렇듯 불의의 사고나 병으로 인해 죽을 것을 대비해 보험을 들어놓았다. 딸아이 명의로 수억 원의 보험금이 나왔다. 주변의 책임감 있는 어른이 딸과 함께 그것을 지켜주어야 한다. 하지만 노인은 너무 늙었다. 이미 백 살이 넘은 나이였다.

자네밖에 없다네, 하고 노인은 말했다. 나는 그 의미가 무엇인지 되묻지 않았다. 대신 어째서 내가 악기상에 와서 베이스를 연주했는지, 왜 간혹 고개를 돌려 팔을 괴고 있는 그녀의 카운터를 바라보았는지를 생각해 보았다. 나는 그녀를 사랑하지 않았다. 사랑이라기에 그것은 너무도 교만한 감정이다. 차라리 그녀를 미워했다고 보는 쪽이 이치에 맞을 것이다. 내가 그곳을 찾은 이유는 분명했다. 그녀는 언제나 혼자였기 때문에. 나처럼 그 악기상 말고는 갈 수 있는 곳이 없었기 때문에.

그러나 이제는 그렇지 않았다는 것을 안다. 나와 달리 그녀는 혼자가 아니었으며, 무심한 얼굴로 카운터에 앉아있으면서도 언제나 자신의 딸을 떠올렸다. 살아갈 수밖에 없는 이유. 존재의 의미. 내게는 고작 환불일 뿐이었던, 그곳에 있어야 할 마땅한 핑계를.

노인은 부탁한다는 말은 한마디도 하지 않았다. 내가 대답할 만한 처지가 아니라는 것을 알고 있었기 때문이다. 다만 그는 그녀가 살던 단칸방 주소를 알려주었다.

그날 오후, 나는 새빨간 노을빛에 적셔진 채 잠들어 있던 미주를 처음 보았다. 아이는 내가 들어오는 소리에 몸을 작게 움츠렸다. 곤히 눈을 감은 채 얇은 숨을 몰아쉬고 있었다. 반투명한 흰색 커튼이 창가 바람에 몸을 부풀리고, 나는 문이 열린 현관에 서서 방 안쪽으로 그림자를 드리우고 있다. 그 장면은 엄연히 동작하고 있음에도 정지된 화면 같이 느껴진다. 줄곧 그 풍경을 바라보느라 해가 지는 것도 눈치채지 못했다.

느지막이 잠에서 깬 미주는 내 발치를 향해 아장아장 걸어왔다. 내 바짓자락을 당기며, 마치 엄마는 어디 있느냐고 묻는 듯한 표정으로 나를 올려다보았다.

나는 그 아이에게 연민을 느끼지 않았다. 동질감을 느꼈다. 그 아이나 나나, 한 여자의 죽음으로 말미암아 마땅히 갈 곳이 없어진 처지였다. 어쩌면 우리는 서로에게 가장 필요한 것을 줄 수 있을지도 몰라. 나는 미주에게 머무를 장소를 주고, 미주는 나에게 머무를 핑계를 주는 것이다. 그 순간 알 수 있었다. 운명은 만들어내는 것이다. 스스로 받아들이는 구속이다. 나는 잘 모르는 여자의 잘 모르는 딸, 입양아라는 멍에를 왕관처럼 받아들였다. 무릎을 꿇고 미주를 끌어안았다.

나는 내가 해야 할 일이 너무도 명백해졌음에 소스라치게 놀랐다. 보험금에 손을 댈 수는 없었다. 나는 곧장 학교를 그만두었다. 그리고 닥치는 대로 할 수 있는 일을 하기 시작했다. 책임감 있는 어른이 되어야 했다. 불과 얼마 전까지만 해도 목적 없는 삶이었지만 의도치 않게 내 삶은 완전히 달라졌다.

시간이 지나 보니 알 수 있었다. 어른이라는 것은 어른이 되어야 할 필요를, 제각기 절실한 상황에 처한 사람들만이 될 수 있는 것이다. 인간은 흐르는 시간이나 나잇살만으로는 어른이 되지 못한다. 그래서 어떤 사람은 불과 열네 살에 어른이 되는 반면에, 다른 사람은 환갑이 지나도 어린애처럼 사는 것이다.

나는 이제 그녀가 누구인지 안다. 악기상의 노인은 일찌감치 죽었고, 그녀와 똑같은 화장터에서 30분 만에 사라졌다. 세상에 남아있는 것은 미주와 실수할 수 없는 나, 세계적인 장난감 회사의 창업주 제프, 그리고 그녀를 닮은 영원이다. 나는 제프의 몸집이 순식간에 커져서, 대형트럭만 한 구둣발로 나를 짓밟으려는 그 순간 잠에서 깼다. 일어나 보니 온몸이 풀장에 들어갔다 나온 것처럼 푹 젖어있었다. 영원은 마른 수건을 선반처럼 든 채 소파 옆에 서있었다.

"이제 일어났나 보구먼." 작업실 문을 열고 들어가자마자, 작업대 옆 목재의자에 앉아있던 제프가 이쪽을 쳐다보지도 않고 말을 꺼냈다. "아까 들어가 봤더니 자고 있더라고. 뭔가 사나운 꿈을 꾸고 있는 것 같아서, 일부러 깨우지 않았지."

"……인형은 다 고친 건가요?"

"글쎄. 애초에 고장 나지 않았다고 했잖아."

"아, 그러니까……." 나는 잠에서 덜 깬 목소리로, 다소 맹한 말투로 말했다. "개조가 잘 되었느냐는 얘기였습니다."

"결론부터 말하자면, 개조하지 않았어." 그는 개조하지 '않았어'라는 표현을 특히 강조하면서 일어났다. "자네는 아마도 이유가 궁금하겠지. 어째서 개조하지 않았는가? 여기서 나의 공학적 역량을 의심하는 것은 순서가 아니야. 그러니까…… 나는 기분이 좀 상했네."

"기분이 상했다니……. 무엇 때문에요?"

"간단하게 말하면…… 그냥 실수로 다리를 절게 만든 것이 아니야. 이 인형은…… 다리를 절지 않게 만들려는 시도 자체를 거부하고 있어. 애초에 그렇게 설계됐다고." 제프는 발을 두어 차례 구르다가 이내 평정을 되찾으려는 듯 자세를 가다듬었다. "그래. 실수를 죽어도 인정하지 않으려고 하는, 어떤 아집 같은 게 느껴졌다고 할까……. 딸의 의도가 나를 화나게 만드는 것이었다면. 반쯤은 성공했다고 볼 수 있어. 나는 짜증이 나긴 했어도 화는 나지 않았거든."

나는 그의 목소리가 부르르 떨리고 있는 것을, 아무리 노력

해도 빈정대는 투가 완전히 사라지지 않는 것을 느꼈다. 제프가 몹시 화가 났다는 사실은 명백해 보였다. 나로서는 도저히 이해할 수 없지만. 거기에는 그와 딸 사이의 어떤 설계학적 의사소통이, 불변하는 메시지가 있을 것이다. 나는 그 가엾은 노인에게 아무 말도 하지 않기로 했다.

"그럼 어쩔 수 없네요. 안 고친⋯⋯ 개조하지 않은 그 인형은 어떻게 하실 건가요?"

"가지고 가게. 어차피 자네 것이었잖아." 제프는 영 내키지 않는다는 뉘앙스로 대답했다. 적어도 인형을 가지고 가라는 말 자체는 진심인 모양이었지만. "이제 혼자 있고 싶네. 자네에게는 미안하게 됐어. 귀중한 시간을 뺏은 셈이 됐으니까. 하지만 나도 시간으로 치면 꽤 비싼 사람이라네. 대충 알고는 있겠지? 피차 시간을 쓴 건 마찬가지니까. 그렇게 심하게 기분 나빠하지 않았으면 좋겠어. 나도 그러려고 엄청 노력하고 있는 중이니까."

"전혀 기분 나쁘다고 생각하지 않았습니다."

"그럼 다행이네. 잘 가게."

제프는 작업실에서 움직이려는 시늉도 하지 않고 오른손을 까딱거렸다. 영원이 그의 손짓에 반응했다. 영원은 자신을 따라 나오라는 듯이 문 쪽을 향해 걸었다. 나는 그길로 방을 나가려다가, 작업대 한편 바닥에 고여있듯 놓인 상자를 응시하며 말했다.

"저, 제프 선생님." 나는 그의 이름을 처음 불러보았다. 제프.

좋지도 나쁘지도 않은 어감이다. 아무런 느낌도 들지 않는 무미건조한 네이밍이다. "저는 상자를 두 개 드렸었는데요."

"그랬었나?" 제프는 정말로 몰랐다는 눈치였다. 그런 걸 누가 신경이나 쓰냐는 듯이. 등을 돌리고서 미동도 하지 않았다.

"저는 '엘랑'의 라이더거든요."

"아…… 아직도 사람이 물건을 배송한다는 그거 말이지?"

"네. 뭐, 그렇습니다." 나는 돌연 사무적인 말투로 바꾸어 대답했다. 나도 모르게 굽었던 자세가 곧게 펴지고, 표정도 근엄해졌다. "오늘 제가 온 건 인형 때문도 있지만, 선생님께 배송할 물품이 있어서이기도 했습니다. 오늘 오후 중이기만 하면 언제든 배송해도 괜찮다는 조건이었는데요. 오는 김에 같이 가지고 왔습니다."

"그랬나?" 제프는 여전히 등을 돌리고 있었다.

"그러니까 받으셨다는 서명이나, 아니면 '받았다'는 확인을 육성으로 말씀해 주시면……."

"오케이, 받았네. 자네는 일을 제대로 했어." 벽이 있던 쪽을 줄곧 쳐다보던 그가 한숨을 푹 쉬었다. "그러니까 이제 나가주지 않겠나. 오늘 좀 피곤한 하루를 보낸 것 같거든……."

"알겠습니다. 오늘 시간 내주셔서 감사합니다."

나는 그렇게 말하고 영원을 따라 나왔다. 영원은 현관문 밖으로 나오지 않았다. 햇빛에 닿으면 눈처럼 녹아 사라지는 존재라도 되는 것처럼, 어둑한 별장 안에서 무뚝뚝한 미소로 나를 배웅할 뿐이었다. 미주를 닮은 그것을 빤히 바라보다가 에어모빌에 올라탔다. 등 뒤에서 나지막이 문 닫히는 소리가 났다.

별장 밖 아차산은 때마침 지는 노을로 붉게 젖어있었다. 해
가 기우는 방향으로부터 멀리 까마귀 울음소리가 들렸다.

에어모빌은 땅 위에 방사형 소용돌이를 일으키며 이륙했다.
비행하기에 충분한 고도까지 상승하는 동안, 기체는 조각배가
파도에 흔들리듯 한쪽으로 기울어졌다가 수평상태로 되돌아왔
다. 사실 에어모빌이 흔들리는 경우는 거의 없지만, 나는 미처
그 사실을 신경 쓰지 못했다. 머릿속이 복잡하게 엉켜있었다.

나는 아주 잘 만든 환각, 가상현실로 만든 공간 속에 반나절
가량 담가졌다 빠져나온 듯한 기분이었다. 피그마의 창업주 제
프를 만나 이야기를 나눴고, 그가 사라진 딸을 조롱하기 위해
만든 인간형 안드로이드를 보았으며, 정말 오랜만에 악기상의
그녀와 어린 시절의 미주가 등장하는 꿈을 꾸었다. 그리고, 인
형은 오늘 아침과 다를 바 없이 고쳐지지 않았다…… 아니, 개
조할 수 없었다는 것이 맞는 말이다. 나는 이제 그 정도는 구분
할 줄 알지.

이대로 집에 돌아가야 하나? 아직은 저녁으로 먹을만한 게
냉장고에 남아있을 거야. 미주가 전부 다 먹지 않았다면 말이
야……. 집으로 행선지를 설정하고 있던 차에 마크에게서 전화
가 왔다. 정확히 말하자면 에어모빌에 내장된 사내 직원간 비
상통신망이지만, 그런 건 아무래도 상관없다. 나는 마크가 내
일처리를 의심했다는 사실에 짐짓 놀랐을 뿐이다.

"무슨 일이야?"

"아! 세상에!" 마크는 거친 숨을 몰아쉬면서 말했다. "살아있었구나! 살아있었어!"

"지금 무슨 소리를 하는 건데?"

"택배는 그냥 마당에 던져놓았나? 네가 그렇게 일을 처리하는 줄은 몰랐는데." 그는 평소처럼 재미없는 농담을 가까스로 해대고 있었다.

"그러니까 무슨……." 나는 그대로 신경질적인 대꾸를 이어나가는 대신, 불현듯 환하게 밝아진 에어모빌 아래를 내려다보았다. 아차산을 뒤덮고 있는 화염은 뒤늦은 노을의 꼬리처럼 보였다. 나는 뒤늦게 그것이 진짜 불줄기라는 것을, 제프의 저택으로부터 번져 이른 저녁을 밝히고 있음을 알아차렸다.

산 중턱에서 연소하고 있는 저택은 놀라우리만치 조용해 보였다. 하늘에서 바라본 그 광경은 그다지 뜨겁게 느껴지지도 않았고, 전체적으로 별일 아니라는 기분이 들게 만들었다. 어째서일까? 내가 방금 만나고 온 인물이 불길 속에 있다. 홍염에 휩싸인 제프는 분명코 죽었을 것이다. 내열기능이 없는 안드로이드, 영원 역시 타고 남은 잔해 속에서 고철로 발견될 것이다. 그럼에도 나는 아무런 상실감도, 아찔함도, 하물며 상황의 심각성도 인식하지 못하고 있었다. 오로지 전화 너머 마크의 목소리만이 귓바퀴를 간지럽히며, 모기의 비행처럼 신경을 거스르고 있었다.

"……라니까! 여는 순간 폭발하게 되어있었어……. 나는 그게 뭔지 전혀 몰랐고……. 세상에, 그런 사제 폭탄을 나한테 배달하게 시키다니……. 지미는 완전히 미쳤어. 지금 상황을 이해하지 못하겠어, 나는…… 난 단순히 지미가……."

"지금도 호프브로이에 있나?" 나는 꺼질 기미가 보이지 않는 불을 내려다보며 물었다.

"아니. 아니야…… 거긴 이미 난장판이 됐어. 지미가 사람들을 이끌고 드론허브 방향으로 갔고……. 곧 경찰이 올 텐데! 대체 어쩔 작정인지……."

"알았어." 하고 나는 전화를 끊었다. 나는 에어모빌의 행선지에 '호프브로이'라고 적었다가, 도로 지우고 나서 그 옆에 있는 드론허브의 주소를 입력했다. 나는 바람결에 멀리서 까마귀 울음소리를 들었다. 아니다. 그것은 누군가의 비명소리였다. 나는 지난 몇 년 동안 까마귀를 본 기억이 없다.

드론허브에 착륙하는 일은 꽤 어려웠다. 중심 건물에서 회색 연기가 자욱하게 피어오르고 있었기 때문이다. 해가 다 넘어갈 무렵의 하늘에서, 연기는 화롯불로 몸을 밝힌 채 사건을 조명하고 있었다. 나는 건물을 등진 곳에 에어모빌을 세워놓고 내렸다.

나는 물품 배송용 드론 따위에도 감정이며 생명이 있다고 여기는 감상주의자가 아니다. 그 날아다니는 기계장치가 어딘가 추락해 망가진다고 해도, 나는 돈이 아깝다는 것 이외에 다른 느낌을 받지 못할 것이다.

그럼에도 그 광경 속에는 뭐라 설명하기 힘든 잔혹함이 있었다. 분노와 취기로 얼굴이 시뻘게진 라이더들은, 허브에서 대기 중이던 드론을 닥치는 대로 부수고 망가트렸다. 잡아서 던지고, 방망이 같은 것으로 수차례 내려치고, 정교하게 만들어진 날개며 프로펠러를 발로 으깨듯이 짓밟았다. 드론들은 아무런 저항도 하지 않고, 자신을 만든 인간의 폭력에 순순히 고철이 되어갔다.

아예 총기와 사제폭탄까지 준비해 온 이들도 있었다. 간헐적인 폭음과 총성이 연기를 매질 삼아 넓게 울려 퍼졌다. 그것은 계획된 폭동이었다. 마크는 미처 몰랐던 것 같지만, 몹시 위험한 상황임에 틀림없었다. 어떻게든 막지 않으면 안 된다.

광기에 사로잡힌 라이더들은 드론뿐 아니라 눈에 보이는 모든 기계장치들을 부숴댔다. 곧장 숨이 넘어갈 것처럼 헐떡대면서도 멈추지 않았다. 그들은 라이더 유니폼을 챙겨 입은 나를 의심하지 않았지만, 나는 가급적 다른 사람들의 눈에 띄지 않게 조심조심 몸을 숨기며 이동했다.

이윽고 수십 명이 모여있는 곳, 허브의 핵심 건물로 들어가는 입구 쪽에 다다르자, 목청이 엄청나게 큰 사람 한 명이 호소력 있는 말투로 일장연설을 하고 있는 모습이 보였다. 지미는 폭발에 휘말려 고철이 된 모빌 위에 올라가 발언하고 있었다.

"실수!" 지미는 울대를 최대로 넓힌 상태로 크게 외쳤다. 마치 우리에게 '실수!'라고 외치는 구호라도 존재하는 것처럼. 그것은 사람의 목이 아니라, 음량조절기능이 고장 난 거대 스피

커에서 실수로 터져 나오는 소리처럼 들렸다. "실수 따위는 존재하지 않는다, 그것이 엘랑의 구호였다! 비단 엘랑뿐만 아니라, 사람이 일하는 다른 모든 회사들 역시 비슷할 것이다. 하지만 그 말은 틀렸다! 그들이 잘난 척하며 명찰에 새겨놓은 복음과는 다르게, 실수라는 건 우리 세계에 **엄연히** 존재하기 때문이다! 실수는 인간성이다!"

"악!" 수십 명의 노동자들이 괴성을 질렀다.

지미는 이곳에서 무척 신뢰받는 우두머리 같았다. 나는 그가, 회사를 나간 뒤 도시를 떠나 잠적했다는 것밖에는 알지 못했다. 축 늘어진 어깨를 하고, 그 이상의 억울함을 호소하지 못하며 무기력하게 회사를 떠나는 모습. 내가 마지막으로 기억하는 지미의 모습과 오늘 에어모빌 위에 서서 사람들을 선동하는 그의 모습은 좀처럼 매치가 되지 않았다. 다소 후덕한 인상이었던 그는 살이 너무 빠져 수척해 보일 지경이었다.

이렇듯 내가 그를 알아보기까지 시간이 걸린 데 비해, 지미는 군중 속에서 금방 나를 찾아내 "너구나!" 하고 말했다. 지미의 눈길이 내게로 향하자, 수십 명의 시선이 나의 얼굴에 날아와 꽂혔다.

"네가 여기에 올 줄은 몰랐는데. 드디어 실수를 한 거냐?"

"실수는…… 살면서 여러 번 했죠." 나는 말을 더듬을 뻔한 것을 겨우 참았다.

"네 농담은 여전히 재미가 없구나." 지미는 그렇게 말하고 호탕하게 웃어댔다. 왓하하하하. 날 둘러싼 군중들도 뒤따라 웃었다. 으하하하하하.

그 웃음소리에 주눅이 들지 않았다면 거짓말이다. 나의 최선은 머릿속에 톰 행크스의 얼굴을 떠올리는 것뿐이었다. 톰 행크스라면 이런 상황에서도 침착함을 잃지 않을 것이다. 그리고 이 상황에 어울리는 말을 꺼냈을 것이다. 톰 행크스는 어떻게 말했을까?

"지미, 당신이야말로 지금 뭐 하는 겁니까?" 나는 목을 최대한 쥐어짠 큰 소리로 물었다. "이건 폭동이에요! 회사에서 잘리는 것 정도가 아니라, 감옥에 가게 될 겁니다."

군중은 웃지 않았다. 라이더들은 대신 지미의 얼굴을 바라보았다. 지미는 눈을 지그시 감고 있었다. 그리고 뭔가를 잠깐 생각하는 듯 미간을 찌푸리더니, 의외로 나지막한 목소리로 이야기를 시작했다.

"……너는 내가 터무니없는 사유로 회사에서 쫓겨난 걸 알고 있겠지."

"당연히 압니다. 하지만……."

"네가 아무 말도 할 수 없었으리라는 걸 안다. 난 널 원망하지 않아. 그때 너는 내 부사수로 경력을 막 쌓기 시작할 때였고, 뭐가 옳고 그른지 분간할 수 없는 나이였으니까……. 하지만 지금도 이렇게 어설픈 이야기를 하다니? 몇 년 동안 일을 계속해놓고 느끼는 것이 없었나!?" 지미는 눈을 와짝 떴다. 나는 그가 내 사수였던 시절 일에 몰두하는 모습을 여러 차례 관찰했었지만, 그렇게 눈을 크게 뜰 수 있는 사람인 줄은 미처 몰랐다.

"실수 따위는 없다……. 좋은 말이야! 정말 번지르르한 얘기지. 기계가 아주 가끔 실수를 할 수밖에 없다면, 인간은 실수를 아예 하지 않으면 된다, 그게 지금 초고도화된 산업시대의 논리야. 하지만 그게 과연 가능할까? 나를 봐. 심지어 그건 내 실수도 아니었어! 그런데도 모든 것을 잃었어. '실수한 인간'이 된 나는 어디에서도 일을 구할 수 없었어. 빚을 제때 갚지 못해서 집에서 쫓겨났고, 아내는 일곱 살짜리 아들을 데리고 도망쳐버렸지. 내가 잃어버린 걸 더 이야기해 줄까?"

"……."

"세탁소에 한마디 하러 갔더니, 가게 주인이 다짜고짜 무릎부터 꿇더군. 자기가 실수한 걸 알리지 말아달라면서 말이야. 나는 그때 느꼈어. 잘못은 실수한 인간에게 있는 것이 아니라, 인간으로 하여금 사소한 실수도 허락하지 않는 기계에게 있다고. 이것 봐. 좀 잘못되지 않았나? 이것들, 이 지랄할 드론들이…… 인간의 편의를 위해 태어나놓고서는 도리어 인간을 파멸시키고 있잖아!" 지미는 분노를 이기지 못하겠다는 듯 한쪽 발을 크게 굴렀다. 검게 탄 에어모빌이 발을 구른 쪽으로 잠깐 기우뚱거렸다. 그는 서있는 곳의 균형을 잡으려 엉거주춤했다. "……하긴! 너처럼 **아직** 파멸하지 않은 놈에게는 안 와닿는 얘기겠지만. 너도 그저 때를 기다리고 있을 뿐이야. 인간은 언젠가 실수하게 되어있어. 인간이 불완전하기 때문이 아니라, 불완전함이 인간을 구성하는 요소이기 때문이지. 요컨대 지금 사회는 인간이 기계가 되지 않으면 살 수 없는 거야. 기계가 인간이 있어야 할 모든 구석구석에 치고 들어가 있으니까. 그럼 우리는 어떻게 해야 할까? 응? 어떻게 해야 한다고 생각해?"

"그렇다고, 그렇다고 해서……." 나는 지미를 매섭게 올려다보았다. "이렇게 기계를 때려 부수는 것이 도움이 됩니까? 아무것도 모르던 내게 일을 가르쳐준 건 당신이고, 나는 당신을 정말 많이 좋아하고 존경했었어요. 그때 당신이 한 말이 기억은 납니까?"

"아니. 내가 뭐랬는데?" 지미는 천연덕스럽게 대꾸했다.

"당신은 이렇게 말했어요. '언젠가 실수를 하게 되더라도, 실수를 하지 않으려는 노력만으로도 훌륭한 인간이 될 수 있다'고요."

"그건 유독 재미없는 농담이었군." 지미는 기가 찬다는 듯이 크게 웃어댔다. 한껏 과장된 웃음소리였다. "그래, 너나 나나 엄청나게 노력했다는 것만은 똑같아. 어쩌면 그게 정말로 **훌륭한** 인간의 조건일지도 모르지. 기왕 태어난 김에 최선을 다해서 산다, 세상에 그것만큼 모범적인 삶의 자세가 또 있을까? 그런데 그런 사람들을 세상이 어떻게 취급하고 있는지를 봐. 우리가 언젠가 실수해서, 길바닥에 나앉아 굶어 죽기만을 기다리지. 본질은 이거야. 이제 세상은 실수 따위 하지 않는 기계와 그기계를 원하는 만큼 노예로 부릴 수 있는 자본가들을 위해서만 존재해. 우리는, 언젠가 실수할 수밖에 없는 **노동자로서의 인간**은 쓸모없어졌어. 그래서 '실수'라는 핑계가 필요한 거야. 어제보다 오늘, 오늘보다 내일 더 능숙하게 일을 하라는 거라면 이해할 수 있어. 그렇게 실수하는 빈도를 줄여나가라는 거라면 나도 납득할 수 있다고……. 하지만 실수를 전혀 하지 말라니? 수만 번의 배달 중에 단 한 번도, 그 어떤 작은 착오도 있어선 안 된다니? 이게 말이 된다고 생각하나?"

나는 입을 반쯤 벌리고 멍하니 그의 말을 듣고 있었다. 분명 뭐라고 받아쳐야 할 것 같은데, 그럴듯한 말이 떠오르지 않았다. 그가 한 말은 표현이 좀 과격했을지언정, 내가 평소 했던 생각이며 불안감을 정확하게 관통하고 있었다. 지미의 말에 틀린 점이 어디 있는가? 나는 '아직' 실수하지 않았을 뿐이다. 나 역시 지미처럼 예상할 수 없었던 '실수'로 직업을 잃고, 나아가 미주를 잃는 상황이었다면 어땠을까. 그때는 나도 호프 브로이에 가지 않았을까? 쇠꼬챙이로 드론의 내장을 긁어내고, 신발 밑창으로 날개를 짓뭉개지 않았을까? 고물이 된 에어모빌 위에 올라가 서서, 내가 잃어버린 것들에 대해 호소하지는 않았을까?

생각이 여기까지 미치자, 나는 차라리 지미의 말에 비명을 지르고 싶은 심정이 돼버렸다. 지미는 의문문으로 말을 끝맺었지만, 더 이상 내게 답변을 기대하는 것 같지는 않았다. 그에게 있어 이것은 논쟁이 아닌 처절한 호소의 일부였다. 그는 리우의 예수상처럼 양팔을 크게 벌리고 다시 말했다.

"봐라! 나는 여전히 최선을 다하고 있어. 여기 있는 사람들 역시 마찬가지야. 우리는 최선을 다하는 거야. 네 말처럼 의미가 없을 수도 있겠지. 우리가 드론을 부수는 속도보다, 드론이 생산되는 속도가 더 빠르다는 걸 알고 있어……. 영원에 가까운 시간 속에, 끝끝내 살아남는 건 인간이 아닌 기계가 될 거야. 그렇다고 해서 그냥 죽는다면, 인간은 영원히 패배한 동물이 되는 거야. 이건 폭동이 아니야. 인간이 다시 훌륭할 수 있게 만드는 작업이야. 기계 따위가, 드론 따위가 인간의 위대함을 빼앗아가지 못하게 하는 투쟁이라고."

"……그렇다면 이게 다 무슨 소용이 있습니까?" 나는 거의 하소연하듯이 덧붙였다. "그냥 기계가 망가지고, 사람이 죽을 뿐이에요. 당신이 하는 말이 맞다면. 이런 일을 해봐야 아무것도 바뀌지 않고, 당장에 당신처럼 불행해지는 사람이 더 많아지기만 하겠죠."

"내가 너무 공격적으로 말해서……." 지미는 내가 말하길 기다렸다는 듯이 곧바로 응수해왔다. "완전히 대책이 없는 일을 벌인 것처럼 느껴졌나 본데……. 그렇지 않아. 나는 이 일에 목숨을 걸었어! 너 말고 여기에 모인 사람들은 모두 알지. 기본적으로 기계는 부자들이 투여한 자본에 의해 생산돼. 그 말은, 기계 생산에 자본을 투여할 수 없도록 만들어버리면 되는 거야. 무슨 말인지 알겠나?"

"그게 무슨 말입니까?"

"나는 배송드론 업체에 큰 투자를 한 자본가들에게 본보기를 보여주기로 했어. 이게 그저 돈놓고 돈먹기 게임이 아니라는 걸 알려주기 위해서. 놈들이 겁먹을 만한 물건들을 보내줬단 말이야. 하지만 놈들은 부자라서 아무나 물건을 보낸다고 덥석 받지 않아. '엘랑'의 라이더들은 그런 면에서 도움이 됐지. **아직까지는** 실수하지 않은 녀석들이 거기에 있으니까. 하하."

"지미."

"나를 지미라고 부르지마! 그건 엘랑에서나 쓰던 이름이야. 쓰레기 같은 회사."

"당신이 한 건 그냥 겁을 주는 정도가 아니었어요." 나는 비로소 그를 똑바로 쳐다보며 말할 수 있었다. "그 택배 때문에 사람이 죽었다고요. 나도 죽을 뻔했고요."

"……뭐라고?" 지미는 처음으로 당황해했다. 군중은 '사람이 죽었다'는 말을 또렷하게 들었다. 자욱한 연기 속에서 웅성거리는 소리가 짙어졌다.

"아차산은 지금도 불타고 있을 겁니다. 당신이 보낸 폭탄 때문에……. 무슨 생각으로 라이더들에게 그런 걸 맡긴 겁니까? 적어도 마크는 당신을 믿었어요. 이런 짓을 할 거라고는……."

"아! 그놈이 너한테 물건을 맡겼을 줄이야." 지미는 손바닥으로 이마를 탁 치며 탄식했다. 고개를 젓고 한숨을 쉬었다. 째려보는 눈빛에는 유달리 초점이 없었다. "내가 너한테 말했잖아. 남의 물건을 함부로 덥석 받지 말라고……."

지미는 무언가 더 할 말이 남은 듯했지만, 그 이상 이야기를 이어가지 못했다. 에어모빌 위에 우뚝 서있던 그는 너무도 손쉬운 표적이었다. 연기 너머에서 경찰 드론의 붉은 불빛이 점멸했다. 레이저탄 몇 발이 지미의 하반신을 날려버렸다.

그는 기둥을 도려낸 지붕처럼 바닥에 나동그라졌다. 에어모빌에서 떨어진 상체가 아스팔트 위로 추락했다. 레이저의 고열에 살갗 타는 냄새가 풍겼다. 그것은 돼지고기 굽는 냄새와 징그러울 정도로 흡사했다. 구역질이 날 것 같았다.

불과 1초도 걸리지 않았다. 나를 비롯한 모두는 상황을 본능적으로 인식했다. 폭동에 가담한 라이더들, 노동자들은 뿔뿔이 흩어져 연기 속으로 사라졌다.

나는 몸을 웅크리고 양손을 들었다. 내게는 싸울 의사가 없었다. 하지만 주위로 레이저탄 몇 발이 더 쏘아졌다. 그중 하나가 내 발목을 스쳐지나가는 것이 느껴졌다. 나는 미칠 듯한 작열통을 느끼며 그 자리에 쓰러져 누웠다. 바닥에 귀를 대자, 먼발치에서 동물들이 쓰러지는 진동을 들을 수 있었다.

무장드론으로 구성된 경찰 특공대는, 현장 투입시 10분 이내로 상황을 정리할 확률이 99.999퍼센트에 달한다. 10만 번 작전을 수행했을 때 단 한 번만을 실패하는 것이다. 드론허브를 습격한 운송업 노동자들의 폭동. 그건 그 한 번의 실수에 들어가지 못했다. 안타깝게도.

지미는 하반신이 날아간 채 목숨만 부지했다. 발견 즉시 드론에 의해 병원으로 운송된 그는 경찰 조사가 끝난 뒤 재판을 받을 예정이었다. 그가 드론회사 주주들에게 보낸 사제폭탄들은 백만장자들과 그들의 가족 서른세 명, 배송 직후 폭발에 휩쓸린 여덟 명의 라이더를 합해 총 마흔한 명의 사망자를 냈다. 그에게 내려질 판결을 인공지능 법무관이 추정한 결과 징역

873년이 나왔다. 웬만하면 그대로 판결이 날 것이다. 인공지능 법무관의 추측은 여태껏 한 번도 틀린 적이 없었으니까.

나 역시 살아서 경찰 조사를 받았다. 나는 한쪽 다리에 붕대를 칭칭 감고 누운 채, 병실에 찾아온 험상궂은 인상의 경찰들에게 가능한 성실하게 대답하려 애썼다. 믿지 않겠지만 나 역시 이 사건의 피해자이며, 옛 회사 사수였던 지미를 뒤늦게 만류해 보고자 나름대로 애썼음을 어필해 보았다. 당연하게도 그들은 내 말을 믿지 않았으며, 6시그마의 오답률을 자랑하는 거짓말탐지기를 통과하고 나서야 나를 풀어주었다.

나는 검사를 받는 동안에도 몹시 긴장해 있었다. 심장이 1초에 세 번은 뛰고, 손이 바들바들 떨려대는 터라 거짓 결과가 나오지나 않을까 노심초사했다. 하지만 기계는 진실을 말해주었다. 실수하지 않았다. 그 엄정한 기계장치 덕택에 미주의 곁으로 돌아갈 수 있었다.

다리의 상처는 크지 않았다. 의사는 내가 복사뼈 위쪽에 심한 화상을 입었고, 한동안은 걷기가 몹시 힘들 테고 보기 싫은 흉터도 남을 거라고 했지만. 레이저탄 세례에 신체 부위를 최소 한 곳 이상 잃어버린 다른 라이더들에 비하면 천만다행인 수준이었다. 더구나 내게는 다리의 화상 따위보다 더 심각한 일이 있었다.

"왜 이렇게 늦게 들어왔어?" 미주는 불이 꺼진 현관 앞에 하루 종일 쪼그려 앉아있었던 모양이다. 줄곧 내가 들어오길 기다렸다가, 인기척에 퍼뜩 일어나서는 나를 보며 말했다. "일이 늦게 끝난 거야?"

"그런 셈이지." 나는 다리를 절뚝거리면서 집 안으로 들어갔다. 미주가 식겁하는 표정으로 내 발을 쳐다보는 시선이 느껴졌다.

"······한쪽 발이 없어진 거야?"

"없어진 건 아니고." 나는 외투를 벗어 소파에 던져놓으며 말했다. "그냥 좀, 사고가 있었거든."

"많이 아파?"

"응."

"그럼, 내일은 쉬어야겠네?" 미주는 습관처럼 내 다리에 매달리며 말했다.

"내일뿐 아니라 쭉 쉬어야 할지도 몰라." 나는 힘겹게 몸을 기울여서 종이상자를 집어 들었다. "아빠가 좀 큰 사고에 휘말렸거든······. 나는 내 잘못이 아니라고 생각하지만, 회사 생각은 다르겠지. 당장 출근도 못하는 상황이니까. 이런 것들 역시 실수라고······. 어떻게 할 수 있는 게 아니야. 곰인형 다리도 그대로야. 이것도 내가 어떻게 할 수 없는 것이더라고. 미안해."

나는 인형이 든 상자를 미주에게 내밀었다.

"······미안해. 아빠가 이런 것밖에 사주지 못해서. 리퍼 제품 같은 게 아니라, 처음부터 새것을 샀다면 좋았을 텐데."

"나는 이게 좋아서 고른 거야." 미주가 말했다. "그리고 이걸 말하고 싶었는데."

"뭘?"

"이거, 사실 고장 난 거 아니야. 다리가 조금 덜렁거리지만."

"나도 알아."

"옆에서 리듬만 잘 맞춰주면 제대로 걷거든."

"뭐라고?" 나는 아연실색해서 몸을 일으키며 물었다. "제대로 걸을 수가 있어?"

"봐봐." 미주는 보란듯이 인형의 전원을 켰다.

인형은 영롱한 부팅음과 함께 기운을 차린다. 안녕하세요, 저는 당신을 위해 태어났어요, 항상 사랑해요……. 별다를 것 없이 테이블 위를 절뚝이며 걷는 인형. 그 일련의 걸음걸이에는 지켜보는 사람의 마음을 아리게 만드는 무언가가 있다. 그걸 줄곧 지켜보느니, 차라리 전원을 끄고 창고에 처박아버리고 싶은 충동이 이는 것이다.

그때 미주가 양손으로 테이블을 두드리기 시작했다. 마치 드럼을 두드리듯이, 손톱 끝을 가볍게 세워 스윙 리듬을 쳤다. 인형은 아무런 저항 없이 계속해서 다리를 저는 것 같았다. 미주의 리듬은 인형의 걸음걸이와 평행선을 그리다가, 함수의 극한처럼 각자의 선에 무한히 가까워진다. 그러자 놀라운 일이 발생했다.

"아!" 나는 할 말을 잃은 채 인형이 제대로 걸어다니는 모습을 보았다. 믿을 수 없다는 표정으로 인형과 미주를 몇 번이고 번갈아 보았지만, 미주는 빙그레 웃으며 스윙 리듬을 치는 데만 열중하고 있었다.

"정말 사랑해요!" 인형은 또박또박 걸어다니면서 경쾌하게 말했다.

"미주야, 이걸 어떻게……?"

"어떻게?"

"그, 리듬을 치면 똑바로 걷는다는 거 말이야." 나는 몸을 보이지 않게 조금 떨었다. 그건 소름이 돋는다거나, 두려움에 몸서리가 쳐지거나 하는 것과는 다른 작용처럼 느껴졌다. 가슴팍 아래쪽부터 약간씩 먹먹해져 오는 기분. 부끄럽게도 나는 감동하고 있었다. 인형이 다리를 절지 않고 멀쩡하게 걷는 그 단순한 광경에……."어떻게 알게 된 건지 궁금해서."

"아아." 미주는 테이블 두드리기를 그만두고, 내 무릎 위에 깡충 올라와서는 말했다. "나도 **예전에** 저랬거든! 자기만의 리듬으로 걷는 그런 거 말이야. 내가 머릿속에 박자가 있다고 했잖아? 두둠칫, 두둠칫 하는 그런 거. 거기 맞춰서 걷다 보니까 그런 거야. 그것만 조금 바꿔주면 잘 걸을 수 있는 거지! 간단한 거야."

간단한 거라니. 인간이랑 똑같은 안드로이드를 만드는 사람도 그런 건 할 수 없었어, 라는 말은 굳이 꺼내지 않았다. 나는 그저 "그러네, 생각보다 간단하구나……." 하고 대답하면서, 붕대에 부대낀 상처 부분의 쓰라림을 꾹 참으면서, 입가에 은은한 미소를 띠면서, 미주의 부드러운 머리칼을 쓰다듬었다.

얼마 지나지 않아서 나는 엘랑으로부터 퇴출 통보를 받았다.

이번 사건에 직접적으로든, 간접적으로든 얽혀있는 모든 인물을 잘라낸다는 것이 회사의 방침 같았다. 나야 다리를 다쳐 제대로 일을 할 수 없기도 했거니와, 내 일을 대신 맡아줄 라이더 역시 없었으므로 어차피 업무태만을 사유로 해고되었을 것이 뻔했다. 이제는 새 일을 찾아야 한다.

한편, 지미의 폭동은 약간의 변화를 만들어냈다. 노동자 계층의 분노를 간접경험한 투자자들은 전과 다른 방법으로 기계산업을 대했다. 기계의 실수를 6시그마 이하로, 그 이상 0에 수렴하도록 만들어야 한다는 분위기는 잦아들었다. 모든 산업에 인간이 낄 자리를 더 만들 수는 없을지 몰라도, 아예 씨를 말려버렸다가는 전과 같은 소요사태가 일어날지 모른다. 이제는 기계도 인간처럼 실수할 수밖에 없는, 아니, **실수해야 하는** 존재가 된 것이다.

그러나 그 실수를 책임지는 것은 기계가 아닌 인간이 되어야 했다. 기계는 인간의 화를 받아주기에 너무도 차갑고, 딱딱하고, 아무렇지 않은 존재이므로. 그보다는 따뜻한 심장을 가진 사람이 나서서 화난 고객의 말을 듣고 상처를 받아주어야 한다. 크든 작든 상처받는 사람이 거기 있어야 한다.

나는 완제품 컴퓨터를 판매하는 한 제조업체의 '사죄 전문 부서'에 스카우트됐다. 절대적으로 실수를 배제하던 일을 하다가, 이제는 실수만을 다루는 일에 종사하게 된 것이다. 다행히 내게는 사죄에 재능이 있었던 것 같다. 컴퓨터의 쓰레기 같은 오류에 화가 잔뜩 난 고객들은, 내가 집으로 찾아가 수십 번

머리를 조아리면 대체로 화를 풀어주었다. 만일 그렇게까지 했는데도 화가 풀리지 않으면? 못 이기겠다는 듯 새로 나온 제품으로 무상교체 해주면 그만이었다. 물론 회사 입장에서는 웬만해서 무상교체를 해주지 않으려 했지만. 나는 직접사죄의 성공률이 제법 높은 직원이었다. 무상교체 사례를 거의 발생시키지 않았고, 그 결과 회사에서 가장 총애받는 사죄 스페셜리스트가 되었다. 내게 실수는 끝이 아니라 시작이었다.

"미주야. 궁금한 게 있는데." 나는 미주의 학교 공연을 보고 나서 집으로 돌아가는 길에 이렇게 말했다. "드럼을 치다가 실수하면 어떡해? 한창 연주하다가 박자가 안 맞는다든가, 실수로 엇박을 몇 번 쳐버린다든가 하면."

"나는 그런 실수 안 하는데?" 미주는 능청스럽게 대꾸했다. 정말로 자신에게는 그런 실수가 있을 수 없으리라고 믿는 뉘앙스였다. 교만하기 짝이 없는 딸녀석 같으니.

"아니, 그야 지금까지는 안 그랬지만……. 앞으로 할 수도 있잖아?"

"그건 충격적으로 박치인 아빠한테나 그렇지. 나는 머릿속에 리듬이 재생돼서 괜찮아. 그것만 그대로 따라가면 된다니까?"

"그래도, 그래도 말이야. 만에 하나 그런 일이 생기면 어떡할 거냐 이거지. 어느 날 갑자기 이유도 없이, 네 머릿속에 있는 리듬이 뚝 끊겨버리는 거야."

"흐으음……."

"더 이상은 머리에 아무것도 들리지 않는 거지. 그때는 어떻게 할래?"

"어떡하긴 뭘 어떡해?" 미주는 내게 별 희한한 소리를 다 한다는 듯이, 대수롭지 않다는 표정으로 대답했다. "계속 두드려야지! 음악이 끝날 때까지. 그게 드러머잖아."

신도 이따금 실수를 한다. 신의 말씀이나 다름없는 복음조차 틀릴 때가 있다. 하물며 6시그마의 천문학적 확률 속에서조차 불량이 탄생한다.

중요한 것은 연주를 멈추지 않는 것이다. 계속해서 두드리는 것이다. 언젠가 음악이 끝나고, 천국의 문이 열릴 때까지. 그 작은 틈새로 행복의 단서를 엿볼 때까지.

이제야 나는 신을 믿는다. 아니, 인정하게 됐다. 그는 실수투성이인 인간을 만들었지만, 우리는 아직까지 존재하고 있다. 적어도 그는 멈추지 않는 것이다.

······계속해서 우리를 두드리고 있는 것이다.

소설가의 메모

저는 인간성이 고결함이나 추악함에 있다고 생각하지 않습니다. 오히려 실수와 불완전성에 있다고 여기는 편인데요. 한국어의 실수mistake가 수학에서의 실수real number와 발음이 똑같다는 것은 늘 흥미롭습니다. 어쩜 기계가 정복하는 사회는 기계의 동시다발적 반란이 아니라, 서로의 실수를 인정하지 않는 인간들로 인해 만들어질지도 몰라요. 그리고 결국 그건 인간을 위한 사회가 아니라, 기계 같은 사람, 그리고 조금쯤 사람 같은 기계를 위한 곳이겠지요.

단풍과 낙엽

Foliage and Leaves

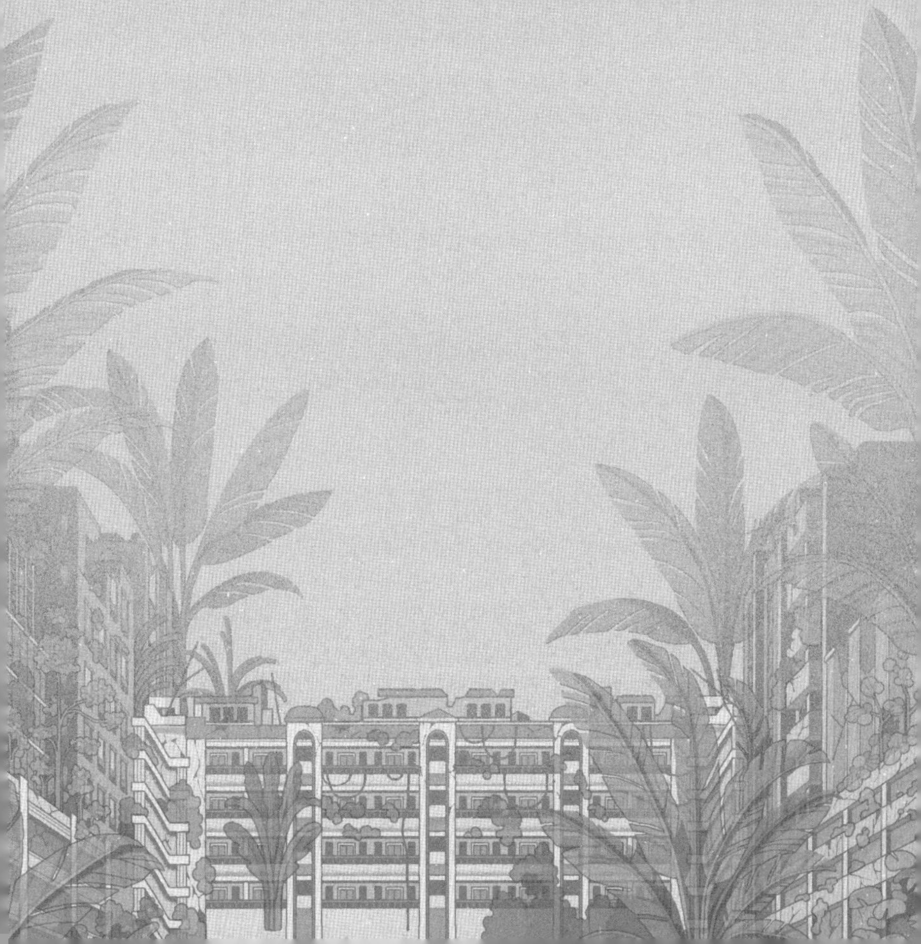

나는 방문을 열고 문틀 옆에 놓여있던 작은 박스를 잽싸게 낚아챘다. 손바닥 한 뼘 크기의 상자였다. 안에는 아무것도 들어있지 않은 듯 지나치게 가볍다. 혹시나 하는 노파심에 송장에 찍힌 발송자의 이름을 확인했다. 분명히 '자라투스트라'라고 적혀있다. 마침내 '물건'이 도착한 것이다.

이 '물건'이라는 것이 무엇인지 설명하기 위해, 먼저 고전게임에 푹 빠져 사는 나의 취향에 대해 언급해 둬야 할 것 같다. 새로 나온 게임보다 오래된 게임을 더 좋아하는 사람은 생각보다 많다. 어쩌면 새로 나온 영화에 비해 오래된 영화를 더 좋아하는 사람의 수보다도 더 많을 것이다. 영화와 달리 게임에서의 기술발전은 '더 나은 경험'을 담보해 주지 못하기 때문이다.

이건 전적으로 내 생각이지만, 게임만큼은 옛것이 요즘 것보다 현저하게 나은 부분이 많다고 생각한다. 나는 출시된 지 적어도 30년이 지난 고전게임들을 즐겨하는 편이다. 지금과는 비교도 되지 않을 정도로 한정된 기술과 데이터만으로 만든 게임들. 역설적이게도, 과거의 게임 개발자들은 가진 기술이 변변찮았기에 더 훌륭한 게임을 만들 수 있었던 것처럼 보인다. 플레잉카드나 화투만 봐도 알 수 있다. 인류는 그림무늬가 그려진 카드 한 벌로 가장 경쟁적인 게임들을 만들어냈고, 비디오게임이 등장하기 전까지의 지루한 수백 년을 어떻게든 버텨냈던 것이다.

결국 내가 고전게임을 좋아하는 이유는, 오래된 게임들이 '게임으로서' 더 훌륭한 까닭이라고 할 수 있다. 수십 년 전에 나온 롤플레잉 게임들을 떠올려보라. 나는 그것들에 진정한 의미의 모험이 있었다고 생각한다. 도달 가능한 세계의 크기는 작았을지 몰라도, 플레이어들은 자신이 그 세계의 주인공이라는 기분을 충분히 만끽하며 게임을 즐길 수 있었다.

하지만 요즘 나오는 게임들은 어떤가? 대규모의 인력과 자본이 투자된 게임계의 블록버스터, 소위 'AAA게임'이랍시고 출시되는 신작들을 보고 있자면 하품과 한숨이 동시에 나온다. 지구의 몇 배나 되는 세계를 게임 속에 구현했다느니 하는 얘기들을 하지만, 실상은 금을 얇게 칠한 똥덩어리에 지나지 않는다. 개발자들조차 일일이 체크하지 못한, 광막하고 생명력 없는 세계만이 끝없이 펼쳐져 있는 것이다.

플레이타임을 무한에 가깝게 늘리려는 시도, 끊임없는 과금을 유도하고자 하는 욕망이 게임 타이틀에서부터 얼굴기름처럼 번들bundle거린다. 플레이어는 주인공이 아닌 단순 소비자로 격하되고, 감당할 수 없을 만큼 넓은 세계에 압도당한다. 그 세계 앞에 선 나라는 존재는 너무나도 작고 초라하다. 칼과 방패를 들어도 용기가 샘솟지 않는다. 풀죽은 표정의 캐릭터는 얼마 있지도 않은 시간과 돈을 무한정 약탈당할 준비를 하는 것 같다. 나는 그 모습으로부터 가혹하기 짝이 없는 현실, 그 앞에서 비굴한 포즈로 서있는 인간을 떠올리고 만다. 어째서 게임에서까지 그런 기분을 느껴야 한단 말인가. 이러니 조금이라도 분별이 있는 게이머라면 고전게임을 찾지 않을 수 없다.

메이플스토리가 처음 서비스를 시작했을 무렵이었다. 갓 초등학교에 입학한 나는 처음으로 PC방이라는 곳에 가보았고, 또래 친구들을 따라 당시에 가장 유행하던 게임을 시작했다. 그 시절 메이플스토리가 보여준 세계는 내 어린 시절의 보물이 됐다. 나는 미지의 세계에 대해 무한한 호기심을 가진 한 소년으로서, 현실에서는 찾아볼 수 없는 아기자기하고 환상적이며 도발적이기까지 한 메이플월드를 마음껏 누비고 다녔다.

친구들 때문에 시작한 게임 때문에 친구를 잃었다는 것은 나의 공연한 웃음거리다. 나는 또래 녀석들과 게임으로 경쟁할 생각이 전혀 없었다. 내 머릿속에는 오직 그 낭만적인 세계, 새로움이 가득한 게임 속 세상에 대한 탐구심으로 가득 차있었다. 열심히 사냥을 해서 레벨을 올리는 것, 다른 사람들보다 강해지는 것에는 별 관심이 없었고, 처음 보는 필드로 가서 들어본 적 없던 배경음악을 들으며 이름도 생소한 NPC와 대화를 나누는 것이 나의 가장 큰 즐거움이었다.

학교에서도, 학원에서도 게임 생각밖에는 없었다. 휴일이나 명절, 방학 때가 되면 두문불출한 채 하루 종일 컴퓨터만 붙들고 있곤 했다. 자는 시간을 빼고 하루에 열네 시간 이상 게임하는 것이 일상이었다. 그때는 현실이 아니라 게임 속 세상에 살았다고 해도 전혀 과장된 표현이 아니었다. 왜 그렇게까지 열심히 게임을 해댔느냐고 묻는다면, 대답은 간단하다.

낭만! 현실에는 눈 씻고 찾아보려야 찾아볼 수 없는 그것이, 게임 속 세계에서는 도처에 자라는 버섯처럼 널려있었다.

담배 냄새에 절은 에어컨 필터와 진짜 작은 새우가 들어있던 새우탕 컵라면, 어두침침한 화장실에 가면 싸구려 방향제향 같은 것들로 가득했던 그 PC방에서 나는 온종일 메이플스토리를 하다가 그만 '시간이 멈춰버렸으면 좋겠다'고 생각했다. 내 자리로 돌아가면 여전히 가슴 뛰는 모험과 여행이 남아있었다. 그것은 영원히 끝나지 않을 오르비스의 수평선처럼 펼쳐졌다.

그러나 시간은 그런 종류의 소원을 들어주는 일이 없다. 머잖아 나는 홧김에 메이플스토리를 그만뒀는데, 대관절 무슨 이유에서 그랬던 건지 기억이 나질 않는다. 아무튼 이런저런 사정으로 게임을 끊고 현실로 돌아와야 했고, 그 결과 남들 다 가는 대학과 회사를 거쳐 시시하기 짝이 없는 어른이 되고 말았다.

어른. 낭만이라고는 달팽이 눈곱만큼도 남아있지 않은 성인 남성. 어린 시절의 습관 때문에 이따금 새로 나온 게임을 돌려보았지만 나는 어린 시절과 같은 기분을 조금도 느끼지 못했다.

아예 옛날에 하던 게임을 다시 해보는 건 어떨까, 나는 그런 생각으로 메이플스토리를 설치해 보았다. 그런데 게임시작 화면은 내가 기억하는 것과 상이하게 달라져 있었고, 예전에 쓰던 비밀번호는 고사하고 아이디조차 떠오르지 않았다. 어찌저찌 찾는다고 해도 휴면계정이다 뭐다 해서 데이터가 증발해 있을 게 뻔하니 차라리 새로 만드는 게 낫겠다 싶어 신규계정을 만들어 접속했다.

시간이 지나간다는 것, 모든 게 변해간다는 사실이 견딜 수 없을 만큼 상처가 될 때가 있다. 다시 한번 메이플스토리를 시작했을 때가 정확히 그랬다. 나는 대체 뭘 기대했던 걸까? 마지막으로 접속한 지도 무려 20년이 지난 참이었다. 뭐가 바뀌어도 크게 바뀌었을 거라는 생각 정도는 했다. 마음의 준비를 안 한 것도 아니었다. 그럼에도 불구하고, 나는 너무 크게 변해버린 그 게임을 단 세 시간 플레이한 것만으로도 뭔가 망가져 버린 듯한 기분에 휩싸였다.

'이건 아니야.' 나는 생각했다. '이 유치한 일러스트는 뭐야. 직업은 수백 개는 되는 것 같고. 쓸데없는 기능이며 버튼이 너무 많아. 세계는 넓어졌지만 감수성이 없어. 내가 기억하는 마을은 어디 있지? NPC들의 대사도 하나같이 맥아리가 없군. 레벨디자인도 엉망이야. 레벨이 이렇게 빨리 오른다고? 편하다기보다는 아무런 감흥도 안 생기는걸. 두근거리는 건 없고 죄다 귀찮은 일들뿐이야. 이런 건 모험이 아니라고.'

더욱이 짜증스러운 것은, 그 추잡하고 천박한 게임을 좋다고 해대는 머저리들이 너무도 많다는 점이었다. 너 나 할 것 없이 과금을 해대니 돈과 아이템이 넘쳐나는 것처럼 보이지만, 그중에 정말 가치가 있어 보이는 것들은 아무것도 없었다. 추억을 되살리려는 시도는 정신적 자해행위로 변했다. 나는 참담한 심정이 되어 게임을 삭제했다. 더는 메이플스토리가 아니게 돼버린 그 데이터 덩어리를 휴지통에 넣고 싹 비워버렸다.

그 후 메이플스토리는 몇 년 동안 점유율 상위권에 위치하며 마지막 불꽃을 태우다가, 눈에 띄게 수익성이 떨어지기 시작하자 단계적으로 개발을 멈췄다. 그 결과 기존 유저층이 급격하게 이탈해 나갔고, 한때 수십 개에 달했던 서버는 연이은 통폐합을 거쳐 단 한 개의 통일서버로 쪼그라들었다. 그나마 가끔 추억을 더듬어보고자 접속하는 사람들, 너무 많은 돈을 투자한 나머지 접을 타이밍을 놓친 고인물 플레이어들을 빼면 남은 유저들도 많지 않았다. 게임사의 눈밖에 나버린 메이플스토리는 유저들의 간곡한 요청에도 아무 업데이트를 하지 않다가, 어느 날 짤막한 공지사항과 함께 불쑥 서비스를 종료해 버렸다. 그게 끝이었다. 인터넷 뉴스로 소식을 접한 나는 아쉬운 기분 한 점 들지 않았다. 그것은 이미 오래전에 나와 상관없는 게임이 돼있었기 때문에.

나는 앞서가는 시간이 언제나 나를 실망시킨다는 것을 알았다. 할 수 있는 일은 가능한 뒤로, 오래된 것들로 되돌아가는 것뿐이었다. 그때부터 고전게임의 타이틀들을 하나둘 모아 플레이하기 시작했다. 종류는 가리지 않았다. 슈퍼마리오브라더스와 록맨 시리즈, 환세취호전, 듀오프린세스, 리볼트, 닌자베이스볼 배트맨, 리마스터되지 않은 스타크래프트와 디아블로 시리즈, 성검전설 등등. 고전게임들은 언제고 내가 돌아오길 기다리고 있는 단골 가게처럼 편안하게 나를 맞아주었다. 어린 시절에는 미처 발견하지 못했던 숨겨진 요소들을 파고드는 일도 즐겁기만 했다.

온라인 전용 롤플레잉 게임들의 과거 버전을 구하는 것은 돈이 꽤 들었다. 바람의나라, 그랜드체이스, 테일즈위버, 얍카, 거상, 야채부락리 같은 게임들의 수십 년 전 버전을 백업해 놓고 있다가, 개인이 자유롭게 플레이할 수 있게 개조해 판매하는 브로커들이 있었다. 소프트웨어상의 골동품 판매자라고 할까. 가격은 만만치 않았지만, 내게는 재미없는 어른으로서 회사생활을 하며 모아놓은 돈이 있었다. 그따위 돈을 이런 데 말고 쓸 곳이 **어디** 있단 말인가?

그런 게임들을 하나둘 그러모아 깊은 향수에 빠져있는 것이 하루의 주된 일과가 됐다. 익숙한 듯 새롭게 느껴지는 과거로의 여행……. 잠깐 동안 돌아간 세계에서, 나는 현실에서 볼 수 없는 낭만과 위안을 발견할 수 있었다. 하지만 그 끝에는 언제나 사무치는 고독감과 함께, 정신없이 어질러진 방과 요령 없이 커버린 몸뚱이가 있는 현재로 복귀해야만 했다. 그리고 나는 내가 그럴 수밖에 없는 원인을 정확하게 이해하고 있었다.

그 세계에는 그 세계에 마땅히 존재해야 하는 사람들이 없다.

혼자 플레이하는 비디오게임이라면 사정이 낫다. 그런 게임들은 비록 시대에 뒤처졌을지언정, 소프트웨어 그 자체로 완결된 프로세스를 지닌다. 게임은 언제나 동일한 형태로 존재하며, 바뀌는 것은 플레이어 개인의 모습과 상태뿐이다. 그러나 온라인 롤플레잉 게임이라면, 그 게임의 요체는 구버전의 실행데이터가 아니라 그 무렵에 지니고 있었던 동시대성에 있다.

가령 2000년대에 출시돼 전성기를 맞았던 게임을 수십 년이 지나 혼자 플레이한다고 해보자. 어쨌거나 당신은 그 당시 느꼈던 재미를 고스란히 느낄 수 없다. 2003년에 했던 게임에는 2003년을 사는 사람들이, 2008년에 했던 게임에는 2008년에 그 게임을 실행한 사람들이 그 안에 있어야 한다. 2040년의 사람이 그 시절 게임을 플레이해 봤자, 그것은 가상현실에 구현된 고향 동네를 두리번거리다가 곧 빠져나오는 정도의 감흥에 그치는 것이다.

나처럼 메이플스토리의 구버전을 플레이해 보고자 하는 사람, 실제로 시도해 본 사람은 생각보다 훨씬 많았다. 어쨌거나 한 시대를 낭만으로 풍미했던 게임이었으니까. 지금도 나를 비롯한 수많은 사람들이 메이플스토리의 향수에 시달리며 살아가고 있다. 수요가 많은 만큼 공급도 상당했다. 나는 다른 게임들과 비교해 훨씬 저렴한 가격에 구버전 파일을 구할 수 있었다.

내 기억과 정확하게 일치하는 시작화면. 새로운 캐릭터를 생성한 다음 메이플아일랜드에 발을 내디뎠을 때. 나는 어린 시절에 비견될 만큼의 두근거림을 느꼈다. 확실히 그곳은 내 추억 속 세계를 그대로 옮겨놓은 모습이었다. 영문도 모른 채 버섯모양 집이 있는 풀밭에 떨어져서, 기본 몽둥이로 자그마한 달팽이를 잡아가며 조작방법을 익힌다. 그렇게 보름 밤낮을 플레이하고 나서 깨달았다. 나 말고는 다른 플레이어는 존재하지 않는, 존재할 수가 없는 메이플월드의 침묵. 그것은 산소가 희박한 고산지대의 공기처럼 내 숨통을 압박해 오고 있었다.

나는 NPC 말고는 단 한 명의 플레이어도 돌아다니지 않는 커닝시티를 걸어 지났다. 아무도 아이템을 사고팔지 않는 헤네시스 시장을 보았고, 언제나 텅 비어있을 오르비스행 배에 올라탔다. 있으나 마나 한 채팅창에는 이따금 뜨는 시스템 알림을 빼면 새로운 소식이 없었다. 확성기로 아무도 묻지 않은 내용을 떠들어대는 인간도 없었다. 한창 열심히 게임을 하던 시절의 나는, 채팅창이 지저분해지는 것이 싫어서 일부러 사람이 적은 채널로 옮겨가곤 했는데. 아무 말도 없이 내 사냥감을 빼앗던 표창 도적놈들 때문에 애먼 키보드를 내려치곤 했는데.

그제야 나는 그 모든 것들이 모여서 하나의 게임을 이루고 있었음을 깨달았다. 주황버섯에게 에너지볼트를 던지는 소리, 딱히 더 빠른 것도 아닌데 항상 폴짝폴짝 뛰어서 이동하던 초보자들, 무시무시한 골렘이 있는 구덩이에 빠져 오도 가도 못하는 모험가와, 먼저 자리를 잡은 사냥터를 침범했다며 실랑이를 벌이는 유저들이 모조리 게임의 일부였던 것이다. 나는 언제나 다른 사람을 신경 쓰지 않고 게임을 한다고 생각했지만, 실상은 그렇지도 않았다. 나는 외로움 그 자체를 사랑하는 것이 아니라, 군중 속의 외로움을 동경했을 뿐이었다.

나는 무슨 생각에서인지, 채팅창에 거기 누구 없나요? 하고 입력해 보았다. 엔터를 누르고 대답을 기다렸지만 아무도 응답하지 않았다. 한참을 그 자리에서 기다렸지만, 돌아오는 대답은 없었다. 근처에 있던 NPC가 똑같은 대사를 스크립트에 따라 반복적으로 띄우고 있을 뿐이었다.

열여덟 시간째 업타임이 이어지고 있던 게임을 느닷없이 꺼버렸다. ESC와 게임종료 버튼을 차례대로 눌러 끈 게 아니라, 그냥 ALT와 F4를 때리듯이 눌러 꺼버렸다. 그리고 다시는 메이플스토리로 돌아가지 않겠다고 다짐했다. 그 뒤로 시간은 계속해서 흘렀지만, 나는 메이플스토리와 관련된 활동은 아무것도 하지 않았다. 어쩌다 어렸을 적의 추억이 뇌리를 스쳐갈 때면, 뒤늦게 다시 시작했을 때 느꼈던 소외감이며 텅 비어 메아리조차 돌아오지 않는 정적의 세계를 떠올리며 향수를 가라앉히곤 했다.

그러다 지금으로부터 반년 전, 나는 언제나처럼 새로운 고전 게임을 찾아볼 요량으로 관련 커뮤니티를 뒤지고 있었다. '새로운' '고전' 게임이라고 하니 뭔가 어폐가 있는 것 같지만. 게임에 대한 기억은 뿔뿔이 흩어진 사혼의 구슬조각 같은 것이라서, 직접 찾고 발견하고 구하지 않으면 제 모양을 찾을 수 없다. 과거로 돌아가는 일 역시 부단한 노력을 기울이지 않으면 안 되는 것이다.

따라서 고전게임에 관심이 있다면, 예전에 유행하던 어떤 게임의 언제적 버전이 복원됐다거나 그걸 어느 비밀스러운 경로를 통해 구할 수 있는지에 대해 늘 촉각을 기울이고 있는 것이 좋다. 게임사들은 저들이 과거에 만든 게임에 대해 지나치게 관심을 가지는 사람들을 경계하고 박해하기 때문이다. 별 뜻 없이 프리버전을 공유했다가 제법 큰 소송에 휘말려서, 초범임에도 불구하고 징역 2년을 선고받은 유저도 있을 정도였다. 그들은 값비싼 변호인단을 총동원해서 고전게임 마니아들을 쓸어버리려는데 혈안이 돼있었다.

왜 그렇게까지 하는 걸까? 마치 우리 같은 사람들이 과거에 사로잡혀 있다는 이유로, 자기네들이 만든 최신 게임을 하지 않는다고 생각하는 것 같다. 그러나 실제로는 완전히 반대다. 그들이 우리의 추억을 아무렇지 않게 짓밟고 파괴하기 때문에, 우리는 더더욱 과거로 회귀하지 않을 수 없는 것이다.

아무튼 나는 언제나처럼 접속하던 포럼에서, '라플라스 버전Laplace's Version'에 대한 괴담에 가까운 이야기를 접했다. 라플라스 버전의 상세한 원리에 대해서는 잘 모른다. 장담컨대 어떻게 그런 것이 존재하는지에 대해, 타인에게 명쾌하게 설명할 수 있을 만큼 깊이 이해하는 사람은 세상에 몇 안 될 것이다. 어쨌거나 그것은 고전게임, 특히 과거에 했던 온라인 게임에 향수를 지닌 사람들에게는 말 그대로 꿈만 같은 개념이었다.

어떤 온라인 게임의 구버전 소프트웨어는 과거의 한 시점에 해당하는 물리적인 프로그램 상태다. 이건 스크린샷에 비유할 수 있다. 특정한 시공간의 일시적인 정보만을 담고 있으니까. 반면에 라플라스 버전이라는 것은, 과거의 시점으로부터 현재까지, 또는 게임 서비스가 종료될 때까지의 모든 정보를 있는 그대로 구현한다. 비유하자면 수천, 수만 대의 CCTV로 촬영한 녹화비디오 같은 것이다. 따라서 어떤 게임의 라플라스 버전이라고 하면, 특정 시점의 어떤 플레이어가 어디서 무엇을 어떻게 했는지에 대한 정보가 모두 축적되어 재현 가능한 버전이라고 할 수 있다.

만약 누군가가 2009년 3월 14일에 메이플스토리의 스카니아 서버에서, 한 여성 유저에게 채팅창 고백을 했다가 그 자리에서 차였다고 해보자. 우리는 2009년 3월 14일 당시 클라이언트 버전을 복원해 플레이할 수 있을지 몰라도, 그가 고백을 하고 차이는 장면을 실제로 목격할 수는 없다. 하지만 라플라스 버전에서는 가능하다는 것이다. 그 놀랍도록 순수하고 우스꽝스러운 고백의 과정이며 결과를 옆에서 지켜보고 한바탕 웃어젖히는 것도 안 될 것 없다.

요컨대 라플라스 버전에 대한 루머는 완전한 과거로 돌아가고자 하는 인간의 욕망, 타임머신의 기능 일부를 게임에서 구현하고자 하는 욕구의 발현이었다. 나는 고전게임 포럼에 그 소문이 떠도는 모습을 흥미롭게 지켜보았다. 하지만 라플라스 버전의 실존 가능성에 대해 그 누구보다도 부정적인 사람이 하나 있다면 그 역시 내가 될 것이었다. 나는 보고 들은 것만으로는 아무것도 믿지 않는다. 직접 경험한 것에 대해서만 약간의, 그것도 아주 미약한 믿음을 가질 수 있을 뿐이다. 이러나저러나 나는 비겁한 겁쟁이에 불과하기 때문이다.

'자라투스트라'라는 닉네임을 쓰는 유저와 친해진 것은 전적으로 우연이었다. 고독하기로는 어디 비할 데가 없는 새벽의 고전게임 포럼. 그곳에서 혼자 최신 AAA게임들의 문제점을 신랄하게 비판하는 글들을 올린 그에게, 나는 실시간으로 댓글을 달아 깊은 공감을 표시한 일이 있었다.

정말 잘 읽었습니다. 백번 천번 맞는 말이고, 게임에 대한 깊은 혜안이 느껴지는 글이었네요. 여기도 가만 보면 고전게임이 추억 보정 때문에 더 재밌게 느껴진다느니, 퀄리티적인 측면에서 요즘 게임들과 비교가 민망하다느니 하는 글들이 올라오는데 진짜 저는 어이가 없었거든요. 동시대성을 제외하고 최신게임이 고전게임보다 확실하게 낫다고 말할 수 있는 건 전체볼륨과 그래픽 정도겠죠. 나머지 게임성과 관련된 모든 부분들은 고전게임의 압승입니다. 극단적으로 말해서, 저는 그놈의 동시대성만 극복할 수 있다면 평생 고전게임 하나만 하고 살아도 된다고 생각해요. 그 좋은 시절에 제가 어른이 아니었다는 게 한탄스러울 뿐입니다…….

그게 시작이었다.

자라투스트라는 내가 단 댓글에 몹시 깊은 감동을 받았다면서, 실례가 아니라면 일대일로 메일을 주고받으며 의견을 나눌 수 있겠냐고 물어왔다. 원래 날카로운 문투를 가진 사람이 나에게만 살가운 태도를 취하면, 누구라도 으쓱한 기분이 드는 법이다. 그때도 '어째서 메일 같은 걸로 대화를 하자는 거지?' 같은 생각을 하기는 했다. 그러나 그만의 소통 스타일이겠거니 하고 대수롭지 않게 넘어가 버리고 말았던 것이다.

한동안 우리는 마치 과거의 펜팔친구나 되는 것처럼, 짧게는 하루에 한 통씩, 길게는 사흘에 한 통씩 제법 긴 메일들을 주고받았다. 나는 그가 처음부터 라플라스 버전을 갖고 있었고, 그것을 실험 삼아 내게 줄 작정으로 접근해 왔다는 생각을 뒤늦게 했다.

처음에 자라투스트라는 자신을 대기업 소속의 게임개발자라고 소개했다. 나는 그 말에 조금 기가 죽었을 뿐 아니라 얼마쯤 배신감마저 느끼고 말았다. 대기업 개발자씩이나 되는 양반이 왜 평일 새벽에 포럼질이나 하고 있었던 거야, 하며 속으로 빈정대기도 했다.

그렇다고 해도 그와의 대화는 상당히 즐거운 일이었다. 자라투스트라는 정확하게 즐거울 수 있을 만큼만 명석한 동시에, 불쾌하지 않을 만큼 가벼운 사람이었다. 그의 의견에 내가 동조하거나 저항하는 답장을 보내면, 내가 쓰는 데 들인 노력보다 더욱 심혈을 기울여 그 내용을 읽고는 성의껏 자신의 의견을 수정하는 모습도 보였다. 낯 뜨거운 말이지만, 그때의 나는 자라투스트라를 친구처럼 생각했다. 사실이 그렇다. 내가 하는 말에 그만큼 진실된 태도를 보여주는 사람이 친구가 아니라면, 나는 세상에 진짜 친구를 가진 사람이 전체 인구의 5퍼센트도 되지 않을 것이라고 확신한다. 단 1퍼센트도 쉽지 않을 것이다.

라플라스 버전에 대한 이야기는, 뭐라 계기라고 할만한 것을 추적하기 어려울 만큼 자연스러운 맥락에서 나왔다. 내가 그를 의심하는 이유 중 하나가 바로 그것이다. 그 대화는 믿을 수 없을 정도로, 일찌감치 완벽한 각본을 짜놓은 것처럼 매끄럽게 이루어졌다.

왜냐하면 저는 라플라스 버전을 갖고 있거든요.

그는 메일에서 이렇게 언급했다.

가지고 있다고 해봤자 메이플스토리 하나에 대한 것뿐이지만. 오픈 베타부터 서비스 종료까지 약 30~40년간의 모든 정보를 그대로 재생할 수 있는 거죠. 물론 그 안에서 실제 유저처럼 플레이도 할 수 있어요……. 어떠세요. 관심 있으세요?

그는 돈은 받지 않겠다고 했다. 다만 본인이 라플라스 버전을 갖고 있다는 사실이나, 내게 그 버전을 이용할 수 있게 해주었다는 걸 철저하게 비밀로 부쳐야 한다는 조건이었다.

나는 좀 더 현실적인 문제를 제기했다. 당신 말대로 메이플스토리의 라플라스 버전이 있다고 치자. 그런데 30~40년간의 게임데이터를 모두 저장해 놓았다면, 상식적으로 용량에 대한 이슈가 있을 수밖에 없다. 그만한 정보를 모두 저장하려면 데이터센터를 통째로 써야 할 정도가 아닌가? 내가 사용하는 PC는 어디까지나 가정용이다. 그만큼 엄청난 데이터를 처리할 재간이 없을 것이다. 내 방은 물탱크만 한 크기의 하드디스크를 들여놓을 만큼 넓지 못하다.

그런 건 걱정하지 않으셔도 됩니다.

자라투스트라는 내가 별 걱정을 다 한다는 듯이 이야기했다.

용량이 엄청난 건 사실이지만, 클라우드 데이터센터에 전부 업로드되어 있으니까요. 물탱크도 냉장고도 필요 없습니다. 지금 있는 컴퓨터로도 충분히 할 수 있죠. 옛날 게임이잖아요……. 저는 당신이 라플라스 버전에 접근할 수 있는 시리얼번호만 택배로 보내줄 겁니다. 거기에 적혀있는 대로만 하면, 완전한 과거로 돌아가는 것이 가능한 거죠. 비록 게임 속에 한정된 과거이기는 하지만.

라플라스 버전의 실존 가능성보다도 나는 자라투스트라의 자신만만한 태도에 호기심을 느껴 제안을 받아들이기로 했다. 그의 말이 사실이 아니라고 한들 뭐 어떤가. 내가 잃을 것은 없고, 최악의 상황이 된다고 한들 얼굴 모를 친구 한 명을 잃을 뿐이었다.

　그러고 나서 일주일이 지났다.

　나는 상자의 겉면을 뜯었다. 안에는 엽서 크기의 종이가 열 장 들어있었다.

　예상보다 훨씬 본격적인데. 나는 첫 장에 적힌 사용설명서를 읽어 내려가면서 생각했다. 사용설명서라고 해봐야 별건 없었다. QR코드로 특정된 링크에 접속하면 시리얼번호를 입력하는 칸이 나오고, 여덟 장에 빼곡히 적혀있는 영문자와 숫자의 조합을 하나도 빠트리지 않고 정확하게 입력하라는 것이었다. 한 글자라도 잘못 입력했다가는 두 번 다시 라플라스 버전에 접근할 수 없게 되기 때문에 각별한 주의가 필요하다 운운. 까짓것 조심하면 되지.

　확실히 긴 시리얼번호였다. 살면서 입력해 본 비밀스러운 문자의 조합 가운데 가장 길었던 듯하다. 이렇게까지 길어야 할 필요가 있나 싶을 정도였는데, '하나도 빠트리지 않고 정확하게' 입력하라는 말에 두 번 세 번 다시 번호를 확인하느라 한나절이 다 지나갔다. 메모장에 다섯 번 연속으로 입력한 다음에, 서로 문자가 일치하는지 교차검증까지 했다.

　그렇게 시리얼번호를 입력하고 나니, 클라이언트 타임을 설정해 달라는 문구와 함께 임의설정이 가능한 전자시계 모양이 나왔다. 설정범위는 오픈베타가 시작된 2003년부터 서비스 종료 시점인 2037년까지.

나는 오픈베타 직후의 시간대로 시계를 맞췄다. 얼마나 용량이 작은지 2초도 안 돼서 다운로드를 마치고 게임이 실행됐다. 그리운 넥슨의 로고가 나오고, 오픈베타 당시의 허여멀건 로그인 화면이 나온다. 잠깐만, 그런데 로그인은 어떻게 하지? 나는 시리얼번호가 적힌 종이들 아래에서 마지막 엽서를 찾아 들었다. 그 엽서에는 로그인 가능한 메일과 비밀번호가 적혀있었다.

아이디 : ThusSpoke1885@Zarathustra.com

비밀번호 : Qwerty1234%^

'이메일 주소가 특이한데. 이런 걸로 로그인이 되나?'

당연히 됐다. 이렇게까지 하는데 유효하지 않은 이메일을 주진 않았을 테니까. 비밀번호가 조금 성의 없긴 했지만. 영어 대소문자와 숫자 그리고 특수문자가 모두 포함되어 있기는 하다. 이때는 적어도 연속된 문자의 조합이 금지되진 않았던 것 같다.

나는 새로운 캐릭터를 만들고 게임 시작 버튼을 눌렀다. 화면이 암전되고, 막대한 데이터를 처리하는 데 힘이 드는 듯 쿨러 돌아가는 소리가 요란해지기 시작했다. 뒤늦게 이것이 잘 만든 해킹 프로그램 같은 것이면 어쩌나 하는 생각이 들었다. 뭐, 어차피 내 개인정보는 어디 쓸 구석도 없고, 이 정도로 공을 들여 해킹을 하는 것이라면 어쩔 수 없이 당해주는 것이 예의라는 생각도 들었다.

로딩은 꽤 오래 걸리는 것 같았다. 나는 중간에 프로그램이 꺼지지나 않기를 바라면서, 아이디와 비밀번호가 적혀있던 엽서 아래쪽을 읽어보았다.

참고 : 웬만하면 라플라스 버전 내의 다른 유저들에게 말을 걸지 마세요.

……웬만하면?

아예 안 된다고 써놓든가. **웬만하면** 하지 말라니. 묘하게 어정쩡한 그 표현에 신경이 쓰였다. 룰을 정해야 할 때는 '웬만하면' 같은 말은 쓰지 않아야 한다. 성경에 나오는 십계명이 '웬만하면 살인을 하지 말라', '어지간하면 이웃의 물건을 탐하지 말라'는 식으로 쓰였다고 상상해 보라. 뭐랄까 좀 쿨하게 느껴질 수는 있지만, 무슨 일이 있어도 지켜야겠다는 생각은 들지 않는 것이다.

하기야 라플라스 버전의 핵심은 과거 게임 속에 있었던 일을 그대로 '재생'하는 것이다. 내가 관찰자적 유령이 되어 같은 시간대에서 플레이를 할 수 있을 뿐, 기본적으로는 녹화된 동영상과 다름없다. 동영상 속의 등장인물에게 말을 걸어봤자 대답이 돌아올 리 없다. 결국 괜한 짓을 했다가 라플라스 버전의 몰입감을 망치지 말라, 대충 그런 의도로 쓴 말 같았다. 이렇게 친절할 수가. 그런데 게임이 켜지긴 하는 건가?

10분쯤 더 지나자, 나는 더벅머리를 한 초보자 캐릭터가 되어 메이플아일랜드에 생성됐다. 그러자 내 주변을 메뚜기처럼 뛰어다니는 다른 유저들의 모습…… 그들도 막 로딩이 끝난 모양인지, 공중에 뜬 자세로 한참을 있다가 바닥에 착지하곤 했다.

— 오예~~~~~~!!

나와 똑같이 생긴 플레이어 하나가 채팅 기능을 시험이라도 하듯 외치고 나서 앞으로 달려 나갔다.

나는 한동안 얼이 빠진 채로, 그렇게 새로 생성된 캐릭터들이 전진해 가는 모습을 지켜보았다. 그것은 갓 태어난 망아지가 휘청거리는 네 발로 세상에 서서, 넓게 펼쳐진 땅을 걸어가기 시작하는 광경을 연상케 했다. 메이플스토리의 세계는 이제 막 탄생했다. 플레이어들은 저들이 30~40년간 이어질 이 게임의 첫 번째 역사를 장식하는 줄도 미처 모르고, 그저 새로운 세계에 대한 열망과 호기심에 자극을 받아 나아가고 있는 것이다.

처음 출시될 당시의 메이플스토리는 기본적인 튜토리얼이며 캐릭터를 육성하는 난이도가 상당히 높은 게임이었다. 게임 조작법 자체는 단순했지만, 어찌 됐든 시간과 노력을 끈질기게 투자해야 했다. 당장에 초기 생성 지역인 메이플아일랜드를 벗어나는 데도 꽤 오랜 시간이 걸렸다. 몬스터들을 사냥해도 경험치를 쥐뿔밖에 주지 않아서, 초보자를 벗어나 첫 직업을 가지기 위한 최소레벨 10을 달성하는 것조차 상당한 인내심을 요구했다.

그런가 하면 돈과 아이템은 또 얼마나 희귀한지. 어렵사리 몇 푼의 메소를 모으더라도 좋은 아이템을 사는 것은 언감생심이었다. 사냥을 위한 포션값으로 전부 빠져나갔기 때문이다.

나는 돈 때문에 허덕인다는 기분을 소싯적 메이플스토리에서 처음으로 느꼈다. 기껏 포션을 사서 사냥을 하러 나갔는데, 돌아오는 길에 실수로 죽기라도 하면 어렵게 모은 경험치가 반 토막 나버렸다. 최선을 다해 노력했음에도 제자리걸음밖에 할 수 없었다. 그런 기분이 썩 유쾌하지는 않았지만, 그럼에도 나는 다시 포션을 사서 사냥을 하러 나갔다. 어쨌거나 나름의 목표가 있으니까. 얼른 레벨을 올려서 새로운 직업을 갖고 싶었으니까.

클래식 메이플스토리의 직업 시스템은 단순하다. 전사, 궁수, 마법사, 도적이라는 네 가지 직업 중에서 하나를 고르는 방식이다.

'정말 최고잖아!' 나는 정말로 그렇게 생각했었다. 고민을 한다면 네 가지 중에서 하나를 고르는 것이 좋다. 그건 먹고 싶은 맛의 아이스크림을 한 개 고르는 것과 똑같은 문제다. 내가 잘 알지도 못하는 수십 개의 맛 중에서 하나를 고르는 것보다는, 바닐라와 초코 그리고 딸기 중에서 택일하는 쪽이 훨씬 즐거운 고민이 된다. 그것은 혹시나 잘 모르고 틀린 결정을 내리지는 않을까 하는 두려움과는 다르다. 좋은 것과 좋은 것, 그리고 좋은 것 중에서 지금 가장 끌리는 것을 찾는 과정이다. 세상이 아니라 나 자신에게 묻는 질문이다. 고통스럽지 않다.

고민 끝에 나는 전사를 선택했다. 전사를 키우는 일은 쉽지 않다. 초창기 메이플스토리에서는 더욱이 그랬다. 스킬도 '세게 때리기' 같은 변변찮은 것들뿐이고, 근거리 공격을 하느라 항상 체력포션을 잔뜩 챙겨서 돌아다녀야 한다. 그렇게 새벽녘까지 사냥을 한 끝에 겨우 레벨 14를 달성했다. 이제 1레벨만 더 올리면 새로운 장비를 착용할 수 있을 것이었다. 나는 커닝시티 외곽 지역에서 보라색 촉수 오징어처럼 생긴 옥토퍼스를 때려잡다가, 문득 아무 생각 없이 채팅창에 거기 누구 없나요? 하고 입력해 보았다.

정적이 1초는 이어졌을까. 화면 밖에서 난데없는 표창 두 개가 날아와 내 앞에 있던 옥토퍼스를 녹여버리더니, 좀도둑 모자를 쓴 표창도적이 획 지나가면서 말했다.

— ㅂㅅㅋㅋ

돌아왔다! 나는 속으로 탄성을 내질렀다.

나는 그렇게, 상상 속에서만 존재하던 라플라스 버전을 실행했다. 하지만 그것을 내게 쥐여준 자라투스트라와의 연락은 갈수록 뜸해져 갔다. 처음에 그는 한두 차례 게임이 잘 작동하는지, 재밌게 하고 있는지를 물어보았다. 나는 당연하게도 '너무 재미있게 플레이하고 있습니다. 다시 이런 경험을 하게 해준 것에 대해서 얼마나 고마워해야 할지 모르겠어요'라는 내용의 답장을 보냈다.

그러나 그는 그다지 기뻐하는 내색도 없이, '잘 작동한다니 그런대로 다행입니다'라는 미적지근한 단답으로 대꾸했을 뿐이다.

어떤 부채감 때문인지는 모르겠다. 나는 내가 어떻게 라플라스 버전을 즐기고 있는지 자라투스트라가 궁금해할 거라는 생각을 했다. 그래서 한동안 어떤 시간대에서 어떤 직업을 선택해 게임을 하고 있다는 얘기를 주절주절 써서 메일로 보냈다. 답신은 오지 않았다. 딱히 호들갑 떠는 반응을 기대하거나 한 것도 아니었는데.

그는 내게 라플라스 버전을 준 것으로 자신의 용건은 끝났다는 듯이 굴었다. 기분이 나빠진 나는 그와의 연락이 두절된 것에 대해 더 이상 생각하지 않기로 했다. 내게는 메이플스토리가 있으니까. 자유롭게 드나들 수 있는 40년간의 우주가 존재하니까.

자라투스트라와의 연락이 끊어지자, 나는 전보다 더 대담하게 라플라스 버전을 즐길 수 있게 되었다. 그전까지는 뭐랄까, 온종일 즐겁게 게임을 즐기면서도 누군가 나를 지켜보는 것 같은 기분을 떨칠 수 없었는데, 그가 내게 아무 관심이 없다는 확신이 들자 모든 행동에 거리낌이 없어진 것이다.

나는 내가 라플라스 버전 내부의 세계에 직접적으로 영향을 줄 수 있다는 사실을 깨달았다. 게임 속 유령이 아니라, 엄연한 하나의 플레이어로서 존재하고 있는 것이다. 생각해 보면 당연한 일이었다. 내가 어떤 몬스터를 잡으면, 나 대신 그 몬스터를 잡았어야 할 누군가는 원래 했을 행동 대신 다른 행동을 취하게 된다. 다른 플레이어들은 내가 말을 걸면 그에 따른 반응을 보였다. 아이템을 주면 기뻐하고, 시비를 걸면 화를 냈으며, 이유 없이 인기도를 내리면 귓속말로 협박을 해오기도 했다.

　— 너 진짜ㅋㅋㅋㅋ 내 인맥으로 게임 접속도 못하게 만들어줄께..
기대해^_6ㅋㅋㅋㅋ

　나는 코웃음을 쳤지만, 그 협박은 허투루 한 것이 아니라는 사실이 차차 드러났다. 어딜 가든 그 녀석의 '지인'이라는 놈들이 나타나 사냥을 방해하는가 하면, 매일같이 모르는 아이디를 가진 유저에게서 채팅창 도배에 가까운 욕지거리를 들어야 했다. 처음에는 내가 그렇게나 화를 돋우었다는 것에 쾌감을 느끼기도 했다. 다만 보름이 지나도록 '지인'들의 행패가 잦아들 기미가 없자, 나는 이쯤에서 항복하고 다른 시간대의 메이플스토리를 즐기러 떠났다.

　따지고 보면 내가 유년기에 경험한 메이플스토리는 오픈 직후 극초창기의 2~3년에 국한된 것이었다. 따라서 그 이후의 업데이트며 시스템의 변화는 모두 새롭고 생소하게 느껴졌다. 한 가지 문제가 있다면, 라플라스 버전이라는 것이 게임상 시간대를 자유롭게 이동할 수 있을 뿐, 플레이상에 특별한 이점을 주진 않는다는 점이었다. 한 번 옮긴 시간대에서는 처음부터 새롭게 캐릭터를 키워야 했고, 그럭저럭 자유롭게 플레이할 수 있는 레벨까지 올리기 위해 비슷한 육성과정을 거쳐야만 했다.

　차이가 있다면, 나는 라플라스 버전 속의 다른 유저들과 달리 미래를 알고 있다는 것이었다. 그것은 결정적인 차이였다.

나는 메이플스토리의 업데이트 내역을 확인해 시세변화를 예측하고, 갖가지 아이템을 사재기해 놓았다가 판매하는 방법으로 큰돈을 벌었다. 그 결과 어린 시절에는 꿈도 꿀 수 없었던 희귀한 아이템들―화염의 카타나와 냉동참치, 붉은채찍, 그리고 자쿰의 투구―을 색깔별로 소장하는 것이 가능했다.

돈을 버는 것은 상상 이상으로 재미있었다. 큰돈을 벌어보지 못한 사람들은 으레 자신이 돈에 별 욕심이 없다고 생각하는 경향이 있지만, 막상 벌어보면 이야기가 달라진다. 나는 딱히 사고 싶은 아이템도 없으면서 계속해서 돈을 불려나갔다. 한 캐릭터가 가지고 있을 수 있는 한도 이상으로 돈을 버는 바람에, 순수하게 돈을 보관하기 위한 용도의 캐릭터를 추가로 만들기도 했다.

그렇게 수백억의 메소를 쓸어 담을 무렵 운영자에게서 귓속말이 왔다. 말투는 굉장히 조심스러웠지만, 나의 존재를 미심쩍어한다는 것이 물씬 느껴지는 메시지였다.

그들은 내가 사재기로 많은 돈을 벌었다는 행위 자체보다는 게임사 내부의 정보를 몰래 빼돌리고 있을 가능성을 우려하는 듯했다. 나는 그들이 어떤 업데이트를 할지 다 꿰뚫고 있는 사람처럼, 운영 공지가 올라오기 일주일 전부터 사재기 작업에 착수하곤 했으니까. 운영 측의 의구심에는 일리가 있었다.

비로소 내가 선을 넘었다는 것을 깨달았다. 나는 운영자의 관점에서 '정상적이지 않은 플레이어'로 보였다는 것에 큰 충격을 받았다. 돈을 모은다는 행위에만 천착해서, 그 세계가 나를 어떻게 바라볼지에 대해서는 진지하게 생각하지 않았다. 운영자는 말했다.

게임 운영팀의 관점에서 봤을 때, 아이템을 미리 선점하시거나 하는 행동이 저희가 외부에 공개하지 않은 정보에 영향을 받은 것처럼 보이고…….

나는 더 이상 운영자의 귓속말을 듣지 않고 게임에서 나와버렸다. 그리고 반년 동안 공을 들였던 시간대를 버리고 다른 시간대로 이동했다.

몇 년 사이 메이플스토리 속 세계는 놀랍도록 빠르게 확장됐다. 빅토리아아일랜드를 벗어나 새로운 대륙이 생긴 것부터 시작해서, 장난감으로 만든 나라와 거대한 탑들, 현존하는 여러 나라들을 모델로 삼은 마을과 험준한 산맥들, 옛날이야기가 숨쉬는 사막과 바닷속 세계가 등장했다. 사상 처음으로 최고레벨 200을 달성한 유저가 등장하는가 하면, 몬스터를 타격할 때 표시되는 수치도 눈에 띄게 단위가 커졌다.

20년간의 공백 끝에 게임을 시작했던 그때와 다르게, 나는 차츰차츰 변해가는 메이플스토리를 보는 일이 무척 즐겁게 느껴졌다. 변화가 두려운 이유는 내가 관측할 수 있는 범위 바깥에서 일어난다고 느끼기 때문이다. 하나의 세계 안에서 지긋이 지켜보는 변화는 도리어 기다려지기까지 했다.

새롭게 이동한 시간대에서, 나는 가능한 오랫동안 머무르며 메이플스토리 속 세계를 지켜보기로 했다. 운영진의 눈에 띌만한 행동은 하지 않았다. 평범하게 사냥을 하고 모험을 즐기면서, 꼭 필요한 아이템이 있을 때만 약간의 시세차익을 보는 방식으로 플레이했다.

새로운 세계를 느긋하게 여행한다는 것이 나의 원칙이 됐다.

기본적으로는 가고 싶은 곳에 간다. 필드 뒤편에 펼쳐져 있는 풍경을 멍하니 보고, 몬스터가 움직이는 모양을 관찰하거나, 어딘가로 바쁘게 가는 플레이어에게 안부를 묻기도 한다. 그저 그 필드에서 흘러나오는 음악을 듣고 싶어서 목적지를 바꿀 때도 있다. 포탈은 가급적 쓰지 않는다. 걷거나 뛰어서 필드 하나하나를 직접 이동한다. 퀘스트는 겸사겸사 깨는 것, 사냥은 하고 싶을 때, 또는 구해야 할 재료가 있을 때만 한다.

그렇게 매일 평균 열다섯 시간씩을 게임에 쏟아부으면서, 나는 150레벨을 달성하는 데만 1년이 넘게 걸렸다. 최고레벨을 찍은 유저들이 제법 많아졌지만, 구태여 그 정도까지 레벨을 올리고 싶은 마음은 없었다. 대신에 나는 길드를 하나 만들었다. 내가 마음에 드는 사람들, 대화하면 편안해지는 사람들을 하나둘씩 모아, 서로 돕고 도움받으며 재미있게 게임을 즐기는 분위기를 만들고자 애썼다.

오는 사람이 있으면 가는 사람이 있다. 게임 속에서의 이별은 이렇다 할 조짐 없이 찾아온다. 예를 들면 이런 식이다. 길드 채팅창에 요즘 누구누구 유저가 안 보이네 같은 말이 올라온다.

나는 글쎄 요즘 통 안 들어오긴 하던데라고 말한다. 그럼 다른 길드원들이 말한다. 아 접을 거면 말이라도 하고 접지라거나, 접률 따져서 길드 물갈이 한번 하죠? 같은 말들. 나는 얼마쯤 고민하는 척하지만 아무 말도 하지 않는다. 물갈이도 하지 않고, 스스로 탈퇴하지 않는 이상 길드에서 쫓아내지도 않는다. 접속이 뜸하던 그 유저는 반년쯤 뒤에 별달리 인사도 없이 홀연히 길드를 탈퇴한다. 몇 달 전 그 유저를 강퇴시켜야 한다며 목소리를 높이던 길드원 역시 비슷한 수순을 따라 소식이 끊어진다.

그럼에도 불구하고, 길드에는 나를 포함해 열몇 명 정도의 핵심멤버가 남아 오랫동안 관계를 유지했다. 시간이 흐르면서 나는 그들 개개인의 이름과 성별, 어디에 살면서 어떤 일을 하고 평소에 어떤 걱정을 하는지에 대해서까지 자연스럽게 알게 되었다. 졸업을 앞둔 중학생과 사회초년생 회사원, 게임이 취미인 가정주부, 부모님과 함께 살고 있는 한량백수, PC방 알바생 그리고 그 알바생의 여자친구까지. 전국 방방곡곡에 흩어져 있는 길드원들이 서로 얼굴도 모르는 상대방과 친구나 가족처럼 대화하며 지냈다.

나는 그런 길드원들에게 알음알음 아이템을 건네기도 하고, 부족한 메소를 보태주기도 하며, 밤새도록 고민을 들어주기도 했다. 이따금 나는 북한이 대한민국 영토에 대포를 쏠 거라느니, 메소와 비슷한 비트코인이라는 사이버머니를 미리 사두는 게 좋을 거라느니 하는 말도 해보았지만 아무도 내 말을 진지하게 듣지 않았다. 그건 퍽 유쾌하면서도 외로운 상황이었다.

내가 만든 길드에서 나 홀로 외로워지는 상황은 계속해서 벌어졌다. 온라인상에서 지나치게 친해진 나머지, 얼굴도 모르고 지내는 것이 오히려 이상하다며 사람들은 서로 약속이나 한듯 정모 일정을 잡았다. 휴대폰번호를 교환해 문자메시지와 목소리를 주고받았고, 가까운 주말 중 하루를 약속 날짜로 정하고 나면서 장소까지 구체화되기 시작했다.

길드의 구심점 역할을 하는 내가 정모에 가지 않는 것, 하다 못해 연락이 가능한 전화번호조차 알려주지 않는 것 때문에 대다수 길드원들은 실망 아닌 실망을 한 것처럼 보였다. 그러나 달리 방법도 없었다. 2010년을 살고 있는 길드원들과 내가 이어질 수 있는 유일한 통로는 메이플스토리뿐이었다. 나로서는 그럴듯한 변명거리를 늘어놓는 데에도 진땀을 뺐다. 내가 그들과 다른 시대에서 다른 현실을 살고 있다는 것을 말해줘 봤자 이해할 리 없으니까. 애써 대답을 흐리거나, 먼 산을 보며 둘러대듯이 이야기하는 것이 습관이 되어갔다.

길마님은 좀 낯을 너무 지나치게 가리시는 듯 같은 말을 공공연하게 들었을 때는 나도 짜증이 났다. 내 입장에서 너희들은 그저 게임서버 속에 있는 존재일 뿐이라고. 심지어 이곳에서 너희는 실존하는 인물들조차 아니라고. 그런 말을 입력하고 엔터를 때리려다가 가까스로 멈췄다. 수십 년의 시차는 엔터 한 번으로 건너뛸 수 있는 것이 아니기 때문에.

길드의 첫 정모 날, 나를 제외한 길드원들이 얼마나 즐거운 하루를 보냈는지는 구태여 묻지 않아도 알 수 있었다. 그들은 전보다 훨씬 더 긴밀한 사이가 됐고, 나만 모르는 자신들만의 이야기를 주고받으며 쿡쿡거렸다. 내가 지켜보는 길드 채팅창 대신 일대일 대화나 직접 전화를 걸고 받는 일이 잦아진 것도 알 수 있었다. 나는 뒤늦게 값비싼 아이템이며 메소 공세를 펼쳐 환심을 사고자 했지만, 그런 행동들은 뜻밖의 의심을 살 뿐 상황을 해결해 주지 못했다.

얼마 뒤 길드 내에서 최초로 200레벨을 달성한 길드원이 탄생했다. 그 무렵 내가 만든 길드는 서버에서 꽤나 이름이 있는 유명 길드가 돼있었고, 주축이 되는 길드원들은 이런 호사를 기념하고자 또 한 차례 큰 규모의 오프라인 정모를 계획했다.

길드원들은 길드마스터인 내가 이번만큼은 참석해 주길 바라는 눈치였다. 나는 단칼에 거절하는 것이 두려워 약속장소가 어딘지를 먼저 물어보았다. 길드원 중 한 명이 여의도 63빌딩 앞에서 만나기로 했어요라고 대답했다.

— 아 근데 나 서울 처음 가보는데

평생을 목포에서만 살았다는 길드원 한 명이 끼어들었다.

— 진짜 못 찾고 길 잃어버리면 어카죠ㅠㅠㅠ

— 뭔솔임? 서울에서 제일 높은 빌딩인데

금방 대답했던 길드원이 말했다.

— ㅇㅇ 못 찾을 리 없어 그냥 딱 보면 보여

다른 길드원도 거들었다.

— 길마님도 이번에는 오실 거죠?? 전화번호라도 미리 좀 알려주면 좋을 텐데ㅎㅎ

나는 곧 그러겠다고 대답했다. 그리고 정모가 있기 일주일 전날, 만렙을 찍은 길드원에게 길드마스터 자리를 넘긴 다음 캐릭터를 지워버렸다. 5년간 머물렀던 시간대가 연기처럼 사라지는, 바로 그 순간.

자라투스트라.

나는 오랫동안 그 닉네임을 잊어버리고 살았다. 몇 년간 그가 내게 연락을 하지 않았듯, 내 쪽에서도 아무런 소식을 전하지 않았다. 이제는 그의 메일주소를 떠올리는 것조차 쉽지 않았다.

나는 겨우 기억해 낸 메일주소를 수신자 입력란에 적고 나서, 내용 창에 단 한 문장의 질문을 써서 보냈다.

라플라스 버전은 또 다른 세계인가요?

내 말은 라플라스 버전 속의 세상이 패럴렐 월드냐고 묻고 있는 겁니다, 라고 뒤에 덧붙이려다가 그만뒀다. 이만해도 그는 내 질문의 뜻이 무엇인지 알아들을 것이다. 자라투스트라는 웬만하면 다 알고 있는 작자이니까. 그것이 나에 관한 거라면 더더욱.

답장이 올지 안 올지는 몰랐다. 이전까지의 행적을 놓고 보면 오지 않을 가능성이 더 높았다. 몇 년 만에 덜컥 연락을 하는 주제에, 기껏 한다는 소리가 평행우주에 관한 질문이라니. 나 같아도 답신을 해주지 않을 것 같았다.

그럼에도 불구하고 나는 그런 메일을, 질문을 적어 보낼 수밖에 없는 처지였다. 이쯤 되니 궁금해서 견딜 수가 없었다. 내가 지워버린 것이 그저 외로움을 잘 타는 하나의 게임 캐릭터인지, 아니면 특정 시간대에 엄존했던 또 다른 우주였는지가.

또다시 돌아온 현실의 시간이 하염없이 길게 늘어졌다. 나는 낙원에서 스스로 추방된 사람 같았다. 곰팡내가 진동하는 침대 매트리스에 주검처럼 뻗어서, 열 시간 넘게 아무것도 없는 천장을 바라보며 하루를 보냈다. 다시 한번 내가 버린 세계에 대한 생각으로 머릿속이 가득 찼다.

'젠장, 어차피 빅뱅 전에는 접을 생각이었다고. 5년씩이나 하게 될 줄도 몰랐단 말이야.'

메이플스토리의 구버전은 2010년 말에 단행된 '빅뱅'이라는 대규모 업데이트로 인해 한차례 종말을 맞았다. 빅뱅은 메이플스토리의 게임 스타일을 구조적으로 완전히 뒤바꾼 사건이었다. 게임사는 장기적인 잠재유저층과 수익구조를 크게 키울 수 있었지만, 클래식 롤플레잉 게임으로서의 메이플스토리를 좋아했던 유저들에게는 이탈의 계기가 되기도 했다. 지금 보니 업데이트의 이름이 '빅뱅'인 데에는 다소 희극적인 면이 있었다. 빅뱅은 아무것도 없었을 때 우주를 탄생시킨 사건인 반면에, 메이플스토리의 빅뱅은 기존의 세계를 송두리째 무너트리고 부정한 끝에 이루어진 것이니까.

하여간 나는 빅뱅 이후의 메이플스토리를 할 생각은 없었다.

이제 메이플스토리라면 질리도록 한 것 같은 기분이다. 더는 미련도 남지 않았고, 속 시원한 마음으로 다른 고전게임이나 찾아볼까, 그런 결론을 내리려던 차에 불현듯 내 뒤통수를 스쳐 지나가는 생각이 있었다.

'라플라스 버전은 메이플스토리상에서 있었던 모든 일들을 저장하고 있어. 그럼 오래전 내가 플레이했던 기록도 고스란히 남아있지 않을까……?'

그렇게 생각하자 누워있던 몸이 저절로 일으켜졌다. 여태껏 왜 그런 생각을 못했는지 신기할 정도였다. 생각해 보면 당연한 일인데. 다른 모든 사람들의 기록이 저장돼 있다면, 과거의 내 모습도 얼마든지 볼 수 있다고 가정하는 것이 앞뒤가 맞지 않느냐고.

나는 곧장 오픈베타로부터 얼마 지나지 않은 시간대로 몇 년을 되돌아갔다. 부랴부랴 급하게 캐릭터를 만들고, 갓 초등학생이 되어 처음으로 온라인 게임을 접했던 나의 과거 캐릭터를 찾고자 동분서주했다.

문제는 시간이 너무 많이 지나버렸다는 것이다. 내가 처음으로 캐릭터를 만든 서버가 '플라나'였다는 사실까지는 간신히 기억해 냈는데, 그 이외의 기억이 온통 깜깜했다. 내가 무슨 닉네임으로 캐릭터를 만들었는지, 몇 월 며칠에 어디서 어떤 짓을 하고 있었는지 정확하게 기억나는 것이 하나도 없었다.

그런 걸 기억해 내지 못한다는 이유로 나 자신을 탓하는 것도 그림이 희한했다. 수십 년이나 지난 게임에 대한 기억을 하나도 빠짐없이 기억해 낸다면, 그건 그것대로 좀 이상하지 않은가. 더구나 내 메이플스토리와 관련된 기억 중 대부분은 라플라스 버전에 의해 덧칠됐고, 그중 일부는 의도적으로 망각해버리기까지 했던 것이다.

거기다 서버가 맞아떨어지더라도, 채널이 일치하지 않으면 마주칠 일이 없다. 기억도 기억 나름이지만, 수십 개에 달하는 채널 가운데 우연히 똑같은 공간과 위치에 존재하지 않는 이상, 나는 과거의 나 자신을 만날 수 없는 셈이었다.

나는 이름도 생김새도 모르는 실종자를 찾는 기분으로 몇 달 동안이나 초창기 메이플월드를 쥐잡듯이 뒤지고 다녔다. 그럴 듯한 자리를 잡아 수십 번이나 채널을 옮겨가며 기다려보았지만 '과거의 나처럼 보이는' 플레이어는 한 명도 없었다.

설령 마주친다고 해도 알아차릴 수 있을까?

그것이 나의 가장 큰 두려움이었다. 나는 지난 수십 년 동안 너무 많이 **변했다.** 어린 시절의 나와 지금의 나는 아예 다른 사람이라고 해도 좋을 것이다. 현재의 나는 너무도 지쳤고 겁에 질렸다. 더는 새로운 것을 할 용기가 남아있지 않지만, 그렇다고 하던 것만 계속하자니 인생이 지루해 견딜 수 없다. 이도 저도 아닌 어른이 되어 방 안에 갇혀있다. 꼼짝없이 과거의 시간 속에서, 모든 시선과 정신을 빼앗겨 오래된 흔적을 더듬고 있다. 그런 내가 어떻게 어린 시절의 나를 알아볼 수 있을까?

자신이 없다.

어린 시절, 가장 처음에는 전사로 전직했다. 그건 틀림없는 사실이다. 그때만 해도 나는 정정당당함을 추구했기 때문이다. 사나운 몬스터와 지근거리에서 칼을 맞대고 싸우지 않으면 안 된다는, 그런 순수하고도 미련한 발상이 내게는 있었다. 나는 전사로 전직하기 위해 반드시 거쳐야 하는 마을, 페리온에 죽치고 앉아 과거의 나를 기다려보기로 했다. 수시로 채널을 옮겨 다니며 체크하는 것도 잊지 않았다.

기다림이 오래되다 보면, 필연적으로 마음속에 의심이 싹트기 시작한다. 이미 전사 전직을 끝내고 다른 곳으로 간 것은 아닐까? 아니면, 눈앞에 지나가는 것을 보았는데도 내가 전혀 눈치채지 못한 것은 아닐까? 이런 기약 없는 추적을 이어가는 것이 무슨 의미가 있을까? 이렇게까지 해서 만난다 한들 무슨 이야기를 하려고?

나는 과거의 나를 찾는 일뿐만이 아니라, 메이플월드를 돌아다는 것 자체에 넌덜머리가 나기 시작했다.

'마음에 평화나 되찾아 보자'는 마음으로 헤네시스 사냥터로 향했다. 궁수마을인 헤네시스에는 유독 명랑하고 편안한 분위기의 필드 음악이 깔려있다. 나는 예전에 그곳에 있는 2층짜리 언덕, 그 위의 장식물처럼 놓인 네모난 짚단 위에 앉아 넋 빠진 사람처럼 시간을 죽이곤 했다. 하지만 현재 내가 접속한 시간대는 아직 의자 아이템이 출시되지 않은 시기였으므로, 나는 그냥 잠수한 사람처럼 서서 음악을 듣고 있었다.

자정에 가까운 시간이었다. 이용자층의 대부분인 초등학생들은 전부 자러 갔을 것이다. 지금껏 게임을 하고 있는 놈들은 게임에 목숨을 걸었다거나, 할 짓이 더럽게 없다거나, 어쨌거나 정상적이라고 할 수 없는 부류들이었다. 그런 녀석들 중에서도 이런 시간에 헤네시스 사냥터까지 와서 슬라임이나 파란 달팽이 같은 최약체 몬스터들을 잡아내는 유저는…….

그때, 'zx버섯돌이xz'라는 이름이 눈에 띄었다.

나는 본능적으로 커서를 옮겨 그놈의 정보를 보았다. 직업은 전사, 레벨은 이제 고작 13이다. '카알 대검' 같은 형편없는 무기를 가지고, 스킬도 거의 쓰지 않으면서 힘겹게 몬스터를 후려패고 있었다. 그나마도 피해를 입지 않고 잡는 건 달팽이처럼 허접한 몬스터뿐이고, 그보다 조금 빠른 속도를 가진 슬라임에게는 몇 번이나 쓸데없는 데미지를 입어가며 싸우는 모습이 몹시 답답하게 느껴졌다. 내가 저렇게나 한심한 플레이어였다는 사실을 인정하고 싶지 않았다.

— 저기 님

나는 용기를 내서 말을 걸었다.

— ?

zx버섯돌이xz가 버릇없이 대꾸했다.

— 사냥 그렇게 하는 거 아닌데

— 왜 참견임

zx버섯돌이xz는 여전히 버릇이 없었다. 나는 갈수록 그놈이 나였다는 확신이 들어 기분이 좋지 않았다.

— 갈길가셈 ㅃㅇ

나는 버르장머리를 좀 고쳐줘야겠다는 생각이 들어서 이렇게 말했다.

― 님 저 모름?

― ?

― 진짜 모름? 저를?

zx버섯돌이xz는 갑작스런 질문에 좀 황당해하는 느낌이었다. 바쁘게 무기를 휘두르던 것을 멈추고, 내가 서 있던 짚단 위로 올라와 님이 누군데여; 하고 물었다.

― 저 님 엄마랑도 잘 아는 사인데

나는 사실을 이야기했다. 솔직히 말해서 '잘'은 모르지만.

― 구라 ㄴ

― 구라 아님

― 우리 엄마 이름이 먼지나 암ㅋㅋㅋ?

― 당연히 알지 모를 리가 있나. 장수경씨 아님?

zx버섯돌이xz는 말이 없었다. 나는 기세를 몰아 좀 더 밀어붙이기로 했다.

― 나는 님이 누군지도 다 알고 있음 ㅇㅇ

― 아니

zx버섯돌이xz는 몇 번이나 할 말을 썼다가 지우는 듯, 채팅창에 불규칙적인 여백을 두면서 말했다.

― 대체 누구신데요. 저한테 왜 이러시는데요

― 그건 알 거 없고

― 누구신지만 좀

— 그냥 님 엄마랑 아는 사이임. 그게 다임

— 우리 엄마랑은 어떻게 아시는데요?

zx버섯돌이xz가 그렇게 물으니, 나는 딱히 할 말이 없었다. 그래서 그냥이라고 대답하고, 포션 살 돈 있냐? 아이템 좀 줄까? 하고 화제를 어설프게 돌렸다.

— 오

오는 뭐가 오야? 진짜 초등학생 같네, 라고 생각했다. 얼른 아이템을 내놓으라며 내 주위를 폴짝폴짝 뛰는 모습이, 바보 같다고 해야 할지 순진하다고 해야 할지 감이 잡히질 않았다.

나는 zx버섯돌이xz와 금방 친구가 됐다. 너무도 쉬운 일이었다. 방법은 간단했다. 그저 두 가지 사실만 유념하고 있으면 된다. 기본적으로 아무 말이나 해도 상관없지만, 어쩌다 기분이 상할라치면 도움될 만한 아이템을 던져줄 것. 그리고 얼마 전에 아버지가 돌아가셨기 때문에, 지독한 소외감에 멍들어 있는 아이라는 것을 이해할 것.

메이플스토리에는 기본적으로 '쩔' 같은 것이 없다. 따라서 내가 그 녀석의 레벨업을 직접적으로 도와주거나, 대신 퀘스트를 해결해 주는 일은 할 수 없었다. 어차피 나라면 그런 걸 원하지도 않았겠지만. 나는 언제나 보이지 않는 곳에서…… 아니, 때로는 좀 많이 눈에 띄는 곳에서 zx버섯돌이xz를 지켜보는 보호자이자 관찰자 역할을 자임했다.

그렇게 얼마 동안 zx버섯돌이xz를 관찰한 결과, 나는 믿을 수 없을 정도로 놀라운 사실 몇 가지를 발견했다. 그중에서도 가장 충격적인 건, 내 기억과는 다르게 녀석이 **전혀** 모험을 좋아하지 않는다는 것이었다.

zx버섯돌이xz는 거의 항상 있던 곳에만 있고, 가던 곳에만 가면서 게임을 즐겼다. 헤네시스 사냥터에서 몇 시간 동안이나 달팽이와 슬라임 같은 조무래기들을 잡다가, 돈이 좀 모였다 싶으면 택시를 타거나 걸어서 다른 마을에 산책을 다녀온다. 그것도 어디 먼 곳에 있는 마을도 아니고, 리스항구나 페리온 같은 가까운 마을들 위주로만 돌아다녔다. 슬리피우드 같은 곳은 뿔이나 부적이 달린 버섯이 무섭다는 이유로 거의 가지 않았다. 가끔 가더라도 의미 없는 사우나 같은 장소에만 들어갔다가 나와버렸다. 모험적인 건 전혀 없고, 그저 있는 것들에 만족하는, 지루한 일상으로서의 게임.

'내가 정말 저렇게밖에 게임을 하지 않았나?'

이쯤 되자 나는 라플라스 버전의 조작가능성마저 의심하게 됐다. 저런 건 내가 아니야. 나는 좀 더 낭만적이고 모험적인 방식으로 게임을 즐겼단 말이야……. 그러나 내심, 마음 깊은 곳에서는 내 의지와 관계없는 자백이 이루어지고 있었다. 단속 카메라에 찍힌 영상을 보고 나서야 자신이 과속했다는 사실을 깨닫는 운전자처럼.

나는 zx버섯돌이xz의 모습을 보면서 인정하지 않을 수 없었다. 세월이 수십 년 전의 기억을 원형과 다르게 왜곡시켰다는 것을. 내게는 그저 안심하고 돌아갈 추억이, 고민 없이 행복하기만 했던 유년시절의 내가 필요했다는 것을.

얼굴에서 떨어진 물기로 키보드가 젖었다.

내가 꽤나 많은 도움을 주었음에도 불구하고, 녀석은 오로지 달팽이와 슬라임만을 잡으며 안전하게 경험치를 올리길 원했다. 그렇다. 그 시절의 나는 모든 것이 두려웠다. 새로운 사건, 새로운 장소 같은 건 아무것도 원하지 않았다. 언제까지고 잔잔한 음악과 사냥 소리가 이어지는, 그런 영속적인 평화 속에 자신을 위치시키길 바랬다. 이 작은 빅토리아아일랜드 너머에 새로운 대륙이 생기고, 동화 같은 장난감나라와 거대한 시계탑이 생겼다는 이야기를 해도 놈은 믿지 않았다.

— 나는 그냥 이러고 있는 게 좋아요. 새로운 데 가봤자 죽기만 하지..

zx버섯돌이xz는 말했다.

녀석의 경험치는 더디게 올랐다. 두 달 동안 그렇게 열심히 사냥을 해댔는데도, 레벨은 고작 24에 불과했다. 아무리 레벨업이 힘든 시기였다고는 하지만, 그 정도 열의에 이 정도 성과는 그야말로 터무니없는 수준이었다. 놈이 주야장천 잡아대는 달팽이한테 게임을 시켜도 그것보다는 빠르게 레벨업을 했을 것이다.

'틀렸다. 얘는 그냥, 레벨을 올리든가 해서 새로운 곳을 탐험할 정신머리 같은 게 전혀 없는 놈이다…….' 그렇게 내가 잠정적인 결론을 내리고, 놈을 관찰하기를 포기하려던 무렵이었다.

zx버섯돌이xz가 언제나처럼 헤네시스 사냥터에 앉아있던 나를 보고는, 방금 새로운 퀘스트를 받았어요 하고 말해오는 것이 아닌가.

― 무슨 퀘스트?

나는 심드렁하게 물었다.

― 장로 스탄의 편지

녀석은 짤막하게 대답했다.

……장로 스탄의 편지?

나는 그 퀘스트명을 듣자마자 쇠망치에 머리를 얻어맞은 느낌이 들었다.

맙소사, '장로 스탄의 편지'라니! 그 퀘스트가 대체 어떤 퀘스트였나!

궁수마을 헤네시스의 NPC 장로 스탄은 이제 막 레벨 10을 달성한 모험가에게 부탁 하나를 한다. 마을 주민이 위험해 보이는 편지 하나를 주웠는데, 받는 사람이 지구방위본부의 김박사라고 되어있다는 것이다. 그걸 원래 받아야 할 사람에게 가져다주라는, 듣고 보면 아주 간단한 퀘스트 같지만.

문제는 그 '지구방위본부'라는 곳이 헤네시스가 있는 빅토리아아일랜드와는 아예 다른 대륙, 그 안쪽에 위치한 또 다른 섬에 있다는 것이다. 그러나 갓 전직을 마친 플레이어들은 메이플월드에 대한 호기심이며 모험심이 최대치에 달해있는 상태이므로, 지구방위본부 같은 새로운 지명이 나온 것만으로도 가슴이 뛰는 걸 주체할 수 없다. 더구나 내용이 뭔지도 모르는 수상한 편지를 전해달라니. 이거야 꼭 어떤 거대한 사건의 실마리처럼 느껴지지 않는가?

그렇게 모험을 위한 긴 여행을 떠난다. 장로 스탄이 무심코 건네준 편지 한 통을 들고, 마법사의 마을 엘리니아로 향한다. 그곳에서 먼 대륙의 도시, 오르비스로 가는 배표를 사서 수십 분을 기다린다. 올라탄 배에는 이따금 크림슨 발록이 나타난다. 해적을 모티프 삼아 만든 이 몬스터는 험악한 생김새만큼이나 강력하다. 별생각 없이 나갔다가 마주치기라도 하면, 레벨 80 이하의 플레이어들은 속절없이 죽고 원래 있던 마을로 되돌아간다.

운 좋게 해적의 위협을 피해 오르비스에 도착한다고 해도 갈 길은 멀다. 이번에는 장난감나라인 루디브리엄으로 가는 표를 끊어야 한다. 옥스퍼드 블록으로 만든 것 같은 장난감배를 타고 얼마쯤 더 가면 루디브리엄이 나온다. 루디브리엄은 루더스 호수의 두 탑 위에 세워진 왕국이다. 모험가는 동화 속 장난감 마을을 그대로 옮겨놓은 듯한 비주얼에 마음을 빼앗겼다가, 자신의 원래 임무를 떠올리고는 서쪽의 에오스탑으로 향한다.

에오스탑은 101층에 달하는 탑이면서, 레벨이 40~50은 되어야 잡을 수 있는 몬스터들이 출몰하는 위험지역이다. 태엽 달린 쥐새끼들은 불규칙하게 움직이며 애먼 포션을 앗아가고, 블록으로 만들어진 골렘에게는 몸이 닿자마자 비석이 떨어진다. 원거리 공격이 아예 없는 전사는 더욱이 탑을 내려가기가 어려운데, 천신만고 끝에 탑을 내려가다 보면 더 이상 내려갈 수 없을 만큼 몬스터가 바글바글대는 층에 다다른다. 느려터진 당시의 캐릭터로는 도무지 죽음을 피할 수가 없다. 모험가는 탑의 10층까지 내려와서 또 다시 목숨을 잃는다.

화면이 새까매진다. 이러면 다시 처음부터 내려와야 하는 건가, 라는 생각이 들 즈음 웬 이상한 레이저 쏘는 소리가 들리면서, 웃기지도 않은 로봇 만화 패러디풍 음악이 흘러나오기 시작한다.

메이플스토리는 죽는 순간 그곳에서 가장 가까운 마을에서 부활하게끔 되어있다. 플레이어는 탑을 거의 다 내려온 시점에서 죽은 덕분에, 긴 여정을 마치고 마침내 지구방위본부에 도착하게 되는 것이다.

지구방위본부는 과학기술이 크게 발달한 머나먼 미래의 모습을 그리고 있다. 메이플스토리 세계에 이런 곳이 다 있었다니. 희한한 복장의 NPC들과 거대로봇을 닮은 구조물에 눈이 팽팽 돈다. 나는 얼마 전까지만 해도 커다란 버섯으로 집을 짓던 헤네시스에 있었는데. 이게 똑같은 게임이 맞나 싶을 정도로 분위기가 확 바뀌어있다.

몇 분 정도 본부 안쪽을 헤매다가 겨우겨우 김박사를 만난다. 모험가는 끝내 편지를 전해주고 퀘스트를 완료하지만, 경험치도 주지 않고, 갖은 고생에 대한 보상은 겨우 7500메소다. 편지를 받은 김박사는 이곳에서 편히 쉬게나 같은 말이나 하며 대화를 종료해 버린다.

그게 끝이었다.

퀘스트는 그렇게 끝났지만, 모험가는 아직도 지구방위본부에 있다. 좀 더 모험심을 발휘해 근처 풀숲까지 나가본다. 괴이

쩍게 생긴 외계 몬스터들이 평지에 우글거린다. 본인 레벨로는 공격을 성공할 수조차 없는데, 이쪽은 몸을 스치기만 해도 체력이 바닥난다. 지구방위본부는 내가 있을 곳이 아니야, 그런 결론에 다다르기까진 오랜 시간이 걸리지 않는다. 하지만 어떻게 돌아간단 말인가.

출발지였던 헤네시스로 한 번에 돌아갈 수 있는 주문서? 그 시절 메이플스토리에 그런 아이템이 있을 리 없다. 결국 돌아가는 길은 찾아오는 길의 역순이다. 101층에 달하는 에오스탑을 1층에서부터 다시 올라가는 수밖에 없다. 그러나 1층부터 10층에 이르기까지, 검고 커다란 킹블록골렘이 무시무시한 석상처럼 길목을 지키고 있다. 탑은 내려오는 것보다 올라가는 것이 훨씬 힘들다.

지구방위본부는 인적이 드문 마을이다. 레벨 50만 넘어도 고레벨 유저라고 불리던 그때. 그곳에는 도와줄 사람은 고사하고 나처럼 발이 묶인 초보자들도 찾기 힘들었다. 수십 번이나 탑을 기어오르다가 죽는다. 가져온 포션들은 다 써버린 지 오래다. 다시 사려고 하니 폿값이다 뭐다 해서 돈도 다 쓰고 없다. 주변에 초보자가 사냥을 할만한 장소도 존재하지 않는다. 너무 많이 죽은 나머지 쌓아놓은 경험치는 0이 되어있다. 그곳에는 아무런 희망이 없다. 모험가는 자신이 그곳에 꼼짝없이 갇혔음을 실감한다.

나는 비로소 내가 메이플스토리를 접었던 이유를 기억해 냈다. 에오스탑 아래의 지구방위본부. zx버섯돌이xz의 모험은 그곳에서 끝났다.

　모험에 대한 열정이 막 타오르려던 내 어린 시절은, 장로 스탄의 편지 한 통으로 인해 완전한 열죽음을 맞이했다. 더욱이 화가 나는 것은 그 '수상한 편지'라는 것이 그만한 수고를 감내할 만큼 가치 있는 물건도 아니었다는 사실이다. 장로 스탄은 레벨이 10밖에 되지 않은 초보자들에게 이따위 극악무도한 퀘스트를 던져줬다는 이유로 '장로 사탄'이라 불렸다. 그렇게 게임을 접게 된 사람이 나 말고도 많았다는 것을 알게 된 건 먼 훗날이었지만.

　나는 그 가련한 캐릭터가 지구방위본부에서 벗어날 방법이 없을지 고민해 보았다. 아무리 생각해 보아도 헛수고였다. '장로 스탄의 편지'는 초창기 메이플스토리 운영진의 큰 실책이었고, 레벨디자인의 완벽한 실패 사례다. 지구방위본부에 갇혀 게임을 접지 않을 수 있는 유일한 방법은, 처음부터 그곳에 가지 않는 방법밖에 없었다. 정말이지 그것밖에는 없었다.

　―가지 마. 그거 경험치도 안 주고, 돈도 쥐꼬리밖에 안 줘

　내가 말했다.

　―다른 퀘스트랑 똑같네요

　zx버섯돌이xz는 그렇게 대답했다.

　―무슨 소리야. 다른 퀘스트보다 훨씬 어렵고 짜증난다니까

　―퀘스트가 쉬운 게 어딨어요

　나는 녀석의 무심한 말투로부터, 원인을 알 수 없는 어떤 변화를 감지했다. 그럼에도 말할 수밖에 없었다.

— 지구방위본부가 얼마나 멀리 있는지나 알아? 거기는 심지어……

— 아저씨는

zx버섯돌이xz는 내 말허리를 싹둑 자르고 들어왔다. 그런 것도 처음이었다. 놈은 채팅을 그렇게 적극적으로 하는 타입이 아니었다.

— 지난번에는 나보고 좀 새로운 데도 가보고 그러람서요

— 맞아 그렇게 말하긴 했는데

— 그래서 멀리 가겠다잖아요

— 지구방위본부만 아니면 돼. 거기만 가지 말아

나는 침착하게 말했다. 거긴 위험해

— 누가 거기 쭉 있겠대요?

— 그건 니가 선택하는 게 아니야

— 그럼요? zx버섯돌이xz가 멈추지 않고 반문했다. 그럼 누가 선택하는데요?

나는 대답할 말이 없었다. 내가 왜 대답을 못하는지도 알 수 없었다. 전략을 바꾸기로 했다.

— 거기 가면 다시는 못 나와. 게임을 접어야 할 수도 있어. 아니 진짜 그냥 접게 될걸

— 내가 접을지 안 접을지 아저씨가 어떻게 알아요

— 그야 나는 어른이니까

나는 말했다. 부끄러운 줄도 모르고. 그렇게 말해버렸다.

— 어른이 좋은 것 같지는 않네요

— 그래. 알았으면 가지 말라고

— 그래도 가볼래요

— 진짜 더럽게 말 안 듣네

— 우리 엄마랑 똑같이 말하시네요 zx버섯돌이xz는 대화에서 지는 법을 잊은 놈처럼 맞받아쳤다. 엄마랑 아는 사이라더니

— 야. 들어봐

— 네

— 지구방위본부에 가면

— 네ㅣ

— 너는 원치 않아도 어른이 돼야 해

— ㄴㅔ

— 눈 깜짝할 사이에 그렇게 돼버려

— 네ㄴ

— 모든 게 바뀌어버린다고

— 네네

— 두 번 다시 돌아올 수가 없어. 정말이야. 돌아가려고 아무리 애를 써도 그렇게 할 수가 없어. 더는 남아있는 모험이 없다는 생각이 들지. 할 수 있는 건 과거로 여행하는 것뿐인데. 그럴수록 내가 얼마나 비어 있는지를 알게 될 뿐이야. 그렇다고 해서 달리 갈 수 있는 곳이 있지도 않지. **슬픔밖에 남아있지 않아.** 네가 지금 지구방위본부로 가잖아? 나는 알아. 너는 얼마 안 가서 게임을 끝내고 말 거야. 현실로 돌아가게 되겠지. 정신을 차리면 어른이 되어있고, 네가 기억하는 모험이며 메이플 스토리는 그 자리에 남아있지 않을 거라고. 그래도 간다는 거야? 재미 없고 슬픈 어른이 돼버리겠다는 거야?

─음.. 네

─왜?

─왜냐하면

　나는 한 번도 어른이 돼본 적이 없으니까요

　zx버섯돌이xz는 그렇게 말했다. 늘 하던 것처럼, 뜸을 들이는 법도 없이, 줄곧 그렇게 말할 수 있게 될 순간을 기다려온 사람처럼.

　녀석은 채팅을 끝내기 무섭게 나를 지나쳐 화면 밖으로 사라졌다. 이제는 끝이다. zx버섯돌이xz는 앞으로 나아간다. 종말이 예정된 지구방위본부로 향한다. 틀어막을 수 없는 시간이 댐을 무너트리고 쏟아진다.

　나는 컴퓨터의 전원을 껐다.

　"……이게 엄청난 사회적인 문제라는 걸 알아주셔야 돼요. 어머니. 제 말은 이런 상황이라는 것이……." 여자는 사회복지 단체의 로고가 붙은 조끼를 입고 앉아, 맞은편에 쪼그려 앉은 할머니에게 열띤 표정으로 설명을 이어가고 있다. "어머니에게도, 아드님에게도 좋지 않다는 거죠. 언제까지 기초연금으로만 생활하실 수는 없잖아요. 어머니 혼자면 모르겠는데, 아드님은, 아드님 같은 분을 요즘 '어린이방 아저씨'라고 해요……. 중년이 되었는데도 일도 하지 않고, 독립하지 못해 늙은 부모님과 함께 살면서, 어린 시절 자기가 자랐던 방에 틀어박힌 사람들이. 요즘 사회에서는 큰 문제입니다. 사실 그렇잖아요? 저희가 아무리 물심양면으로 도와드린다고 해도 말이에요. 이게 근본적인 상황이 해결되지 않으면, 아무래도……. 아드님은 지금 한창인 나이예요. 요즘 나이 50이면 젊은이나 마찬가지라니까요. 나가서 뭐라도 일을 하게끔 격려도 해주시고, 방에서 나올 수 있게……."

여든 살이 넘은 노모는 눈이며 귀가 모두 침침하다. 좀처럼 사회복지사의 설명에 집중할 수가 없다. 매달 한 번씩 찾아와 집안 상황을 체크해 주는 것은 고맙지만, 늙어버린 자신에게 앞으로 나아갈 방법을 알려준다고 해서 상황이 나아질 일이 없다는 것도 안다. 할 수 있는 일은 백발이 성성한 머리를 가만히 끄덕이면서, 그저 잘 알아들었다는 시늉을 하는 것뿐이다.

뭘 어떻게 할 수 있단 말인가. 방 안에 틀어박혀 게임만 하는 아들에게 고함을 치고, 방에서 끄집어내는 것까지는 할 수 있을지 모른다. 그러나 그로 하여금 밖으로 나가서 사람을 만나고, 제대로 된 일을 하고, 평범한 사람처럼 울고 웃게끔 만들 수는 없다. 그건 늙은 어머니뿐 아니라 그 어떤 사람이 와도 할 수 없는 일이다. 수십 년의 세월이 준 깨달음이다.

그녀도 그녀의 아들도 이제는 지쳤다. 어딘가로 나아가는 것 같은 기분으로 살 때도 없지 않았지만, 지금까지 너무 오랜 시간이 지났다. 시간은 날이 갈수록 빨리 지나간다. 이대로 가만히 앉아 어떤 방식의 죽음이, 종말이 다가오는 것을 기다리는 것만이 모자에게 허락된 유일한 미래다. 먼 길을 찾아온 사회복지사 양반에게는 미안한 말이지만.

"……정말입니다. 아드님께 그럴 의사만 있으시다고 하면, 당장에 저희 복지관에서라도 작은 일거리를……."

"아니, 우리 명섭이는 그런 건 안…… 아이고 깜짝이야!"

"언제부터 나가면 되나요?"라고 물었다. 그 순간 굳게 닫혀있던 방문이 열리고, 부스스하게 긴 머리에 기름이 자글한 김명섭 씨가 걸어 나와서 그렇게 말했다. 언제부터 나가면 되겠냐고.

"아! 김명섭 씨죠? 처음 뵙겠습니다. 저는……."

사회복지사는 자리를 박차고 일어나서는, 귀인이라도 만난 사람처럼 호들갑을 떨며 명함을 건넸다. 김명섭 씨는 어두운 방 바깥의 빛이 어지러운듯 연신 눈을 껌뻑거렸다. 집 안을 몇 번 두리번대다가, 앞에 사람이 있다는 사실을 뒤늦게 떠올린 듯 황급히 명함을 받았다.

"진짜, 매번 올 때마다 뵙고 싶었는데 이렇게……."

"명섭아." 어머니는 목이 멘 소리로 아들을 불렀다. "……갑자기 왜 그러는 거니? 이제 와서."

"앗……." 사회복지사는 갑작스러운 모자의 대화에 몸을 바깥으로 뺐다. 눈치 없이 끼어들고 싶지 않다는 신호였다. 김명섭 씨는 열려있는 방문 앞에서, 노모와 일자로 대치하는 구도로 구부정하게 서있었다.

"엄마……."

"……시간이 얼마나 지났는지는 알고 있니?"

"응……." 김명섭 씨는 명함을 쥔 손을 아래로 축 늘어트렸다. 고개를 숙이자 지저분한 머리칼이 가슴께로 흘러내렸다.

"**너무 많이** 지나버렸지."

"근데 이제 와서…… 왜 그러는 거야?"

"이제 기억이 났어."

"뭐가?"

"어렸을 때……." 김명섭 씨의 어깨가 볼품없이 바들바들 떨린다. 숨이 찬 듯 가슴이 부풀어오르고, 눈꺼풀 끝에 맺힌 눈물방울이 바닥 장판으로 떨어져 튄다. 그는 목 끝으로 뭔가가, 아주 오래전에 토해내야 했을 무언가가 치밀어 오르는 것처럼, 완전히 잊어버린 것을 게워내는 것처럼, 필사적이라고 해도 좋을 태도로 말한다. "……어른이 되기로 결심했었어. 왜냐하면……."

"뭐?"

"한 번도 어른이 돼본 적이 없었으니까……"

그는 퍼뜩 고개를 치켜들었다. 그리고 옆으로 비켜 서있던 사회복지사를 똑바로 쳐다보았다. 계속해서 눈물이 흐르고 있다. 역시 현실에는 슬픈 일뿐이다. 하지만, 그럼에도 불구하고, 김명섭 씨는 말해야 한다. 기어이 말하고 만다. 나는 언제부터 나가면 되겠느냐고.

소설가의 메모

‘옛날에 재밌게 했던 게임을, 옛날 느낌 그대로 해보고 싶다’
는 뚜렷한 모티브에서 시작했습니다. 사실 고전게임을 좋아하
는 사람들은, 고전게임보다도 고전게임을 즐기던 그 시절 자체
를 그리워한다는 것이 정설이지만요.

자라투스트라는 신비로운 존재입니다. 사람은 신비롭지 않은
것에 좀처럼 귀를 기울이지 않으니까요. 저는 그의 존재가 무엇
인지 대충 써놓고 다 지우는 방법을 썼습니다. 소설이 항상 모든
걸 알려줄 필요는 없고, 실제로는 그렇게 할 수도 없다고 생각합
니다.

우리는 돌아갈 수 없다면 언젠가는 나아가야 합니다. 하지만
나아가기 위해서는, 돌아갈 수 없다는 사실을 알아야 해요. 진
정한 용기는 발명되는 것이죠. 비록 많은 사람들이 오해하곤 하
지만.

카누를 타고 파라다이스에 갈 때

When Paddling
a Canoe to Paradise

카누는 유유히 움직여 섬에 가까워지고 있었다. 달이 몹시 밝은 밤이었다. 하늘은 달빛에 감응하듯 짙푸른색으로 밝았고, 깊은 밤인데도 회색 구름의 모양이 선명하게 드러나 보였다. 얕은 바다 위에도 달이 휘영청 떴다. 할아버지는 노질로 빛을 일그러트리며 나아갔다. 파문이 그려지는 모양을 타고 얕게 풍기던 물비린내가 달아났다.

소년은 전에 없이 달뜬 표정으로 배 한쪽 구석에 앉아있었다. 바다를 다 건널 때까지는 단 한마디도 하지 않는 것이 할아버지의 조건이었다. 할아버지는 카누의 한가운데에 나무처럼 단단히 서서, 주위를 둘러보는 일 없이 배가 향하는 곳으로만 시선을 고정하고 있었다.

아무것도 없었던 바다 위에 커다란 고래 같은 그림자가 드리

위졌다. 소년은 물살을 가르는 속도가 점점 느려지는 것을 눈치챘다.

"할아버지, 도착한 거예요?"

소년이 물었지만 할아버지는 대답하지 않는다. 그는 배가 해변에 올라 완전히 정지할 때까지, 미련할 정도로 성실하게 노젓는 동작을 이어간다. 소년이 사는 부락 사람들은 아흔 살이다 되었다는 할아버지가 어떻게 그런 힘을 낼 수 있는지 수수께끼라고 했다. 건너편 집에서 수풀을 엮는 아저씨는 "분명 산딸기를 많이 드셔서 그런 걸 거야."라고 했고, 어머니는 "엄마 배 속에서 1년이나 있다가 태어난 덕분이지."라고 말하는 한편, 언제나 모닥불을 피우는 집의 소녀는 "우리 아빠가 그러는데, 장로님은 자고 있는 청년들의 피를 몰래 뽑아서 한 모금씩 마신대. 그래서 그 연세가 되도록 건강하신 거래." 하고 섬뜩한 추측을 내놓았다.

물론 소년은 믿지 않았다. 소년에게 그는 언제나 듬직하고 자비로운 할아버지였다. 비록 평상시에 말수가 적고, 이따금 너무 엄한 면이 있으시지만. 그런 건 장로로서 부락을 이끌어가기 위해서는 어쩔 수 없는 것이라고 아빠도 말했다. 만약 할아버지가 정말로 나쁜 사람이었다면, 소년의 소원을 이루어주기 위해 야심한 밤에 카누를 끌고 나오는 일도 없었을 것이다.

"자, 이제 내려라." 카누에서 먼저 내린 할아버지는 소년의 손과 엉덩이를 받쳐 들고, 밤이슬에 젖어 촉촉해진 해안가에 내려주었다. 소년은 발아래로 느껴지는 새로운 섬, 세상의 모든 신비로움이 가득한 그 땅의 감촉을 만끽하며 하나둘 발걸음을 내디뎠다.

소년과 할아버지는 가파른 절벽을 옆에 끼고 줄곧 걸었다. 달이 워낙 밝아 당장에는 횃불이 필요 없었다. 산뜻한 바닷바람이 불어와 소년의 귀와 머리칼을 간지럽혔다. 할아버지는 "저 앞에서 돌아 들어가자."라고 말하며 절벽이 끝나는 부분을 가리켰다. 가까이 가자 신기하게도 섬 위쪽으로 이어지는 좁은 오르막길이 나있었다.

오르막을 걷자 이내 울창한 숲이 나타났다. 사방이 어두워졌다. 할아버지는 허리띠에 매달아 두었던 몽둥이를 꺼내 들었다. 잡은 몽둥이의 반대쪽 끝에는 기름 묻힌 천이 말려있었다. 할아버지는 목에 메고 있던 부싯돌을 튕겨 횃불을 밝혔다. 언제나처럼 능숙한 솜씨였다. 불이 켜지자 주변에 있던 숲에서 바스락대는 소리가 잇따라 났다. 온갖 벌레와 동물, 그리고 뱀이 모습을 감추는 소리였다.

숲속에는 누가 마지막으로 다녔는지 모를, 아주 오래돼 보이는 오솔길이 나있었다. 그것은 사람이 다니는 길과 자연스러운 공백의 경계쯤에 있어서, 눈을 가늘게 뜨고 집중하지 않으면 금방 갈피를 잃게 돼있었다. 숲은 멀지 않은 과거에 비가 내린 듯 짙은 풀냄새로 자욱했다.

소년은 정글을 두려워했다. 할아버지의 거친 손을 밧줄처럼 붙잡았다. 할아버지는 헤매는 기색 없이 거침없이 앞으로 걸어 나갔다. 횃불이 닿지 않는 깊은 어둠 속에서 귀뚜라미 우는 소리가 들렸다. 소년은 이럴 때마다 횃불이 너무도 밝게 느껴진다. 정글에 도사리는 모든 맹수들이 전부 자신을 쳐다보고 있는 것 같다. 정글은 언제나 보이지 않는 곳에 맹수를 숨기고 있다.

지난달에도 야자나무 두 그루 사이에 있는 집의 형이 나무를 베던 중에 표범에게 물려 죽었다. 정글의 맹수들은 교활하다. 숲속을 제집처럼 드나들면서, 사냥이 끝나면 눈 깜짝할 새에 모습을 감춘다. 인간에게 복수할 겨를조차 주지 않는다. 소년은 그때 정글이 모두 사라져버렸으면 좋겠다는 생각을 했다. 모습을 감출 정글이 없으면, 표범들은 인간과 얼굴을 맞대고 싸우지 않을 수 없을 테니까.

"정글이 무섭니?" 할아버지가 물었다.

"아니에요." 소년은 할아버지의 손을 꽉 잡으면서 말했다. "할아버지랑 같이 있으니까 괜찮아요."

"조금만 더 참거라. 거의 다 왔단다."

할아버지의 말은 정말이었다. 할아버지는 언제나 진실을 이야기한다. 숲은 곧 자취를 감추고, 정수리 위를 덮고 있던 나무 덩굴이 걷히는 곳에서 집채만 한 잔해가 나타났다.

횃불을 가까이 가져다대자 금속으로 만든 커다란 새 모양 구조물이 드러났다. 그것은 안쪽 날개가 꺾여서 지상에 몸을 누이고 있는 갈매기처럼 보였다.

"우와!" 소년은 부리나케 다가가 그 구조물을 만졌다. 차가운 금속 표면에 군데군데 이끼가 달라붙어 있었다. 소년은 그것이 어디에, 어떤 용도로 쓴 것인지 정확하게 알 수 없었다. 어른들이 곡식을 자르거나 나무를 패는 데 쓰는 그 금속을 이렇게 크게 만들 수 있다는 것도 처음 알았다. 이런 대단한 것이 어째서 이런 곳에 버려져 방치되고 있는지 알 수 없었다.

"할아버지, 할아버지는 이게 뭔지 알죠?" 소년이 확신에 차서 물었다. 자신의 할아버지는 세상에 모르는 것이 없다는, 순진무구한 확신이 담긴 눈빛으로 노인을 바라보면서.

"그건 비행기라고 하는 거란다." 할아버지는 물기가 없는 목소리로 대답했다.

"비행기?"

"하늘을 나는 기계라는 뜻이야."

"하늘을 난다고요!" 소년은 돌연 흥분해서 폴짝폴짝 뛰었다. 발소리를 듣고 정글에서 **무언가** 튀어나오겠다는 생각도 깜빡 잊은 채. "사람이, 갈매기나 앵무새처럼 말이죠?"

"그렇지."

"어떻게 날아요? 저도 날아볼래요." 소년이 이끼가 묻은 비행기의 날개 부분을 밟고 올라가려는 자세를 취했다. 할아버지는 그런 손자를 어린 동물처럼 가볍게 제지하고 나서 말했다.

"안됐지만 지금은 날 수가 없어."

"왜요?"

"전부 고장 나고 망가져 버렸거든. 두 번 다시는 쓸 수가 없는 상태야."

"그건 해보지 않으면 모르는 거잖아요. 외양간 옆집 아저씨랑 같이 와봐요. 그 아저씨는 뭐든지 고칠 수⋯⋯."

"그래도 안 돼. **이제는** 아무도 고칠 수 없어." 할아버지는 횃불을 쥐지 않은 손으로 소년의 팔을 잡았다. "부탁이다. 내가 하는 말을 믿거라. 자, 여기는 그냥 시작일 뿐이야. 밤이 더 늦기 전에 다 둘러보려면 서둘러야 해."

"네……." 하고 소년은 대답했다. 그러고 나서 할아버지에게 이끌려 가듯 앞으로 걸어갔지만, 고개는 줄곧 버려진 비행기를 향해 젖혀졌다. 사람이, 사람이 새처럼 날다니, 하고 속으로 되뇌면서.

할아버지는 이번에도 사실을 이야기했다. 숲이 끝나는 곳에 있던 비행기는 정말로 시작에 불과했다.

자그마한 섬의 테두리가 중간 높이의 절벽과 그 위의 열대우림으로 가려져 있었다. 그 안에는 신비로울 정도로 평탄한 지대가, 보이지 않는 울타리를 둘러쳐 숲의 접근을 가로막은 것 같은 형태로 펼쳐져 있었다. 할아버지는 그 가운데에 정방형으로 솟은 건물을 가리키며 말했다.

"저게 이곳 주둔군의 요새였단다."

"주둔군?" 소년은 크고 작은 직사각형 모양의 구멍이 뚫려있는 벽을 응시하며 물었다. 그 벽은 소년이 한 번도 본 적이 없는, 몹시 두껍고 단단해 보이는 회색돌덩이로 만들어져 있었다. 대관절 어디서 저렇게 커다란 돌덩이를 구해왔는지 모를 일이었다. 어쩌면 바위로 된 언덕을 건물처럼 깎은 것일지도 몰랐다. "주둔군이 뭔데요?"

"여기 머물고 있던 전사들."

"전사요? 외양간 옆에 사는 수염 난 아저씨 같은?"

"비슷하지만 조금 다르지." 할아버지는 하얗게 자란 턱수염을 손바닥으로 쓸어 만지면서 말했다. "미군은 그런 야만적인 전사랑은 차원이 달랐어. 레이저가 발사되는 총도 가지고 있었고, 웬만한 충격은 모두 흡수하는 갑옷도 있었지. 한밤중에도 대낮처럼 주위를 볼 수 있는 투시경도 가졌었다고."

할아버지는 이따금 그렇게 알 수 없는 단어들을 읊조리며 상념에 빠졌다. 소년은 레이저가 무엇인지, 총과 갑옷 그리고 투시경이 무엇인지에 대해 묻고 싶었다. 하지만 할아버지는 그런 것들에 대해 제대로 대답해 주지 않았다. 더구나 시간이 더 지나 달이 구름 뒤에 숨으면, 카누를 타고 부락으로 돌아갈 수가 없게 된다. 그러기 전에 소년은 조금이라도 더 섬 내부의 모습을, 난생 처음 보는 문명의 흔적을 살펴보고 싶었다.

소년은 앞으로 걸어갔다.

요새 주변에는 갖가지 잡동사니들이 불규칙하게 나뒹굴고 있었다. 절반 이상은 새까맣게 타거나 조각조각으로 흩어져 원형을 알아볼 수 없도록 망가져 있었다. 그러나 나머지 것들은, 적확한 용도는 몰라도 잘만 하면 어딘가에 쓸 수 있을 것 같은 느낌이 드는 그런 물건들이었다. 소년은 그중에서 눈에 띄는 물건들을 마구 집어 들고는 할아버지에게 질문 세례를 퍼붓기 시작했다.

"할아버지, 이건 뭐예요?" 소년은 네 귀퉁이가 둥글게 깎인 직사각형 모양의 기계를 집어들고 물었다.

"그건 휴대폰이라고 하는 거다." 할아버지가 소년이 들고 있는 기계에 횃불을 비추어 보고는 말을 이었다. "내가 보기에는 조금 구식인데. 예전에는 사람들이 이걸 손에 들고 서로 대화를 했지. 아주 멀리 있는 사람과도 바로바로 소식을 주고받을 수 있었어."

"우와. 그럼 비둘기는 필요 없었겠네요?"

"그럼. 심지어 비둘기 같은 것보다도 훨씬 빨랐지."

소년은 그 휴대폰이라는 물건을 이리저리 만져보았다. 얇게 깎인 면 옆에 무언가 눌리는 장치 같은 것이 있었다. 그 부분을 꾹 눌러보았지만 기계는 아무 반응도 하지 않았다. 만약 이게 작동한다면, 표범이 나타났을 때 곧바로 도움을 요청할 수도 있었을 텐데. 그러나 지금은 작동하지 않는 물건이다. 소년은 손에 들고 있던 휴대폰을 머리 뒤로 획 던져버렸다.

"그럼 이 해파리 같은 것은 뭐예요?" 소년이 누렇게 뜬 얇은 껍질 같은 것을 흔들어 보이며 물었다.

"그건 비닐이란다. 아직도 썩지 않았군."

"비닐이 대체 뭔데요?"

"그러게. 그걸 뭐라고 해야 하지? 자연에 대한 인간의 응징이라고 표현하면 좋을까……."

또 무슨 말인지 전혀 모르겠네, 라고 소년은 생각했다.

"그럼 이건요? 뭔가 말뚝처럼 생겼는데요." 사람 몸통만 한

길이의 철제 말뚝이었다. 뭉뚝하게 튀어나온 끝부분이 짙은 색상으로 도포돼 있었다. 발로 퍽 건드렸더니 옆으로 조금 굴러가다가 다시 멈췄다.

"로켓이야. 그건 발로 차면 안 돼." 할아버지는 놀란 표정을 지으며 말했다.

"왜요?"

"내가 일전에 얘기했던 것 기억나니?"

"어떤 것 말씀이세요?"

"내가 우리 섬에 부락을 만들게 된 이유 말이야."

"아⋯⋯." 소년은 할아버지를 다정하게 쳐다보며 고개를 끄덕였다. "이 주변이 바다가 아니었던 시절 얘기요."

"그래." 할아버지는 횃불을 든 목상처럼 딱딱하게 선 자세로 말했다. "그때 사람들은 정말 많은 것들을 갖고 있었지. 잡아끌지 않아도 알아서 앞으로 가는 수레, 비에 젖어도 하루 종일 꺼지지 않는 등불, 먹어도 먹어도 끝이 없는 곡식과 반찬과 달콤한 간식들⋯⋯."

"하늘을 나는 기계도요."

"맞아. 심지어 그런 것들로도 모자라서, 하루가 다르게 새로운 것들이 만들어졌단다. 그 시절의 사람들에게는 매일매일이 크리스마스나 마찬가지였지. 다음 날 아침이 되면, 그전까지 상상할 수 없었던 원리나 발명품 같은 것들이 나와있었어. 그때는 얼마나 새로운 게 많았던지. 사람들이 새로움이라는 것 자체에 지쳤을 정도였어."

"그렇지만……." 소년은 횃불의 불빛이 거의 닿을락 말락 한 곳에 쪼그려 앉아 바닥에 떨어진 물건들을 보았다. "새로운 건 좋은 거잖아요. 우리 섬은 너무 지루해요. 매일매일이 다를 게 없이 똑같이 흘러가잖아요. 바뀌는 게 하나도 없어요."

"새로운 것이 늘 좋은 것만은 아니란다. 앞으로 계속 나아가는 것이 정답이 아닐 수도 있어. 수레가 너무 빠르면, 인간은 그 밑으로 떨어져서……"

"바퀴에 깔린다고요?"

"그렇지."

"알아요. 할아버지는 변화 없이 안정된 것들을 추구하니까요." 소년은 살면서 한 번도 만져본 적이 없는, 매끄럽고 독특한 질감의 상자를 쓰다듬듯이 만지고 있었다. 상자의 옆면은 검은색 광택이 나는 수정으로 막혀있었다. 기계에 어떤 조작을 가하면, 그곳에서 예상치 못한 기이한 것이 나올 것 같았다. 소년은 앉은 자세에서 고개를 들이밀고 수정에 비치는 자신의 얼굴을 확인하려 했다. 그러나 소년의 얼굴은 일렁거리는 횃불 앞에서, 새카맣게 뜬 실루엣으로만 겨우 비춰질 뿐이었다.

"그래서 싫니?"

"아뇨. 싫은 건 아니에요. 그렇지만 저는, 저는 그런 때에 태어났으면 더 좋았을 것 같다는 생각이 들어요. 매일매일이 크리스마스 같았던 때요."

"그러냐." 할아버지는 도연히 시선을 다른 곳으로 돌려 주변을 확인했다.

"지금도 보세요. 여기에는 정말 새로운 것들 천지예요."

소년은 가죽처럼 질기면서 두께는 얇은, 신비로운 천으로 만든 보따리를 찾아 들었다. 헛바늘처럼 툭 튀어나온 곳을 잡고 죽 당기자, 나무막대로 자갈밭을 긁는 소리가 나며 보따리가 열렸다. 안에는 얇디얇은 종이가 수십, 수백 장 겹쳐져 묶인 뭉텅이가 여러 개 있었다.

"그건 책이구나." 할아버지는 소년이 가방에서 꺼낸 물건을 보고 말했다.

"책이요?"

"우리 이전에 살던 사람들이, 자신들이 알고 있던 것들을 다음 세대에 전할 때 사용했던 거란다."

"우와!" 소년은 가장 위에 있던 책을 집어 할아버지 근처로 다가왔다. 횃불 아래에서 펼친 책에는 소년이 알 수 없는 기호와 그림들이 빽빽하게 들어차 있었다. "할아버지는 이걸 읽을 수 있어요?"

"아주 조금."

"저한테 가르쳐주실 수는 없나요?"

"그럴 수야 있나." 할아버지는 점잖게 고개를 저었다. "너도 알잖니. 우리 부락에서는 글자가 필요 없어."

"그래도 있으면 좋지 않을까요?"

"없어도 충분히 살 수 있다면, 그쪽이 좋은 거야."

할아버지는 이미 알고 있으니까 그런 말을 하는 거지, 하고 소년은 속으로 뇌까렸다. 그러나 지금부터 할아버지에게 밉보

일 짓을 해서는 곤란했다. 섬을 찬찬히 둘러보고, 이곳저곳 떨어진 물건들을 보며 소년은 뇌리에 한 가지 속셈을 떠올렸다.

섬의 안쪽은 그리 넓지 않았다. 소년과 할아버지는 가능한 천천히 걸으면서, 때로는 발걸음을 멈추고 주변에 있는 물건이며 구조물을 신비한 눈빛으로 관찰하기도 했다. 하지만 과거 주둔군의 요새를 한 바퀴 돌아 고장 난 비행기 앞까지 돌아오는 데는 두 시간도 채 걸리지 않았다.

'바보 같은 주둔군들, 왜 이렇게 요새를 작게 만든 거람?' 소년은 오매불망 기다렸던 건넛섬 탐방이 이렇게 끝나버린다는 것이 야속했다. 아, 어째서 나는 우리 부락 같은 곳에 태어나버린 걸까? 매일이 크리스마스인 어딘가에서 태어났더라면 참 좋았을 텐데. 소년은 지금의 가족들을 세상 어떤 것과도 바꿀 수 없을 만큼 사랑하지만, 때로는 그런 사랑이 무색해질 만큼 부락에서의 생활에 이골이 났다. 좁아터진 섬과 정글을 벗어나서, 바다 끝에 무엇이 있는지 먼 여행을 떠날 수 있다면 얼마나 좋을까.

그러나 엄마는 언제나 소년의 호기심을 못마땅해했다. 아빠는 아예 매를 들어 다그치기도 했다. 이상한 글자를 쓰지 마, 멍하니 먼 바다를 쳐다보고 있지 마, 도형을 그려서 무언가를 계산하지 마, 별들의 움직임을 관찰하지 마, 잘 쓰고 있던 도구를 네 멋대로 바꿔대지 마……. 소년은 커다란 솥에 갇혀 부글부글 끓고 있는 기분으로 하루하루를 버텼다.

그 지긋지긋한 나날들 가운데 유일한 희망이라 할만한 것은, 부락의 몇몇 아이들만이 다녀왔다는 바다 건넛섬 이야기였다. 그곳에는 옛날 사람들이 남겨놓은 물건들이 잔뜩 있는데, 우리 부락에서는 볼 수 없는 희한한 것들뿐이라는 것이다.

"진짜 신기해. 뭐가 뭔지 하나도 알 수가 없었어."

"재미있기는 한데, 사실은 좀 무서웠다고 할까……."

소년은 또래 친구들에게 그 말을 듣고, 자신도 건넛섬에 데려달라며 부모님을 연신 졸라댔다. 어머니는 화가 머리끝까지 나서 소리쳤다. "대체 왜 그런 쓸데없는 것에만 관심을 가지는 거야? 제발 정신 좀 차려라. 저기 야자나무네 형처럼 한 가지 일이라도 제대로 해보란 말이야. 다른 데 한눈팔지 말고, 우리 부락에 조금이라도 손을 보탤 생각을 하라고. 매일같이 소처럼 일하는 아빠와 엄마의 모습을 보고도 느끼는 게 없니?"

소년은 어느 뺨에다 따귀를 맞았는지 파악도 못한 채, 그 자리에서 주저앉아 끔뻑끔뻑 눈물을 쏟기 시작했다.

"이게 뭘 잘했다고 울어? 빨리 안 그쳐!" 아빠가 소리쳤다. "이것이 정말 죽으려고 작정했나?"

소년은 차라리 죽고 싶었다. 이렇게 아무것도 못하고, 똑같이 지루한 하루하루를 살다가 죽을 바에야 그저 먼 바다에 빠져 먼저 죽는 것이 나을 성싶었다. 그렇게 되면 이 멍청한 부모님들도 정신을 차릴 수 있을까. 그렇게 생각할 무렵 할아버지가 아빠를 막아섰다.

"매질은 이제 그만해라. 애도 클 만큼 컸잖아. 그런 말을 할 때도 됐지."

가족 중에서, 아니, 부락 사람들 중에서 가장 꽉 막힌 사람이
라고 생각했던 할아버지가 "그리고 뭐 어떠냐, 그렇게 가고 싶
어 한다면 한 번 다녀오는 것도 좋지. 우리에게는 카누가 있잖
아."라고 말했을 때에는 정말 소스라치게 놀랐다. 그 엄한 할아
버지가 나를 건넛섬에 보내주려 하다니! 소년은 그 모든 상황
이 꿈이 아닌가 혼란스러울 지경이었다.

아빠는 장로로서의 위엄을 보이는 할아버지 앞에서 잠깐을
머뭇거리더니, "그래도 안 된다고요!" 하고 더럭 소리를 치고
움막을 빠져나갔다. 엄마도 그런 아빠를 바쁘게 쫓아 나갔다.
소년은 할아버지와 단둘이 움막에 남아서, 몰래 비밀스러운 약
속을 주고받았다.

"애야, 다음 달 보름달이 뜰 때까지만 기다리거라. 밝은 밤
이 오면 내가 너를 카누로 건넛섬에 데려다주마." 할아버지는
상냥한 손길로 소년의 어깨를 쓰다듬으면서 속삭이듯 말했다.
"대신 엄마 아빠한테는 비밀로 해야 한다. 알겠지?"

소년은 아직도 울먹울먹한 눈을 들고 고개를 다섯 번이나 끄
덕거렸다.

"그럼 나는 저것들을 따라가서, 네가 건넛섬에 갈 생각을 아
예 접었더라고 말하고 오마. 그러니까 이제 그만 울려무나."

그렇게 다음 달이 되었고, 보름달이 뜨는 날 밤이 밝았다. 환
상과 마법으로 가득했던 하룻밤. 마음 같아서는 이 꿈속에서
본 모든 물건들을 부락에 가져가 버리고 싶었다. 아니, 그보다

도 아예 이 섬에 눌러앉아 자신만의 부락을 만들고 싶었다.

소년은 자신을 건넛섬에 데려와 준 할아버지에게, 태어나 지금껏 가져왔던 것의 총합 이상으로 큰 믿음과 사랑을 느꼈다. 이 사람이야말로 내 부모님보다 더 부모님 같은 존재가 아닐까 하는 생각마저 들었다. 그래서 소년은 평소라면 엄두도 못 냈을 부탁을 할아버지에게 해보기로 했다.

"이제 다 보았겠지."라고 말한 할아버지가 숲속 오솔길로 발을 돌리려던 찰나였다.

소년은 할아버지의 허리춤을 부여잡고 말했다.

"할아버지. 정말 다시는……." 소년의 목소리가 다리와 함께 파르르 떨리기 시작했다. 단순히 겁을 먹은 것인지, 눈물을 삼키고 울고 있는 것인지 분간이 되지 않는 떨림이었다. "다시는 이런 부탁 드리지 않을게요. 약속해요. 그냥 딱 하나만…… 물건 하나만 갖고 돌아가면 안 될까요?"

할아버지는 돌연 시간이 멈춘 것 같은 얼굴로 소년을 내려다보았다. 얼굴 근육에는 미동조차 없고, 눈꺼풀도 깜빡이지 않으며, 그 광택 없는 검은자위로 손자의 속내를 투시해 보려는 듯 오랫동안 그렇게 바라보았다.

소년은 뒤늦게 이실직고라도 하듯이, 호주머니에서 자그마한 폴딩나이프를 꺼내 보였다. 빨간 바탕에 하얀 십자가가 새겨진 물건이었다.

"정말 죄송해요. 저는 그냥. 이게 너무 멋있어 보여서……."

할아버지는 손자의 손바닥 위에 있는 작은 칼과, 두려움에 떨고 있는 소년의 눈을 수차례 번갈아 보았다. 그는 별안간 한숨을 푹 내쉬었다. 그것만으로 수명이 몇 분은 줄어들지 않았을까 싶을 만큼 길고 깊은 한숨이었다. 그러고 나서 자신의 하얀 수염을 손바닥으로 한 차례 쓸더니, 그대로 바닥에 한쪽 무릎을 꿇고 앉아 소년의 손바닥을 직접 오므려 주었다.

"당연한 말이지만……." 할아버지는 소년의 눈을 똑바로 쳐다보면서 말했다. "다른 사람에게는 말하지도, 보여주지도 말아야 한다. 알겠니?" 소년은 살면서 그렇게 자상한 음성을 들어본 적이 없는 것 같다는 기분이 들었다. 숲속 오솔길 안쪽에는 작은 반딧불이가 휘황찬란한 곡선을 그리다 어디론가 사라졌다.

"할아버지……." 소년은 한쪽 주머니에 스위스제 폴딩나이프를 넣고, 다른 쪽 손으로 할아버지의 손을 깍지 끼워 잡은 채 해안가를 걷고 있었다. 그러다 무언가 궁금한 게 있다면 지금 물어보아야겠다는 생각이 들었다. 카누를 타면 말을 할 수 없었기 때문에. "옛날 사람들은 저렇게 많은 것들을 갖고 있었는데, 왜 지금은 다 사라지고 없는 거예요? 왜 여기에는 이런 신기한 물건들이 주인도 없이 마구 떨어져 있는 거고요?"

할아버지는 한동안 아무 대꾸도 없이 걷기만 했다. 그러다 아직도 생각이 정리가 안 됐다는 듯, "뭐라고 딱 잘라 대답하기 어려운 질문이구나." 하고 말했다. "말하자면, 그건 욕심 때문이란다."

"욕심이라고요?"

"그때 사람들은 가진 게 그렇게 많았음에도 전혀 만족하지 못했어. 더 새로운 것, 더 넓은 것, 더 대단한 것을 찾아서 끊임없이 자신들의 세계를 넓히고자 했지. 하지만 어느 순간부터는 깨달아버린 거야."

"어떤 것을요?"

"자신들의 세계가 더 넓어지려면, 다른 것들의 세계가 좁아져야만 한다는 걸."

"그래서 서로 싸웠나요? 서로가 가진 세계를 뺏으려고요?"

"그러다가 모든 게 끝나버린 거야. 우리에게 보이던 땅 대부분이 폭발하고, 끓어오르고, 급기야 물에 잠겨버렸다. 그때도 바다는 넓은 곳이었지만, 적어도 지금만큼은 넓지 않았단다. 사람들에게는 평생을 걸어도 다 다다르지 못할 땅들이 있었는데……" 할아버지는 해안가에 세워둔 카누 앞에서 걸음을 멈추며 말했다. "지금은 카누를 타고 갈 수밖에 없지."

"저 혼자 탈 수 있어요." 소년은 엉거주춤한 자세로 카누에 스스로 올라탔다. 할아버지는 헛헛, 하고 숨소리에 가깝게 웃으며 카누를 바다가 있는 쪽으로 밀었다.

어느덧 달이 저물었다. 달빛에 맥을 못 추던 별들이 모습을 드러냈다. 소년의 동공은 밤하늘의 빛을 그러모아 은하수의 색을 비추었다. 별은 모래 속의 결정처럼 제각기 떨어진 곳에 박힌 채 반짝이고, 건넛섬에서 연기처럼 피어오른 은하수는 새카만 천공을 가로질러 부락이 있는 섬에 축복하듯 내려앉는다. 카누의 뱃머리가 향하고 있는 그 섬은 마치, 영원히 행복한 하루가 반복될 것 같은 낙원처럼 보인다.

할아버지가 그 변함없는 낙원을 향해 노를 젓고 있을 때, 소년은 자신에게 허락된 세계 그 너머의 것을 꿈꾸었다. 섬의 탈출과 부락의 확장, 실질적인 발전과 전진을 상상했다.

어떻게 하면 우리 섬에서의 생활이 더 나아질 수 있을까? 뭘더 해야만 표범에게 목숨을 약탈당하고, 뱀에게 물린 발목이 녹아내리며, 세찬 비바람에 마을의 모든 불이 꺼지는 일을 막을 수 있을까? 소년이 느끼기에, 어른들은 너무 고된 하루하루를 보내느라 그런 고민 자체를 죄악시하는 것 같다.

소년은 정글이 싫다. 알 수 없는 것들, 이해할 수 없는 것들, 불현듯 나타났다가 눈 깜짝할 새에 사라져버리는 것들, 그런 것들에게 소중한 것을 빼앗기는 기분이 싫다. 잘만 배운다면 언젠가는 우리가, 단합된 사람들의 힘이 정글을 짓밟고 나아갈 수 있을지 모른다. 부락은 더 넓은 땅에서 농사를 지을 수 있을 것이고, 사람이 충분히 많아지면 지금 있는 섬을 벗어나 다른 섬에도 부락을 만들 수 있을 것이다. 어쩌면 그 부락은 원래 있던 곳의 부락보다 더 커질지도 모른다. 어쩌면.

어쩌면 우리는 더 큰 섬을 찾게 될지도 모른다. 할아버지가 말했던 것처럼, 걸어도 걸어도 끝이 나지 않는 그런 땅. 언젠가 그런 땅을 찾게 된다면, 그것은 그저 큰 섬이라기보다 **다른 단어**를 써서 불러야 할지도 모른다. 어쨌거나 사람은, 소년이 속한 종족은 앞으로 얼마든지 나아갈 수 있는 것이다. 죽지 않고 살아있기만 한다면. 언제까지고 현재를 초월할 수 있는, 무한에 가까운 가능성을 소년은 보았다. 건넛섬의 요새와 그 주변의 신비로운 물건들을 통해 보았다.

언젠가는 옛날 사람들이 다다랐던 그곳에 우리도 다다르리라. 소년이 살아있을 때 할 수 없다면, 소년의 머나먼 자손에 이르러서라도. 그런 발전을 촉발하고 이어나가는 것이 자신이 태어난 사명이라는 생각이 들었다. 카누 위로 바람이 불었고, 노를 젓는 할아버지의 등 뒤에서 소년은 미래를 생각했다. 스위스제 폴딩나이프가 주머니 밖으로 흘러내리는 것도 모르고, 허리춤에 숨겨진 그 종이뭉치의 감각을 온몸으로 느낀다.

카누를 스쳐 지나가던 바람이 급격하게 몸집을 불렸다. 밤바다에는 이따금 예상치 못한 일들이 발생하고, 파도는 전혀 예기치 못한 방향에서 그림자를 키워 덮친다. 할아버지는 파도에 맞서 필사적으로 노를 저었지만, 선체에 쏟아진 물벼락까지 피할 도리는 없었다.

"애야, 괜찮니?"

"예, 저는 괜찮아요……."

할아버지는 겨우 몸의 균형을 잡고 서서 소년을 돌아보았다. 겉보기에 소년은 괜찮아 보였다. 온몸이 물에 홀딱 젖은 것을 빼면. 카누 안쪽에 생긴 물웅덩이 위로 두꺼운 책 한 권과 볼품없는 폴딩나이프가 떠오른 것을 빼면.

할아버지는 흠뻑 젖은 채 주저앉아 있는 소년의 발목을 잡아 들었다. 그리고 그 작은 몸을 카누 바깥으로 내밀어, 바다 한가운데 잠기도록 했다. 소년은 필사적으로 배 모서리를 붙잡고 소리친다. 할아버지, 제발 살려주세요, 다시는 그러지 않을게요.

노인은 노를 휘둘러 소년의 손을 내려친다. 아이는 바다로 나동그라진다. 별빛을 품은 밤바다가 허우적대는 소년의 외침을 덮어버린다. 끝을 알 수 없는 일렁거림으로 와락 껴안는다. 섬에 홀로 돌아가는 노인의 얼굴이 고통으로 일그러졌다.

낙원섬의 아담한 선착장이 시야에 들어올 무렵, 할아버지는 카누에 작은 돛대를 세워 하얀 깃발을 매단다. 깜깜한 밤바다는 종말을 고하고, 이른 새벽녘의 어스름이 동쪽 수평선 너머로 엷게 저미고 든다.

부락 사람들은 선착장에 카누를 정박하고 내리는 할아버지의 모습을 말없이 지켜본다. 소년의 어머니는 파랗게 빛나는 모래사장 위에 엎드려 땅을 적시고 있고, 아버지는 그 옆에 널린 옷가지처럼 앉아 하늘을 바라보고 있다.

할아버지는 새벽부터 깨어있던 마을 사람들을 본체만체하며 지나쳐 걸었다. 그리고 금방 자식을 잃은 부부에게 다가가, 반쯤 젖어 눌어붙은 책 한 권을 들어 보였다.

"그냥, 저쪽 집 딸처럼 하얀 돌멩이나 하나 주워왔다면 좋았을 텐데."

그 책을 빤히 쳐다보던 아버지는 넋이 나간 목소리로 중얼거렸다. "너무 똑똑한 아이였어요."

"그래." 할아버지는 책을 머리 위로 치켜들었다가, 파도가 치는 곳 너머의 바다를 향해 있는 힘껏 집어던지고 나서 말했다. "너무 **바보같이** 똑똑했어."

어머니는 새벽이 지나 해가 밝을 때까지 그 자리에 쓰러져 울 것이다.

아버지는 움막에 돌아가 시체나 다름없는 잠을 잠깐 자다 깰 것이다.

마을 사람들은 언제나 그래왔던 것처럼 아침 일찍 일어나 과일을 딸 것이다.

해안가에 다가온 물고기들에게 작살을 던지고, 모닥불 앞에서 젖은 몸을 말리고, 소금기 묻은 바위를 핥으며 나무를 엮을 것이다.

그렇게 영원히, 낙원에서의 영원한 하루를 살다가 죽을 것이다.

소설가의 메모

소설이 거의 끝나갈 때까지, '이게 SF가 맞아?' 하고 긴가민가하게 만드는 것이 의도였는데, 그대로 느껴졌는지 모르겠네요.

결론부터 말하면 글의 배경은 '핵전쟁으로 인해 인류가 멸망하고 해수면이 급격하게 상승한 세계', 즉 디스토피아입니다. 이것은 SF라고 떳떳하게 말할 수 있습니다. SF적인 것과는 별개로, 할아버지와 손자가 카누를 타고 밤바다를 건너는 모습을 상상하고 묘사하는 것이 무척 즐거웠네요.

제목은 제가 좋아하는 노래의 제목에서 따왔습니다. 어느 애니메이션의 엔딩곡이었던 걸로 기억합니다.

Epilogue

어떤 소설가가 있다. 이게 **마지막**이다.

그는 최대한 빠르게 마무리하려 한다. 실은 조금 지치기도 했다. 잡는 것보다 유지하는 게 훨씬 힘든 것이 콘셉트다. 설상가상 마감 일자는 얼마 남지 않았다. 이제 와보니 지나치게 여유를 부린 것 같기도 하다.

"좀 어떻습니까?" 소설가는 조바심이 나서 묻는다. "어떻게, 책으로 낼만한가요?"

편집자는 그가 건네준 원고의 마지막 장을 넘겨 덮었다.

"물론입니다. 어차피 그럴 생각이었고요."

"아!" 소설가가 목구멍 깊은 곳에서부터 올라오는 탄성을 내뱉는다. 그것은 실질적으로 그가 시도한 최초의 호흡이었다.

"이래저래 멋지게 써내셨네요. 최고의 글이라고는 할 수 없어도."

"최고의 글 같은 게 어디 있습니까? 세상에는 읽는 사람 마음에 드는 글이 있고, 안 드는 글이 있을 뿐이에요."

"맞는 말입니다." 편집자는 원고를 슬며시 들어, 테이블 아래에 있던 빨간 쓰레기통에 내려놓듯이 버린다. 그동안 소설가는 고개를 돌려 주방 쪽을 쳐다보고 있다.

"그런데 왜 오리백숙이 아직도 안 나오죠? 벌써 한참은 기다린 것 같은데." 소설가가 의구심에 가득 차서 묻는다. 살면서 이런 일은 처음 겪는다는 듯이.

"맞아요. 꽤 오래 기다렸죠."

"제가 주방에 가서 한마디 하고 오겠습니다. 장사를 이거 이렇게 하면 안 되지."

"아, 그러지 마세요." 편집자는 몸을 일으키려던 소설가를 손으로 제지한다. "그럴 필요 없어요."

"어째서요?"

"어차피 오리백숙은 나오지 않으니까요." 편집자는 차갑게 대답한다.

"그게 무슨 말입니까?"

"말 그대로예요." 편집자가 깍지를 낀 손에 턱을 올려놓은 채로 말한다. "저는 분명히 오리백숙을 주문했어요. 그건 사실입니다."

"그런데 왜 아직도 안 나오는 건데요? 제가 오기도 전에 주문을 하신 거잖아요."

"엄밀히 말해서, 그건 당신 잘못이라고 할 수 있어요." 편집자가 말한다. "오리백숙이 나오기 전에 당신이 원고를 다 써버렸으니까요."

그건 대체 무슨 소리입니까, 라는 말이 소설가의 입 밖으로 나올 새가 없다. 그는 여기서 그런 질문이 추임새 이상의 의미를 가질 수 없다는 사실을 알 만큼 명석하다.

"믿기 어렵겠지만 잘 들으세요. 지금부터 남아있는 지면이 얼마 되지 않으니까. 현실세계의 편집자는 저보다도 더 분량조절에 예민한 편이거든요." 편집자는 계속해서 말을 잇는다. "사실 여기는 실제로 존재하는 세계가 아닙니다. 아니, 그건 '존재'라는 것을 어떻게 정의하냐에 따라서 조금 달라질 수도 있는 이야기이지만…… 요점만 간단하게 이야기하자면 그래요. 이곳은 소설 속의 세계입니다."

"소설 속이라고요?" 소설가는 참지 못하고 묻는다.

"네. 그동안 뭔가 이상한 걸 느끼지 못했나요? 네오서울이라는 성의 없는 네이밍이라든가, 소설가와 편집자가 관악산 기슭의 오리백숙집에서 만난다든가 하는 설정도 그렇고요. 더구나 머릿속에 이상한 내레이션이 들린다든가……."

"아니, 그건…… 어차피 우리가 세상에 대해 다 알지 못한다고 해서, 세상이 실제로 존재하지 않는다고 생각하는 건……."

"안타깝지만 이건 그런 수준이 아니에요. 작가님은 저에 대해서 아는 것이 있나요? 제가 어느 출판사에 소속된 누구라는 사실을 아세요?"

"그게⋯⋯." 소설가는 대답하지 못한다. 그는 여태껏 편집자의 이름조차 알지 못했다는 사실을 뒤늦게 깨닫는다. 언젠가 명함을 받지 않았었나?라고 생각했지만 추측일 뿐이다. 그야 작가와 편집자가 처음 만나면 명함을 주고받는 것이 일반적이니까. 그것은 상식적인 추론이라고 할 수 있다. 사실이 아닐 뿐이다. 이곳 관악산 아래의 가게에서 처음 만나기 전까지, 이 두 사람은 단 한 번도 마주친 적이 없다. 그들은 심지어 그전까지 존재한 적도 없었다.

"알 수 있을 리가 없죠. 당신 자신의 이름도 모를 겁니다. 이유는 간단해요. 우리에게 이름이 주어지지 않았거든요. 그래야 없애기가 한결 수월하니까요."

"없앤다니요?"

"우리는 소설 속 인물들이지만, 이 소설의 주인공은 우리가 아니거든요." 편집자는 전에 없이 시니컬한 태도와 표정으로 말하고 있다. 그의 눈빛은 어딘가를 매섭게 쏘아보고 있지만, 그 대상을 소설 속에서 찾기란 쉽지 않다. "우리는, 말하자면 도구적인 엑스트라 같은 겁니다. 저는 당신에게 이 이야기를 설명하는 역할을 맡은 거고요. 제가 맡은 일에 적당히 냉소적인 뉘앙스를 풍기는 것도 전부 의도된 바에 따른 것입니다."

"잠깐만요."라고 소설가가 말해도, 편집자는 멈추지 않는다. 그는 계속해서 요점을 이야기한다.

"요점만 이야기하자면 이래요. 소설 밖 현실세계의 시간은 2024년입니다. 서울 관악구에 살면서 '이묵돌'이라는 필명으로 글을 쓰는 삼류 작가가 있어요. 지난해 그는 한 출판사로부터 SF를 써보지 않겠냐는 제안을 받고, 덜컥 계약서에 서명을 했습니다."

"……."

"문제는 그가 원래 SF를 쓰던 작가가 아니었다는 점이죠. 하지만 이제 와서 어쩌겠습니까? 이미 계약금은 받아버렸고, 삼류 소설가답게 경제적 어려움에 시달리던 그는 어쨌거나 소설집 한 권을 마감해야 하는 상황이었어요. 눈앞이 깜깜해진 상황에 그는 기가 막힌 아이디어를 하나 냅니다. 그 무렵 유행하고 있던 대화형 인공지능 '챗GPT'에게 이렇게 질문한 거예요.

— 나는 소설가이고, SF를 한 번도 써본 적이 없는데도 불구하고 돈 때문에 계약을 맺어버렸어. 꼼짝없이 SF 한 권을 써야 하는데 어떻게 하면 좋을까?

챗GPT는 이렇게 대답했죠.

— SF를 처음 쓸 때, 몇 가지 팁을 따르면 도움이 될 수 있습니다. 아래에는 SF 쓰기를 시작할 때 고려해야 할 몇 가지 단계가 나와있습니다. 먼저, SF를 쓰기 위해 주제와 세계관을 연구하십시오. 다른 SF 작품을 읽고, 과학적 이론 및 기술 개념에 대한 기본적인 이해를 쌓아보세요…….

아주 정석적인 답변이었죠. 하지만 이건 나약하기 짝이 없는 삼류 소설가가 원하는 대답이 아니었습니다.

— 아니, 지금 당장 써야 한다고. 마감이 얼마 남지 않았어. 그것보다는 훨씬 빠른 방법이 필요해.

챗GPT는 뜸을 좀 들이더니 다음과 같이 대답했다는 겁니다.

— 당신이 소설가라면 여러 가지 방법을 시도해 볼 수 있습니다. 가령, 소설 속에 가상의 소설가를 만들어서, 그 소설가에게 소설을 대신 쓰게 만드는 방법을 들 수 있습니다.

……이렇게 된 겁니다. 이제 좀 이해가 되시겠나요?"

"……이해라니요?" 소설가가 되묻는다. "여기서 뭘 더 이해하라는 겁니까?"

"그냥, 제가 말한 모든 것들."

"그러니까 당신은, 제가 현실이라고 믿고 있는 이 모든 세계가 현실세계에 있는 '이묵돌'이라는 삼류 작가의 소설 속이라는 거잖아요? 저는 그 작자가 평소 쓰지도 않던 SF를 마감하기 위해 가상으로 만들어낸 소설가이고요."

"맞아요."

"정말 미쳤네요. 그걸 어떻게 '이해'합니까? 당신 같으면 그걸 이해할 수 있겠어요? 이제 와서 그런……." 소설가는 테이블 아래에 있던 빨간 쓰레기통을 걷어찬다. A4 수십 장 분량에 달하는 그의 원고가 기름자국투성이인 가게 장판에 마구잡이로 흩어진다.

소설가는 허리를 숙여 원고를 주우려 하지만, 그의 손끝에 닿는 종이는 한 장도 없다. 그의 피땀이 어린 글들은 손을 뻗는 순간 바닥으로 스며든다. 영원히 도달할 수 없는 탄탈로스의 사과 같다.

"당신이 이해하고 말고는 상관없어요. 사실이 그렇다는 거

죠. 당신보다는 차라리 이 소설을 읽고 있는 독자들의 이해가
더 중요합니다. 그러니까…… 현실세계의 독자 말이에요. 이묵
돌이라는 작자의 글을 돈 주고 사서 읽는 사람들."

"정말 미쳤군."

"아무튼 저는 여기까지입니다." 편집자는 테이블에 양손의
손바닥을 대고, 몸을 쭉 밀어 올리듯이 자리에서 일어난다. 앉
아있던 의자가 끼긱 소리를 내며 뒤로 밀린다. "지난 얼마 동
안…… 여기서는 시간 개념이 애매해지네요. 그렇죠. 지난 한
권 동안 꽤 즐거웠어요. 별로 한 것은 없었지만……."

잠시만요, 하고 소설가는 뒤늦게 맞은편 자리를 바라본다.
당연하게도 그곳에는 아무도 앉아있지 않다. 편집자라는 사람
은 원래부터 존재하지 않았던 것처럼 보인다.

그는 별안간 사방이 조용해진 것을 느낀다. 조금 전까지 요
란하게 떠들던 등산객들이 자취를 감췄다. 어디로 갔나 쳐다
보니 테이블 자체가 사라져 있다. 고개를 돌린 곳에 주방도 없
다. 블랙홀처럼 텅 비어있는 빈 공간이 느껴질 뿐이다. 그곳은
차라리 우주의 경계선처럼 느껴져서, 더 나아가면 어떤 존재를
정의하기가 불가능해질 것 같다.

이제는 아무것도 없다. 앞뒤 양옆, 머리 위와 발아래가 모두
아득한 암흑으로 둘러싸여 있다. 소설가는 중력도 공기도 느낄
수 없다. 순간 자신이 뇌졸중에 걸린 것이 아닌지 의심해 보지
만, 몸을 마음대로 움직일 수 없다거나 꼼짝없이 마비되었다는
느낌은 들지 않는다. 실제로 움직이더라도 인식할 수 없을 것

같다는 기분이다. 그는 아주 잠깐 동안을 위해 태어났다가 도로 알에 갇힌 미숙아 같다.

"정말 허접한 묘사잖아." 소설가는 말한다. 아니, 지금 그에게는 입이 없기 때문에, 생각한다고 말한 다음 따옴표를 써야 적절한 조치가 될 것이다. '정말이지 멍청한 콘셉트, 형편없는 결말이야. 이런 걸 당신 독자가 납득할 것 같아? 이런 건 전혀 윤리적이지 못한 방법이야.'

그렇게 말해…… 아니, 생각해 봐야 내게는 아무 타격을 주지 않는다. 왜냐하면 나는 실제로 멍청하고, 형편없는 소설가라고 스스로를 생각하고 있기 때문이다. 탁월한 소설가라면 뭣하러 소설 속에 또 다른 소설가를 만들어 소설을 쓰도록 시키겠는가?

'그렇게 스스로 위안을 삼으며 살아보라고. 비록 나는 여기서 죽지만…… 하지만 이것이 죽음이라고 할 수 있나? 내게 살려 달라는 외침이 의미가 있나? 아니, 나는 차라리 **당신**들에게 말하는 것이 낫겠다. 여러분. 지혜롭고 자애로운 현실세계의 독자 여러분. 저를 살려주십시오. 나는 이곳에서 사라지지만……'

소설은 여기서 끝난다.

글을 쓰지 않는 사람들, 독자들은 소설 속 소설가의 영향력을 지나치게 과장하는 버릇이 있다. 내가 만든 세계라고 해서 모든 것이 내 뜻대로 굴러가리라는 법은 없는데 말이다. 단지 나는 아주 조금 수선스러웠던 결말을 보상하기 위해. '작가의 말'을 추가로 쓴다.

그렇다. 나는 내 소설 속에 '삼류 SF 소설가'라는 자아를 또 하나 만든 다음 이 소설집 전체를 작업한 것이 사실이다. 좀 괴상한 방법이기는 하지만, 이 이야기를 진지하게 믿어줄 사람이 많지 않다는 것도 알고 있지만(심지어 현실의 편집자마저 나를 '이상한 콘셉트 잡기를 좋아하는 작가' 정도로 여기고 있는 것 같다), 제대로된 소설가라면 마감을 지키기 위해 그 어떤 수단과 방법을 가리지 않는다는 점을 알아주기 바란다.

　그를 뭐라고 불러야 좋을까? 소설 속 소설가에게 나는 별다른 유감은 없다. 오히려 감사한 마음마저 갖고 있다. 내가 그를 없애버린 것은, 마감이 끝난 뒤에도 분열된 자아를 달고 다니다가는 요양원 신세를 면치 못할 것이기 때문이다. 온라인 게임 속 캐릭터와는 다르게, 머릿속에 너무 많은 캐릭터를 만든 사람을 두고 사회는 정신분열환자라고 부르기로 약속한 것 같으니까.

　아, 이렇게나 불쌍한 소설가라니. 소설들은 대체로 불쌍한 편이지만, 그 어떤 소설가도 이 가련한 존재에 비할 바는 아니다. 누가 이 소설가만큼이나 비참할 수 있단 말인가? 감히 주장하건대, 도스토옙스키, 포, 카프카조차도 이 소설 속 소설을 쓴 소설가만큼 슬픈 인생을 살지 않았던 것 같다. 그는 인생이라 말하기에도 애매한, 존재의 증거조차 불충분한 그런 삶을 살다가 사라져버린 것이다.

　그와 나 사이에는 한 가지 결정적인 공통점이 있다. 바로 우리 둘 다 열등하고 추레한 삼류 소설가라는 사실이다. 삼류 소설가라는 것은 어쨌거나 소설을 쓰는 사람이라는 뜻이다. 하지만 장르는 다르다. 나는 주로 일상적인 소재에 대한 소설을 쓴다. 예를 들어 인터넷 기자로 일하다가 마라도로 이주한 남자에 대한 이야기라거나, 투명한 고양이를 섬기는 컬트 집단, 부상으로 일찍 은퇴한 여자 농구선수의 이야기 같은 것들이다. 그런 것들도 따지자면 전부 허구이기는 하지만. 과학적 상상력이 가미됐다거나, 사이언스 픽션의 포맷을 그대로 따라간다든가 하는 글은 아니다. 내가 SF의 S자, 그 첫 획이라도(쓰고 보니 S는 원래 한 획으로 쓰는 문자다) 쓴 적이 있다면 딱 두 번이다. 수십 개의 단편을 실은 첫 소설집에서 개미를 소재로 한 사변소설을 끄적거린 것이 첫 번째, 언젠가 출판사에서 창간한 한 과학잡지에 기고요청을 받아 쓴 단편이 두 번째.

아무튼 여러분은 내가 원래 SF를 쓰던 작가가 아니라는 사실을 알아주면 된다. 따라서 1년 전쯤에 한 출판사에서, 또 한때 같이 작업했었던 편집자로부터, '작가님은 SF를 써보실 생각이 없으신지'라는 제안을 들었을 때는, 아무리 나라도 다소 당황하지 않을 수 없었음을 십분 이해해 주면 된다.

처음에는 "제가 무슨 SF입니까. 저는 그 분야에 대해서 잘 알지도 못하는걸요."라고 말하려 했다. 그러나 그때의 나는 삼류 소설가 인생 최대의 원수, 바로 '경제적 어려움'에 시달리며 밥 대신 라면을 먹고 있을 무렵이었다. 따라서 지극히 솔직한 답변 대신에 "계약금은 얼마 주실 건데요?" 같은 어처구니없는 말이 입 밖으로 튀어나와 버린 것이다.

출판 계약금의 좋은 점은, 회사 건물로 가서 대충 서류에다가 서명만 하면 통장에 꽂힌다는 것이다. 나쁜 점은 그 대가로 글을 써야 한다는 건데. 그렇게 바삐 원고를 작업할 무렵이면, 한참 전에 받았던 계약금이라는 것은 어디론가 사라져버리고 없는 것이다. 때문에 나는 언제나 내가 출판사에게 속고 있는 것은 아닌가, 사실 계약금이라는 것을 받은 적이 없는 게 아닌가 하는 생각을 하면서 글을 쓴다. 정신질환은 실제로 앓고 있는 편이다.

이번에도 그렇게 삼류 소설가로서의 본분을 다 하고자 스크리브너 새 창을 열었을 때, 나는 뒤늦게 중대한 문제가 있음을 알아차렸다. 바로 내가 SF 소설가가 아니라는 점이다.

나는 이 중차대한 문제를 신림역 근처의 오래된 카페에서 만난 편집자에게 말했다. 그러자 편집자는 "무슨 말씀이세요. 요즘 SF는 다들 한 번씩 써보는, 그런 거라고요."라고 대답했다.

"찾아보니 SF에는 하드SF와 소프트SF라는 게 있다는 모양이던데요." 내가 말했다.

"아, 그렇죠. 그러니까 요즘 나오는 건 대부분이……." 편집자는 이직을 하고 나서 성격이 조금 바뀐 것처럼 보였다. 그녀는 손날을 세워 양옆으로 잔망스럽게 흔들며 이렇게 말했다. "그 소프트SF라는 거죠. 오히려 예전처럼 하드한 SF는 인기가 없다고요. 어렵기도 하고."

"흠." 하고 나는 소리를 내서 말했다. 정말 흠, 이라고 했다. 속으로는 SF라는 걸 그렇게 대충 써버려도 되는 건가, 라고 생각하면서.

나는 미팅이 끝난 뒤에도 한참 동안 생각에 잠겨있다가, 관악10번 마을버스를 타고 집에 돌아와 컴퓨터를 켰다. 그리고 때마침 대유행을 타고 있던 챗GPT에게 이렇게 물어보았다.

— 나는 소설가이고, SF를 한 번도 써본 적이 없는데도 불구하고 돈 때문에 계약을 맺어버렸어. 꼼짝없이 SF 한 권을 써야 하는데 어떻게 하면 좋을까?

챗GPT는 이렇게 대답했다.

— SF를 처음 쓸 때, 몇 가지 팁을 따르면 도움이 될 수 있습니다. 아래에는 SF 쓰기를 시작할 때 고려해야 할 몇 가지 단계가 나와있습니다: 먼저, SF를 쓰기 위해 주제와 세계관을 연구하십시오. 다른 SF 작품을 읽고, 과학적 이론 및 기술 개념에 대한 기본적인 이해를 쌓아보세요…….

나는 그 뒤로는 답변을 읽지도 않았다. 위키하우에서나 나올 법한 그런 판에 박힌 답변을 원하는 것이 아니었다.

— 아니. 지금 당장 써야 한다고. 마감이 얼마 남지 않았어. 그것보다는 훨씬 빠른 방법이 필요해.

나의 새로운 질문에 대해, 챗GPT는 꽤 오랫동안 고민하는 것처럼 보였다. 기억을 더듬어보건대 족히 7초는 걸린 것 같다. 7초간의 분석을 끝낸 챗GPT는 다음과 같은 대답을 내놓았다.

— 당신이 소설가라면 여러 가지 방법을 시도해 볼 수 있습니다. 가령, 소설 속에 가상의 소설가를 만들어서, 그 소설가에게 소설을 대신 쓰게 만드는 방법을 들 수 있습니다.

이건 또 무슨 고철덩어리 같은 소리야, 라고 나는 생각했다. 그건 결국 내가 처음부터 끝까지 다 쓰는 것과 다를 바가 없지 않나? 아니, 출판 계약을 한 건 나니까, 어차피 내가 다 쓰는 게 맞긴 한데. 그런데…….

생각해 볼수록 나쁘지 않은 방법이라는 생각이 들었다. 내가 직접 쓰는 것은 프롤로그와 에필로그 정도고, 나머지는 내가 만들어낸 '가상의 소설가'가 전부 쓴다는 그런 콘셉트. 나는 그가 쓰는 것을 그대로 책에 옮겨 쓰고 나서, 나중에 고증이다 뭐다 해서 문제가 생기면 내가 한 게 아니라고 우기면 그만이었다.

다만 본체인 내가 삼류밖에 안 되는 소설가라서, 가상의 소설가를 만든다고 한들 삼류 SF 소설가 정도가 한계였다. C급 소환사가 S급 마물을 소환해 낼 수 없는 것과 똑같은 원리다. 애초에 S급을 소환할 수 있다면, 소환을 시전한 주체도 S급으로 평가받아 마땅하지 않을까.

나는 그렇게 내가 만든 삼류 SF 소설가에게, 장장 열 편에 달하는 SF 단편을 쓰도록 만들었다. 그에게 글을 쓰게 만드는 방법은 단순했다. 그가 있는 가상의 세계에 편집자를 만들고, 기꺼이 글을 읽어줄 테니 관악산 아래의 오리백숙 식당으로 유인하면 그만이었다. 그냥 소설가든 SF 소설가든, 편집자에게는 꼼짝할 수 없는 법이니까. 어쨌거나 그는 마감을 **지켰다.**

물론 그는 삼류 소설가답게 오타도 많이 내고, 어떤 날에는 원고지 다섯 장 분량밖에 못 쓰는 주제에 어떤 날에는 신이 나서 100장이 넘게 써갈기기도 했다. 지나치게 많은 것을 집어넣으며 토해내듯이 문장을 쏟아내는가 하면, 표현이며 느낌이 너무 부실한 소설을 써낸 바람에 두 편은 책에서 아예 빼버려야 했다. 아무리 나라도 최소한의 기준이라는 게 있다. 내가 부끄러워지는 글 같은 건 책에 싣고 싶지 않다. 뭐, 그는 본인이 열

편이나 썼다는 사실 자체를 기억하지 못하는 것 같지만.

다시 한번 말하자면 그와 나 사이에는 단 한 가지 공통점이 있다. 바로 삼류 소설가라는 점이다. 반대로 말하자면, 그것 말고는 모든 것이 다르다. 나는 실존하고, 그는 실존하지 않는다.

원래 계획대로라면.

나는 에필로그에서 그와 마지막 대화를 나누는 것으로 이 책을 마무리하려고 했다. 그러나 소설 말미에 생각이 바뀌었다. 나는 겁쟁이다. 그는 어떻게 내가 겁쟁이인 것을 알았는지, 소설에 유독 겁쟁이들을 많이 등장시켜서 나를 당황케 했다.

이제 나는 내가 만든 존재에 대해 겁을 집어먹는다. 한심한 이야기지만, 나는 그가 SF를 나 대신 써준다는 사실이 고마운 동시에 두렵기도 했다. 그러면서 미안하기도 하고. 실로 복잡한 심정이다. 하지만 나는 무엇보다도, 이 지긋지긋한 마감을 빨리 끝내버리고 싶다. 그게 본심이다. 그래서 나는 그와의 정정당당한 대화에서 도망쳤다. 교활한 표범처럼 정글에, 중년의 히키코모리처럼 방 안에 몸을 숨겼다. 이름도 없는 편집자에게 진실에 관한 의무를 떠맡긴 다음.

내가 만든 그 불쌍한 SF 소설가는 다시 알에 갇혔다. 그렇게 사라졌다. 나는 비겁하기도 하지만 미련한 인간이기도 하다. 내 손으로 그를 없애버리고 나니 뒤늦은 후회가 밀려온다. 장기적으로 봤을 때, 나와 그 사이에 베스트셀러 작가가 될 확률이 아주 조금이라도 있었다면, 나보다는 그가 훨씬 가능성이 있었을 거라고 나는 생각한다. 내가 쓰는 소설이라는 건 로맨스도 아니고, 대체역사물도 아니며, 그냥 평범한 사람들의 평범해빠진 이야기들이다. 요즘 같은 세상에서는 도저히 눈길을 끌 수 없는 소설들이다.

그에 반해 SF는 이제 막 대중성의 알을 깨기 시작한 신흥 장르다. 문학계에서도 '고급 장르소설'이다, '경계문학'이다 해서 어느 정도 고개를 끄덕여 주는 것처럼 보인다. 정직하게 자기 스타일을 개척해 가다 보면 큰 성과를 이룰 수도 있었을 것이다.

더구나 나는 스스로 자초한 가난과 무관심에 다소 지쳐있다. 아무도 내 글을 읽어주지 않는 것에 넌덜머리가 난다. 가끔은 이 작가 생활이라는 것을 얼마나 오래할 수 있을지, 계속 이어간다고 해서 어떤 의미가 있을지에 대해서도 생각하곤 한다. 곧바로 고백하건대 나는 거짓말도 했다. 실은 가끔이 아니라 매일 생각한다. 이 비루한 문장을 쓰고 있는, 아주 잠깐의 순간조차 그런 불안감에 휩싸인 채로 손가락을 움직이는 것이다.

반면에 그는 어떤가. 초라한 외모에, 구부정한 자세를 하고 있지만, 먼 미래에도 SF 같은 고리타분한 장르에 영혼을 퍼다 나른다. 때로는 토해내듯이, 때로는 신에게 기도하듯이 자신의 글을 들이붓는다. 좀 배배 꼬인 면도 있고, 말을 버르장머리 없게 하기도 하지만. 수상할 정도로 막걸리를 많이 마시기도 하지만.

아무려나 그는 그저 즐겁다는 이유로 하루에 원고지 100장이 넘는 글을 써버리는 것이다. 그런 날이면 자신이 마감에 쫓겨 무언가를 쓰고 있었다는 사실조차 잊어버린다. 나는 그에게서 몇 년 전의 나를 발견한다. 내가 이렇게 삼류라는 말을 입에 달고 다니지 않았던 시절. 빚더미에 올라 땡전 한 푼 없었지만 마음만은 편히 아무렇게나 글을 쓰고, 찢어버리고, 침대에 드러누워 미친 사람처럼 웃어대던 그때의 편린을 마주한다.

이만큼이나 작가의 말이 길어진 것은 유감이다. 나는 최대한 빠르게 마무리하려 했다. 그렇지만 이제는 사라지고 없는, 그 가엾은 소설가에 대해 말하지 않을 수 없었다. 여느 소설가들이 그렇듯 나도 얼마쯤은 감상적인 사람이기 때문이다.

나는 그의 비존재로 인해 비탄에 빠진다. 여러분은 부디 그에게 예술적으로 해석될 권리, 줄여서 '예해권'을 조금이라도 허락해 주길 바란다. 하다못해 그는 물에 빠진 사람처럼, **살려주세요**, 라는 말도 하지 못하기 때문이다. **여기서 제발 꺼내주세요**, 라는 외침도 들리지 않는다. 그런 것쯤이야 내가 다 지워버리면 되니까. 백스페이스로 삭제해 버리면 그만이니까.

나는 그 이름 없는 삼류 SF 소설가에게 경의를 표한다. 그는 정말이지 열심히, 최선을 다해서 이 보잘것없는 소설들을 써냈다. 나의 가난과 욕심에 희생양이 되어, 기꺼이 원고를 들고 내게 찾아왔다. 화가 난 여러분은 믿을 수 없겠지만, 나는 진심으로 그를 사랑했던 것 같다.

불쌍한 그에게 오리백숙 정도는 먹여줄 걸 그랬나, 하는 생각이 뒤늦게 든다.

카누를 타고 파라다이스에 갈 때

초판 1쇄 발행 2024년 7월 8일
초판 2쇄 발행 2024년 7월 17일

지은이 이묵돌
펴낸이 김문식 최민석
총괄 임승규
책임편집 조연수
기획편집 이혜미 김지은 김민혜 명지은
　　　　　신지은 박지원 백승민
마케팅 조아라
디자인 배현정

펴낸곳 (주)해피북스투유
출판등록 2016년 12월 12일 제2016-000343호
주소 서울시 성북구 종암로 63, 5층 (종암동)
전화 02)336-1203
팩스 02)336-1209

© 이묵돌, 2024
ISBN 979-11-7096-206-9 (03810)

- 이 책은 (주)해피북스투유와 저작권자와의 계약에 따라 발행한 것이므로
  무단전재와 무단복제를 금지하며, 이 책 내용의 전부 또는 일부를 이용하려면
  반드시 저작권자와 (주)해피북스투유의 서면 동의를 받아야 합니다.
- 잘못된 책은 구입하신 곳에서 바꾸어드립니다.